车厘酒 著

他怎么还不逃

Ta Zen Me Hai Bu Tao

完结篇

四川文艺出版社

他的世界里，
属于夏天的风从他们身边吹过。
说不清楚的情绪流动在周身，

就好像他们的年纪一样，
青涩又美好。

Contents

目录

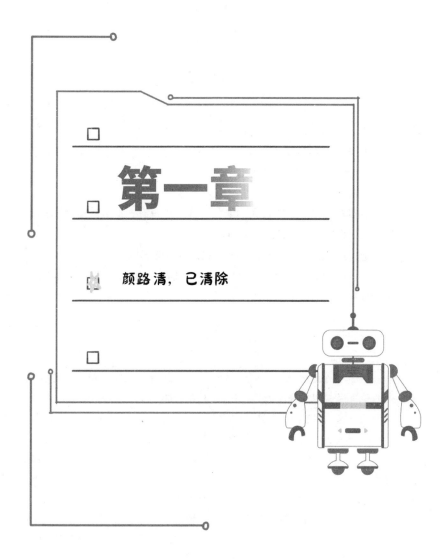

第一章

颜路清，已清除

1

　　玛卡巴卡在角落里缩得不能再缩，已经快把自己缩成一团废铁了，努力降低自己的存在感。

　　颜路清话音刚落，室内再度陷入了落针可闻的境地中。

　　虽然在心里从未叫过顾词老公，嘴上更没有，但颜路清也不知道为什么，直觉告诉她，这招会有用。

　　她一边称赞自己的机智，一边观察着他的表情。

　　顾词眼里先是闪过微微错愕的光，而后眼睛稍稍眯起，眼尾狭长，看着她的眼神更加深邃。

　　"你说什么？"

　　颜路清没有丝毫羞耻心，再次用更大的声音说了一次："我老公是……"

　　然后不等他讲话，她率先从椅子上直起身，又伸手勾着他的脖颈把他拉下来，以迅雷不及掩耳的速度亲了他一口。

　　——这虽然也没试几次，但似乎可以归类为百试不厌的哄老婆大法。

　　颜路清亲完之后就睁大眼睛和顾词对视。

　　两人面对面距离比刚才要近得多，她连对方细密的长睫毛都看得清。

　　长睫毛动了一下，顾词又说："代号是什么时候取的？"

　　"……那个啊，那个我给忘了。"颜路清才不会蠢到说出来这里第一天就取好了代号，她毫不犹豫、大言不惭地扯开话题，"那个时间重要吗？重要的是，这个代号是属于我老公的。"

　　短短的几分钟内，叫了三声十分响亮清脆的"老公"。

　　下一秒，她清晰地看到某人表情的变化：嘴角缓缓翘起，像是一种绷不住的弧度，让颜路清看着看着也忍不住想跟着笑。

顾词突然抬起一只手，曲起手指轻轻弹了一下她的下巴，含着好笑又无奈的语调说："这嘴怎么长的？"

虽然不知道这话具体是什么含义，但——

他这是开心了？

这是开心了吧！

万万没想到，这么大一个危机被这样轻易化解，颜路清都要佩服死自己了。

原本质问她的时候多帅，多男人，多生气呢！看看现在，看看现在乐的！

她愿意封自己为世界上最会哄公主词的人！！！

顾词收起撑在椅子上的手，直起身来，走到角落看向自觉缩起来的那团"废铁"："你什么时候能想起来？"

玛卡巴卡还没从恋爱戏码中回过神来，对于和顾词对话还是有点胆怯，愣了好一会儿，才结结巴巴地回答："啊，我、我会尽快的。"

颜路清也从椅子上站起来，拉着顾词出门："欸，要我猜啊，估计是某个惩罚的日期在十六天之后，玛卡巴卡怕自己出不来，就在看到的时候给狼搞了个什么让它倒数来警示我，结果它现在倒忘了。"

顾词没答话。

她一边说一边拉开房间门，牵着顾词往外走，语气轻松地吐槽："可怜的狼啊，得被迫玩一个月自己最讨厌的数字玩具，真是委屈孩子了。"

下楼之后，颜路清发现大小黑还站在不久前站的地方，只是神色十分不对，看起来甚至有种魂魄离体的感觉。

她心道，刚才的所有对话明明全都避开他俩了，怎么还是这副被吓得魂魄离体的表情？

颜路清走过去，像是家主关心下属那样询问："你俩刚才去干吗了？怎么皮肤颜色都好像白了点儿。"

小黑沉痛道："我们给您的心理医生打了个电话……"

她目瞪口呆："打什么电话？你们俩又脑补什么了？又觉得我哪里不正常啊？我这不是好好的吗？"

四连问发出去，得到的却是小黑更沉痛的表情。

"不是您，"他说，"这次，我们觉得是我们有问题。"

颜路清在迷惑又无语的瞬间，转过头去看顾词，恰好对上他的视线。顾词一脸戏谑，那双漂亮的眼睛里好像写着"不愧是你的儿子"。

颜路清："……"

倒也不是大小黑自己吓自己，主要是他们没想到颜小姐所谓的机器人竟然一直存在着，而最可怕的是顾词的转变。

顾词在他们眼里是绝对的正常人，是高智商、能够跨专业辅导颜小姐的高才生，虽然看起来完全打不过自己哥俩，但却是家里的精神顶梁柱。

精神顶梁柱说了有机器人，对他们打击实在太大了。

颜路清正想该说些什么劝劝他们，顾词已经带着她走到兄弟两人面前，直截了当道："你们没病。"而后又道，"想不通的事就不用想了。"

两句话解决，留下兄弟俩面面相觑，顾词拉着颜路清回到一楼自己的房间，而玛卡巴卡则识相地拐弯回到了楼上。

颜路清跟在他身后，还十分不解："为什么来你房间？"

然而顾词把房间门一带，突然二话不说开始脱毛衣，露出里面的短袖。脱的速度太快，还露出了一截白皙的腰。

颜路清眼睛瞬间直了，盯着那一小块腰动弹不得，直到衣服自然滑落盖住皮肤才回过神来。

"我先洗个澡。"顾词说完，就进了浴室。

颜路清愣愣点头："哦。"

与此同时，她内心想的竟然是——脱都脱了，为什么只脱一件，不在她面前脱完？

被自己突如其来的想法吓了一跳，颜路清立刻甩甩头想清醒，脑海里刚才不小心看见的那一处风景却挥之不去。

平时虽然总摸着搂着他的腰，但都是在被窝里，还真没想到自然光线下，那里看起来会如此的……诱人。

颜路清由顾词的腰往上往下延伸，又想到了他的后背蝴蝶骨，他形状优美的锁骨，他的大长腿……等意识到自己在做什么的时候，浴室里水声渐消，顾词澡都快洗完了。

"……"离谱!

她有这么馋吗?

"你那是馋他身子吗?"颜路清洗脑自己,嘟嘟囔囔对自己说,"不!你那是真爱!Ture love!"

顾词恰好从浴室走出来,头发半干不干,身上睡衣松松垮垮,他径直朝着颜路清走来,把她从椅子上捞起来摁到床上,掀开被子把她塞进去,又把自己也塞进去。

颜路清全程盯着他的一举一动,两人面对面躺下,她看到顾词的喉结在脖颈上滑动,清清冷冷的声音传到耳边:"困了,陪我睡一觉。"

这谁顶得住。

跟家主没关系,都是老婆貌美的错。

颜路清被他伸手搂近了点,她看着顾词近在咫尺的睫毛,伸手摸了两下,小声道:"睡前回答一个问题呗。"

他没睁眼:"嗯。"

颜路清:"公主词是谁?"

"……"鸦羽般的睫毛动了一下,但还是没睁眼。

颜路清用夸张做作的语气道:"哎呀,公主词这个名字有什么不好呢?这么可爱这么美好的名字,当然只有我的老公才配得上,那我的老公,也就是公主词,到底是谁呢?"

顾词掀开眼帘,看了她一眼,不咸不淡地应道:"我。"

没有语气、简简单单一个字,被他说出了特别的味道。

颜路清嘿嘿笑了两声,心满意足:"好了,准了,睡觉吧。"

既然他这么喜欢这个称呼,那他只好既当她老公又当她老婆了。颜路清美滋滋地想。

因为人工智障现在真是智障,所以它搞出的倒数谁也不知道是为什么,顾词也无从下手。

自那天之后过去一个星期,玛卡巴卡还是没能恢复记忆,但却突然找到了回到曾经岗位的方法,于是现在它又变成了可以与颜路清随时在脑内开展对话的模式。

只不过因为见到顾词就乱码,所以这次玛卡巴卡学聪明了,在家的时候就用机器人形态,出门在外才从机器人里跑出来。

这周，从私奔回来再次回到学校，小麻花见到颜路清的时候当场化身典韦盘问她，那架势，像是恨不得让她赶紧出个自传或者小说把自己跟顾词的经历都写下来。

其间颜路清还突发奇想，发了个朋友圈，算是侧面官宣了一下自己脱单了这件事，没屏蔽任何人。

颜路清没有配文字，只有一张图。她发的图片是当时去游乐园的时候照的合照，她戴着那个骑士发箍，顾词戴着漂漂亮亮的白纱发箍，姿势是她靠在顾词肩膀上。她笑容很大，白纱公主只有唇边一点点弧度，但两人之间的氛围暧昧美好得快溢出屏幕。

用小麻花的话来评价，一个是表面帅气实则软萌可爱风，一个是攻气十足清冷美人风，画风十分鲜明。

她原本自带的朋友压根就没有，微信列表里什么关系的人都有，但都不是那种会给秀恩爱朋友圈点赞的人，点赞的几乎都是她在这几个月内新加上的好友：美术社的学长学姐，班里的同学，以及高中组那几个人。

大小黑估计是商量好的，每个人评论了九朵玫瑰花，土味兄弟组。

小麻花都没来得及评论，只顾着存图和询问她可不可以发给别人看了。

他们去游乐园的时候就被人投稿到恋爱bot，用小麻花的话来说——她嗑的小糊CP出圈了。所以颜路清早已不在乎这么一张两张照片。

夏雨天、夏雪天姐妹俩和她许久不联系，但此时一看到这张图，已经要在她朋友圈住下买房，开始疯狂发评论写小论文了。

【夏雪天】：我就知道你可以的！！啊啊啊啊我和我姐姐嗑的CP就没BE过！！！

【夏雨天】：啊啊啊啊啊美女好牛！

【夏雪天】：顾词被多少人追过你知道吗？我们同班同学都看傻过，真的，虽然我跟我姐对他没有那种对异性的喜欢，但我们确实觉得能把顾词拿下的人，比顾词本人还要牛。

……

小麻花看到姐妹花这番举动后，热情地让颜路清把微信推荐一下，然后她就将校园论坛的链接发过去给了姐妹俩，说是方便她们嗑，之后兴奋地不知道在聊什么，打字的手指就没停下来过。

她发完，也没告诉顾词，顾词也直接把图存下来发了一次。颜路清是回家之后拿他手机看的评论。

顾词加的好友也是同学居多，他一个常年朋友圈不更新的人，突然一发就发了这么张照片，爆点太多，评论里他那些称得上朋友的同学都炸了。

"好家伙，这发箍看出是真爱了。"

"不是我说，这要是高中时候有人敢给您戴这个，少说也得被揍个半残。"

"女朋友香吗？香到你心甘情愿戴这玩意儿了，词哥？"

总之别有一番乐趣。

发照片那天颜路清突然觉得特别开心，截图截了好几张，看看大家的评论就想笑。

因为感觉到，好像她和顾词是被全世界祝福着一样。

到了这个周末，狼的倒数数字第一次进入了个位数。

——9。

颜路清一直没再做过梦，不清楚的噩梦和清楚却奇奇怪怪的梦都没做。反倒是周日的时候，她和顾词睡到半夜，原本她趴在他身上睡得好好的，突然被紧紧地抱了一下，颜路清立刻迷迷糊糊地睁开了眼。

因为两人贴得很近，她听见顾词心跳得很快，喘息声也比平时略微明显。颜路清一只眼睁开，一只眼眯着，抬起头来问："怎么了？做噩梦了吗？"

他沉默了会儿，没有说是也没有说不是，反问道："吵醒你了？"

"准确地说，不是吵，"颜路清拍拍他的胳膊，"是抱醒的。"

虽然她这么说，顾词也没松手，只是减轻了点儿力道。

颜路清舒服地躺在他怀里，依旧半闭着眼问："你梦到什么了？"

顾词声音微低："……一面墙。"

"嗯？"颜路清不解，"这算什么噩梦？"

"可能还有些忘了。"

也是，她做的噩梦她也不记得全部。颜路清从被子里伸出手摸了摸他的头发，又抓了两把，然后想了想说："那我给你说点儿别的事吧，转移一下注意力。"

"好。"

安慰一个噩梦后的小可怜公主词，肯定得用肉肉麻麻、甜甜蜜蜜的情话。

颜路清混沌的大脑也想不出什么现成的情话，想了半天，想到了上周两人掰扯了一阵子的"公主词"称呼。

"你之前好像都没问过我，为什么叫你公主词？"

顾词轻轻笑了声："问完听你编故事吗？"

"……"他还真是了解。

"我不编故事，我说实话。"颜路清声音又变小了点，"就是，可能你听完会觉得我的脑回路不太正常……"

顾词打断她："不会。"

颜路清本来心中一喜，没想到他的后半句也随之而来："这点我早就习惯了。"

"……"

虽然被习惯性损了，但被噩梦吓到的老婆还是得哄。

"我最初是觉得吧，你之前的经历很像是各种童话故事公主遭受磨难的阶段。"颜路清还没完全清醒，思考得慢，说得也慢，"上周我又想了想，或许不单纯是因为这个。"

"还有什么？"

"我想让你的人生，能有一个好结局。"

顾词心跳早已趋于平稳，他愣了几秒，才道："什么好结局？"

"那种越烂大街的越好，尤其是会被人吐槽'怎么又是这种童话式结局'的结局。"

哪怕烂俗，只要能幸福。

颜路清被自己心里的想法搞得头皮一麻，埋头往他怀里一钻："啊啊啊不行了，好肉麻好肉麻。你不怕了我们就继续睡觉吧，睡觉睡觉！"

由于她现吐字比较慢，就连声音也黏黏糊糊的，听起来特别可爱。

颜路清原本就是中途醒来，钻到他怀里，几乎是两分钟不到便又睡了过去。

"还有更肉麻的。"顾词一手摸着她的长发，声音突然响在卧室里，显得格外静谧，"有你在的结局，才是我的好结局。"

2

第二天醒来，颜路清还惦记着顾词昨晚的状态。

一般都是家主躲在老婆怀里嘤嘤嘤，家主安慰老婆的时候屈指可数，她肯定得格外重视。

不过，她刚一睁眼就看到洗漱完的顾词走到床边，还对着她温柔一笑。那脸白玉一般，连黑眼圈都没有，显然他已经恢复如常。

颜路清眯着眼也回了他一个憨笑。

她清了清嗓子问道："你昨晚说，你梦到了什么来着？我给忘了。"

顾词掀开被子，侧躺下来，手撑在她枕头边："一面墙。"

一面墙？颜路清不信，"就你这种心理，怎么可能梦到墙就成噩梦了？还被吓醒？肯定是别的细节你没记住。"顿了顿，不等顾词说话，她突发奇想道，"欸，不知道有没有那种帮人回忆梦境的什么手段，咱们要不去试试？"

顾词没答她的前半句质疑，只说："没有。"

他可以确定，昨晚的梦里确实只有一面墙而已，还是一面熟悉的墙。

没有任何其他奇怪画面，但他也确实被惊醒，称之为噩梦似乎也没错。

那种心情不是对鬼怪等事物的恐惧，而是对失去的恐惧。

颜路清听他这么讲，撇撇嘴，想要起床，顾词伸手把她拉起来。

他垂着眼睛的时候，样子本来就特别吸引人，尤其此时上午的阳光角度异常完美，斜斜地照在他半张脸上，颜路清看到的画面哪怕评价一句"蛊惑人心"也不为过。

对着这样的盛世美颜，戏瘾说来就来，颜路清突然伸出手悬在半空，拖着长腔道："扶朕去洗脸。"

"……"

熊猫国君没等太久，笋国公主适应得太快了，愣都没愣就笑着遵从了她的"旨意"，把人几乎是搀扶着送到了浴室里。

公主服务非常到位，就连颜路清的牙膏也是他给挤的。趁着那点工夫，颜路清又观察了一下周围，笑着感慨了一句："你现在的房间跟你最初住的简直差好多。"

她的洗漱用品早就从楼上搬到了他房间里，正因如此，顾词的浴室里，原本放了必用品后就空荡荡的置物架一下子被塞得满满当当。

他的衣柜也是。

除了黑、白、灰三种颜色，还多了她的睡衣，她常穿的衣服，属于她的颜色——让这一柜子的衣服一下子从性冷淡的调调变得异常鲜活。原本是属于顾词一人的空间，现在他的地方越来越小，颜路清的衣服占的空间越挤越大。

他的书桌也是。

他原本看书用的桌子快成了她的第二个梳妆台，化妆的用具已经基本都搬了下来，只差给他的桌子上安一面大镜子了。

还有房间内的小摆设，到处都有她带进来的东西。顾词原本住在这里的时候几乎没有什么多余的物品，和她在一起后，这个房间除衣服和书之外还多了那么多看起来十分"无用"的东西。

颜路清接过牙刷，问："你喜欢以前的，还是现在的？"

顾词看了她一眼，眼神里有了不少情绪，估计包含了为什么要问这么没用的问题的疑问。但他还是浪费了宝贵的几秒钟，回答道："现在的。"

颜路清开心快乐地洗漱完，又从卫生间走到房间里转了一圈，看来看去，她发现这儿唯一还缺的就是合照。

于是颜路清迅速把视线放到了一侧空白的墙上："我们再弄个小小的照片墙就完美了，你觉得怎么样？"刚询问完人的意见，又佯装威严，"你不能拒绝，我才是一家之主！"

顾词原本张口要回答，又被她这句话逗得莞尔："没想拒绝。"

"不过除了私奔的时候拍了一些，我们好像也没太多照片……"颜路清琢磨，"我要把小麻花拍过的其他视角的都要来！"

就这样，一上午的时间，颜路清把小麻花那边的大美人小漂亮全要来，又连同已有的让大小黑以最快的速度洗出来，但发现照片还是数量不够，贴不出什么形状。

颜路清是想把所有照片贴成个大大的熊猫头的，迷你的照片有什么意思？她当即决定："我们出去现照好了！"

颜路清对于心血来潮的事情往往热情度很高，下午，她很快收拾好拉着顾词出门，先在家里的院子里一顿照，而后上了车。

她想带着顾词去市区里好看的咖啡店，但半路上顾词接了个电话，他舅舅让他回家拿点东西。

顾词挂了电话对她讲了这件事，而后问："想去看看吗？"

就这样，颜路清的计划也随之改变。

顾词家住着相当漂亮的别墅，至少比颜家的好看，颜路清到了地方之后拍照的欲望就少了，她跟着顾词上楼拿东西，一路都在观察里面的布局。

奇怪的是，她看的地方越多，越生出一种奇怪的感觉。

这里的布局似乎对她来说完全没有新鲜感，除觉得好看以外，走到哪里都好像是早就知道了装潢一般。

她心想，难道是别墅的构造见太多了？

似乎是注意到了她的专注，顾词随口问道："喜欢这儿？"

颜路清回神，对他点点头。

"想来住吗？"他懒洋洋地靠在扶梯上笑，"上次跟颜风鸣说的话也算数，你想来，就搬家。"

"好啊。"颜路清立刻答应下来，"本来想说搬家太麻烦了，但我又突然想到，现在搬家好像完全不用我亲自动手。"

"以前搬过家？"

"嗯，高中的时候。"颜路清回忆起来还皱眉，"当时因为一场地震，学校宿舍楼没法住人了，我原本住的地方太远，没办法，就搬到了附近租金最便宜的小区……"

两人聊着，等顾词拿好东西便重新上车，先给他舅舅送过去，又驶往原定目的地。

照片照足了，颜路清一下午却总觉得有心事。

回到别墅，她知道顾词有回家后先洗澡的习惯，看着他回房间，她也上楼边洗澡边喊出玛卡巴卡，说出了下午去顾词家的事。

对于那些熟悉的布局和装潢，当时并未在意，回来之后越回味越不对劲。

她联想到之前，自己坐在他自行车横梁上的时候，脑海里突然浮现出觉得他应该穿着校服的念头。

把这些囫囵告诉了它，颜路清犹豫道："我觉得，我是不是失忆过……还是说我孟婆汤没喝干净，这是上辈子的事？"

玛卡巴卡："……孟婆汤超纲了！但是按玛利亚的描述，失忆的话，的确有可能。"

刚说完这句，它又自己反驳了自己："等等！可是那也不对啊，顾词和你原本的世界并不相同，你如果是第二次——两次都到同一本书里，那系统一定不会允许的——"

颜路清愣了一下。

不允许两次到同一本书里。

那是为什么呢？

那是什么时候、从何而来的熟悉感呢？

颜路清在头上打着泡沫，轻声说："其实我也很确定，我在来这里之前应该是没有类似的经历——我甚至也没有所谓的契机，除了经历过一场地震，我从小到大也没再出过什么事故了。"

还能缺了哪一块记忆呢？

"我还会再忘记什么事吗？比如……我现在正在经历的这些？"

"其实不瞒你说，"玛卡巴卡小声道，"我自己猜测过我看到的东西到底是什么，会不会是类似于我现在这种状态，记忆被做手脚……"

它说到这里，转而语气由猜测转变为憎恨，痛斥了一番狗系统。

颜路清澡也洗完了，这个话题就此结束。

周一上学，她照例在听天书的时候微微有些走神，看着自己记笔记记了这么久也才不到十页的本子，鬼使神差般把它翻转过来，从最后一页往前写。

玛卡巴卡什么都没想起来，只是单纯的猜测。

但颜路清还是觉得心里很不安。

那种对某些特定场景有强烈既视感的朦胧感觉，她不想再经历了。

天气越来越冷，颜路清每天早上穿得越来越多，她必须得在顾词检查衣服厚度过关后才能出门。

家主不服，家主也想让老婆跟自己有同等待遇，结果去看老婆的衣柜，却发现他压根没有太厚的衣服。

……真是个臭美的老婆！！！

颜家主一气之下，一掷千金，差点儿给老婆把羽绒服店搬到家里来。

一贯温柔贤惠的老婆态度坚决，说自己实在看不上那些羽绒服。两人商量了一番，最终决定穿情侣羽绒服——这是老婆唯一能接受的调解方法。

除此之外，温柔贤惠的老婆每天都要对废铜烂铁机器人进行一番敲打，每天去问候它，每天对它进行一番教育和如沐春风的冷嘲热讽，让它对自己身为第一名却如此轻易地丢了记忆的这件事愈发悲愤。

狼摆的数字到了"3"的那天，是大黑的生日。

刚来不久的时候，颜路清给小黑过了生日，11月顾词过了生日，12月又轮到了大黑过生日。大黑生日很好记，是平安夜的前一天。

原本颜路清只把小黑当作蠢儿子的，大黑是她眼里智商倍杀小黑的存在。

但自从上次他们俩自己吓自己，差点儿把自己吓到去看心理医生之后，她觉得这兄弟俩似乎已经渐渐同化了。

前两次生日都算是大办特办了，秉持着公平公正好家主的原则，这次也必须得重视。

大黑生日前两天，备菜什么的全权交给迪士尼阿姨，她知道别墅内所有人的口味，但礼物颜路清实在是想破了头也没想出来送什么。

她翻来覆去地搜索"肌肉男孩都喜欢什么""奔三但心智单纯的男人喜欢什么生日礼物"等十分空洞且盲目的问题，搜了一晚上，在床上像是条上岸的鱼一样翻过来翻过去，一直没消停。

还是一边看书的顾词伸手按住她的背。

他说："他手机屏保是七龙珠，以前用过樱桃小丸子。曾经和你的另一个蠢儿子聊天，说自己好久没打沙袋了，语气很怀念。"顾词轻飘飘地看了她一眼，明明不含情绪，那眼神却是说不出的高贵，"自己挑着送吧。"

"……！"

脑海中奇奇怪怪的小剧场再次发动，莫名蹦出七个字：娶妻当娶公主词。

颜路清震惊了好一会儿，才从床上一个鲤鱼打挺坐起来，捧着老婆的脸亲上去，几乎要热泪盈眶："什么是贤内助啊，这才是贤内助！"

然后她被贤内助反客为主，被摁在枕头上动弹不得，却又被温柔的亲吻亲得头晕眼花，迷迷糊糊地搂着贤内助的腰就睡了过去。

尽管如此，好在第二天她还没忘记聊天的内容，颜路清迅速给大黑安排了礼物。

大黑生日当天，喜提手办外加一个可以打沙袋练拳的小房间，那么高的大汉震惊之情难以言表。

大黑还在感动，小黑则完全不懂得替哥哥开心，在一边酸得不行："颜小姐，为什么大哥有两样，我一样也没有？我就知道你嫌弃我笨。"

颜路清听这语气越听越耳熟……这全都跟公主词学的吧？

好家伙，一别墅的人多多少少都有点被他同化的地方，不知道的还以为他在这儿开了班。

颜路清无视小黑酸不拉几的话，心里也想着，之后再问问贤内助这玩意儿喜欢什么，给他补上就行了。

晚上的生日宴，必不可少的要素就是喝酒。

颜路清发现自己自从和顾词正式恋爱后，像是从良了一般，明明身体越来越好，却已经挺长时间没碰酒。

这么一想，大美人的魅力真是体现在方方面面，和他恋爱，也没有故意克制，别的爱好好像都自觉靠边儿站了。

大家像以前每次庆祝生日时一样，喝高了，全桌只有顾词保持着完全的清醒。

他对酒好像没有什么喜好，而且颜路清也不让他喝。

吃饭的时候，顾词只是拿起杯子，她都能一把夺下，并指着他的鼻子说："只要我没醉昏过去，你就别想沾一滴酒。"

顾词眉梢微挑，淡淡道："我就算哪喝，也不打算喝杯子里的。"

颜路清眼神迷茫："……那你喝哪里的？"随后她蓦地想到什么，一拍桌子，"你还想对瓶吹？那更不行！"

顾词被逗笑，低垂着眼睫凑近她，用行动回答了他打算喝哪里的。

因为马上就是平安夜，桌子上摆了许多又大又红很漂亮的苹果，在一角当作装饰。

颜路清接吻后不知东南西北，指挥着顾词给她拿苹果："一个不够！给我拿俩！"而后想起什么，又道，"再拿把刀子来。"

顾词拿着两个苹果递到她手里，刀却没给她："我给你削。"

"我不是要吃，"颜路清打了个饱嗝，"我吃不下了，我要给它刻字。"

"放心啦，不会割到手的。"

说完，她迅速从他手里拿过水果刀，对着苹果还没下刀，突然被从斜后方抱起来——屁股腾空一瞬，又再次落下。

只是没落在椅子上。

落在了某人的腿上。

"刻吧。"顾词声音从她耳后传来，像是家长监督小孩子那样，"我看着。"

颜路清坐在他腿上，脸不争气地红了红，哼哧哼哧地继续给苹果刻字。

她刻的字不复杂，到结束只用了一分钟。颜路清把两个苹果凑到一块，一起展示给顾词："看！"

两个苹果，每个上有一个英文单词，除了歪歪扭扭的字迹有所区别，内容一模一样。

左边的是"word"，右边的还是"word"。

"word"是顾词的微信名。

他不觉得自己会用这种取名方式——以英文单词代表自己名字最后一个字。但也确实忘记了为什么会有这样一个名字，于是一直把它归结为某次随手取的。

出于不知名原因，可能是懒得改，可能是看久了还算顺眼，他竟然也再没动过这个名字。

他拿着苹果，笑了笑，问她："怎么刻两个一样的？"

"一个 word 是'词'，"颜路清嘿嘿一笑，"两个就可以翻译成'词词'啦。"

"……"这样的"直译"还真是符合她的风格。

"但是我教你一个其他的翻译方法，是我们年轻人的用法！"颜路清说完，意识到哪里不对，他明明也是年轻人，便改了口，"哦，说错了，是我们网上冲浪的年轻人的用法。"

她回过头看着顾词，认真讲解："'word'可以等同于'我的'，谐音梗嘛，'word天'就是'我的天'。"

大美人眯了眯眼，万分敷衍："哦。"

满脸写着"跟我有什么关系""我并不是很想知道你们冲浪的怎么用这个词"。

颜路清也不在意，继续自说自话："所以你看啊，如果用这种方法，那这两个苹果也可以翻译成……"

她语声突然一顿，凑到他脸边极快地亲了他一下，然后可爱的狗狗眼弯成漂亮的月牙，声音像是蘸了糖，轻轻吐出三个字。

——"我的词。"

3

颜路清睁大眼，尽管刚刚说了情话，还是毫不避讳地看着面前的人。

她现在和最初一杯倒的时候差别很大了，喝完几杯说话做事依旧条理清晰，走路能走成直线，只是精神状态要比没喝酒时亢奋许多。她清醒的时候绝对说不出刚才那么直白的情话，最多在心里念叨一下，但现在就说得无压力。

对视了一会儿，她发现顾词也是定定地看着自己。他眼睛太黑了，只这么看着完全猜不透他在想什么。

颜路清干脆整个人转过身——原来是背对着他坐在他腿上，现在是面对面跨坐到他腿上："你干吗不讲话？"

顾词伸手揽了她一下，手随意地放在她腰后侧，大概是怕她一不小心摔过去。

他说："在想我的微信名。"

颜路清眨眨眼："你微信名怎么了？取得多好啊。"

"嗯，"顾词点头，语调轻轻，听不出情绪，"是挺好的。"

"简直和我的脑回路完美契合。"颜路清摇头晃脑地评价道，"如果我叫你这名字，我肯定也给我自己取这个微信名。"

说完她把两个苹果拿在手里，端详了会儿："这个怎么办？字都刻了，你能吃掉这两个吗？"

顾词突然一顿，而后他笑了一声："我吃我自己？"

"……对哦。"颜路清反应过来，"那好像不太对。"

正好几小时前她也没吃太饱，吃掉的晚饭现在已经被消化得差不多了，于是她刚哼哧哼哧刻的苹果，又给哼哧哼哧地吃掉了。

顾词还帮她分担了一半，没刻字的那面他吃，刻字的那面她吃。

大黑作为寿星喝得最多，小黑不管谁生日总是最先倒下的那个，毕竟他们没有人管，迪士尼阿姨拖不动俩大汉，于是他们就躺在长椅上酣睡。

吃掉了"词词"，颜路清高兴，又生起了喝酒的心思，于是就又软磨硬泡着多喝了两杯。

谁知，之前还算清醒的她，这两杯下去状态一下子发生了改变——颜路清彻底喝多了，原本清醒的神志也没了，她没骨头一样挂在顾词身上，开始说胡话，基本是想到哪儿说到哪儿。

她变得很感性，前半段时间还幸福得冒泡，后半段又十分伤感。顾词把她从餐厅抱出来，准备回房间的时候，她刚从上一个情绪里切换出来。

顾词感到她头靠着的地方有一块湿润。

他脚步一顿，偏头去看，颜路清已经泪水流了满脸。

可爱灵动的狗狗眼此时湿漉漉的，眼泪成颗成颗地往下掉，她声音也有点抖："你为什么从来都不问？"

顾词垂眼看她，声音又低又温柔，带着安抚："问什么？"

"我说了，这里的一切是我在一本书上看到的……"颜路清吸了吸鼻子，声音嗡嗡的，"你怎么从来不问我你的结局呢？"

进了房间，顾词把她放到床上，因为颜路清勾着他的手臂没松，他顺势坐在了她身边的位置。

"因为你不让我问啊，"他莞尔，"忘了你自己说过的话？"

颜路清模糊地记起，好像确实刚摊牌的时候她就警告了顾词不要问这点，她一个字也不会说的。

她撇撇嘴："……我刚才突然间就想到了，我真的很气，很烦。"她现在大脑转动慢，词汇量不行，只是发泄一般地一边哭一边重复，"每次想到都觉得烦死了，真的烦死了。"

因为知道自己肯定会喝酒，所以早在晚饭前颜路清就换好睡衣洗好澡，顾词又半拎着她去洗手间，一只手稳定着她坐在洗手台旁，另一只手给她擦脸刷牙。

她嘴里都是牙膏沫的时候，含混着也要一直讲"气死我""为什么这样"等一系列的感叹词。

给她漱完口，颜路清又在洗手台上看他洗漱，两人都结束后，顾词又把她重新搬回床上。

听着她嘴里没停下的仿佛复读机一样的语言，他突然问："为什么当时不让我问？"

颜路清哭得眼睛有点疼，转了转眼睛说："因为不想你知道。"

她拉着顾词胳膊把他拉进被窝里，然后加重语气："没有人会想知道那样一个结局的，我刚才不知道为——嗝——不知道为什么，突然想到那里，每次想都能把我气死，我……"

颜路清现在脑补能力过强，因为面前就有顾词本人，甚至已经模拟出了他像书里所描述的那样独自躺在地上，安安静静失去了呼吸的场景，又控制不住地开始掉"金豆豆"。

顾词就边听她说，边给她擦眼泪。等她过了这段，几乎没什么发泄欲的时候，情绪也已经慢慢平复，困劲儿随之涌上来。

颜路清眼睛半睁半闭间，眼前还是顾词的轮廓，她看到他嘴唇一开一合："没什么的。"

顿了几秒，他语调平缓地说："我已经知道了。"

颜路清脑海有一瞬的清明，下一刻又因为酒精的效应变为了一团糨糊，她迟钝地问："什么？"

"你说的结局，我已经知道了。"顾词重复了一次，声音在安静的房间里显得格外温柔，"但是那对我不重要。"

颜路清消化了他这两句话的意思，连酒都震醒了几分，瞪大眼睛："你……你怎么会知道？"

一阵静谧。

顾词平静地说："因为我经历过了。"

"！"她眼睛瞪得更大。

不知道是不是他神情和语调太过稀松平常，讲这种事就好像在讲"你喝多了"一样，颜路清莫名有点被感染到，她张了张嘴，却什么也没说出来。

顾词在她身边躺下，搂着她，还像哄小孩睡觉那样给她拍后背。

"其实也没你想的那么坏，确实是我自己选的。"他声音温和，配合上动作，有能分分钟把人哄睡的魔力，"对我来说，它只是个没有你的结局。"

颜路清大脑告诉自己不能睡，眼皮却直打架，还能听到外界声音的最后一刻，听见他说——

"所以这次，你要一直在。"

这一晚，扛不过酒力的颜路清很快就陷入了梦乡。

清晨一睁眼，她仍然惦记着睡前的那番对话，

顾词说他都知道。

顾词说因为他经历过。

顾词说那是他自己选的。

千言万语汇成一句话——他是重生的！！！

颜路清醒来的时候身边没人，她在脑海里拼出这句话之后，直接一个鲤鱼打挺坐了起来，又因为坐起得太快脑袋一阵发晕。

她开始一点一点地回忆，从开始到现在，顾词从来没有疑点。

唯一的疑点是他太强了。

强到她和玛卡巴卡八卦曾经的大佬事迹时，忍不住怀疑他也是其中一员，可最后被玛卡巴卡否定了，说他是自己选择结束的，不该有执念。

他昨晚也没讲他有执念，只讲了是他自己选的……还讲了一些让她脸红心跳的话。

是不是玛卡巴卡再次辜负了第一名的称号，学艺不精，可能压根不用有执念？

颜路清正想着，身后枕头下手机一振。

她摸出来，是顾词发的消息。

【在逃公主】：醒了打电话给我。

"……"他好会拿捏时间。

颜路清还没想好打电话第一句要说什么，但又不想信息已读不回这么晾着他，所以先是回了一个句号。

【在逃圣母】：。

然后屏幕立刻弹出"在逃公主"邀请她视频通话的界面。

颜路清心里想的是先不接，手指却很诚实地戳到了绿色的接听键。

顾词正推开一道像是会议室的门，从里面走出来。

他今天穿得很正式，还打了个墨蓝色的领带，抬手习惯性松领结的时候，白皙的手指和领带的颜色形成鲜明对比，颜路清立刻条件反射吞口水。

顾词走得离那个房间远了点儿，就随意靠在走廊上看她："醒多久了？"

"没多久……"颜路清实话实说，"你发消息前几分钟。"

他"嗯"了声，而后像是隔着摄像头端详了她一会儿，眯了眯眼睛："怎么这副表情？"

"我？"颜路清愣了一下，"我什么表情？"

顾词："像是看到了你列祖列宗的表情。"

"……"

颜路清面子挂不住了："什么嘛！还不是你昨晚说的事太惊人了！"

顾词对她笑了一下，温和地问："哦……看来这次没断片？"

真能损啊！颜路清恨恨地瞪着他。

可这么两番对话后，他熟悉的说话味道一下子把人带得精神都放松下来。

颜路清郁闷地讲了实话："我刚才在想，我们最初见面那几天。"

"嗯。"

"就……我当时想跟你演好朋友的戏码，"她顿了顿，几乎难以启齿，"你岂不是……"

顾词接过她的话头："嗯，我全都知道。"

"……"

她恍惚了好一阵，想到了许多个小细节，比如当时在去金家别墅

020

的路上，几人讨论恶毒女配角重生剧，顾词的那句"女配角演技好"，她还跟着一拍大腿说了句"我也觉得"。

颜路清已经没力气喊救命了。

她正处于尴尬中时，顾词又在手机那头开口："但只有很短的时间。"他话语里带着安抚的意味，"我不是说了，我很早就猜到了你的小秘密？"

"……"还小秘密。

屁的小秘密！

其实小秘密被轻易猜到也很尴尬，在重生的人面前自以为是地演戏也很尴尬，但当他用一个尴尬来解释其实另一件事没那么尴尬，颜路清竟然真的有被安慰到一点儿。

但她觉得这种事情还需要时间来彻底治愈，颜路清长舒一口气："行吧。"

还没等她再说什么，顾词又在那边突然说："我喜欢你。"

这是干什么？

颜路清被他突如其来的告白给整蒙了。

顾词今天气色不错，唇色偏红，开口说话的时候尤为勾人。

她瞪着大眼睛，看着大美人微微笑着的脸，看他十分坦然地对自己说："你演的时候喜欢，不演了也喜欢。"

好了，不需要时间来治愈了。

颜路清已经痊愈了。

太会了。

最会损人的笋国公主一旦用心说情话，神来了也招架不住。直中红心，一句解决了所有。

最后有人打开会议室的门叫走了顾词，颜路清挂完电话脸还红红的，去洗漱完才恢复正常。

也算是彻底从心底过了这道坎。

因为之前和玛卡巴卡聊过许多次所谓的重生大佬话题，她几乎是在刚缓过劲来的一瞬间，就立刻出了房间找到玛卡巴卡。

果然，顾词是重生的这个消息，震惊玛卡巴卡一百年。

——"什么？"

——"玛利亚！说脏话要扣钱但是我忍不住怎么办！！他竟然！！！"

——"我要走上人生巅峰了？我要升职加薪了？这个课本上都没学，总共也没有过几个重生大佬，我都是听学姐学长们讲，学姐学长们也都是听前辈们讲，为什么会被我遇到？！"

也是因为太激动，一直以来颜路清点名要听的少御音也绷不住了，玛卡巴卡暴露了本音，是个奶声奶气的小萝莉，配上这些话听起来非常可爱。

颜路清一边听一边笑一边忍不住嫌弃："你真的是学艺不精，我之前怀疑的念头就是被你打消的！"

顾词下午回到家，见到颜路清正坐在沙发前的地毯上，身边狼在一堆数字里摇尾巴，旁边还有个机器人。

原本一切和之前并没有区别，可在他走到颜路清旁边的一瞬间，那日常被问候的废铜烂铁机器人突然一矮——竟然从用"脚"滑行，变成了用"膝盖"滑行，以一种奇怪而滑稽的姿势跪在地上往前移动。

颜路清见状，扑哧一笑。

顾词礼貌提醒："行大礼我也要鞭策你。"

玛卡巴卡摇摇头："这不是行大礼。"它对着自己走向人生巅峰的财富密码道，"您不懂，这是我应该做的。"

"……"

他先去换了衣服，而后坐在颜路清身边，视线再次扫到一地的数字。

最中间是个被摆正的"2"。

手机恰好进来一条微信提示，顾词扫了一眼，嘴角微沉。

之前莫名找到自己的文身记录，却没有内容，而后根据一张票据查到早就搬离的文身店，又耗费这么久的时间才找到了当时的文身师，也找到了他文的内容。

与他的猜测毫无关联。

那是一行地址。

他文了一行在这个世界怎样搜索都不存在的地址。

——怀榆市临景小区 18-2-401。

玛卡巴卡因为得知了这个消息，激动得从机器人身体里回到了它曾经的岗位上，说是要去问点什么事情，大概率能对即将到来的未知事件有帮助。

它说："问了这么多天，记忆一时半会儿是找不回来了，但可能有别的方法能让人提前知道。"

颜路清在最初知道倒计时的时候都没怎么慌，不仅是因为她心大，而是她觉得反正这狗系统也不可能撤回，不管有什么惩罚，之前两次几乎牵扯到人命的都挺过来了，这次肯定也能行。

可最后这一天，她却莫名觉得心慌。

早上吃完饭，颜路清坐在沙发上跟顾词"咬耳朵"："你说，这次的惩罚会不会是突然把这个房间搞没，就像当时走着走着把我搞下山坡一样，然后让咱俩掉到地下什么密室里？"

顾词看出她的心情，也觉得她的状态更适合找点事做，配合地点点头："都有可能。"

"那我们就得装点吃的喝的了！"颜路清立刻拉着他回房间，找出自己最能装的行李袋，一边装东西一边嘀咕，"参照上次，应该不会搞太久，装这一袋子应该够。"

"不过……"她又忍不住担心，"我们在这里又突然消失的话，大小黑去查监控，会不会搞得他们当场犯病啊？"

"……"什么时候都不忘蠢儿子。

顾词站起身，拎出她放在一旁、之前私奔用的包，拉开，说："那去我家。"

颜路清打包了的都是穿的用的吃的喝的，机器人是玄幻类产物，颜路清见它消失见过它突然出现，明显是受玛卡巴卡操控的，所以想找她肯定可以直接找过去。

于是中午吃完饭，两人再次拎着东西出现在了别墅门口，一副要远行的样子。

大小黑直愣愣地看着两人。

颜路清原本想说这是第二次私奔，但又觉得这个理由会被颜家人盘问，于是换了个说辞："是这样，我要去外地当志愿者……嗯，就是实现人生意义的那种志愿活动，具体也不知道多久啦，总之你们先看着家。哦对了，那边手机信号不好——要是我大哥问的话就这么给他讲。"

他们点点头，一副似信非信的样子："……哦。"

颜路清最后看了眼蠢儿子和比蠢儿子智商还要高的狼，然后跟顾词一起上了车。

刚到顾词家没多一会儿，楼都没上，颜路清听到熟悉的电流声——机器人恰好出现在了大门门口。

玛卡巴卡已经消失了十几个小时。

颜路清看着它几乎是以瞬移的速度冲到自己面前，响亮地叫了一声："玛利亚！"

顾词视线也跟着扫过来。

玛卡巴卡："找到办法了！"

"我这些天一直在努力找记忆，上诉，投诉，但几乎是没可能短时间内把记忆拿回来了，而且我也看不到玛利亚那个惩罚是什么，因为我是底层员工啦，权限不够，但你不一样——"

玛卡巴卡顿了顿，转向顾词："我和我师姐去问了一个带过重生大佬的前辈，他没具体说明白，但我们猜测，如果我暂时绑定你，那么你就可以反向通过这个通道到我们那里。"

"如果你去了，我猜，所有我不能看的你肯定都能看！"机器人的眼睛亮起绿绿的光，"毕竟是人形故障啊！"

颜路清万万没想到最后解决办法竟然是这个。

又询问了玛卡巴卡一些细节，总而言之，如果它绑定顾词，顾词就可以反向通过它的某条通道直接进入所谓的总部——就因为他极为特殊的身份。

她还在满脑子想"这也太离谱"的时候，顾词已经在问它："怎么绑定？"

"我和玛利亚是没法解绑的啦，所以只能跟其他的人暂时绑定几小时。"玛卡巴卡所在的机器人旁边突然出现了一个小小的手环，"你戴上就行了。"

"……？"颜路清唰地转过头，拉住顾词，"欸，你别这么快做决定啊。"

顾词已经戴上了那个手环，环上亮起一圈蓝光，转瞬即逝。

他微微转了转手腕，抬眼看着颜路清，眉眼带笑，却又看起来冷冰冰的，身上散发出与平时完全不同的气质："不光是因为这次，我看它不顺眼很久了。"

玛卡巴卡抬起爪子，用说悄悄话的姿势凑到颜路清耳边："所有的重生大佬都干过系统，它超级恨他们。所以尽管重生大佬那么牛，但我们从来没学过具体的事情，只能听各种小道故事。"

颜路清还是觉得不好："但是你看之前的惩罚那么歹毒，他去不会有危险吧……要么就等等好了，反正我们在家里待着，惩罚最严重也就是水晶灯往下砸，我们到安全点的房间去不就好了，就算真的很离谱，也——"

顾词从她身后捂住她的嘴，然后手指下滑扳过她的下巴，自然而然地吻了她一下。

玛卡巴卡用铁爪子捂住眼珠子。

而颜路清猝不及防，当即没了反抗的声音。

顾词说："我真的忍它很久了。"

"还有一些要确认的事情，和……"他眼神暗了暗，"要拿回来的东西。"

晚上六点。

颜路清紧张地趴在机器人旁边听声音，小心翼翼地问那边："怎么样？不会是什么一片废墟那种地方吧？"

万万没想到，自己有一天竟然会放任公主词去演科幻片。这一切都是在顾词的房间进行的，此时他人不在这里，但两人仍然可以通过玛卡巴卡听到对方的声音。

玛卡巴卡率先解释："不是的玛利亚！虽然我现在很嫌弃它的种种机制，但是我们那里的装修和科技都真的很棒，哪有废墟！"

颜路清"哦"了声，问顾词："你在它的工作室吗？有没有挂照片？看没看到玛卡巴卡长啥样？不会是一群外星人吧，长着触角的那种？"

玛卡巴卡委屈："什么触角！玛利亚！我们和你们长得是一样的！"

"嗯，看到了。"顾词语调闲闲，"你的废物帮手看起来不超过十五岁，我怀疑它的废是有原因的，比如谎报年龄，雇用童工。"

玛卡巴卡在一边气得直尥蹶子。

明明应该严肃的气氛，对话却莫名"沙雕"了起来。

颜路清笑完调整了一下自己的表情，又问："那里长什么样子？"

顾词声音带了点沙沙的电流，隔了几秒，他说："我们11月底一起看过一部科幻电影，记得里面太空工作室什么样子吗？"

"是那个蓝蓝紫紫的，很酷的？"

"嗯。"顾词言简意赅，"要么是纯巧合，要么是他们一方抄袭了另一方的创意。"

颜路清大概懂了。

她随后想到了什么，声音有些兴奋："那你现在是什么形象？也跟电影里一样穿着很帅的那种衣服？"

"有点像。"那边顿了一下，而后传来带笑意的磁性声音，"你应该会喜欢。"

原本应该紧张的气氛被他这话搞得瞬间暧昧起来了。

颜路清已经开始嘴角上弯露出甜甜的笑容了，玛卡巴卡实在看不下去，打断了两人不合时宜的粉红泡泡氛围，积极配合道："大佬，我给你指路吧，因为你用了我的通道，我可以比较方便地——"

"不需要。"

那边传来淡淡的三个字打断了它的声音。

顾词看着周遭的一切，脑海里并没有浮现出应有的记忆，但却好像有种莫名的直觉一般，引着他直直地走向目的地。

花了一点时间，引来了许多围观，大概掌握了这里的构造，顾词对颜路清笑了声："你们形容得没错，确实是故障。"

这里的整体如果像是台电脑，那他则像是无法被解决的故障光明正大地行走在一个完整的系统里，只不过所有人也没想着解决他，都是看热闹的状态。

他从所谓的"办公室"走出来，是一条长廊，周围都是透明的玻璃。

和颜家主的废物帮手说的一样，这里戴着面罩或者头盔、眼镜的人们看到他都十分惊异，有想要靠近询问的，却又仿佛被什么阻挡。而后那群人的眼神变得更为震惊，像是不敢置信，又像是狂热。

简直是那个废物帮手的翻版。

除此之外，顾词感受到每当他无障碍通过一道门，某处就会传来一股极为难受的反馈——他的到来让某人极度痛苦。

颜路清的声音从脑海中传来，而他也不需要说话，她那边就能听到自己的声音。

这种说话方式类似于之前他懒得开口，便在她的微信上给她发消息。

她问："你见到狗系统了吗？那玩意儿是人是鬼？"

她的跟班在一旁叽叽喳喳："也是个人，是个人！玛利亚，我们那里真的没有触角没有鬼！"

"没见到。"顾词答完，顿了顿，"但它现在非常不爽。"

顾词凭着那股莫名的肢体记忆来到了尽头的一个房间。门边写着"主控室"，如玛卡巴卡所说，需要权限才能进，但门口仪器扫了一遍他的脸，而后干脆利落地对他敞开大门。

这里记载了成千上万的世界信息，他逐个搜索的时候，颜路清在那边跟玛卡巴卡相对无言。

她受不了坐着干等，便起身在顾词的房间里到处走动，走到了跟床对着的那堵墙，她脚步一顿。

站在这面墙前，控制不住地盯着它开始发呆。

"玛利亚？"玛卡巴卡意识到她的不对劲，叫了她一声，"你盯着那儿看什么呢？怪吓人的……"

颜路清蓦地回过神。

"哦，没事。我就是觉得这面墙上……好像少了点什么。"

玛卡巴卡知道她装饰房间的事，撇撇嘴："少了情侣照呗。"

"不是啊，"颜路清下意识反驳，手往左边一指，"情侣照是在那面墙上的。"

话一出口，连她自己都愣了一下。

顾词的四面墙上干干净净，全都没挂任何东西。

她为什么会觉得其中一面少了点什么，另一面上该有情侣照？

正当她和机器人面面相觑的时候，顾词的声音从里头传出来，带了点儿疲惫："找到了。"

颜路清迅速回到机器人旁边坐下："找到了？看到了吗？你快看一眼然后赶紧回来。"

顾词没说话。

他看着屏幕，那上面的字明晃晃的刺眼。

是类似于执行任务的模块。

【颜路清】-"已清除"。

心脏倏地一沉，而后理智意识到这里的三个字指的是谁，他转而看向一旁。

【颜路清（异世）】-"参数错误，启动修复。重回异世倒数剩余 0 日 00：00：03"。

顾词瞳孔猛地紧缩。

一个难听的男声在他身后响起，像是在被什么折磨一般，让人听起来就很痛苦。可处于这样的痛苦之下，他似乎又在为什么事开心着，传出来的声音近乎扭曲。

——"她本来就不属于这里。"

那秒数变成 1 的时候，顾词余光扫过一处光点，伸手停掉了所有进程。

——"也不该存在在你的记忆里。"

周遭所有光都暗下来，但唯独倒数却没停下。

——"那是一场错误。"

他死死盯着眼前，数字变成"00：00：00"的时候。

脑海里，原本不断传来的颜路清的声音突然消失不见。

2021 年 9 月 3 日。

市人民医院。

"欸小王，3 号房的那个姑娘终于醒了！"护士看着手机，拍了拍身边睡觉的人。

"可算醒了。不是，到底什么事儿啊？我看刘医生都给她查多少次了，人就是醒不来。前天来的那是她家人吗？也急得不行。"

"不过那姑娘好看着呢，头上缠个绷带，也没化妆，随便拍拍都能当画报！之前我带着那个刚来的男实习生去记录她的体测数据，哟嚯，小伙子看了她两眼就脸红了，现在一天问我八百遍她醒没醒。"

"醒了就好，醒了就好，咱们去看看？"

"走！"

两人到了病房，看见躺着像画报的人终于坐了起来，正在被医生翻着眼皮照眼睛，除了嘴唇苍白，眼神过于迷茫，看起来并没有什么异样。哪怕躺了三天，漂亮的脸上仍然泛着少女独有的莹润光泽。

"没什么问题了。"医生松开她的眼皮，温声问："你还有哪里不舒服？"

颜路清看着满屋子的人，脑袋里像是裹了层泥浆一样，怎么都转不动。

她闭了闭眼，想回忆起自己记得的最后一幕，脑海里闪过一个陌生画面，有个宽敞明亮的陌生房间，还有个机器人，还有——

"小姑娘？"医生在她面前晃了晃，"怎么了？有什么问题要及时说出来，咱们及时复查。"

那个画面瞬间消失不见。

颜路清睁开眼："没……"

刚说完一个字，她突然鼻端一酸，眼角涌出温热的液体。

这一哭，哭蒙了在场所有的人。

这么好看的小漂亮掉眼泪，谁看了能不动容呢，站在门口看热闹的俩护士也跟了进来。

由于这个病房的患者住院理由十分"沙雕"，再加上患者身体没啥事，所以这里的氛围一贯都比较轻松，护士一边找纸给颜路清擦眼泪，一边调侃刘医生："是不是您刚才照眼睛给扒拉疼了啊？"

刘医生："……"

"没没没。"颜路清连忙摆摆手，"不是，我自己也不知道为什么哭。"而后又跟他们道谢，"谢谢医生，谢谢美女姐姐。"

护士被叫得心花怒放，笑眯眯道："你家人很快就到了，再等等。"

颜路清点点头。

可不知道为什么，她眼泪仍然停不下来，顶着一脸湿漉漉的泪让护士给她擦，她自己都傻了，还顺嘴吐槽了自己一句："我这是撞坏脑子还是撞坏泪腺了啊？"

直到十分钟后，见到院长和院长夫人那瞬间，颜路清才像是什么穴位被打通了一般，记忆源源不断地涌入，回归脑海。

她在坐飞机的中途去了趟卫生间，因为看小说看得投入，回来就忘扣安全带了。再加上飞机颠簸过度，几乎整个儿掉转过来，她头撞上前座就失去了意识。

护士："本来接到电话很着急，也没说明白，就说是从飞机上送下来的。我们寻思这坏了，空难啊，空难一般存活率小，伤患也多，准备了不少医护人员，收拾了不少地方，还加了临时床。"

"没想到啊！"另一个护士一拍大腿，哈哈大笑，"哪是空难啊，原来是个小姑娘在飞机上撞昏了头，撞成脑震荡了！"

颜路清："……"

本来只是个轻伤，但是她昏得莫名其妙，还搞得机场那边也很重视。总之在她昏迷的几天，已经因为这番事迹在医院里一战成名。出院的时候，还有那种名不见经传的小媒体来采访，发了头条《女大学生乘飞机上学因气流颠簸撞成脑震荡》。

Fine，也许这就是"沙雕"的一生。

颜路清醒来的第二天就出院了。因为她嘴甜，俘获了不少护士姐姐的芳心，走前还不忘甜一下："谢谢美女姐姐们的照顾啦！"搞得一个护士忍不住说"以后常来玩"，周围人全都笑趴了。

从医院出去之后，颜路清直奔校园，她的行李已经被院长安排好送到宿舍。

她坐在车后座，看着窗外完全陌生的城市，周遭也突然安静下来。

鬼使神差，颜路清掏出手机，打开了在飞机上读的那本小说。她原本读到自己喜欢的人物死了之后就不想再读下去了，可又抱着"会不会结局复活他？"的心思，一直买到了完结。

但没有。

完全没有。

于是她又气愤地返回了前面讲了顾词的那几章，翻来覆去、覆去翻来地看。然后遇上气流颠簸，撞昏过去。

所以此时一打开那本书，还是停留在之前读过的地方。

第一行就有"顾词"两个字。

颜路清愣愣地盯着这个名字。

不知道为什么，有种恍如隔世的感觉。

颜路清是提前一天来到这座陌生城市的，没想到眼一闭一睁，就错过了开学礼等一系列活动，比别的同学都晚了四天上学。好在她十分会跟人相处，又身带"沙雕"新闻，介绍自己的时候都不忘提一嘴自己就是那个脑震荡女大学生。哪怕加入得晚，也仍然迅速通过几堂课认识了大半同学。

她偶尔会觉得自己似乎格外适应大学的环境，就仿佛读过大学一样。

她的宿舍环境竟然出奇地好，明明应该是四人宿舍，却只有她和另外一个大三学姐住。

学姐叫黎惜惜，神出鬼没，颜路清已经晚来了好几天，没想到她住进来的第二天，黎惜惜才来学校。

学姐给她的"见面礼"也非常盛大。

颜路清觉得自己太为顾词意难平了，她走不出来，一有空就去看他出场的剧情片段，当时黎惜惜开门进来她都没注意，正靠在床头看顾词。

耳边突然传来一道轻快女声："哟，学妹，在看我写的小说呢？"

颜路清内心冒出三个惊天叹号，僵硬地回过头，震惊地张大嘴："你……你写的小说？"

黎惜惜点头："嗯哼。"

颜路清不敢置信："学姐，你为什么要告诉我这么秘密的事？！"

黎惜惜那天喝高了，脸颊红晕明显，像是才想起来一样"哦"了一声："那学妹，你记得保密呀。"

颜路清还上网搜过，那本书的作者叫"西席洗细"，从来没有暴露过自己的真实信息，不过她的读者非常渴望知道她的信息以便寄点刀片什么的。

大概是真喝多了才敢这么告诉自己吧。

颜路清确实不会给她宣传出去。

可颜路清也是顾词粉丝，自从知道黎惜惜是原作者之后，颜路清根本不能以正常的看待室友的眼光看她，简直是又爱又恨。

"我也是顾词的粉丝，你就不怕我半夜趁你睡觉捅你一刀？"

黎惜惜却像是没听见一样，顾左右而言他："你是顾词粉丝吗？我前两天更新了，是顾词的番外，你看了吗？"

颜路清一愣："啊？"

黎惜惜："就在我来学校的那天刚更新的。"

颜路清立刻点开绿色的软件，发现她真的在专栏单独更新了一篇文章。

——《顾词高中番外》。

颜路清左看右看，总觉得她专栏似乎少了点什么。可她又想不起来，嘴里嘀咕道："学姐，你是不是该写一本预收……"

黎惜惜："什么预收？"

颜路清瞬间卡壳。

她为什么会冒出刚才那句话？

莫名其妙。

"我刚才瞎说的，你别理我。"说完，颜路清点进了黎惜惜新更的番外。

《顾词高中番外》只有三万字，标着未完成，但内容十分流水账。多数文字就是讲讲他有多帅，他多受欢迎，不过哪怕如此流水账，读者对于这种单人番外依旧喜闻乐见，评论区热情很高。

可颜路清看完了，满脑子浮现出"不对劲"三个字。

她觉得不是这样的。

顾词的高中，不是这样的。

自从看完顾词的高中番外，颜路清突然开始每天做梦，可醒来后又记不得自己梦了什么。她怀疑自己是不是留下了脑震荡后遗症，去咨询了一下刘医生，然后通过刘医生介绍做了一次心理疏导。

结果是她没问题。

颜路清当然知道自己心理没问题，她长到这么大，什么事都看得很开。

非要说有什么看不开的，也就是看了那本小说后，怎么也放不下顾词这个人物。

她不再想做梦的事，每天在学校里上课食堂宿舍三点一线，黎惜惜很宅，两人相处的时间不少，也自然变得越来越熟悉。

　　黎惜惜有许多电子设备，她写小说赚的钱足够满足她无数的爱好，所以买什么经常是心血来潮。因为想学画画买了平板电脑，买完发现自己不合适，黎惜惜顺嘴问了颜路清："你会画画吗？"

　　颜路清不知道自己的情况算是会还是不会。

　　她说："会一点儿，但从来没专业学过。"

　　黎惜惜立刻把平板和笔都递给她："画个姐姐看看？"

　　颜路清明明是第一次在电子屏幕上用电子笔画画，可她下笔却异常流畅，只是因为对软件的不了解，导致画上只有线条，没有图层也没有颜色。

　　画完后，黎惜惜好奇地问："你画的是谁？"

　　平板电脑上是个五官异常秀美的少年，穿着普通的短袖长裤，垂着眼睛的表情冷淡又温柔。

　　颜路清乍一听到这个问题，突然愣住，心里像是空了一下。

　　过了半天，她才答："可能是……顾词。"

　　黎惜惜对她大力夸赞，并且建议她开个微博号，发一些同人图，然后黎惜惜可以用微博大号给她转发。

　　颜路清不解："有什么意义？"

　　"这样你就能火了啊。"黎惜惜又说，"主要是我第一次见到你画的这个形象的顾词，我觉得很符合原形象。"

　　颜路清画画快，学得也快，而且她缺的更多的是软件使用上的知识，几天恶补，她的画很快就从只有线条变成了色泽光影都较为出色的同人图。

　　画这样的人物，粉丝涨得也快，但颜路清也没因此产生什么成就感。她有空就画，画完就发，有时候画出来的场景甚至连自己都看不懂。

　　她觉得这个举动很奇怪，就仿佛在通过画画……来想念一个人一样。

　　颜路清跟黎惜惜越来越熟悉，跟同学们也越来越熟悉，关于宿舍只有两个人这件事她的同学也听说了，只不过她们告诉了颜路清一些奇怪传言，据说黎惜惜在中文系很出名——以神神道道出名。

颜路清一直没在黎惜惜身上感受到，一直到某晚，黎惜惜突然提起一些奇奇怪怪的话题。

"学妹啊，你相信小说也可以自动生成吗？"

"……"当时是深夜，颜路清顿时脑补了一出惊悚故事。尤其是这话是从一个小说作者口里说出来的，她惊得汗毛都竖起来。

她裹紧被子："你在讲鬼故事吗？"

"那我换个说法，"黎惜惜又问，"你相信吗？有些小说，真的会出现角色有自己的想法的情况。"

颜路清想起同学跟自己讲的"神神道道"，手指都有点儿抖："你……遇到过？"

"遇到过。"黎惜惜说，"顾词就是。"

颜路清原本怕得不行，听到这个名字，却又奇迹般地平静下来。

"他怎么了？"

黎惜惜："我最开始觉得他应该是喜欢女主角的人设啊，我有想过这个设定来着。"

颜路清听到后，心里莫名不舒服，但还是忍不住问："那你怎么没……"

"怎么没写出来？"黎惜惜叹气，"不是我不写，是他不愿意，我也没办法。"

很诡异的对话。

但颜路清竟然完全不觉得害怕。

在这之后，黎惜惜神神道道的这点被颜路清彻底忽略，两人的同宿舍生活算得上和谐。

自从那次心理疏导之后，颜路清依旧没断了做梦。

但她再没找过什么医生，而到了9月下旬，她的梦境却变得越来越清晰。9月底的某天，她从梦中醒来，竟然清晰地记得自己梦到了一个地方。

一个三年前她住过的地方。

"十一"长假，颜路清坐飞机回了怀榆市。

因为不想让院长和院长夫人总负担她的开销，颜路清一直是个寒暑假有机会就去赚钱的人。她做文科家教效果很好，家长给的比说好的工资还高，高三毕业的暑假也攒了一些钱，少部分用来跟朋友们聚餐，还剩下了许多。

她用这笔钱交了一学年的学费，现在又买了 10 月高峰期一来一回的机票，那笔钱一下子就只剩了一点点。

如果是以前的颜路清，她肯定会用这假期在这边打临时工赚钱，再怎么都不可能特地飞回去，更别提就为了一个莫名其妙的梦。

但她花钱的时候没有分毫的舍不得。她只想快点回去，快点回去。

颜路清提前跟院长打好招呼，下了飞机后先去看了看他们一家三口，而后拿了钥匙，打车直奔目的地。

怀榆市临景小区 18-2-401。

这是个老城区相对破旧的学区房，是院长朋友家的房子，常年都空着。听颜路清说想租下住一周，房主二话没说就同意了，租金都没要。

高一的时候，当时因为地震，学校宿舍没法住人，学生们都得自己找地方住，院长就找了他的朋友给她便宜租了下来。

小区跟当年比几乎没一点儿变化，颜路清顺着记忆里的路线拐弯，直走，带着行李箱爬楼梯，然后到了房子门口。

钥匙插进门孔，她打开门，一股旧房子的味道扑面而来，一如当年。灰尘随着开门的动作钻进了她眼里，颜路清下意识闭紧眼睛——

那一瞬间，脑海浮现出无数画面。

2018 年 11 月 1 日。

怀榆市遭遇中级地震，伤亡很少，但怀榆市第一中学因为这场地震校舍损坏，经检查，三栋宿舍楼没法住人。

因为学校要优先考虑高三学生的便利，所以当天便下了通知，高一和一半高二学生都没办法住校。

颜路清坐在高一教室听见这等噩耗，愁眉苦脸，幸亏院长的老朋友在学校附近有一套旧房子，钥匙当天就到了她手里，说水电也能正常供应。

她行李不怎么多，房子离学校近，况且全高一的学生都忙着搬东西，她也没好意思让人帮忙。

于是颜路清搬完家已经累个半死。

可这房子许久没人收拾了，她晚上还得睡觉，只能强打起精神来又把卫生大概打扫了一遍。

房子面积小，一室一厅，哪怕这样，打扫完客厅和卫生间后颜路清也已经快抬不起胳膊。她决定先在沙发上睡一晚，明天再打扫卧室。

之后，颜路清研究了一会儿热水器怎么用，反复试验了几次，给自己洗了个澡，困倦一下子如潮水般涌了上来。

颜路清正准备走向沙发，在路过卧室的时候脚步一顿。

反正早晚得收拾，先看看大概脏到什么程度吧。

这么想着，她便转头扭开了卧室门把手——

和打开别的房门时不同，这房间里温度更高，暖洋洋的，还迎面扑来一股极为好闻的香气。

因为突发意外，下午没上课，此时已近黄昏，这房间的全貌出现在她眼前，简洁好看，床大得惊人。

最重要的是——一、尘、不、染！

这跟外面那个客厅简直是两个世界。

颜路清傻眼了。

院长朋友好心给她叫了钟点工阿姨来打扫的吗？似乎只有这个可能了。

她迷迷瞪瞪地往前走了两步，确认自己没有看错。

卧室比客厅大，这房子是什么鬼结构？

……她好喜欢！

她太喜欢了，客厅小算什么，卧室大才幸福呢！

没想到房子给了她这么大一个惊喜，但颜路清现在只想睡觉，灯都没开就倒在了床上，在枕头上淡淡的香气之中陷入梦乡。

完全没注意看——她背后的那堵墙上，还有一扇门。

晚上九点。

刚回家的少年推开卧室门，在黑暗中把书包精准地扔在桌子上，而后才开了灯。

原本想拿衣服径直去洗澡，正想迈步的时候，余光扫到自己的床。

他漂亮的眼睛微眯起。

原本平平的床上面鼓起来一块——那儿躺着一个人。

是一个长发女孩子，闭着眼也能看出眼睛很大，睫毛像小扇子一样，睡得脸颊泛着粉色。

仔细辨认，房间里还有很明显的来自她的呼吸声。

或者说，轻鼾。

"……"

少年盯着她看了一会儿，视线又转到跟床对着的那面墙上。

那里竟然多出了一道门。

好像灯光太亮，床上的女孩躺得不太舒服，少年看着她翻了个身，又伸出手揉了揉眼，而后小扇子一样的睫毛一扇一扇地睁开，露出一双湿漉漉的圆眼睛。

很干净。

看不出有这么多坏心思。

颜路清一睁眼就看到不远处站着一个高挑清瘦的少年。

对方的长相让人一时间想不到什么词来形容，气质清冷，皮肤很白，五官……颜路清平时很少夸男生，夸美女夸惯了，心里冒出的第一反应竟然是——大美人。

她睡迷糊了，还以为自己在做梦，于是正当她准备看两眼美人再接着睡的时候，对方又往前走了两步。

大美人闲闲地站在床边，对她淡淡笑了一下，温温柔柔地说："在我报警之前，讲讲你是怎么进来的。"

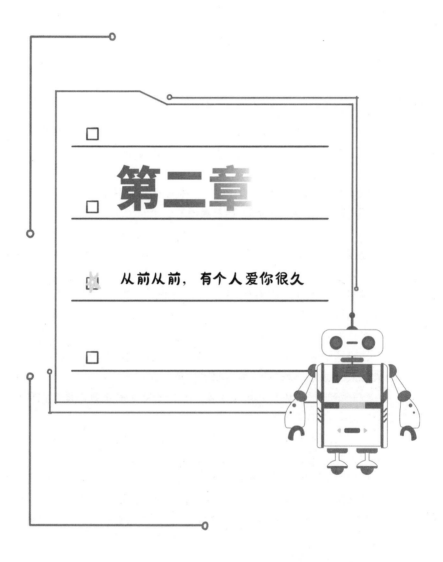

第二章

从前从前，有个人爱你很久

4

因为离得近了，颜路清注意到他上身穿着短袖，露出的脖颈和手臂都干净、美观，极富少年感。

她迷迷糊糊地想：都11月了，这么冷的天，得多扛冻才会穿短袖？不过这个房间确实暖和，她都睡得要出汗了。

等等——

他刚才说什么？

报警？

颜路清迟钝的脑细胞终于再次活动起来，努力眨了眨眼，转了转眼珠，确认这是自己刚才睡下的比客厅都大的神仙卧室。

可这里怎么会出现别人？？？

她迅速清醒，一下子从床上坐起来——也是从这个角度才发现，以大美人的身高，她得仰头才能和他对视。

颜路清觉得气势莫名矮了一截，她抱着被子略带警惕地看向床边："你说，报什么警？"

大美人慢条斯理道："我也没想好。"随后，他抬手指了指床正对着的门，"毁坏房屋？或者……"

他视线又轻飘飘扫到她身上："私闯民宅？"

颜路清听得满脑袋问号："毁坏房屋？我毁坏什么了？"

"我也很好奇，"大美人语声微顿，"你是怎么在一天之内躲过所有人的耳目——凿出一扇门来？"

颜路清被问傻眼了。

大美人是不是因为长得太美所以脑子不好啊？怎么能问出这么离谱的问题？

"我没有凿门，"她万分诚恳地解释道，"我是今天才住进来。"

房间内突然因为这句话陷入了沉默。

三秒后，像是她讲了什么惊天笑话一样，站在床边的少年突然低头笑了起来。他肩膀微抖，笑起来的样子分外勾人，眼睛和嘴唇都弯着漂亮的弧度。

颜路清确实没见过这么好看的人，可尽管如此，她认为自己的内心还是很理智的——

她清晰地把自己分为两个部分，一部分在遵循人的好色本能夸赞美人。另一部分提醒自己：这个美人可是在自己睡着觉的时候偷跑进来的！

他笑了许久才停下来。

抓准这个时机，颜路清立刻主动出击："私闯民宅应该我问你才对吧！"她抓紧被子瞪大眼睛，"我还想问你呢，你从哪儿进来的？为什么来这里？"

"……"看向她的时候，少年眼角仍然带着笑意，"因为这是我的卧室。"

而后手随意抬起，给她往后一指。

颜路清便顺着他的手指看向他的身后。

——那里竟然还有一扇门！

她不敢置信地睁大眼："怎么会……"

颜路清掀开被子下床，直接走到了之前没注意到的那扇门前。

先不说别的，光看这门的材质，明显是跟这个房间配套的，反而自己打开进来的那扇门确实像是临时凿的。

她又试探性地把门推开。

外面是一条走廊，再往外是栏杆，栏杆下明显是极为宽敞的另外一层楼。

她所打开的只是二楼的房间门。

这竟然是栋别墅。

颜路清回忆了一下今天自己进小区时对四周的印象。算不上破烂，但总归也只是个旧小区的普通楼房。

不管是结构还是占地面积还是装潢成色，它怎么可能跟一栋别墅互相打通？悬空建造的吗？？

　　颜路清想要爆粗口了。

　　她大概懂了身后这人见到自己的荒谬感。

　　就像她此时一样。

　　颜路清关了门，回头对上了一双漆黑的眼。想到他说的话，颜路清紧张道："等下，你先别报警——"

　　而后她迅速回身走到自己进来时的入口，打开跟这房间看起来格格不入的门。

　　刚打扫好的客厅完全展露在了他面前，很小的屋子，但收拾得很干净，所有形貌一览无余。

　　少年蓦地一怔。

　　"今年是 2018 年吗？"

　　"嗯。"

　　"我叫颜路清，你叫什么？"

　　"顾词。"

　　原本想问他是哪个"ci"，但还是先搞清楚状况比较要紧，颜路清说："怀榆今天地震，我们学校宿舍不能住，所以我刚才说的都是真的，这确实是我搬进来的第一天。"

　　"怀榆？"顾词看着她，眼尾微挑，"没听过这个城市。"

　　……

　　两人简短地交换了一下信息，最后发现他们各自所在的地名完全对不上，是拿手机用搜索引擎也搜不到的存在。

　　可能是年轻人接受能力太强，也可能是因为这个方式实在太悄无声息、太过生活化，让人生不出太多的惊疑。还有可能是彼此单纯心大。

　　颜路清心里感慨了几番后，已然接受了这个房间门疑似变成了任意门的魔幻现实。

　　她抬头看着面前名叫顾词的少年。对方比她高，跟她对视的时候微微低着头，这让他的脸一半被灯照亮，一半隐在阴影里，直直看过去，五官秀美得像幅画一样。

　　他们距离不到一米。

颜路清很少和一个男生这样不说话地对视，所以她不知道是自己的问题，还是他的问题，总觉得看他眼睛越久，越像是被什么给吸住了一样，挪不开目光。

她率先打破沉默，也结束了对视。

"这门真的不是我凿的，"颜路清带了点小心翼翼，声音很轻地问，"你现在不会报警了吧？"

"……"

其实把凿门问出口时，顾词并非这样想，也没觉得面前这个睡得毫无防备的女孩子有能力做出如此壮举。

倒是她当时的回答很有意思。

"不会。"他说。

得到明确回答，颜路清顿时松了口气。

"我再问最后一个问题。"她伸手比了个"1"，"你这里是几月？"

"5月。"顿了顿，他问，"怎么了？"

"哦……没什么。"怪不得这么暖和。

颜路清看着他的脸，再怎么说，自己刚才也是在人家的床上睡了一觉，突然莫名种……闯进闺房当了回采花贼的感觉。

虽然她啥也没采，但仍然有些尴尬。

问完之后颜路清没有再留，干脆利落地拉上房门，隔绝了身后那神仙卧室，回到了自己的小破客厅。

真的是完全不同的两个世界。

温度一下子降了下来，灯光也暗了下来。她冷得打了个寒战，不仅身体冷，心也很冷。

——原本刚打扫好了的时候，颜路清觉得这里也不错，麻雀虽小，五脏俱全，至少比学校宿舍好。

可她睡完了那大美人的神仙卧室，才明白"由奢入俭难"是真理。

颜路清小声安慰自己："没事，本来也打算今晚睡沙发的。"

她把被子铺在沙发上，躺了上去，破旧的家具发出咯吱咯吱的声音。不仅如此，这沙发凉得像块冰，颜路清还得用体温去焐热被子和沙发垫子。

实在太冷了。

她抖得像中风。

躺了一分钟，颜路清实在受不了起身，放轻脚步走到了卧室门旁边。

门和墙的缝隙不算严密，门板也不怎么完整，她站在这里都能明显感受到温度变高了。

颜路清直接把沙发给挪到了卧室门的外面，再次躺了上去，确实比刚才暖和了不少。

可她却睡不着了。

颜路清看着这扇门，想到几分钟前还在跟自己对话的少年，越想越觉得委屈。

这算什么事啊？

她怎么会这么倒霉？

他们两个住的房子大概阴差阳错被空间叠到一块儿了，重叠的部分是卧室，怎么就把她唯一的床给叠走了呢？

那美人长得那么好看，怎么一点儿也没有人道主义精神呢？她的卧室跟他的叠在一起，她的床被叠走了，他就不能看在这神奇的缘分上多问候她两句吗？

哪怕借给她一床被子也好啊。

简直蛇蝎美人！

感受着从蛇蝎美人那边飘过来的一点点暖意，想到自己今后不知有多久都要过着这种日子，颜路清顿时鼻子一酸，金豆豆滚到了沙发里。

门关上后，卧室重归安静。

顾词走到桌子旁坐下，拉开刚才扔过来的书包，挑着作业写。

写了两道题，他听到那扇古怪的门的另一边传来一些动静，像是在搬挪大型物品，距离门很近。

但总共不到一分钟，便再也没了声响。

他无意识转了转笔，视线扫过一旁的床，上面仍然存在着刚才被人睡过的一道道痕迹。

顾词突然想到她最后问的问题，转笔的手指一顿。

刚才门打开时，从那边扑面传来一股冷气，并不像是空调制冷，反而带了点刺骨的寒意。

他把笔放下，起身走到床对面的那扇门前，拉动把手——

依旧是寒意扑面而来，但跟刚才有所不同的是，原本在客厅中央的沙发被搬到了距离他不到一米的位置，上面躺着一个恨不得把自己裹成蚕蛹的少女。

她的姿势像是要睡觉，可表情不是，那双眼睛睁得很大，湿漉漉的，上卷的睫毛也有些湿润，鼻尖和眼角都红红的。

莫名让人联想到可怜兮兮的小型犬，明明是娇气又漂亮的外形，却因为某种原因过得很惨。

"我这里 11 月。"和刚才截然不同，她的语气明显掺了情绪，带着鼻音重重道，"想不到吧，还有人用这种方式取暖。"

还真是巧了，刚骂完蛇蝎美人，本尊就突然在她面前出现。

本来就憋屈，他这一开门，他身后的神仙卧室再次出现在了她眼里。颜路清更难受了，没好气地道："顾词同学，你有事吗？"

沉默三秒。

"有。"顾词把门拉得更开了点，"进来睡。"

5

颜路清再次回到了这比客厅都大的神仙卧室里。

她坐在床沿的一角，还有点儿没反应过来。

刚才顾词说完那句话之后，又冷静而条理清晰地对她说：严格来讲，这确实是他们共同的区域，只是现在莫名折叠了，所以她进来也是应该的。

……怎么会有这么明事理的人！

大美人真好！是自己刚才太狭隘了。

前后不过十多分钟的时间，颜路清转换如风，心性大变，顿时把蛇蝎一词抛到了脑后。

顾词让她进来之后便没再说话，走到桌边坐下，拿着笔在写东西。

应该是作业。

颜路清今天学业方面倒是轻松，因为地震一事，下午的课都取消了，学校老师都忙得焦头烂额，还因为搬宿舍的事情多给他们放了一天假，压根没时间布置作业。

但她觉得自己也不能就这么睡过去。

她还得表达一下自己的赞美之情。

于是颜路清又站起来，轻手轻脚走到顾词身边，最后站定在他斜后方的位置。

从这个角度能看到顾词四分之一的侧脸，他垂着的睫毛长得过分，肤色有种雪一样的质感。他的肩颈线条干净清瘦，修长手指转着笔，一副并不怎么专注的模样，但每隔十秒左右就会在卷子上写下一个选项。

颜路清一边在心中复读"大美人"，一边好奇他在写什么科目。正当她又准备往前走的时候，顾词却突然偏头看向她。

颜路清一愣。

可这真不能怪她，这人的长相很难让人一时半会儿适应过来。

他淡淡扯了下唇角，语调带了点悠闲，尾音微微上扬："怎么，着急睡觉？"

"……"

不知道该说他太会说话，还是不会说话。

怎么就听起来哪儿怪怪的呢？

"不是，"颜路清摇头，"我是想说声谢谢。"

她想夸顾词自己平常总挂在嘴边夸美女的"你真是人美心善"，可话到嘴边，又觉得他大概率不会乐意听到这种话。

于是把"美"去掉，颜路清真诚夸赞道："你真是个大善人。"

"……"顾词手里的笔蓦地不转了。

他定定盯着她好几秒，突然弯了弯眼，笑了一下。

那眼神显出了几分兴趣，只不过是那种"这是什么异世界新物种"的兴趣。

之后顾词停笔起身，去浴室洗澡。

不知道他是作业少还是懒得写……颜路清觉得大美人看起来没有坏学生的劲儿，但也莫名地跟循规蹈矩不沾边，所以很有可能是后者。

随后她又想，顾词让她进来睡，那他呢？

颜路清知道，正常情况下自己应该产生抵触和抗拒警惕心理，但一个是因为现在的情况太过正常，另外，她刚和顾词近距离接触了会儿，很奇怪地一点也生不出担忧的情绪。

颜路清坐在床沿打哈欠，也不知道过了多久，美人终于出浴。

顾词洗完澡出来，头发变得比刚才要蓬松一点儿，看起来异常柔软，眼睛和发色都很黑，对着她撂下一句："我睡客房。"

颜路清独自躺在大床上，空余的地方简直能再挤下十个她。像是公主的闺房一样，简直是天堂。

她闭着眼，周身都陷入了那股清冽好闻的香味中。刚才顾词洗完澡出来从她身边走过时，似乎也是这个香气。

彻底陷入梦乡前，颜路清默默地祷告：谢谢美人公主把闺房让给了自己，美人一生平安。

颜路清晚上一共睡了两觉，所以早上起得也早，但由于真没在这么舒服的床上睁开过眼睛，她赖了好久的床。

也不干什么，就纯赖着。

一直赖到开门声响起，她看到顾词走进来，似乎没往这边看，直接走到洗手间里。

洗漱的声音结束，他再度出来的时候，颜路清正巧从床上坐起来，两人视线在半空中相撞。

少年肤色是真的很白，可正因如此，他眼下的青色也显而易见。顾词脸上有明显的困倦，嘴唇抿成一条直线，看起来不太爽的样子。

颜路清愣了一下："你该不会是……认床吧？"

顾词抬步走到桌子旁，把少得可怜的两张卷子装进去，一边装一边说："有点儿。"

他说完这两个字就打算离开。

这哪是有点儿，你这简直是离了自己的床就失眠吧。

颜路清很感谢他愿意让给她卧室——在他家如此豪华，且有客房的前提下。

但如果这导致他睡不好，那就太过意不去了。

"欸，你等——"

颜路清想叫住他，顾词却一直没停下脚步，只在拉开房门的时候回头看了她一眼："迟到了，回来再说。"

顾词回来的时间比昨天早。

他进门的时候，颜路清刚把一切组装好——

她今天没课，于是大概量了量床的尺寸，出门买了一个隔板。是一个带着地面支架，两端可固定的隔板，被她安装在了床的上方，隔板一竖，恰好将床分成两部分，仿佛火车卧铺一样的造型，只是这个要宽敞得多。

"你看这样行吗？"颜路清有点儿紧张，"要是你实在接受不了的话，我就回客厅继续睡好了……毕竟本来也是我自己倒霉，这是你的卧室。"

她一提，顾词又想起昨天打开门，见到她在沙发上把自己裹起来，还要凑到门边取暖的场景。

他视线从隔板上收回，看着颜路清："试试吧。"

那个隔板是可以调节位置的，十分灵活，正因它值这个价，颜路清买的时候也没怎么心痛。

早上顾词那副样子搞得她心里始终不得劲，于是在顾词又开始写东西的时候，颜路清默默在一旁捣鼓它，稍微挪动了一下——顾词那边占三分之二，给自己留三分之一。

但哪怕是这样，仍然比学校里的床铺宽敞许多。

挪完隔板，颜路清回到小破客厅洗了个澡。她洗了头发才发现卫生间的吹风机坏了，害怕在 11 月冻出病来，她嘴唇打着哆嗦借用了顾词的。

等吹干了出来，颜路清有点儿困了。

她走到隔板给自己留的那一侧，视线突然一顿。

三分之二和三分之一的差别还是很明显的，而此时此刻，那隔板竟然被挪了回去——摆在最中间，一人占二分之一。

颜路清也不知道为什么，看着那个被默默挪动的隔板，突然完全控制不住自己上扬的嘴角。

隔板是谁挪的不言而喻。

颜路清转头去看，某人还在悠闲地写着作业。灯光照在他头发上，给纯黑添了几抹亮色，看起来无比柔软。

晚上睡觉的时候，颜路清突发奇想，伸手敲了两下隔板。

她说："晚安。"

那边久久没有回应。

她正想着，大美人高冷懒得回也正常，刚闭上眼，耳边传来"咚"的一声。

在静谧而奇异的夜晚里，这个声响显得格外温柔。

"试试"的结果就是相当和谐。

两人睡觉都很安静，更何况还有了个隔板挡着，连面也见不到，哪怕同床，基本上也确实是跟室友一样的关系。

接下来的日子里，两人——或者说是颜路清单方面觉得自己获得了一个绝世好室友。

闺房闺床都分她一半不说，早上还能叫她起床。

某次她随口说了句早饭经常吃不上，之后的每一天，颜路清都是带着早饭出门的。

那晚睡觉前，她突发奇想敲了敲隔板，对他说晚安。之后她每次都说，顾词也每次都会在隔板上敲回来给她听。

颜路清是个很有数的人，顾词总是在小事上出现这种类似于纵容的态度，在她自己也没察觉的情况下，变本加厉了起来。

从那离奇的一晚开始，顾词就再也没让任何人进过他房间，包括打扫的阿姨。颜路清见到他收拾的时候，便总是自告奋勇帮他一起，只是最后她拾掇的地方总会有和从前不一样的摆设。

一个人的生活，闯进来另一抹截然不同的颜色。

颜路清越来越习惯于一回到这个狭小的房子就推开卧室的门，从不在别处停留。

有次，顾词突然笑着问她："你的客厅真的不要用一下吗？"

"……"温柔得阴阳怪气，也的确是阴阳怪气，颜路清装作听不懂，"我怎么没用？我明明每天都经过那里。"

得到这个室友还有一个致命的好处——大美人真养眼啊！

叫她起床的闹钟长成这样，声音好听成那样，谁还能有起床气？

哪怕她写难题写得想撞墙，抬头看看不远处大美人的侧脸，心情一下子就能被治愈。

颜路清跟人越熟悉越能叭叭，但她总觉得自己跟顾词叭叭的时候有些奇怪。

她爱叽叽，但不会叽叽琐事，可对着顾词，她好像有说不完的话。

顾词像是困在高塔里的公主，她像只小鸟，每天在外面飞呀飞玩呀玩，回到高塔里就把所有的事情一股脑讲给公主听，献宝一样。

献宝献完了，公主点评完小鸟的故事，才能开始安安静静地写作业。

——这就是每天刚放学回家时两人的相处模式。

顾词最开始眼里写满了"并不想知道你的精神病考试考了七十分还是八十分"。到现在已经会问："然后呢？"

这天是周日。

颜路清周一有物理小测，担心自己又不及格，在卧室里走来走去。走到顾词身边，她不自觉停住，却发现他的卷子仍然是那么干干净净，几乎只写选择题，且从没有画题目重点或是演算的笔迹，速度依旧是非常均匀且迅速，十几秒一个。

颜路清上次就好奇，现在跟他熟悉了点儿，便直接弯腰凑近了去看。

这一看把她吓了一跳。

"……你在写数学啊？"

不等顾词回答，颜路清忍不住提高声音："你写数学这么快？都不在旁边演算一下吗？"

她以为选择题做这么快的只可能是英语，实在没想到竟然是数学。肯定是蒙的！

刚这么想完，没想到几分钟后，她又看到了顾词以同样的方式做了物理。颜路清忍不住了："你要蒙就直接蒙好了，为什么还得想几秒钟？"

"……"

顾词转笔的手再次停顿，观察新物种的眼神再次上线。但他并没回答，只是安安静静地把试卷写完，而后站起来，突然把两张卷子都递到了她手里。

颜路清不解抬眼，顾词给她指了指房间一角的电脑："我去洗澡，帮我对一下答案。"

看着他进浴室，颜路清便开始在网上搜题。逐个看完，发现他全对。

颜路清："……"

她顿时想到了自己的物理试卷。

大神的卷面干干净净，像是抄的，巧了，我也是。

我是真抄。

顾词这边既然是5月，那他在学的是高一下半年……这证明上半年的题都会了呀!

而且她跟顾词世界的星期几是差了一天的，明天是顾词这边的周日，可以休息，所以今晚应该没什么问题。

颜路清坐等他从浴室出来。十分钟后浴室门开，头发半干的少年走出来，颜路清可怜巴巴地看着他："室友一场，能不能教教我物理? 我明天得考试了。"

顾词垂眸看了她半晌，漆黑的眼眸看不出情绪，但他唇边总是挂着个好看的弧。

看见有戏，颜路清又做了个双手合十的动作。

大美人松了口："不会的拿来。"

颜路清原本在卧室的另一头写作业，而且她喜欢趴着歪着写，偶尔还在床上写。

顾词则一直在这边的桌子。

这会儿是颜路清第一次坐在他的桌子旁，她搬了另外一把椅子到了顾词身边，把题目全掏出来，然后聚精会神地听着他讲。

颜路清对物理一直很头疼，尤其是现在的物理老师，声音非常像助眠博主，讲课可以说是一级催眠，搞得她看到物理相关的就想睡觉，作业都写不下去。

所以顾词给她讲的时候，颜路清打起了十二分的精神。

她努力不漏掉他讲的每一个字，但对方语声有种奇异的独特感，清冷混杂着柔和，辨识度极高，如果不是在讲解题目，凑得太近听甚至会让人感到十分不好意思。

她也像是个学生该做的那样，一会儿看看题目，一会看看讲题老师。

然后发现一旦看了老师，很容易就再没法挪开视线，于是只好专心低头看着题。

颜路清想：这个不助眠，这个提神……太提神了。

只是时间有限，不管讲得多好，听得有多认真，颜路清前面两个月的基础完全没打好，许多地方讲着讲着她就没法跟着顾词的思路往下走。

第一次顾词什么也没说，漆黑的眼睛里也没什么情绪，给她顺便补了一下缺掉的知识。

但又很快出现了第二次。

到了第三次，再次卡在了一个位置，顾词突然对她笑了下："你没学吗？"

没法从头开始恶补，颜路清就只能迷茫地跟他对视："我学了……吗？"

"室友一场，告诉我实话。"顾词看向了微微破旧的卧室门，意有所指，温声问她，"你们那儿的，都这样吗？"

"……"

虽然结尾不太愉快，但颜路清听了那么一个多小时，感觉简直是自己学物理以来学到最多东西的时候。

但毕竟那一个小时是加班加点听的，第二天颜路清起得比平时晚了足足十分钟。她自从搬到这里，一直都是走去学校，步行差不多十分钟，所以她一般提前二十分钟出发。

现在可好，距离打预备铃总共只剩十分钟了。

"完了完了完了……"颜路清飞速洗漱完，回到卧室拿书包，急得当上了复读机，"迟到了迟到了迟到了……"

"打车。"

"这附近打不到，有点儿偏僻。"

顾词又问："会骑车子吗？"

"啊，不会……"颜路清说完，几乎已经要放弃了，"算了，我跑着去吧，说不定还能搏一搏——"

后面的话被顾词打断。

他套了一件黑白运动外套，说："我会。"

三分钟后，小区楼下。

颜路清看着从那扇门带下来的、顾词的纯黑色的一看就价值不菲的相当帅气的山地车，一时间都不知道说什么才好。

她憋了半天，没想明白自己应该坐在哪儿："你这车子……为什么没车后座？"

顾词轻描淡写："因为没想过载人。"

这个回答让她蓦地一愣，心跳仿佛微微滞住。

颜路清抬眼。

清晨的阳光从他的侧面照过来，秀美的轮廓有部分像是融进了光线里。顾词长腿跨上车，单手扶着车把，露出前面的横梁。

他笑了笑，像是开玩笑一样随意道："你可以是第一个。"

车横梁并没有颜路清想象中的那么硌屁股。

颜路清侧着坐，双手把着前面的车把，一直看着前方给顾词指路，指挥他左拐右拐。

他骑车子很快，却出奇地稳，比她走路快多了，赶上了红灯到学校也才三分钟。

因为红灯而停下的时候，颜路清不用再扶着车把。她侧着坐直，没忍住朝右转头，看了他一眼，却恰好对上他微微下垂的视线。

似乎谁都没想到这个突如其来的对视，原本想真心说句谢谢的颜路清卡了壳，顾词漆黑的眼睛划过一丝看不清的情绪。

不知道过了多久，红灯过去，周遭的非机动车都开始缓缓前移，颜路清强迫自己别开视线，再次朝前看。

不到一分钟的时间，顾词将她载到了学校门口。

颜路清对他道谢，从横梁跳下去，在口袋里摸了半天，最后将钥匙放在他手里："你回去开完门之后，就把钥匙放在门口那个垫子底下吧，反正我中午还得回去……"

顾词接过去看了会儿，又抬头对她道："中午别在学校吃饭。"

颜路清之前也吃过他家阿姨做的好吃的，大概今天是顾词那边的周日，阿姨又要做什么，她也可以跟着沾光。总之，学校食堂自然是完全不能跟那阿姨做的比，颜路清顿时开心点点头："嗯嗯。"

"争取及格。"顾词最后说。

颜路清："……"

不过，承他吉言，这次的小测难度只能算中等。颜路清考完试之后心中大概有数，及格肯定是可以的，甚至能比及格线高个一二十分。

还真多亏了昨晚的恶补。

得知她中午不在学校吃饭，闺密秋暖林十分诧异："啊？还想约你今天跟我们喝奶茶，你这直接饭都不在学校吃了？"

秋暖林戳戳她："你这是怎么了，你是不是在住的那儿藏了什么大宝贝啊？金屋藏娇？每天一放学就着急回家看看，嗯？"

"……"

闺密不愧是闺密，为什么一下就能戳破她的小心思？

颜路清顿时快要被心虚淹没。

"没有……我这么穷能有什么宝贝啊。"颜路清打着哈哈开玩笑，"哪个宝贝眼光这么差？再说了，我哪有金屋！"

而后在心里默默补充：确实住着"金屋"呢，但那"金屋"是人家"娇"的。

第一节课考完试，第二节课颜路清稍微走了点神。

想到他那句"你可以是第一个"。

想到，顾词肯定是经常骑车子才会骑得这么稳当。可他那种家境哪还用他骑车子？

不过学校里总有骑着这样车子的男生成群结队，经过校门口的时候，还会对漂亮女生吹口哨。

顾词也会吗？

他在他的学校里是什么样的呢？

那么耀眼的少年，会有很多很多人喜欢他吧。

一直想到这里。

颜路清彻彻底底地被自己的想法震住。

怎么会延伸到这个地步啊……

她瞬间有种莫名的，像是蜗牛想要缩回壳里的感觉。

——算了。

专心听课。

中午放学。

因为已经答应了顾词，所以也不好再反悔，颜路清最终还是在秋暖林狐疑的目光下走向校门口。

中途遇到了其他班回家吃饭的女同学，跟她熟络地打了招呼。颜路清女生缘是真好，主要她拒绝男生告白都拒绝得太过干脆，本身交友倾向也偏向漂亮妹妹，加上性格"沙雕"可爱，脸长得还好，自然招女孩子喜欢。

颜路清见到美女开心了点儿，两人一路说笑着走向校门口。

她们方向不同，颜路清正想跟她道别，余光突然在校门口密集的人群里找到了一个格外显眼的身影。

与此同时，身边的女同学声音里满是惊艳感慨："天啊，我看到什么了？这祸水是哪个学校的？不会是咱们学校的转学生吧？？？"

颜路清沉默三秒："……不是。"

"他怎么在往这儿看？不是，他这眼神……他在看你？"

颜路清觉得浑身哪儿都有点儿不对劲，她不知道怎么回答，只得先跟女同学强行道别："宝贝，下次再给你讲，我先走了。"然后朝着那个身影挪动。

还是跟早上一模一样的地方。

还是早上她坐着来的那辆黑色车子。

还是……那个骑车子的人。

她一直以为自己爱看的只有美女，遇到这位才发现，她爱看的是美人，与性别无关。

顾词还穿着清晨那身薄薄的运动服，在这 11 月的天气里，拉链拉到了最顶端，小部分下巴藏了进去。

原来大美人鼻尖带点红也这么好看。

颜路清走到他面前，笑了笑问："喂，你怎么还带包接包送服务的呢？"

"接你只是顺便。"顾词语调闲散，"我在这里逛了一会儿。"

颜路清一愣："你在这……逛什么？"

"想看看你这个世界长什么样子。"

她很久没讲话，看着他开口，眸似点漆，嘴唇是淡淡的粉色，每说一个字唇齿间就呼出白雾。

"快点上来，冷。"

6

颜路清再次坐上了车子。

她满脑子都是刚才顾词说的几句话，都没注意到有不少人往俩人这边看，包括刚才分开的隔壁班好友。

她专心看着前路发呆，身后突然传来顾词的声音，距离她很近："找个地方吃饭。"

颜路清一愣，半回过头："你不是早上说让我……"

顾词"嗯"了声，少年声线里带了点被冻久了的鼻音，他理所当然道："我现在又想在这里吃了。"

颜路清："为什么？"

顾词："想试试。"

她不解："试……什么？"

"试试这里的东西多另类。"他声音带了点笑，"每次给你拿吃的，你都一副好吃到上天的样子。"

颜路清顿时无语，彻底扭过头去看他："……欸，那是因为你家阿姨厨艺真的很好啊！"

她转头转的幅度有点儿大，让车子微微晃了一下。

但顾词很快单手稳住车把，另一只手抬起来放在她头顶，轻轻一转："知道了，坐稳。"

他说话还带着鼻音，颜路清莫名有被这个给她转头的动作帅到。

她什么都没说，再次看着前方。

除了地名，这两个世界在细节上是如此接近，她明显也不是外星人，顾词不会真的以为自己这边是吃非正常食物的吧？

"我带你去吃。"

颜路清突然说，而后补充了一句："但你得先骑回去穿件外套。"

怀榆一中周围有两家颜路清很喜欢的店，看着顾词翻出他的厚外套，而后她指挥着顾词骑车过去，让他在其中选了一家。

顾词得出结论，这里的食物也并没有奇怪的地方。

两人吃完饭，她再次享受了一番接送服务，顾词把她送到学校的时候，颜路清想到晚上放学校门口的胜景，害怕顾词被围堵，便说："你回家吧，下午放学之后我跟朋友去喝点东西，晚点儿我自己走回去。"

顾词看了她三秒，没说话，点了点头。

颜路清到了学校才开始后悔。

她为什么要多嘴那一句呢？

其实也就这一天。

就这一天，顾词那边是周日，而她这边是周一，所以他不用上学——她才有机会坐他的车子。

而且她又不是每个周一都起晚，很可能这是第一次也是最后一次坐了。

颜路清在教室里怎么想怎么后悔，但话已经说出去了，后悔也没用。她想到秋暖林之前的抱怨，干脆趁着今天约她放了学去附近奶茶店。

秋暖林还叫了班里另外两个小姐妹，四个人放学就直奔奶茶店，一人一杯奶茶坐下聊天。

女孩子们在一起的聊天内容还算固定，有时候讲讲八卦，没八卦那就彼此询问一下，从对方身上找八卦。

再就是亘古不变的话题——

"有没有喜欢的人""喜欢谁""喜欢什么样的"。

颜路清一直有点儿心不在焉，前面她们讨论八卦的时候没参与，到了问问题环节，被秋暖林敲了一下脑袋。

"问你呢宝贝，"她说，"你喜欢什么样的男生？"

颜路清上高中的第一个月也经常被问这个问题。

军训是大家认识的开始，那会儿就有几个男生对她抛出暧昧橄榄枝，全都被颜路清很直接地掰折了。

还有一个已经看开，现在跟她成了异性好友，经常不解地问她："你到底喜欢什么样的男生啊？"

不管谁问，颜路清一般都回答得很敷衍。

颜路清当时觉得奇怪。

为什么非要有喜欢的人呢？还非得有理想型吗？她只想爱她自己，谢谢。

可现在再被问到这个问题……

她发现自己脑海里竟然浮现出了一张脸。

经常眼尾弯弯挂着笑，虽然类似桃花眼，却是更为漂亮的眼形；虽然还是少年，却已经有足够惊艳的脸。

鬼使神差般，颜路清说："长得好看的。"

沉默三秒。

朋友们拍桌："你这不废话吗！谁不喜欢长得好看的？！"

"那……"颜路清顿了顿，脑子一绷，再度脱口而出，"会骑车子的。"

秋暖林疑惑："长得好看又会骑车的，不是没有吧？"

朋友们也开始附和，三人开始给她数哪个班的班草，最后发现全会骑车。

"那……物理学得好的。"颜路清说，"能把我教会的。"

这话一出，秋暖林直直摆手："那没有，那确实没有，别想了呀妹妹。"

几个女孩子又聊了一会儿，一起走出了奶茶店。

奶茶店就开在校门口那条街的尽头。颜路清和她们方向相反，这会儿走读的学生基本已经全回了家，街上很空。

现在天黑得晚，街边路灯已经亮起，她拐过街角，在下一个路灯下看到了怎么也没想过会在这儿出现的……熟悉的车子。

顾词靠在车子旁边看手机，他低头时脖颈拉出很好看的线条，手机屏幕的光照在他脸上。

颜路清站定以后，他似有所感，抬眼朝着她看过来。

颜路清呼吸一滞。

她想，这人又来给她的心脏做运动了。

还挺规律，怕她活动量不够，早中晚各一次呗。

尽管心里吐槽着，依旧摁不住活泛的情绪，颜路清朝他走过去，耳根逐渐泛起热意。

"你等多久了？"

顾词收起手机："十分钟。"

颜路清"哦"了声，几秒没说话，慢吞吞地问："那你……为什么来啊？"

"你不是说过吗？"他笑了一下，自然而然地道，"因为我是大善人。"

"……"

颜路清第三次坐上了大善人的车子。

早上那趟是车速最快的，中午她没注意，但晚上，顾词骑得很慢，很悠闲。

好像不是放学回家，更像是他们在散心一样。

"我没跟你说我要来这儿吧……"颜路清吹着晚风，突然想到了关键一点，"你怎么会在这里等？"

"你说了喝东西，"顾词的语速和他车速一样悠闲，缓缓道，"这一条街我看了，女生最爱去的，百分之九十是奶茶店。"

颜路清眨眨眼："哦。"

这声"哦"不是很正常的"哦"。

顾词没说话。

果然，随后没多久，前面又传来一声："你好懂我哦。"

恰好前面是红灯，车子停下。

颜路清回过头，也不知道哪里来的冲动，对顾词说："你这么懂——"她声音顿了顿，变小了点，"你是谈过恋爱吗？"

他扶着车把时要往前倾，两人此时凑得很近。

"那请问你，我为什么这么懂物理呢？"顾词垂眼看她，笑道，"我是跟物理谈过恋爱吗？"

"……"确认过眼神，大家都是母胎单身的人。

尽管被小小地损了一次，但颜路清知道这件事之后，还是觉得超乎寻常的开心，洗澡的时候都没忍住哼了两首歌。

还是在借用顾词吹风机的时候才意识到自己的奇怪，收敛了表情。

晚上睡觉的时候，她面对着顾词那头，"咚咚"敲了两下隔板："晚安。"

那边也"咚"地敲了一下，随后是顾词的声音："嗯。"

谁都看不见，隔着隔板，他们是面朝着对方入睡的。

自那天之后，颜路清觉得两人之间有什么东西变得不太一样了。

虽然时间很短，但她觉得顾词对自己来说，已经不是一个单纯的来自其他世界的大美人室友。

高塔里的公主词跟讲故事的颜小鸟仍然在延续。

以前颜小鸟放学回来，见到公主词就开始叽叽喳喳，现在如果她不叽叽喳喳，被锁在高塔里的公主还会揪着小鸟的羽毛让她叽叽喳喳。

过了五天，周六是颜路清兼职家教的时间。

秋暖林家境不错，她也知道颜路清总想用空闲时间赚钱，她姑妈家的孩子读小学四年级，成绩不太理想，秋暖林没耐心教小孩子，她姑妈便想让秋暖林帮忙找个温柔的姐姐当家教，她立刻推荐了颜路清。

颜路清从暑假就开始教，开了学后每周或者每两周去一次，时间正好是周六。

11月12日那天也是周六，颜路清去完小孩家回来，已经到了顾词平时放学的时间。

他房间里没人，但书包在桌子上摆着，蓝白色的校服外套也搭在了椅子上。

之后又过了两个小时，到了九点，他还是没回来。

颜路清习惯一回来就见到他，或者两人前后脚回到这间卧室。

乍一出现这种情况，非常不适应。

神仙卧室突然不香了。

颜路清又开始剖析自己。

一开始明明觉得是卧室最香吧？现在……竟然变成了人香？

她震惊于这个转变，耳边突然传来"咔嗒"的开门声。

进来的正是很香的大美人。

只是跟平常不同，他身上穿着衬衫，领口松了一颗扣子，手里拿着一件纯黑色西装外套，跟平时的简约舒适风完全不同。

可这身穿在他身上，并没有那种不适合这个年龄的感觉，反而白衬衫和他出奇地搭，浑身都是干干净净的少年气。

颜路清以前从没有意识到白衬衫的好看，她觉得就是非常大众的款式，穿上也不能给人添什么亮点。

看到顾词，她现在不这么想了。

白衬衫竟然能被穿得这么好看。

顾词朝着她走过来，颜路清敏锐地嗅到和平时不一样的味道。

"你去哪儿了？"

"饭局，"顾词随手放下外套，坐在床边，"长辈生日。"

"11 月 12 号。"颜路清想了想，"天蝎座啊。"

顾词突然动作一顿，转头看了她一会儿，眼神有些奇妙。

颜路清这才反应过来——她算的是自己这边的时间，他那儿明明是 5 月。

"哦，我忘了，应该……"

她正想修正说法，顾词突然打断她："你那边是 12 号？"

"嗯。"颜路清点头，"11 月 12 号，怎么了？"

"没怎么，"他勾了勾唇，一副心情不错的样子，"如果在你那边，今天是我的生日。"

颜路清顿时睁大眼睛。

生日对每个人来说都是十分特殊的一天，一般对待朋友，送生日礼物也是最用心的。

如果提前知道，她还有时间想想送他什么。

但这也太突然了。

"你有想要的礼物吗？"颜路清干脆直接问，"我改天补给你。"

顾词好像就在等这句话一样，优哉游哉地说："没想好。"

"你先欠着吧。"

颜路清这边越来越冷，顾词那边越来越热。

这样天气的矛盾越来越大，温差越来越明显——明显程度，就像是"室友"两人间的关系一样。

不知不觉，室友当了一个月整。

12 月的第一天是个星期六，颜路清结束了家教之后发了上个月工资，她算了算存款，第二天去给自己买了部手机。

她以前的手机已经用到彻底完蛋了，又因为上学许久都没掏出来用，这会儿颜路清得把数据都转移到新手机里，在卧室捣鼓了一下午。

等终于完工，她看到一旁在看试卷的顾词，突发奇想，走过去道："你们那儿也有微信吗？"

"嗯。"

颜路清兴奋："要不要试试，看我们能不能加上好友？"

顾词对此似乎没什么兴趣，他直接把一旁的手机递给她："自己加。"

"你不解锁我怎么……"颜路清正嘀咕着，屏幕一亮，轻轻一划就进入了主界面，没有想象中输密码的环节。她忍不住咋舌："你不设密码，不怕被人看吗？"

"没人拿得到我的手机。"

颜路清拿着他的手机，动作顿住。

抬头看他的时候，顾词侧脸神情却稀松平常，好像完全没有意识到这话的含义。

可她一下子想起之前骑车子时他说的话。

——"没想过载人。"

——"没人拿得到我的手机。"

车子载了她。

手机也给了她。

两分钟后，微信成功加上了好友。

颜路清发消息试了试，完全无障碍，打电话也能打通，非常神奇，就仿佛两人同处一个世界一样。

顾词头像是和默认聊天背景一样的颜色，名字不知道怎么设置的，竟然是空白。

这样一来，跟他的聊天界面就仿佛出故障了一样，是在和空白内容聊天。

颜路清有时候很善于察言观色，且非常能够在得知对方对自己纵容的时候，适时"得寸进尺"。

她灵光一闪，走到顾词身边轻声说："欸，你这个微信名用多久了？"

"不记得了。"

"都不记得，那肯定是很久了，你估计也看腻了吧！"不等他答，颜路清积极道，"我想给你改个微信名，行吗？"

顾词笔尖微顿，懒懒抬眼看过来："嗯？"

"放心，改的微信名一定很适合你。"

她在屏幕上戳了两下，而后把手机递到他面前。

自己的昵称显示了一个英文单词"word"。

顾词："……"

顾词收回视线，重新看向给自己改名的人，神情认真地询问：

"哪里适合我？"

"因为'词'啊，"颜路清说，"不就是'word'吗？哪里不合适？"

大美人神情还是不太爽。

接下来，颜小鸟便发挥自己叽叽喳喳的功力，叽喳了快半小时终于让公主接受了这个名字。

可她不知道，顾词又花了好多天来适应。

他每次戳到微信，看到自己，就盯着那个单词，有种说不出的别扭。但想要下手改，耳边又传来某人的魔音。

就这样，一周后他才硬生生看习惯了这个单词。

一周后是颜路清的月考。

她周一下午就要考物理，周日那天是顾词的周六，两人每周唯一重合的一天休息日，颜路清抱大腿学了一下午物理。

前半段，她总觉得两人间的感情都快学崩了，所以面对顾词的阴阳怪气她也虚心受教，在中场休息的时候还拍他马屁。

后半段倒是渐入佳境，进度明显快了很多。

这次与上一次不同，上次时间紧迫，一个小时不到，这次是整整一下午。颜路清最后复习完，简直觉得自己能冲刺九十分。

再次响亮地吹了一拨彩虹屁，颜路清随口道："我觉得你可以当个物理学家，探索世界，你看，咱们经历了这么神奇的事情，你要是能用物理研究出来这个，那世界大奖岂不是妥妥被你拿下！"

顾词像是看染色体缺了一条的人一样看着她。

"我开玩笑的嘛……"颜路清略微尴尬地清了清嗓子，又转移话题，"你物理学得这么好，那你学校没让你参加竞赛什么的吗？"

"参加。"

颜路清有些惊讶："可是我们班去参加竞赛的每天回家特别晚，都是放了学还得去专门做竞赛集训……"

顾词突然看了她一眼。

他眼睛太黑，黑得纯粹，除非从表情上观察，否则很难让人一眼识别出他的情绪。

顾词开口道："因为我想早放学。"

只可惜，颜路清的雷达对这样迂回的句子完全无感，她觉得哪个学生都想早放学，这是十分正常的。

于是这导致她好奇的点非常偏，不解地问道："可那不是强制的吗？放学难道是你想早就能早的？"

顾词眯了眯眼。

颜路清觉得他又像是在看染色体缺了一条的人一样看着她。

但他还是选择回答了她的疑问。

"我放学早，作业也可以挑着写。"

颜路清眼睛睁得更大，写满了"我很好奇"。

"因为……"顾词给她讲完课就是一副身心解脱了的样子，没骨头似的靠在椅子靠背上，语调也显得慵懒。

"跟任课老师说，在忙着准备竞赛。

"跟竞赛老师说，最近因为刷太多竞赛题，落下课程挺多的，得稍微花点时间在其他科目上。"

颜路清："……"

五、体、投、地。

她彻底服气了。

这智商，这脑子简直绝了。

两人没聊太久，因为第二天的月考，颜路清比平时更早上床睡觉。

可是一闭上眼，她却莫名想到了上个月。

也是恶补完物理的那一晚，她因为复习得久了点儿，第二天睡过头，万分害怕自己迟到。

然后她就坐上了顾词的车子。

还在一天内坐了三次。

他说他没想过载人，她是第一个。颜路清也想说，其实她从没坐过谁的车子，坐上他的，是第一次。

他那天穿得特别少，又因为高挑，显得异常单薄，却很可靠。

坐在车子上，他们会离得特别近，有时因为风向，她会闻到少年身上清冽无比、从另一个世界带来的香气。

他们会偶尔说话，他的胳膊会撑在她两侧，稍微一回头就能看到清晰漂亮的下颌线条。

脑海里全部是那时的画面，她突然意识到，自己很想念那种感觉。

很想很想。

颜路清心脏怦怦跳，她知道顾词没有睡着，干脆在床上跪坐起来，直起上身，正好能把胳膊扒在隔板上——

她就那么趴上去，往下望。

现在这里是很暖的天，房间内甚至开了恒温空调，顾词的被子只是随意搭在腰间，一条长腿曲起。他似乎本来就睁着眼，颜路清一往下看，就和他对上了视线。

颜路清轻声叫他的名字，尾音微微上扬："顾词。"

他"嗯"了声。

"明天我会迟到。"

女孩子声音小，但吐字清楚分明，在静谧的房间里，那道声音显得尤为清晰。

少年一愣，瞳色如同化不开的墨，过了几秒，他眼底泛起很浅的笑意。明明是清清冷冷的嗓音，语调却异常温柔。

"知道了。

"我会送你。"

7

窗外的月色很美，他们再也没说过话，任由空气在这间屋子里发酵。

有时候上床早，关灯早，不代表睡得早。

经过这种对话谁还有心思睡？

颜路清在隔板那一侧翻过来翻过去，胸腔里像是打着小鼓一样，一想到刚才他说那两句话的神情，就开始咚咚作响。

顾词那边倒是一直安静。

——不知道是安静地睡了，还是安静地在听她折腾。

也数不清是过了多久，到了什么时间，颜路清终于有了几分睡意。一直到睡着，她脸颊都还是红红的。

结果第二天她起晚了。颜路清正手忙脚乱地收拾书包，顾词站在她身边穿外套，刚起床的声线微微发哑，语调也凉凉："我以为昨晚说的不是这个意思。"

说了"我会迟到",重点又不在迟到上,而是在于去学校的交通工具。

可某人竟然就真的呼呼睡过了头。

"没想到是这么认真的'迟到'。"他拉上拉链,一拉到顶,脸上写满"不愧是你",赞扬道,"是我狭隘了。"

颜路清:"……"

这次迟到得比上次还邪乎,时间更紧迫,但在某人出神入化的好车技中,她最终并没耽误月考。

有人接送,颜路清这次考试考得相当理想。

月考两天过去,周三有节体育课,因为体育课通常是几个班级在一块上,她跟秋暖林在这几个班里恰好都有相熟的好友,一群女孩子就找了个背风的地方坐下聊天。

一般都是聊聊趣事和八卦,再不然就是帅哥,颜路清怎么也没想到,这次聊天的主角竟是她自己。

好友一刚一坐下就指着颜路清:"我上周都在校门口看见了!你快招!"

颜路清惊愕:"什么?"

"就周一接送你上学的那个大帅哥,到底是谁啊?"

颜路清原本想装傻蒙混过关,但另个班级的好友二连忙附和:"我也看见了!我比你看见得还早,应该是上个月的事儿,当时因为期中考我们课间都几乎没了,不然我早就去你教室好好盘问盘问你。"而后转头跟好友一对细节,"是不是特显眼?骑个纯黑色的车子,帅得不行了。"

好友一狂点头:"长得太好看了,虽然明显是高中生,但那脸一看就不是我们学校的。"

颜路清:"……"

好友三又蹦出来:"你们这么一说,我好像也看到了!清清还坐在人家车子上,还不是坐后座,是坐在前面那根横梁上!侧面看就跟抱着她骑车子似的。上周一我以为我眼花,但总不可能咱们三个都认错吧?"

颜路清："……"朋友交多了也有坏处。

面对大家都知道唯独自己不知道的八卦，秋暖林已经要抓狂了："啊啊啊啊这是谁？送你接你的人是谁？快如实招来！！！"

颜路清想了个合适的说法："他是我邻居。"

她也没撒谎。她的房子和顾词挨着，从字面意义上来说，他们确实可以算得上邻居。

只不过颜路清隐瞒了最重要的一点——她目前正住在邻居的卧室里。

她似乎，还对这邻居有着难以言说的莫名其妙的小心思。

因为刚开学那会儿少年人心思活络，明里暗里追颜路清的男孩子太多了，而她一个一个把桃花连着枝都一块铲除，在她这儿从没有藕断丝连这一说，"丝"给你拔得干干净净。

所以好友们怎么也想不到，她竟然出现在了这个神秘"邻居"的车子上！

还是坐在横梁这么暧昧的坐法！！

邻居还是个大美人！！！

引得一众好友对这个美人邻居万分惊叹好奇，只是从颜路清那里也问不出什么，她来来回回就只那几句车轱辘话，"邻居""关系不错""迟到所以顺路送我""车子没后座所以只好坐前面"。

好友们不信，纷纷提出周末要去她家参观，被她绞尽脑汁拿出各种理由给搪塞过去了。

颜路清以前最烦别人误会她和谁谁谁走太近，恨不得一有什么风吹草动的谣言，就在自己脸上贴张纸，上面写"无欲无求"。

原因有两点。

第一，她确实看那些男生就跟看大萝卜一样，除了个别的交成了好哥们儿，对其他的几乎没有人类的情感。

第二，这样的谣言一旦传到老师耳朵里，那今后她绝对会成为教师办公室的谈心常客。

有这时间学习不好吗？打工赚钱不香吗？她可不想因为这种破事被老师天天揪出去教育。

但面对好友们此时起哄的顾词……

她都没注意到，自己最先想的不是澄清关系和撇清自己。

而是——得瞒着她们。

月考之后,颜路清处于较为轻松的时间段。

学生时代似乎总是这样,平均每个月一次正式全科目考试,考完之后的半个月告诉自己可以放松,到了后半个月,又在各科老师的耳提面命下开始准备下一场考试。

12月中旬的周末,每周两人唯一重合的那一天休息日。

似乎是有一种默契一样,这一天他们不管谁都不会出门,就一起待在房间里,颜小鸟说话多,公主词说话少,到了点吃饭,颜小鸟还可以得到公主家里御用保姆做的好吃的饭菜。

这天,颜小鸟刚叽喳完,到了写作业的时间。她心不在焉地看着卷子上的阅读理解,这文章太容易让人走神了,开篇看几次都读不下去,看着看着她就烦了,转而视线飘到了坐在桌子旁的顾词身上。

恰好顾词手机在桌子上振动,有人给他打电话,他接起来,也不吭声,就那么等着对面说话。

好像他平时也懒得讲话,像是怕说废话会浪费口水一样。

颜路清看着他的侧脸,想,这是多欠揍的态度啊,可放在这人身上,竟然让人一点儿也生不出讨厌的心思。

给顾词打电话的人不知道说了什么,他微微侧过头——颜路清直觉他似乎是想看这边。

而后他对着手机道:"不去了。"

等顾词挂了电话,颜路清好奇:"什么不去了?"

"朋友叫我打球。"

"为什么不去?"

顾词转头看了她一眼,意味不明,最后又收回视线重新看着手机:"热。"

颜路清"啪"地放下笔,"噔噔噔"到他身边劝:"去吧,我也想去,能不能带我一起?"

"不能。"

虽然不能,但颜小鸟的三寸不烂之舌不是吹的。

五分钟后,被叽喳烦了的公主词终于松口,指挥道:"去换夏天的衣服,外面很热。"

开学的时候颜路清那边也很热，她夏天的衣服还留了几件。于是颜路清再次回到卧室的时候，身上穿的是军训那个温度时穿的衣服，白色短袖和运动短裤，还扎了个马尾，非常运动风。

然后她看到顾词打开他的衣柜门，几秒后手里也拿着一件白 T 恤，似乎正准备换。

他身上穿的是黑色。

颜路清愣了一下，她脑子里最先浮现的竟然是"情侣装"三个字。

她心脏扑通扑通跳了几下，开口问："为什么换白的？"

顾词淡淡地回头看着她，半晌才答："黑色吸热。"

说完，他回过头，一手打开衣柜门，另一只手单手拎着衣领，很轻松地往上一提——黑色短袖一下子被他脱了下来，露出清瘦光洁的后背，细窄的腰，和形状优美的蝴蝶骨。

颜路清猝不及防。

顾词很快套上了旁边纯白色的短袖，脱得快穿得也快，前后不到五秒钟。

他回过头，看着她的表情，眉梢微抬："怎么了？"

颜路清迅速回神，心跳得更快："……没怎么。"

就是觉得这人怎么哪里都长得那么好看。

接下来的时间，顾词先是把家里还在的人全部支开，而后关了客厅和门外监控，轻手轻脚地带着颜路清下楼，推着车子载上她就走。

这是颜路清第一次走出他的卧室。

其实周围的景观确实和自己的世界差不多，但颜路清知道这是顾词的世界，另一个世界，这仿佛给所有的景色都加了一层滤镜一样，变得又美又神奇。

顾词看她的世界时也是这种心情吗？

颜路清正四处张望的时候，在顾词视线下方，就是一颗脑袋左探右探，活泼极了，一刻也不消停。

"全是差不多的东西，"他抬起一只手固定了一下她的头，"有什么好看的？"

"你都去过我那里那么多次了。"颜路清小声嘀咕，"我也想看看你的世界嘛……"

顾词没说话。

但颜路清却发现，他骑车子的速度似乎默默降了一点儿。

就好像……要方便她观察一样。

颜路清有想回头的冲动，又害怕回过头跟他对视，想说话，又不知道说什么。

那种感觉又来了。

像是那晚她趴在隔板上的对话，像是每次看到他跨着单车等她放学，像是单车上好多次莫名的对视，像是每天睡前敲敲隔板在说"晚安"。

他的世界里，属于夏天的风从他们身边吹过。

说不清楚的情绪流动在周身，就好像他们的年纪一样，青涩又美好。

打篮球的地点距离顾词家并不远。

到了地方，原本正热身的男生全都震惊地看着不远处纯黑色车子，一个个目瞪口呆。

以前男生们开玩笑，说："词哥的车不载妹，载载我们总行吧。"

"什么人都不载，"顾词笑着说，"我车子嫌累。"

顾词那宝贝车子从不载人，现在他载了个漂亮妹妹。

他打球什么时候带过人？现在带了个漂亮妹妹。

怎么？是现在车子不累了？还是漂亮妹妹不算人？？

颜路清不知道他朋友的内心活动，到了篮球场，她介绍自己是顾词的邻居，因为闲得没事就跟他过来玩玩看看。

几个男生心里都炸了，表面上还是嗯嗯啊啊地打着招呼。

等他们转身进场，顾词还在她身边悠闲道："邻居？"

颜路清顿了一下："哪里不对吗？"

"没有，"他笑了声，"只是今天才知道，原来住在一起的叫邻居。"

"……"

颜路清是完全看不懂篮球的，她也分辨不出谁厉害，但是看到顾词跳投之后他的队友就炸了锅一样欢呼，也差不多知道他应该是这里最牛的那一个。

他朋友也不知道是天生黑，还是天天打球晒的，一个个都跟顾词形成鲜明对比。

颜路清也不是不喜欢黑皮肤和深小麦色，但是这个场面……

真的很像一群猴子跟一位公主在打球，还被公主给爆捶了。

这么想完，颜路清又赶紧在心里默默给猴子们道歉。

她怎么回事？她不能搞"拉踩"，这样不好。

一边反思自己，颜路清一边忍不住掏出手机拍了几张他的照片，怎么拍怎么好看。

其中有一张是他正往自己的方向看过来，那双极为惊艳的眼睛一下子对准了镜头，摁下拍照键的同时，颜路清心跳也随之一滞。

那张之后她就没再拍了，坐在休息的地方看着他们打，中途还去附近的商店买了瓶水。但接下来，打了不到半小时，顾词就叫了停，把球扔给其中一人，不知道说了什么，回过身朝着她走来。

颜路清看着他，疑惑："你不打了？"

"嗯。"

颜路清本来以为他们至少得打一下午："怎么就打这么一会儿？"

"我家可能会来人。"顾词坐到了她旁边，看着她笑，意有所指，"你要是想见他们，我也可以再打一会儿。"

他呼吸声比平时重，额头上也挂着汗，不知道是不是这个原因，颜路清觉得他嘴角的笑莫名带了点痞帅。

"给你。"颜路清把手里的水递给他，"我没给你朋友们买，只买了你的。"

顾词接过去后，看了几秒才扭开。他喝水时微微仰着头，喉结滚动，颜路清一边欣赏美景一边说："这儿卖水的真是贵死，我出来急了没带够钱，买不起那么多瓶。"

她说完这话，正喝水的人却突然呛了一下——他迅速把水瓶拿下来，又一连咳了好几声才恢复如常。

颜路清看着他缓缓抬头，神情一言难尽。

"最后一句可以直接咽回去。"

而后起身走向外面车子停靠的地方，颜路清也跟了上去，但她脑子里还在想顾词这话的意思。

最后一句咽回去？

最后一句是她解释为什么没给他朋友买水。

把这句咽回去，那前一句就是——我没给你朋友们买，只买了你的。

颜路清蓦地停住脚步。

她似乎被夏日的热度感染了，耳根越来越热。

她觉得自己真是有病。

竟然觉得今天的顾词十分……可爱。

再次回到顾词家，他在院子外刹车，把颜路清放下。

"我先去放车子，看有没有人回来。"

颜路清比了个"OK"，而后便在他家门口的地方来回转。

其实她说顾词是锁高塔里的公主也没什么错嘛，从颜路清没见过世面的眼光来看，他家看起来确实很像是公主住的地方。

院门外的两边种了许多花花草草，什么颜色的都有，颜路清转了一圈，发现唯独有一种小白花不一样，它白得非常显眼，形状介于梨花和樱花之间，但花瓣比樱花大，通体纯白，清秀好看。

她又想凑近了看时，身边笼罩下来一道阴影。

顾词一出来，就看见某人专心致志地盯着花坛里的某处，见他走近，又兴奋地给他指："顾词你看，这个小白花好好看，这花叫什么啊？我从来没在我那边见过。"

"不知道，"再神通广大的人，也有不知道的事。顾词随意道，"什么野花吧。"

"这是你家的花，"颜路清问，"我能摘一朵吗？"

少女眼睛睁得圆，亮晶晶的。一朵小花而已，好像摘了就能满足她什么大愿望一样。

顾词看了她几秒，伸手给她折了一把。

只是他没想到，颜路清并不是摘了玩玩，玩够了扔掉。她拿回去之后还问他要了个瓶子，而后把这一把花泡在了水里，放在他的房间，跟他说："我们把它养着吧，摆在这里多好看，你写作业的时候心情会变好，思路就会更通畅！"

顾词正准备去洗澡，闻言又转头道："我心情不好，思路也很通畅。"

颜路清："……"Fine，你是学神你有理。

但顾词最终也没拒绝。

毕竟这个房间里她改的地方早就不止这一个，看不习惯的，现在也习惯了。

这不知名的野花也一样。

12月下旬，已经要开始交入冬的供暖费用，颜路清不清楚这点，还是院长特地来她这儿给她缴费她才知道。

当时颜路清在卧室里跟顾词聊天，听到外面的敲门声，两人同时抬头。

找到这里的，她心里大概有数会是谁，便跟顾词简单解释一句："应该是来看我的。"

而后出房间拉开客厅的门，看到熟悉慈祥的脸，她猛地松了口气。

——院长还好，就怕是原房子的主人。万一人家想进卧室随便看看，颜路清都不知道要怎么拦。

院长简单问了她最近情况，而后在客厅转了转。

"清清，你这儿东西有点儿少啊，"院长看了一圈，嘀咕道，"怎么看着都不像有人住似的……"

他是出于关心才这么讲，但颜路清莫名心虚了一下，而后小声解释："哪有……我不都是从宿舍搬来的，宿舍那么点儿地方也装不了什么东西，这房子空不是很正常吗？"

院长点点头："说得也是。"

而后转到迷你小厨房，院长："这厨房也没用过？"

颜路清连忙道："都在学校吃，学校方便。"

院长还有别的事，最后等他走了，颜路清才彻底松了口气。

可不是没人住吗！

她搬过来之后，一放学就往卧室冲，在客厅待着的时间加起来可能都不超一天。

颜路清重新回到卧室，顾词抬眼看过来："走了？"

颜路清点点头，重新坐回床沿，坐到他身边："嗯。"

"是你的……"他声音一顿，"家人？"

"不是，是院长。"颜路清说完，又想起自己似乎得解释一下这个称呼，便道，"哦，我是孤儿，他是福利院院长。"

顾词怔了一下。

她说这话的时候，表情没有丝毫的不适，也没有任何卡顿。

颜路清也不是第一次给人讲述身世，她就像给别人讲述的时候那样，继续往下说。

"长大后发现很多这种收养孤儿的机构被曝出问题，可能是我比较幸运吧，我们院长真的是很好很好的人，他跟他老婆对我一直都特别好。里面很多小孩被领养走了，我小时候也被领养过，但最后……哎，反正结果不太好，被送回来了。"

顾词还是定定地看着她。

颜路清对上那双漆黑漂亮的眼睛，突然觉得跟顾词讲，和跟朋友们讲的时候完全不同。

他好像什么都知道。

好像什么都瞒不过他一样。

"……欸，你干吗不说话？别这么沉重好不好？"颜路清还是想活跃一下气氛，笑嘻嘻地凑近他，"我看得开的，真的，千万别想该怎么安慰我，不用——"

她刚往他身边凑近了点，顾词突然伸手揽过她的肩膀——

他动作干净，很轻也很快地抱了她一下。

熟悉的香气弥漫鼻尖，似乎还有逐渐扩散的趋势。

颜路清大脑宕机三秒，完全回不过神来，错愕地开口："我都说了不用安慰……"

然而她还没讲完，又被顾词打断："我没说过这是安慰你。"

他声音温柔，在她耳边缓缓响起："想抱就抱了。"

那个下午，因为一个拥抱而变得格外安静。

颜路清一般不会主动提起自己的出身，但真的讨论到了，或者被问到了家庭，她也不会回避。每次以轻松的口吻跟人讲完，大家最初的反应都是惊讶，但看她那么乐观的表现，最后基本是以嘻嘻哈哈结尾的。

谁会看你表面上快快乐乐的，还来抱你一下？

顾词会。

颜路清那一下午就浪费在那个拥抱里了。

一直到晚上，才仿佛重新找到了好好说话的能力。

那天是周日，第二天又是熟悉的周一。

几次三番，颜路清真的爱上了坐在顾词自行车上的感觉。她不贪心，也就是在月考之后的每个周日晚上，颜路清都会来这么一出——通知你一下，我要迟到。

所以顾词的周日不仅跟平时起得差不多早，还得在外面逛一天。

因为好友们过度的关注，颜路清为了让顾词不在人群里太过显眼，这次建议他穿校服。虽然两人不是一个学校的，两个学校不是一个世界的，他们的校服颜色却异常地相似，都是蓝白色系。

但事实证明，美貌不会被随大流的着装埋没——

一群人穿着一样的衣服，其中那个穿得像是漫画人物的简直在人群中更显眼了，一打眼看到的就是他。

周一晚上放学的时候，颜路清没在校门口看到熟悉的人影。

但她仍然莫名有种直觉，直直地朝着之前去过的奶茶店方向走去，到了街道尽头，拐过街角，再次看到了跟上次几乎一样的场景。

只是这次，顾词身边还有其他的人——他似乎正在被人搭讪，只是颜路清刚看到的时候，搭讪的女生就已经离开，只留下一个长头发背影。她似乎捂着嘴，颜路清好像还听到了很小的惊呼声。

那女生刚走，顾词就朝着她的方向偏过头。

他的车子停靠在路灯边，灯从他头顶照下来。顾词两只手都没扶着车把，放在了上衣外套口袋里，拉链拉到最顶，形状秀气的鼻尖微微发红。

颜路清顿时把那个场景抛到脑后，小鸟附身，只不过现在是颜小鸟的教育时间："你别真的穿个校服外套就来了啊……这里晚上已经快要0摄氏度了，0摄氏度你知道什么概念吗？"

"知道。"顾词把手从口袋里抽出来，放在车把上，低头示意，"那你还不快上来？"

"……"

颜路清真搞不懂他是要帅还是觉得被冻很舒服，坐上去之后又是一通说教。

而后她沉默了会儿，想到了刚才离开的那个女生。

"我好像看到刚才有人找你说话，"颜路清回过头，"你们聊什么了？"

顾词嘴唇微动，低头看着她："她问我哪个学校的。"

"然后呢？"

"我说我成绩太差，辍学了。"

"……"

所以她听到的那声惊呼是这么回事？感慨这么一个大美人竟然辍学了？

那语气怎么还带了点激动？

但顾词已经这样说，颜路清觉得她也不会从他那儿再问出什么了。

一周后就是元旦，怀榆一中是那种虽然大力抓学习，但也不会完全剥夺娱乐活动的学校，元旦前一晚，12月31日有联欢晚会，学校规定每个班级都得出节目。班主任下了命令，虽然期末考快到了，但节目还是得用心搞。

颜路清除了爱画画，没什么才艺，才艺除了极个别天生的，都是需要后天投资培养，她的生长环境并没有这个条件。

她也不打算上台表演，但因为秋暖林要上台，她就给班级里的表演组当个幕后，帮帮忙打打杂，回家的时间也越来越晚。

恰好她这里过元旦时顾词期末考结束，所以颜路清偶尔会想，这几天回去晚点说不定他还能好好复习。

结果当晚回去就被打了脸。

某人不慌不忙，甚至她刚进屋，他手机里就传来了游戏胜利的声音。

颜路清买了新手机之后也下载了游戏，2018年《王者荣耀》流行到成为国民手游，她以前的手机带不起这游戏，所以从没接触过。顾词就不一样了，她见过他的游戏界面，是那种不关闭好友通知会疯狂钻进加好友申请的大神。

于是颜路清还在空闲时间里跟着顾词学了"打野"。

从顾词损她的频率来看，她悟性还算不错，现在水平都能足够带许多妹妹了。

反正从她回来之后顾词的状态来看，这人根本不会像他们普通学生一样，到了考试前就学得比平时用功。

顾词收起手机，像是看了眼时间，而后问她："你忙到几号？"

"忙到31号呗，晚会结束。"

"哦，对了，你好像那天考完试，"颜路清突发奇想地邀请他，"你要不要去看看晚会？我们学校娱乐活动办得还不错。"

"你不是不演？"

颜路清奇怪："我不演别人演嘛，演得好看不就行了。"

顾词比她更奇怪："演得好看，跟我有什么关系？"

"……"

奇奇怪怪的对话就这么奇奇怪怪地结束了，之后颜路清去洗澡，而后回来做作业，两人跟往常一样熄灯睡觉。

距离晚会还有两天，颜路清在这几天的打杂过程里还认识了几个隔壁班的女生，因为有些服装需要人手工修改，甚至手工制作一下，颜路清就跟她们学习，边学边听她们聊天。

在这过程中，她不知道听了多少班级八卦，这次也是，她正听得意犹未尽的时候，两个妹子却突然换了话题。

妹子一号说："我上周一早上上学的时候，看见咱们学校门口有个骑黑色山地车的大帅哥，哎，可惜再也没见过了，我都不知道怎么形容。我跟我姐妹讲，她说那是我幻想出来的，咱学校压根没帅哥。"

妹子二号："是不是穿着蓝白校服，黑色山地车，大长腿，皮肤白，长得巨巨好看的那个人？"

颜路清手指一顿。

蓝白校服，黑车，肤白貌美大长腿，周一……

这不直接报了顾词身份证号吗？

妹子一号激动："是啊是啊！天哪，你也见到了？快给我说说！"

"也是周一，我跟我姐妹去喝奶茶，他当时在奶茶店附近吧，看起来像是在等人。我姐妹被迷晕了，去找他聊天来着。她就上去问了一句话，那帅哥的回答让我姐妹又难过又开心地跑了。"

"说什么了说什么了？"

虽然全程没参与谈话，但此时此刻，颜路清的两只耳朵已经竖成了天线。

"我姐妹踌躇了好久才上去，问他说，帅哥，你在等人吗？"

"他说，对。"

"他在等他喜欢的女生放学。"

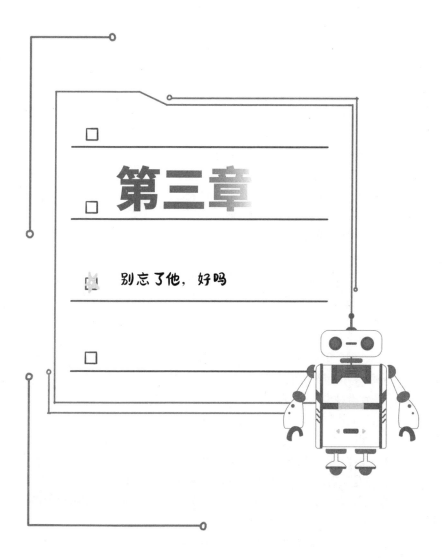

第三章

别忘了他，好吗

8

——他在等他喜欢的女生放学。

紧张偷听的颜小鸟先是呆住，反应了好久，把每个字都拆开再重新读——他，在等，喜欢的女生，放学。

然后大脑自动检索出关键词。

——喜欢的女生。

——喜欢。

颜小鸟竖成天线的耳朵一寸一寸地变红。

如果说刚才是报了顾词的身份证号，那现在就是报了颜小鸟的身份证号。

他确实在等人。

她们口里的那个大帅哥，那个容貌一眼惊艳的少年，他来到这个不属于他的世界，吹着寒风……

在等她。

教室内还回响着两个妹子的对话声。

"我人没了——这是原话？这是原话？我还记得那帅哥的脸，天哪，我都想象不到他说这话会是什么样子……"

"是原话，所以我姐妹才又难过又开心。难过是因为这么大个帅哥心有所属了，开心的话……就大概是为别人的绝美爱情鼓掌的那种心情吧。"

顿了顿，她又道："而且我们太好奇他嘴里说的是谁了，当时我姐妹受了太大冲击，没好意思留下，所以我俩也没看到他最后等的女生是谁。"

"应该是咱们学校的吧？都在这附近等了，也没别的学校啊。"

"呜呜呜好想知道！"

颜小鸟要压不住自己脸上的燥热，怕被看出什么端倪，她起身借口去洗手间。

大冬天里，颜路清感觉身体里像是烧了团小小的火苗一样，持续不断地往身体各处输送热度。

她先用冰凉的水洗了洗手，等手干了之后，直接贴到自己脸上降温。

可就算温度降下来，她人也没法冷静。

最后回到教室，把衣服加快速度做好，然后拎着书包离开学校。

回家的路上吹着凉风，颜路清大脑思维依旧活跃，频繁出现那两个女生的对话，明明来来回回就那么几句话，但仿佛她们正一左一右站在颜路清身边，对她一会儿重复一句，一会儿重复一句。

其中最多的就是那句杀伤力最强的。

一直到走回家，这种状况才好了点儿。

颜路清回了家之后先洗了个澡。

这段时间事情多，顾词又临近期末考，颜路清一到家跟他说话的时间明显减少。而且怕写完作业太晚，她也没怎么和他闲聊了。

颜路清觉得，顾词既然不复习，睡眠总得保证吧，于是到了家就写作业，写完就差不多到了上床睡觉的点儿。

也多亏了最近这样的模式——今天她到家之后，哪怕没有主动说什么话，顾词也不会觉得奇怪。

洗完回到房间，顾词正靠在桌边，似乎一直看着房门口，她刚进来就对上了他的视线。

顾词一只胳膊肘撑在桌面，另一只手随意垂着，漆黑的眼划过一丝不知名情绪，对她笑了一下："脸怎么红了？"

颜路清感到呼吸停滞。

以前只是她自己的小心思频繁冒出来，但今晚听过那样的事情，知道他对其他人那样形容自己，一个对视，周遭就仿佛瞬间变了氛围。

颜小鸟别开视线，去拿自己的书包，支支吾吾道："放的水太热吧。"

高中的考试通常都是两天，他的考试是明后天。

但房间里奋笔疾书的人却是明天不考试的她。

颜路清怀了一肚子心事，勉强集中注意力写完了作业，大概是见她太过用功，顾词也没打扰她，到了十点半，两人熄灯睡觉。

颜路清以前没注意过自己喜欢朝着哪头睡觉，但这几个月来，确实已经养成了习惯，她一躺在床上就习惯性地朝着隔板——顾词的方向睡觉。

还喜欢稍微离那边近一点，最好能听到轻微的呼吸声。

今天，互道晚安之后，她再次盯着隔板，破天荒地头一次开始思考另一个问题。

那他呢？

他睡觉时，会……朝着自己这边吗？

元旦晚会那天是 12 月 31 日，颜路清班里同学说结束了要去聚一聚，是期末考前最后的狂欢。

她本想拒绝，但架不住几个好友的软磨硬泡，谁能抵抗妹妹的撒娇呢？于是便答应了。

只是在早上临走时，她觉得该跟顾词说一声。几句话说明了来龙去脉，总之就是通知他一声自己会晚回，顾词当时刚拉好书包，拎在手里，转头看她："晚点是几点？"

"晚会十点结束，还得收拾收拾东西……"颜路清算了算，"可能十一点多？"

他表情微妙一顿，似乎有那么一点儿不爽。

但下一秒，他又说："去哪儿？"

颜路清如是回答："就在学校附近，那家奶茶店隔壁有家烧烤店。"

"十一点多，"顾词问她，"你同学都怎么回去？"

"家长来接。"

这话说完，顾词突然朝她伸出手。

面前的手白皙瘦长，手纹很浅，极为美观。

颜路清欣赏了几秒，而后不解地抬头。

"钥匙给我，"他眼尾挑起，淡声说，"我接你。"

"……"

那是颜路清第一次觉得，自己竟然有落荒而逃的嫌疑。

到学校之后，颜路清正拉开拉链把作业找出来，秋暖林却凑过来，二话不说开始端详她，眼神锐利如刀。

颜路清被她看得莫名心虚："看我……干吗？"

"我以前总觉得，你这辈子也不会喜欢上谁了。"秋暖林开口道，"真的，明明小说里这种人设都是给男主角的，就，我发现你真的是打心底里冷漠，对咱们学校追你的异性没有丝毫世俗的情感。"

"……"

"但我觉得你现在变了。"

颜路清愣了下："我怎么了？"

"你看看自己——"秋暖林拿着镜子举到她眼前，一字一顿，"一副春心萌动的样子。"

颜路清元旦晚会的那天，是顾词期末考的最后一天。

期末考不允许提前交卷。

顾词觉得这个规定很无聊，几乎每场考试他都早早地做完了试卷，却也因为最近睡觉早，没有丝毫睡意，只是干干在座位上坐着。

虽然无聊，虽然他提前做完，但他也遵守了规定。

他做事前一般会思考做完后的所有后果，以及可能发生的情况。

如果写完了，提前交卷了，在那之后，老师得找他谈话。但这不是重点，最主要的是年级里会有更多的传闻，大概成绩出来后，这件事要再被添油加醋地一传——你听说没？那个顾词提前好久交卷，数理化竟然还是年级第一。

然后被围观，被议论，被更多人知道，被拦在班级门口、操场角落，大概又要因为频繁被女同学找而再次接受班主任谈话。

折算下来，前前后后加起来可能会浪费的时间，比在考场安静待着的时间要多不知几倍。

所以他选最优解。

顾词一边转笔一边无聊地看着卷子，转着转着，他手指一顿。

脑海里冒出一张少女的脸。

异常圆润的杏眼，清甜的少女音，虽然像个小鸟一样很能叽叽喳喳，但却让人一点也生不出反感。

以及她时而仿佛少了一条染色体一样的行事作风。

做事前思考所有后果，确实一向是他的习惯。

唯独对她没有。

考完最后一门，回教室听班主任讲几句，期末考完的学生仿佛解放的猴子，到处撒欢，不少还出现了返祖现象。

淡定人类顾词在这里显得格格不入。

他身边总是围着不少人，一群人一块出校门，正被身边的猴子吵得头疼，余光突然扫到了一团白色的毛茸茸。

身边有猴子过去打招呼了，那应该是同班的女同学，长相名字不太记得。

顾词的注意力都在她怀里的小白团身上。

那是只毛茸茸的小白狗，身体小脸蛋小，眼睛圆溜溜水润润，像是两颗黑葡萄，被抱在怀里也四处张望，看起来格外娇气可爱。

顾词对小动物一视同仁，无论美丑，不喜欢也不反感，却莫名多看了这只小狗好几眼。

身边的猴子发现了，戳戳他，稀奇道："哥，你喜欢这种小狗？"

顾词收回视线，淡淡笑了一下："挺可爱的。"

猴子惊讶地转头，弯腰对着小白狗说："欸，被这位大神夸可爱，你知道你强过多少人类吗？"

众猴哈哈大笑。

晚上七点，怀榆一中的操场。

虽然是冬天，但操场火热的氛围丝毫没被天气影响，且大家挨着坐，倒也并不觉得冷。

元旦晚会很精彩，每个班都用心想了节目，从表情来看，前排的校领导看得也很舒心。

但颜路清一直心不在焉。

除了在轮到自己班级表演的时候集中注意力看着台上，又拿手机给秋暖林录了不少特写镜头，她就再没了好好看节目的心思。

颜路清拿出手机，打开微信，斟酌了会儿，点到了跟顾词的对话框。

【小小鸟】：你考得怎么样？

这个微信名是根据她对自己的定位来取的。

本来想叫"我是一只小小小小鸟"，又觉得太长了不美观，干脆改为"小小鸟"。

顾词很快回复了她。

【word】：嗯。

颜路清虽然很喜欢"word"这个名字，还带了点自己的小心思，但顾词已经把它设为微信名了，那她可以再改一个备注。

她想，既然自己叫小小鸟，那应该给顾词改成他对应的角色——锁在高塔里的公主词。

颜路清改完了名字之后又打字。

【小小鸟】：嗯是什么意思？

【公主词】：考的内容跟我想的一样的意思。

【小小鸟】：……

省略号发过去没多久，手机又是一振。

【公主词】：节目好看吗？

小小鸟心说我都没看，但毕竟自己忙了那么久，还是回了他"好看"。

对话就此结束。

颜路清看着"小小鸟"和"公主词"，莫名捧着手机笑了好久，完全不知道旁边人看她的眼神有多诡异。

二十二点结束，二十二点半到了烧烤店。

所谓最后的狂欢，无非就是大家一块聊聊天，吃吃喝喝。

因为都有家长来接，第二天又放元旦假，这店在学校附近，治安没得说，所以大家都很放心。

吃吃喝喝，少男少女们聚在一起欢声笑语，差不多闹腾了一个小时，家长们都打电话表示自己到了，到了二十三点半的时候，大家结账陆续离开了烧烤店，门外是大型爸爸妈妈找孩子的认亲现场。

秋暖林家人也到了，离开前还问："让我爸送你吧，你家不就在这附近吗？自己走回去不安全。"

颜路清初中就跟秋暖林认识了，她们以前最晚也玩到过十点多，最后是秋暖林爸妈送她回去。

但颜路清说："不用了。"

顿了顿，她又像是有什么藏不住的开心，小声补了一句："今天我也有人来接。"

　　颜路清走出烧烤店，夜晚的风瞬间把燥热的气息吹走，身后是被家长接走的同学。她跟他们方向都相反，拐过街角，还是在路灯下，一眼看到了熟悉的人影。

　　他没食言。

　　说接就真的来接了。

　　颜路清在脑海里大写加粗：这个人，是专门来接她的。

　　顾词今天穿得总算厚了点，但也仅仅比之前厚，在她看来仍然觉得是刺骨的冷。

　　他看到她的时候，颜路清不知道在原地站了多久。她没说话，直接走了过来，突然一把抓起他的手指，抬高贴上自己的脸——

　　然后顾词感到自己触碰到了又软又热的皮肤。

　　他喉结滚了滚，不可思议地眯了眯眼："你在干什么？"

　　"我喝酒了，"她仰着脸，神情无辜，眼珠亮晶晶的，"给我降降温。"

　　"……"

　　颜路清撒谎了，她没喝酒，他们是高中生，家里基本都严令禁止喝酒，除了吃还开了几瓶花花绿绿包装的饮料。

　　其中有个饮料是带气泡的，虽然不含酒精，但喝完了打的嗝很像酒味，所以她准备小小地撒个谎。

　　风稍微小了点，顾词确实闻到了极淡的酒味，跟她的洗发水香气一起飘过来。

　　他的手放在她脸上，两人就这么原地站了许久，顾词好笑道："你热，回家穿少点，开空调，不是更好？"

　　"也行。"颜路清点头。

　　他手的触感像是凉凉的玉石，松开的时候，还有点舍不得。

　　回家只需要几分钟。

　　街上人少了许多，顾词大概是觉得她想快点回家，骑车的速度也不慢。在经过一条街道的时候，路中间突然冲出一只小狗，他反应极快地刹车，颜路清因惯性先向前倾又一下子往后靠，恰好头碰到了他的肩膀。

　　小狗顺利跑走，颜路清的头却一直靠在他肩上，没再抬起来。

车子再次上路。

"顾词。"她突然叫他。

"嗯。"

少女的声音离他很近，就在耳边道："我喝酒了，但没喝醉。"

状态确实不像喝醉。

但有趁着喝酒之后撒娇的嫌疑。

"知道了。"

到家的时候，二十三点五十五分。

两人动作整齐划一，进了卧室先脱外套，但脱完仿佛就停住了，谁都没有下一步动作。

颜路清神志相当清醒，思维异常活跃。

脑海里蹦出无数画面——是那种时间线完全错乱的场景。

坐他车子的时候，仿佛有被抱着的错觉。

在一个房间内极为偶然的肢体接触后，那块皮肤好像都会麻一下。

顾词洗完澡出来习惯性随手拨头发的动作，看多了真的会不断回想。

遇到不会的题去问他，总能豁然开朗得到答案——虽然也会得到他发射来的一捆竹笋。

还有更多更多，在一个空间内的下意识对视。

想到什么好玩的就想看他，想到什么生气的事就想看他，想到什么稀奇古怪的事都想第一个对他讲。

今晚，她觉得总共十分钟的路，到处都有路灯，她可以走大道，并没什么危险。

但是他会问清楚地址，时间，一边不爽还一边专门去接她。

有女孩子搭讪，他说，他在等他喜欢的女生放学。

顾词讨厌等人，讨厌浪费时间。

可他总是在等她放学。

等了多少次呢？已经数不清了。

颜路清脱完外套，就靠在那扇有些破的门边站着。

顾词原本站在桌边，见她一直没挪地方，便径直朝她走了过去。

他刚刚站定，颜路清没头没尾地说了一句："新年快乐。"

顾词视线扫到她一旁的手机。

零点了。

2019 年 1 月 1 日。

她的世界里，这是新的一年。

颜路清以前叽叽喳喳的时候说过，她很喜欢元旦这一天，比春节比生日都喜欢。不仅是因为有假期，还因为她特别喜欢一年初始的第一天，她说，好想在这一天做最美好的事啊。

也不知道她今天要做什么事。

顾词停顿几秒，对她弯唇一笑，像是复读机一样复述她的话，也只说了四个字："新年快乐。"

可颜路清下一句更加没头没尾。

她仰脸看着他，眼睛睁得大大的，深吸一口气，声音很清楚地说："我喜欢你。"

——听到这四个字的瞬间，心脏猛地一跳，几乎传来了一种不真实的痛感。

可能只隔了几秒钟，也可能隔了一个世纪。

颜路清观察着他面上的每一处变化，看着顾词渐渐敛起之前的淡笑，眼神极为缱绻，几乎能将人溺毙。

他抬手抵着她身后的那扇门——那扇在最初的开始联结一切的门。

顾词又当复读机学她说话："我喜欢你。"

颜路清想，总有些相遇，仿佛上天的馈赠。

比如，她在十六岁这一年，偶然打开了一扇门，遇到一个一望惊艳的少年。

他来自另一个世界。

他哪里都好。

他叫顾词。

新年快乐，我喜欢你。

9

元旦这天，是颜路清自从住进这间卧室以来睡得最晚的一天。

他们也没再做什么事情，没再聊什么更深层次的话题，分头去洗澡。两个容貌异常出众，在外人看来不知道有多少追求者的风云人物，却在此时此刻互相告白之后的场面下表现得毫无经验，是彻彻底底的愣头青。

洗完澡后，颜路清发现顾词不知道从哪搞了解酒茶，他递给她，她接过来喝的时候又听他说："早点睡，明天不会头疼。"

大美人今天表现得跟平时不太一样，神情和声线都异常温柔，这无疑给他的美貌值加了好几分，让人难以招架。

颜路清照做了。

等躺到床上，熄了灯，才后知后觉地想起什么不对劲。

她敲了敲两人之间的隔板，今天没有说晚安，而是又强调了一次——"我没醉。"

隔了几秒，她对面也敲了敲隔板："我知道。"

这个晚上，颜路清躺在床上翻来覆去，最后盯着隔板，硬生生看到眼皮睁不动才迷迷糊糊地睡过去。

颜路清很少冲动，告白也并不只是冲动下的产物。

这种心情在听到那天两个妹子闲聊，得知顾词说过什么话之后就产生了——或许更早，只是当时这念头在她心里还不清晰。

恰好顾词这两天要考试，他们接触的时间变少，颜路清也给了自己两天的时间来思考，来冷静。

她想了方方面面，比如顾词当时说的话会不会只是随口胡诌，会不会只是为了不让搭讪的姑娘继续搭讪……但冷静过后，那种感觉却更为强烈。

颜路清难以被触动神经，可一旦触动，她不会忸怩，也不会拖泥带水犹豫不决。

谁知道以后会怎么样呢?

所以现在想说的话，一定要说给那个人听。

第二天上午。

颜路清睁开眼，翻了个身，就看到面前的窗户边站了个人。

她睡的这边是有扇窗户的，只是她不朝着那个方向睡。

其实顾词这房间设计得特别好，门和窗相对，床和墙相对，现在床对面的墙直接让这个房间看起来三面都开了口，仔细观察下来，格外滑稽。

窗边还摆着桌子，是她平时写作业的地方，顾词就靠在那张桌子旁玩手机，今天是个大晴天，窗外阳光照得他身上一圈金灿灿的轮廓。

听到声音，他抬眼望过来，对她笑了一下："醒了？"

颜路清点点头。

大美人在光晕里的笑容非常好看，她眼睛几乎黏在了顾词身上。

而后他又问："记得你昨晚说什么了吗？"

颜路清脑海里冒出一个大大的问号，顿时迅速起床，睁大眼睛："我说了我没醉！"

她连酒的影子都没见到！那只是个玩笑话！

顾词的表情没变化，微微笑着，但凭借相处几个月的直觉，颜路清莫名有种他似乎心情变好了的感觉。

颜路清在床边坐好，两人此时隔了一米不到。

她也反问："那你呢？你记得你昨晚说什么了吗？"

顾词唇角弧度更明显了点："记得。"

说完，他突然直起身走到她面前，又在她身边坐了下来，眼睛直直盯着她："我喜欢你。"

颜路清胸腔里像是有根弦被极慢地拨了一下，所有的回味都因此拉长。

她想到了昨晚也是这样——

我喜欢你。

我喜欢你。

他复读她说的话。

颜路清当时有一瞬间觉得奇怪，一般不应该是说"我也喜欢你"之类的吗？但她脑袋哪有空细想这些，只疑惑了一下便过去了。

此时此刻，才恍然明白他的意图。

他没有说"我也是""我也喜欢你"。

而是跟她一样的"我喜欢你"。

——因为这不是回复。

这是一句崭新的告白。

颜路清咬了咬嘴唇内侧，心想，大清早的就给人做这么剧烈的心脏运动，跟他待在一起到底是对心脏有利还是有害啊？

她不自在地稍微别开视线，然后没多久又重新转回来看他。

"什么时候开始的？"颜路清问完，小声补充，"就是……喜欢。"

顾词语调有些懒洋洋的，听起来总让人有种漫不经心的错觉："什么时候开始，很重要吗？"

"……当然重要！"颜路清不知不觉摆脱了刚睡醒时的状态，像平时一样，直接凑近他眼前逼问，"快说快说。"

距离拉近，能清楚地看到他长长的微垂的眼睫。顾词垂眼看她："我回答什么时候，你会最高兴？"

颜路清立刻答："当然是一见到我的时候。"

顾词笑了声："那好。"

他眼睛弯弯的，声音有种冰冰凉凉的质感，格外好听。

如她所愿地道："我对你一见钟情。"

不管这是真是假，总之，颜小鸟被哄得心花怒放，顶着通红的小脸哼着小曲去洗漱了。

因为起得晚，洗脸刷牙之后已经十一点多了，到了该吃中午饭的时候。

顾词说要去她楼下转转，在这附近吃。

于是，颜路清看着他不嫌麻烦地又把车子搬上来。

虽然他看起来十分轻松，但颜路清还是挺不能理解的。

在两人觅食的路上，颜路清想了想，忍不住说实话："这里很多东西真的没你家阿姨做得好吃。"

顾词"哦"了声，不甚在意的语调："那我想换换口味，尝尝不好吃的，可以吗？"

"……"

然后他们找了一间看起来很普通的小餐馆，吃了一顿看起来很普通的午餐，不知道是不是有什么特殊氛围加成，这顿饭好吃得不得了。

元旦这天的天气格外好，是个彻彻底底的大晴天，连风都像是不属于冬天一般，十分温柔。

回去的路上，坐在车子前微风拂面，颜路清莫名生出一股冲动，她半回过头，一字一句、认认真真地宣布道："2019 年 1 月 1 号，是我最开心的一天。"

她耳后很近的距离传来顾词的回答："以后这个日期会刷新的。"

颜路清愣了一下，不解道："嗯？"

"你最开心的一天，不会固定在今天。"顾词像是很笃定，语气淡淡地说，"一定会变成以后的某一天。"

"那个'某一天'，你也会在吗？"

"废话。"

"这是你说的！那你说到做到啊。"

"嗯，我说的。"

两人又在附近转了好久好久，少年骑了一圈又一圈，车子上的少女叽叽喳喳。

那天下午，他们说了什么呢？

好像都是些无关紧要的废话，什么都没说，又像把什么都说了。

只记得数不清的心跳，和怎么也停不下的笑。

元旦结束，轮到了颜路清的期末考。她的考试自然少不了"室友"的帮助。

她的数学、物理、化学全部都找室友复习，或者说恶补过，最后取得了相当不错的成效。

颜路清以前考试理科拉分太多，看文科是第一，但加上理科只是前二十。在莫名多了一扇门，认识了一个美人室友以后，她的成绩就开始一路高升，这次直接考了班里第二。

当然，过程实属不易。

虽然说两人现在是"互诉衷肠"了的关系，但该说的地方肯定还是要说，而且互诉衷肠也不代表能改变属性——损的本体就是损。

只不过还是有些变化的，比如区别在是无情地损还是温柔地损。

不会损过了头，也不会再像之前那样像是看什么症状的患者一样的眼光看她。

——非要用那种眼光看的话，也会多一些怜爱。

当然，颜小鸟自己也知道，这实在是因为颜小鸟没有丁点理科思维，太难教导的缘故。

除开这个特殊情景，颜小鸟和公主词的日常比之前还是要丰富许多。

比如——

考试结束那天，床中间的隔板撤走了。

虽然还是两床被子，虽然还是老老实实各睡各的，但颜路清睡前看到的再也不是一块板子，而是心心念念美人的脸。

这是她最满意的变化之一。

期末考成绩出来后就是放假。寒假期间，颜路清没立刻像以前放假那样回福利院，她先跟院长说了下自己给秋暖林亲戚家小孩补课的事情，又说自己这里供暖费都交了，不住浪费，院长便很快表示理解。

颜路清不会对院长撒谎，这两点她确确实实讲的是实话。

但是关于这扇门、关于另一个世界的秘密，她谁都不会告诉。

放了寒假，在这个小房子待了一周多，到了春节过年的时候，颜路清怎么也得回去了。

她走的时候没带什么行李，只背了一个书包。

"这门要是能动就好了，我把它带回去安我房间的墙上。"

这样见院长和见大美人两不耽误。

颜路清想了想，又说："或者我把你做成一个挂件带走，可以放大缩小的那种，我随身携带。"

顾词轻笑了声，十分无底线："可以，随时来做。"

院长一家人都是在福利院过年，只不过他们也得走亲访友，往年都是二十九来，初五离开，颜路清就是和他们同步回去的。

今年却格外地早，似乎有远房亲戚到来，院长一家初二就动身离开福利院。

颜路清前一晚和顾词打电话的时候，还在掰着指头数剩下几天可以见到他，她没想到他们今年走这么早，初二那天，他们前脚走，她后脚也走了。

本来想在手机里告诉顾词，但她想了想，决定给他一个惊喜。

时隔四天，颜路清再度回到略显破旧的小区，回想起自己第一天来这儿时的心理，似乎是"凑合着住挺好的"。

没想到现在她才离开四天，对这里就称得上归心似箭了。

颜路清快步上楼，进门，换鞋，然后换好适合在那个卧室的温度穿的睡衣，推开了那扇门——

里面跟外面形成鲜明的对比，明明是大白天，光线却十分昏暗，窗帘只留了很小的缝。

床上躺着一个人，盖着被子，安安静静的没声响。

颜路清先把窗帘又拉开了点，光线足以让室内的一切变得清晰，而后她走到床边，动作很轻地坐在床沿。

四天没见，顾词看起来没太大变化，肤色白得跟深色被子形成鲜明对比，依旧是那个一躺下就能出演睡美人的他。

不知道是不是角度问题，他脸侧好像比之前瘦了点，眼睛下方也多了淡淡的青色。

只不过……

她坐了一个多小时的车，现在都十点了，顾词平时这么自律的人，这个时间竟然在睡觉？

而且这房间这么热，空调也关了，他是怎么做到把被子盖这么严实的？

颜路清越想越觉得奇怪，便直接伸手摸上他额头，摸到滚烫的一片——果然，发烧了。

顾词睡觉的时候很容易醒，他缓缓睁开眼。最先触到她的视线时，眼底一片迷茫，而后过了几秒才慢慢变清明。他眨了眨眼，睫毛长得让人嫉妒，问她："怎么这么早回来？"

"还说呢！"颜路清加重语气，"我不回来你都要烧干了。"

越想越气，她忍不住道："欸，我们走之前你生活习惯多好，多健康，大过年的怎么还发烧了？发烧你自己都没意识到，那么会学习，不会照顾自己吗？"

"嗯，不会。"他半掀眼帘，竟然理所当然地道，"你来吧。"

大概是因为生病，平日清清冷冷的语调也软了不少。

她受不了这种语气，之前那些气全都消了下去，颜路清站起身说："我去买点感冒发烧的药，你有温度计吗？先测一下我再去。"

"不用。"顾词说，"我房间有医药箱。"

"放哪了？"

"……"顾词看着天花板，微微出神的样子，似乎在认真思索这个许久不用的医药箱放在哪儿。

颜路清很少见他这样，平时的顾词都是知天知地无所不知的，现在这副模样，突然就有种迷糊美人的气质，迷人又可爱。

十分钟后。

顾词的体温测出来38.9摄氏度，颜路清给他吃了药，又坐在床边陪他说话。

颜小鸟有很多事情想分享，毕竟分开了四天，她觉得公主词在高塔里没了自己，肯定少了很多乐趣。

只是她叽叽喳喳地讲了个开头，又想到了公主现在的身体状况。

颜路清停下了自己的聒噪，建议道："你要不先睡一觉？"

"睡好久了，不困。"顾词说，"你继续。"

颜路清正要张口继续讲，只是这时，她余光扫到床的对面，原本要说出口的话变为了两字的粗口。

颜路清猛地从床边站起来。

"怎么了？"

耳边传来他的声音，颜路清才回过神来。她转头看着发问的顾词，还有些没缓过来，愣愣地道："刚才……门没了。"

顾词明显怔了一下。

"就是字面意义上的，那扇门——"颜路清深吸一口气，"可能就是那么一瞬间，但我应该没看错，有一瞬间它确实不见了，我只看到了一堵墙。"

这话说完，卧室陷入了许久的沉默。

现在门还像是平时那样在床的对面，嵌在墙里。

颜路清激动过后，又默默坐了下来。

她心情复杂极了，说是百感交集也不为过，大脑混乱，完全想不到该说什么。

不知道这么待了多久，耳边突然传来顾词平静的声音："刚才那瞬间，我有种下意识的快感。"

颜路清一下子蒙了："什么？"

那是在理性思考前的下意识。

顾词笑了一下，语气有种说不出的感觉："因为这样，好像你就可以留在这里。"

"……"颜路清突然觉得胸口像压了个大石头，她忍不住问，"那如果门消失的时候，你在我那边呢？"

顾词答得很快："也一样。"

颜路清突然懂了他的意思。

不管在哪边都一样，只要……我们在同一个世界里。

"那你到我那里之后，"颜路清认认真真地开始做假设，"我没家没业，不像你，我养活不了你怎么办？"

顾词缓缓说："我养你。"

两人又聊了会儿生财之道。

原本他们对视着，颜路清正坐在床沿看着顾词漆黑的眼睛。

因为她拉开的窗帘，恰好一道阳光透进来照到他身上，给他的冷感里添了暖色调，眉眼染上了温柔的色泽。

颜路清不知哪来的冲动，突然想俯身抱住他。

——她也真的这么实施了。

顾词感受到她长发抚过锁骨处皮肤的痒，以及脸侧贴上来软软的肌肤触感。

陌生的触感让他蓦地一愣："……你在干什么？"

颜路清抱着他，闷声说："贴贴。"

在跟我家多愁善感的大美人贴贴。

10

颜路清有许多"贴贴"的表情包，都是一个萌萌的形象蹭另一个萌萌的形象，两人脸贴脸，非常可爱非常亲密，所以她想对顾词做这个动作很久了，刚才终于得偿所愿，简直一本满足。

随后没几秒，顾词的手撑着她的下巴，把她的脸给移动到了别处。

颜路清整个人都被抬离，原本抱着他的手也变成撑在了床上。

她愣愣低头，对上顾词的视线："你干吗？"

"离我远点，"他言简意赅，"传染。"

"感冒会传染我知道，"颜路清疑惑，"发烧也会传染？而且只是抱一下——"

顾词打断她："现在没症状，也不确定有没有感冒。"

"……"好吧，确实是这样。

为了避免出现两人双双病倒的场面，颜路清一直和顾词保持着适中的距离。

其间有人过来敲门让他下楼吃饭，颜路清当时吓了一跳，瞬间抬手捂住嘴屏住呼吸，而后她看着顾词一脸淡定地回了句："吃过了，我继续睡了。"

又静静等了会儿，颜路清换了口气，突然想到什么："你是不是这几个月都没让人进过你房间？"

打扫和收拾都是两人一起做的，顾词大概极少干这种事，最开始做得很不习惯，但一回生二回熟，之后几次他的效率就超过了颜路清。

"是啊。"顾词视线偏移，移动到床的对面，"因为那扇门。"

颜路清想了想，又问："那你家人没有问过你什么吗？"

"当然问过。"顾词笑了笑，"我妈一直说我屋子里绝对有人。"

"那你怎么说？"

"我让她去调监控。"

"……"那确实调不出来。

幸亏这烧起得快落得也快，顾词退烧是在两小时后，接下来身体也再没了其他病症。

出了汗，所以顾词第一时间去洗了个澡。他再次从浴室出来的时候，又是平常那个香喷喷又体温正常的大美人。

虽然烧退了，眼下的青色并没有因此消减，颜路清指着他眼底问："你这几天没好好睡觉吗？眼睛下面都青了。"

顾词也没否认，半垂着眼，直勾勾地盯着她："自己睡不着。"

"……"颜路清噎了一下，"我记得你最开始是认床。"

"嗯，"顾词漫不经心地点点头，"现在不是了。"

"现在认人。"

——跟床没什么关系了。

寒假要比暑假短二分之一，所以颜路清的假期快结束的时候，顾词的才刚刚过半。

在颜路清开学前三天，是 2 月 14 号，顾词突然说要带她去个神秘的地方，一大早，两人吃完早饭又换好该出门的衣服，他就突然找东西把她眼睛蒙上，带着她像之前那样早早从门口出发。

颜路清想过问一下到底去哪里，但估计顾词不会说，而且那么做实在是太扫兴了。毕竟他可能安排了好久呢。

所以她一直忍着，两人中间从自行车换到轿车，顾词跟司机交流的时候还不忘记把她的耳朵堵住。

颜路清在心里默默算时间，大概半小时后到达目的地。

她被拉着下了车，颜路清听到了周遭不少小孩子、年轻人讲话的声音，还有家长看着小孩让他们别乱跑的声音，她隐约感受到什么，直到顾词把她眼前挡视线的束缚解开——

面前是极为色彩斑斓的童话城堡，仅仅从门口看都能看出它的占地面积巨大，上面写着游乐园，无数人在拥向入口排队处。

颜路清看了好一会儿。

她从小都没有来过游乐园这种地方，只去玩过公园里免费的娱乐设施。颜路清每天跟顾词讲的话太多了，多到她都不记得自己是什么时候跟他说过这件事，表达过自己有想去游乐园的欲望。

但顾词记得。

她整个人都精神兴奋起来，偏过头看他："你特地等到今天带我来吗？"

谁知，顾词说："最主要的是，在我这里，今天是 8 月 12 日——"

颜路清又是一愣。

——那是她的生日。

像是知道她会有什么疑惑，顾词在一旁适时解释："之前你们学校要填的东西，夹在你作业里，偶然看到的。"

颜路清看他微微俯身，一身简单清爽的装扮，背后是清晨的阳光，轻声说："生日快乐。"

之后那一天，她的嘴角都没放下来过。

在她的世界里，距离过生日还有半年，但却没想到能提前在顾词这里过一个生日——还是如此难忘的生日。

游乐园满足了颜路清的所有幻想，两人从进园开始，但凡跟有趣沾点边的项目她都想玩，除了最刺激的那批会在空中有倒立瞬间的项目她还没敢尝试，其余的项目都玩了个七七八八。

玩了一个多小时，走到纪念品商店区域，颜路清原本只想进去随便看看，却被发箍区域吸引得挪不开目光。

她看到一个是纯白色的小皇冠，带一对小翅膀，另一个是浅黄色的小鸟，也带一对小翅膀，个顶个的可爱。

颜路清刚拿起来这两个，顾词就看出她的喜欢，以为她看了这么半天是在纠结挑哪个颜色，便从她手里直接拿走两个发箍去结账，而后递给她："都买了，换着戴。"

谁知颜路清没全部接过去，她先摇摇头，而后说："我能不能向你许个生日愿望？"

她眼神清澈诚恳，顾词没生出拒绝的念头，也万万没想到自己答应后，会得到这么一个请求——

"你能陪我一起戴吗？"

"……"

于是游乐园里出现了一幅神仙画面。

有对颜值超高的少男少女吸引了一众眼球，两人穿的是同色系的T恤，男生戴着白色的公主发箍，女生戴着浅黄色的小鸟发箍。

一个面无表情冷美人，一个叽叽喳喳小可爱。

冷美人虽然看起来不爽，偶尔也会对小可爱淡淡一笑。

他头上顶着的那玩意儿就说明了一切。

从礼品屋出来，两人戴着发箍去吃了午饭，而后从餐厅走出来，遇到了一间看起来装修得很漂亮的小房子，是个玩角色扮演游戏的场所。

颜路清拉着顾词进去参与，稀里糊涂地就被拉到了一个房间里，主持人解释这儿加上他们俩正好够人数。

抽到各自身份，他们两个虽然戏份不多，但好在是一对情侣，并且感情很好。

颜路清大概看了看剧情，玩心大起："你读这个女角色好不好？给我那个男的，我觉得女生的这个不太适合我。"

戴着公主发箍的某人淡淡抬眼皮："哦，适合我？"

看顾词满脸写着拒绝，颜路清只得又搬出撒手锏："这是第二个生日愿望。"

这里在座的八人有三对男女，一对姐妹，原本拿着一男一女剧本的两对见到颜路清这边的情况，也悄悄和同伴交换了角色——这么一反串饰演，原本略显无聊枯燥的游戏瞬间变得有趣好几倍。

女孩子们演男生演得很开心，男生读女角色台词的时候也有种别样的搞笑，反正本来也只是扮演游戏，大家还经常即兴改改台词、改改小剧情，几乎一直都是欢声笑语。

属于颜路清他们这对角色最虐的一段马上要来了。

男角色对女角色求婚，只是女角色碍于种种原因无法答应，之后又产生了一系列虐心对话。

"嫁给我吧，好吗？"这是属于颜路清的。

这时女角色应该压抑着内心痛苦，冷冰冰地说："事到如今，你还在做梦吗？"

颜路清声音太清脆，此时故意压低嗓音，看着顾词道："嫁给我吧，好吗？"

女角色冷冰冰的气质确实在顾词身上展现得淋漓尽致。

但他没看台词本，看着颜路清，开口，却只说了一个字——"好"。

颜路清愣了几秒，意识到他回答了什么之后，脸倏地红了。

众人："……"

有台词不念，有刀不吞，非要发糖。

虐恋硬生生改成了小甜文，还是你们牛。

这大概是所有玩家改动台词最多的一场，不过大家玩得都很尽兴，最后出去的时候，颜路清趴在顾词耳边小声说："要是有双人扮演的就好了……我们单独演可能更好玩。"

这个游戏太浪费时间，怕她玩不完其他项目，顾词点头说："嗯，下次。"

"我们是不是得早点回去？"

"不用，今晚八点之前就可以。"

虽然时间宽裕，颜路清纠结了好久该玩什么项目，最终还是不敢

100

轻易尝试过山车，绕了过去，玩了几样别的。

傍晚开始亮灯之时，他们来到了游乐园的中心处——一个巨大的摩天轮面前。

摩天轮旁边还贴着一个类似于告示的宣传语："不管是朋友还是恋人，一起登上摩天轮最顶端，感情都会更进一步哦！"

颜路清当下决定把这个作为他们的最后一个项目。玩完这个再回家，时间刚刚好，还会剩余一些。

因为尊享票可以节省许多排队时间，不到五分钟他们就登上了挂舱。

两人是坐在同一边的，左右并肩，但挂舱平衡很好，只有轻微的倾斜。

摩天轮缓慢上升的过程里，下方的景色越来越小，颜小鸟开始看着窗外叽叽喳喳，一会儿"这里好美"，一会儿"那里灯塔好亮"，一会儿又问"那个是什么建筑"。

而随着高度越来越高，她也稍微有些紧张，视线从窗外收了回来，集中在了舱内的人身上。

顾词似乎对窗外的美景没什么兴趣，反而在饶有兴致地盯着她头顶的小鸟看。颜路清看着那皇冠，在心里调侃：好一幅公主赏鸟图。

挂舱仍旧在往上升。

颜路清看着他，突然开口道："你看到刚才下面的宣传语了吗？"

"看到了。"

"我听过一个说法，跟宣传语说的不一样。"

顾词顺着她的话问："你听过什么？"

"我听说……"颜路清声音突然变小了点，但在这么近的距离下，依旧一字不落地传入了他的耳朵里，"在摩天轮到了顶点时……咳咳，俩人亲一下，就会永远在一起。"

舱内静默了几秒。

"是吗？"顾词看起来极为淡定，他眼角弯弯，笑了一下，"怎么还有这种迷信？"

"……"这就是物理大神吗？完全不信这些事的吗？

摩天轮晃晃悠悠地马上要升上顶端，颜路清原本一直看着前方，此时还是忍不住转过脸对着顾词。

却没想到，恰好对上了他的视线。

顾词大概是为了让她过一个圆满的生日，从来就没提出要把那发箍摘下来过。

少年深邃漆黑的眼睛偶尔被窗外的光线晃过，会有种像宝石一样明亮的色泽，跟白色的发饰形成鲜明对比，却并不突兀。

他好像能很好地中和所有元素，不管什么在他身上都会变得十足养眼。

这一瞬的对视，颜路清心跳漏了一拍。

下一秒便是达到了最顶端——

小小的挂舱内一阵微晃。

她仰起脸，他低下头。

仿佛所有喧嚣都离他们很遥远，仿佛时间静止在这一瞬间。

属于二人密闭的小小空间里，挂舱内响起清润好听的少年声音。

"不管什么时候，我做的任何事情，都不是因为迷信。

"只是因为，是你。"

11

那天颜路清和顾词照了许多照片，再加上她手机里存过的单人照，回家之后两人找地方把照片全都洗出来，在颜路清的积极号召下，做了个照片墙。

她规划了一个很大的心形，但因为照片过少，还剩下好大一块空间都没填满。

过完了这个生日，颜路清很快就开学了。

她自控能力还不错，好歹从小到大都被人叫"学霸"，能做到上课的时候专心听讲，自习的时候专注学习。但是一打铃，一下课，所有空余时间里，她都摁不住自己的思绪，飞到另一个人身上。

恨不得真的化身小鸟飞到公主住着的高塔里。

而与此同时，某公主还在放暑假，所以他天天清闲，也天天都来接小鸟放学。

为了不引人注目，颜路清把两人见面的地点又往后挪，挪到了距离比奶茶店还要远一点的地方。

因为不想太快回家，每次顾词接上她，两人都会在附近兜个圈子再回去。附近有个小公园，天气好的时候他们还会进去逛逛。

顾词一年四季都喜欢喝冰水，夏天喝得更多，颜路清这一个寒假就一直劝说让他别喝，虽然年轻时候不觉得，但是以后肯定会胃疼。

顾词暑假期间，这个习惯勉强被她改过来了。

顾词开学的时候，颜路清这边的天气越来越暖和。

都开学之后，每天放了学就好像被追杀一样往家赶——两人都是。顾词作业有的是办法可以少做，但颜路清不行，她又没参加竞赛，所以作业在学校的时候能做多少就做多少，就为了回家之后的那点时间能跟他聊聊天打打游戏。

或者什么也不干，单纯腻在一起。

两个世界的温度越来越接近。

照片墙又多了许多照片，越来越满。

偶尔，恰好他们两边重合的那个休息日，两人会出门在这个小区附近找店吃点什么。吃完，他们会在小公园的树林里散散步。

颜路清3月开学，4月初的时候有一次班会，班主任提了关于高二分科目的事情。

当时虽然还没到学期末，但不少同学已经决定好了方向。恰好那会儿刚考完试，学习任务不算重，所以班级里突然刮起了写同学录的风气。

颜路清人缘好，原本是每个课间都忙着给别人写，但她某天陪朋友逛文具店的时候，看到了一个十分简洁的同学录，特别符合自己的审美，当即买下来。

不过她懒得主动让人给她写，除了关系好的朋友。因为关系太好，那几个朋友又基本是一通乱写，同学录前几页根本没法看。

颜路清把同学录拿回家，原本想就此封藏，却又突发奇想地翻开了新的一页，想要顾词写。

比起朋友们的不正经，顾词是懒得写不重要的内容——前面的个人资料他都没写，一上来就从"最喜欢的"那个栏目开始。

但他也不是每个问题都回答，而是挑着自己喜欢的问题回答。

比如"喜欢甜还是酸""最喜欢的食物""最喜欢的游戏"等，他都没答。

唯独一个："喜欢狗还是猫？"

他在纸上写了一个字——狗。

颜路清全程观看，有些惊讶："你竟然喜欢狗狗。"

她以为猫和他气质性格更搭一点。

顾词笔尖微顿："以前哪个都不喜欢。"

颜路清好奇："那怎么突然喜欢狗狗了？"

"我不想说。"顿了顿，他笑着补充，"你也不会想知道。"

颜路清正想追问，顾词视线下移，突然对她提问："你住的小区叫什么？"

"临景。"颜路清还顺便说了更全面的信息，"临景小区 18 号楼 2 单元 401。"她拉长声音，故意道，"你可要记住了啊，这是咱们的'家'。"

顾词笑了声："嗯。"

然后她看到他的笔尖移动到了另外一个问题下方。

"最喜欢的地点是？"

——怀榆市临景小区 18-2-401。

谁都没说话，但颜路清盯着那个答案，心里泛起一圈一圈的涟漪，酸酸软软。

随后又跳到了另外的问题栏。

"有什么想实现的生日愿望？"

公主词还是走了抒情风，非常非常抒情。

——我们每天都能见面。

说到生日愿望，颜路清又想起去年在这个世界里，11 月 12 日他生日的那天，自己似乎在口头上欠了他一个生日礼物。

他们那时还是刚熟悉没多久的同居室友关系。

虽然是室友，但却是颜路清长这么大以来最特别的一个室友。

"所以你生日礼物到底想要什么？"她问，"都好几个月了，现在想好了吗？"

顾词抬起眼皮看着她："我刚才不是写了吗？"

"那个是愿望，我欠你的是礼物。"颜路清睁大眼睛，强调，"这怎么能一样？礼物是实物，看得见摸得着的。"

"礼物……"他声音微顿，而后说，"那就给我个承诺吧。"

颜路清"嗯"了一声："什么承诺？"

顾词点了点手下她的同学录，眼角微微弯起，重复了刚才他写下的话："我们每天都能见面。"

不得不承认，颜小鸟被今天走抒情风的公主词给拿捏得死死的，一句话。

礼物是一个承诺。

既然是承诺，那肯定不能只有口头。

颜路清立刻去找了张纸，写下了这句话。她原本只想写这一句，但莫名停不下来，又洋洋洒洒写了好多。

最后，还郑重其事地落款了自己的名字。

她写好之后递给顾词："给。"

顾词接过去之后，颜路清又突然想到什么："毕竟是礼物，要么我去找地方做个框裱起来？"

"……"顾词看着她，温温柔柔地问，"要么我再给它摆起来，放点水果，烧个香？"

颜小鸟气急败坏地捶了他一下："说得好像写它的人出什么事了！我好着呢！"

而后她又让顾词给她写同学录最后的寄语："你今天这么会说，多写点好听的话。"

……

那段日子简直像是偷来的快乐。

那时谁都不知道，看上去最青涩、稚嫩的感情，才扎根最深、埋于心底。

那扇门除了寒假那次被颜路清发现异常，之后再也没有出现过什么不稳定现象。

不知道是时间过得太快，还是这样的日子让人放下了许多戒心与担忧，颜路清很多时候都忘记了他们之间的限制，她每天回到家，看到顾词，脑海中已经不自觉地想了许许多多关于彼此以后的事情。

还是 4 月，春风拂面的季节，同学录风气过去之后的某一天。

那天一切如常，两人起床后分头上学，颜路清在课间还跑到厕所去给他发了条信息，决定今晚去楼下的餐馆吃饭。

她兴冲冲地回到家，推开卧室门，以为会像往常一样一眼看到里面的人——

那一瞬间，像是有什么东西眯了眼，颜路清猛地闭上眼。

说不上是眼睛疼还是头疼，那种感觉极为难受，再睁开眼的时候面前也一片漆黑，隔了几秒，一切景象才逐渐清晰。

这是间狭小的卧室，跟这间屋子的客厅装修风格一样，虽然有些旧，但东西都是完好的，有床有衣柜，除此之外没有太多空着的空间。

家具上落了不少灰尘，就连床上的被单也明显灰突突的。

颜路清呆了好几秒，才缓缓走到床边。

她觉得自己大脑很空，仿佛里面什么东西都没了，

这是她暂时住的地方，但这卧室……为什么像是从来没人住过的样子？

疑问刚冒出来，颜路清刚搬进来那天的场景突然非常鲜明地出现在她脑海里。

——她先是收拾了客厅和卫生间，最后太累了，于是铺好了被子躺上了沙发。

颜路清又在心里跟自己对话。

所以从那天开始，她就一直睡在沙发上？

那她刚才是怎么了？为什么突然晕了那么一下？

自己最近学习好像也没花太多时间啊。

这个念头冒出来，颜路清又是一愣。

没花太多时间？没花时间为什么会考那么好？没花时间，那时间都用在哪儿了？

颜路清在卧室里转了一圈，揉着自己的头走出了房间，回到客厅。

她又想到，刚才自己好像拿着手机在跟谁发消息……

于是去看手机，打开微信，发现最顶端一个对话框是下午三点钟的群聊消息。

颜路清记得自己睡眠一直很棒，睡觉也很舒服。

但真的躺上去，好像哪儿都不对劲，沙发硌得她腰酸背痛。

这一晚，颜路清破天荒地没睡好。

到了后半夜，她实在困到不行的时候才闭眼，而后断断续续做了一晚上的梦。第二天早上起来，她洗漱时照镜子，发现自己眼眶一圈都是红红的，还有点肿。

朋友们明显发现了她的不对劲，被问到后，颜路清便实话实说："我也不知道为什么，昨晚突然睡不着了，特别硌人，而且感觉那个环境……哪里怪怪的。"

秋暖林："那正好，我听说校舍已经修复结束了，很可能今天就全校下通知，咱们马上就能重新住进去了！"

她说得没错。

接下来仿佛摁了快进键一样，原来因为地震受损的宿舍楼修复一新，高一和部分高二学生重新搬了进去，前前后后不过两天的时间。

颜路清最后去临景小区看了一眼自己有没有落的东西，院长在楼下等她。她把钥匙收好，又检查了一遍房屋，最后关门时，还忍不住看向那个微微有些破旧的卧室门。

明明那一晚在这里住得这么难受。

好像在自己的记忆里，对这儿也没多大感情，充其量只是个落脚的地方而已。

她甚至没住过那间小卧室。

为什么看着这扇卧室房门，想到要搬走……突然，这么想哭。

之前那段日子情况特殊，大家都走读，学校怕有些学生回家来不及，便取消了晚自习。但既然搬回来，从今天开始，晚自习恢复了。

宿舍收拾好之后，也差不多到了下午课结束的时间，距离晚自习还有四五十分钟，秋暖林和班里另外两个女生一块拉着颜路清去喝奶茶。

几人像平时一样聊天，颜路清也和平时一样自然，最后剩下二十分钟时她们起身离开奶茶店。

出门后，颜路清没朝着学校的方向走，反而自然而然地反着走，拐过了街角——

她一抬眼，看到街角处的路灯，突然刹住脚步，蓦地一愣。

路灯下空空的，什么也没有。

好像她的心里也空了一块。

"不是，你跑哪儿去啊？"

身后传来朋友们的声音。

"你别是看到什么帅哥了吧？"

"咱们还得上晚自习，今天老李不是说谁也不能迟到吗？看帅哥也改天吧！"

颜路清回过神来："……来了。"然后转头走向朋友们。

她在找什么？

那个路灯……又怎么了？

颜路清高一最后一个月一直存在着这样的状况。

她偶尔觉得自己有点莫名其妙，好像总是下意识要做什么，却又不知道为什么那样做。

但这些却又不影响日常生活和学习，她渐渐也就接受了这些现象。

怀榆一中校舍翻修结束后，颜路清的高一也很快结束，这样的现象也在慢慢淡化。

到了高二，颜路清继续住校生活，高三时学习节奏骤然紧张，越来越少的时间能自由支配。

她似乎再也想不起那个叫作临景小区的地方。

只是偶然路过时，会看一眼，然后想：哦，地震那会儿我在这里住过。

这个小区周围有许多餐馆，她会莫名知道哪家好吃，哪家不好吃，可又说不出任何原因。

她打游戏很厉害，已经在女生宿舍小有名气，大家都问她为什么"打野"那么厉害，可她自己也不知道为什么。

她的同学录都是找漂亮妹妹写的，但其中有很奇怪的一页。

没写一丁点的个人资料，那个人也没答完全部的问题，只挑了几个填写。

那个人喜欢狗。

喜欢的地点——"怀榆市临景小区18-2-401"——她曾经住的地方。

生日愿望——"我们每天都能见面。"

最后寄语——"新年快乐，我喜欢你。"

颜路清看得恍惚了好久。

这几句话，简直像是个变态追求者一样。

可她生不出一点反感的情绪。

只是……这个变态的字写得未免也太好看了，怎么做到这么有型又美观的？

按理说，颜路清觉得这页应该撕掉，毕竟和同学录的其他页格格不入。

可是她几番都下不去手。

是因为字太好看了吗？

是因为这人在寄语里的告白太合她胃口了吗？

好吧，追求者，算你走运。

……

就这样。

2019 年，2020 年，2021 年高考结束，她坐飞机上大学意外撞晕，又读了一个月的大一，一直到了现在。

2021 年的 10 月。

怀榆市临景小区 18-2-401，时隔两年半，她终于再次回来。

推开门的一瞬间，记忆如潮水般涌过来，几乎将人淹没。

她想起了那个少年。

不知道什么时候开始，颜路清满脸都是泪。她在模糊的视线中走到了卧室门口，推开门，面前仍然是那个灰突突的小卧室。

那一切结束了。

顾词……

她真的再也没见过他吗？

玛卡巴卡从未体验过如此跌宕起伏的人生。

它很喜欢它的第一任正式宿主，但是它学过的知识说，它们不可以对宿主展露出太多自己的情绪，作为自己那届最优秀的毕业生，玛卡巴卡控制得很好。

可是它的宿主实在太可爱了。

宿主给自己取代号玛利亚的时候，它就强忍住想笑的冲动。谁知后来玛利亚频出更为搞笑的举动，她发布在网络上的评论，玛卡巴卡都要在心里默念好几遍，然后在自己的办公室里大声笑好久，引得隔壁的人都过来询问它到底怎么回事。

再到后来，因为一次对女主角善意的搭救，玛利亚被系统惩罚。玛卡巴卡当时虽然理解系统机制，但还是在心里吐槽了它一通。

那个惩罚结束后，玛卡巴卡突然发现了一个人形故障——那是和它的宿主息息相关的重要配角——顾词。

它看不到顾词的行为，看不清顾词的动机，所有的好用技能在顾词这里都仿佛是信号被屏蔽一样，不起丝毫的作用。

为此，玛卡巴卡懊恼过，痛苦过，委屈过，悲愤过，忍不住骂过脏话。

可后来当它知道顾词能够屏蔽掉它的原因，这些情绪就通通消失不见了。

玛卡巴卡最爱听重生大佬的八卦——因为据说只有在原世界重生的大佬，才能把系统搞得束手无策。

毕竟那是压榨自己的顶头上司，而且玛卡巴卡觉得它们的许多规定太过专制独裁，有人挫挫它们的锐气最好不过！每次听到师哥师姐讲重生大佬的事迹，都觉得爽得不得了。

万万没想到，这种大佬竟然能被自己碰上一个。

玛卡巴卡一直觉得自己的宿主玛利亚是一个非常特别的女孩子。

却没想到她能特别到这种程度——让一个重生大佬为她疯、为她狂！

说是为她疯、为她狂似乎有点儿过。

但玛卡巴卡觉得，自己也很难用其他的形容词来描述那位大佬的行为。

自从那天玛利亚不见了之后，系统就没再过一天好日子。

所有的员工都在偷偷看它笑话，表面淡定，实则大家口口相传——"今天大佬又来收拾它啦""今天系统又在办公室摔东西啦""那个大佬好帅实在太帅啦"……一系列丰功伟绩。

玛卡巴卡比它们更加清楚顾词到底做了什么。

不知道为什么，玛利亚在这个世界的身体已经没有了，那个绑定却仍然没有解除。似乎是顾词在程序进行的最后一刻断掉一切链接起了作用，程序有哪里被打乱了。

玛卡巴卡跟顾词也依旧是那天的临时绑定。

某次，它听到顾词对系统说："我知道一切发展，所以我会改掉所有一切的发展。"

系统明显被吓了一跳，问他是什么意思。

"曾经她告诉我，你不允许有人改那些所谓的'剧情'。"他的声音明明很冷，语气却仿佛带着笑，"我来试试能不能改。"

然后他真的这么做了。

玛卡巴卡亲眼见证他用了三天，把原本按照剧情发展进行的线，一根一根地拆掉，引往别的发展方向——从他舅舅的公司开始，他终止正在进行的合约，改了原本决定的合作。

这种大背景线是牵一发而动全身的，世界本身就在不停运作，每个企业有数不清的人，系统没有能力改变无数企业的经营路线。

他还让玛卡巴卡查了不少内容，而后选择最优解。当时还有一周就要放寒假，女主角假期在便利店打工，其间跟男主角偶遇，两人寒假在店里发生了许多篇幅的剧情。

顾词把女主角假期要打工的地方买了下来，直接关店——之后在那家店所有的男女主角剧情全部作废。

……

玛卡巴卡都想象得到系统的绝望。

系统没办法惩罚顾词。

系统设定好的机制仍然存在，所以那些都会"罚"到它自己身上。

不过……

虽然看得爽翻了天，它却很担心这位大佬。

玛卡巴卡说过了，玛利亚的绑定仍然存在，想让他放宽心。

顾词也只是神色淡淡地对它点头说知道了，然后继续忙着"破坏"世界，"改变"世界。

玛利亚以前经常嘀咕心疼顾词这里那里的言论，什么她的公主词实在是太惨了、太瘦了，真是小可怜。

玛卡巴卡真想跟玛利亚说，他现在更惨、更瘦，虽然强到让系统抓狂、束手无策，却也……好像比那时候更可怜。

自那天后，过去了一个月，某天顾词再次通过那个通道回来的时候，脸色苍白，周身的疲惫极为明显，而且身上似乎多了什么东西。

玛卡巴卡毕竟是直属员工，它感知到那东西是来自主控室的。

是系统忍不住了，所以交给了他什么吗？

玛卡巴卡没忍住跟上去问了一句，顾词倒也没瞒着它，直接答道："嗯，我的记忆。"

然后玛卡巴卡愣在原地，看着顾词的背影消失在关上的卧室门后。

卧室里几乎没什么装饰品，哪里都很简洁，墙面完好无损，床看上去大而柔软，空气里有淡淡的清新的香气。

已经是凌晨。

顾词走到床边坐下，伸手拿过床边的水和药，送到嘴边咽下去。

刚才拿回的东西似乎并没有太快生效，他拿起一旁柜子上摆着的一个本子。

这是那个机器人交给他的。

它说，这是颜路清之前自己偷偷写的，虽然准确来讲并不是写给他的，但他应该看看。

全部都是手写。

看得出颜路清写得很着急。她的字算不上多好看，尤其是一写得快了开始连笔，就更不美观。

这本子明显已经被翻了无数次，每一页的页角都微微卷翘。

第一页的字迹还算能看——

"颜路清，如果你打开了，但是没想起来这东西是啥，那就继续看下去。对没错，这东西就是写给你的——不知道多久以后，可能失忆的我自己。"

第二页就开始有些放飞自我——

"你应该会记得你是另一个世界来的吧？你在飞机上出事儿了，似乎是完蛋了，然后到了你看的一本小说里。里头有个狗系统一直搞你，有个笨笨的叫玛卡巴卡的玩意儿一直帮你（虽然比较鸡肋），还有个叫顾词的美人一直救你（这个才是真的有用！gzcyyds！这些字母的意义我后面解释）。"

"现在呢出了点事故，不知道是因为什么，狗系统在倒计时什么惩罚，我猜测它是想清除我的记忆，所以抓紧时间写了这本东西。"

第三页已经龙飞凤舞——

"不管那个狗系统怎么搞，你都不能……好吧，你是真的搞不过狗系统，你只是一个被控制的小人物而已，呜呜呜，摸摸头。但是别慌！就是因为这样，所以我才写了这东西给你！哪怕你现在真的忘了，你也要看着这些文字，相信曾经的自己告诉你的事情——你的狗爬字你肯定认得出来吧？这世界上不会有人模仿得了的，你放心！

"你来这里的事情你应该记得，我猜测，要忘也就是忘了跟一个人相处的片段。所以我全都讲给你听。你刚来，因为读了原著小说，那时候你特别心疼顾词这个人物……"

往后的叙述和字迹一样杂乱无章——

"……掉下树洞的时候你觉得自己快死了，然后发现自己其实只是扭了脚踝，而厉害的顾词干了什么呢，他把自己脱臼的胳膊接好，又来把你的脚踝扳正——在他后背都是血的情况下。

"当然啦，你也是个小机灵鬼，你发现了！你给他包扎了！然后你们一起睡了！（好怀念……）

"你们在树洞里还捡了一只血统非常纯正的边牧（智商比你低一点点的那种，你去客厅看看，就是那只边牧），你给它取名叫狼。捡到它没多久，你们在树洞里被众人找到，当时你表现得很开心，其实一点也不。

"你舍不得和他独处的时间。

"当然，顾词也是一样啦，只是他那个人，老别扭老傲娇老腹黑了，他能承认吗？嗤。"

……

"当时你自以为逆天无敌的金手指，却怎么也看不到顾词心里的想法，你可急坏了，急得不择手段，想要去学习江湖秘籍催眠大法来问问他的心里话。

"你确实去学了，也确实催眠了，但是你后来被反催眠了……呵呵，这事儿至今想起来我也只想呵呵。

"不过……那段时间，困扰你好久的噩梦消失了。

"虽然没问过，但肯定和顾词有关。"

……

"意识到喜欢他是什么时候呢？就是那次你收拾他的行李搞出一通乌龙之后。他出了个差，在你的茶几上贴了两张便利贴，一张是你经常看的台，一张是说，他不在的时候，你要禁酒——之前你每一次喝醉，都是他把你捞回来的。

"你突然就破防了，你以为你那防御是铜墙铁壁，其实公主词两张纸糊上去你就不行了。"

……

"他真的很好，哎，我不知道文字描述怎么和你形容他的好。他的脸倒是不用我多夸了，你有眼睛，肯定看得出来。

"你记得吗？一开始你被所有人当成精神病，你心里虽然偶尔自己娱乐一下自己，但还是觉得十分悲哀。只有他知道你不是。他很早就知道了，他不仅知道你不是精神病，他还知道你不是这个世界的人。"

……

"他吻技很好，特别会亲，其他的还不知道。

"他会对你卖惨，说自己哪哪不舒服，但那些基本是无伤大雅的，真正的惨他是不会卖的，只会自己默默扛着，哼哼，真是把'美强惨'进行到底的公主词。

"他脑子和嘴巴都超超超级厉害，你不会忘记你被损了那么多次吧？不会忘吧？？？"

……

"9 月 17 号是你来这里的那一天。

"连你自己都不记得这一天。

"可他会在告白的时候，因为担心你胡思乱想，直截了当地告诉你——他喜欢你。他喜欢的，是那个 9 月 17 号，出现在他面前的你。"

……

"写得我好想哭啊。"

……

最后一页，字迹又变成了第一页那样，甚至比第一页还要认真许多。

"我永远喜欢顾词。

"写到这里，其实我觉得……不管有没有这本东西，你都会喜欢上他。不管你失没失去记忆，不管找不找得回来。

"但我怕他难过。

"颜路清，你努努力，别忘了他，好吗？"

那些寻回的记忆在睡梦中逐渐生效，画面异常清晰。

第一次看见卧室那扇门。

在中间有隔板的情况下跟一个女孩睡在一起。

第一次用车子载人。

对她的世界产生了难以忽视的兴趣，所以又在冷风里兜转了好久，一天内载了同一个人三趟。

很讨厌吵闹叽喳的人，最开始不爱听她说的废话，到不久之后没有废话会不习惯。

第一次被通知"我会迟到"，竟然还回复了"我会送你"。

第一次带女生去和朋友打篮球。

第一次房间里被摆上了白色的花那么女性化的东西……但那房间早就被改得面目全非，无所谓了。

第一次喜欢上一个人。

……

顾词高二开学不久后的那个秋天。

那天他收到颜路清的消息，她又想去吃她家楼下的一家餐馆。因为那家餐馆离得近，不需要骑车子，他回到家先把车子停好，而后上楼打开房间门。

眼睛和头一阵刺痛。

顾词反应过来了什么，他扛过那阵不适，几乎是在意识到的瞬间睁开了眼。

晚了。

这个卧室里，一瞬间少了无数东西。

另外一张桌子、属于女孩子的发带、墙上的所有照片……还有种种属于另一个人生活过的蛛丝马迹——全都消失不见。

包括床对面的那堵墙，上面完好如初，再没了那扇与这里格格不入的门。

手机里的联系人少了一个。

对话框没有了，照片也没有。

头又倏地一痛——

那是顾词第一次很明显地感知到，这世界上存在着一种看不见的东西，无形地作用在人身上。

人还是正常的。

唯独那段与她有关的记忆，时而出现，时而模糊。

元旦那天。

关于她的记忆前所未有地清晰，顾词走进一家文身店，在手臂内侧文了一行字。

——怀榆市临景小区 18-2-401。

文身的人笑呵呵地问他："没听过这个地方啊。"

顾词笑了笑："是啊，不在这儿。"

"那在哪儿？"

"在另一个世界。"

文身师最开始看顾词脸长得太出众，搭话搭得也来劲，后来大概以为他精神有什么问题，那文身师没再说话了，安安静静地一直到文完。

文身确实一直没有消失，也起了不小的作用。

但终归抵不过时间，也敌不过那种无形的力量，模糊的时间变多，清晰的时间变少。

那种感觉实在难受。

他并没有崩溃，也没有得什么病，除了睡眠变得奇差，身体也不如以前，家里人也并没发现什么异样。

——只是从那之后，他的所有噩梦都是一堵白墙。

有一次喝了酒，记忆突然鲜明起来。

他想，一辈子那么长，你不过出现了半年而已，为什么……就是忘不掉你？

再到后来的几年，经历更多，这样的状况依旧持续。

被莫名陷害，被毁了家，他可以去夺回来，也可以报复到底。

唯独有一个人。

除了午夜梦回，他再也找不回来。

……

顾词这段时间看过颜路清所说的那本书，也看了里面写的关于他的种种。

原文没有写他全部的人生经历，甚至可以说是漏掉了很多很多。

但写出来的那部分，也都算是真实发生的。

那个她万分不愿提及的结局，是原书第八十六章——

　　……

　　那年的元旦，顾词被发现死于自己的卧室里。

　　没有遗言，没有痛苦的神情，那副漂亮的身体外表甚至没有半点新伤痕。

　　他的身体靠着卧室里那面雪白色的墙，嘴角有淡淡的弧度，自然放松地微垂着头，看上去像是个陷入梦乡的睡美人。

　　只是再也不会醒来。

那时候，他已经忘了许多年，却在最后一瞬想起了许多画面。

周围是十分有校园气息的街道，自己靠在车子上，背后是路灯。

那时正当年少，每一帧都万分美好。

有个女孩子一蹦一跳地跑过来，速度还算快，跑到他跟前，气喘吁吁地停住，张嘴就脆生生喊他的名字："顾词！"

她穿着蓝白色的校服，小巧精致的脸，湿漉漉的圆眼睛，笑起来露出洁白的牙齿。

"抱歉抱歉，老师拖堂。"她声音清脆好听，笑嘻嘻地问，"你是不是等我很久啦？"

是啊。

我等你……很久很久了。

第四章

我终于来到了你的世界

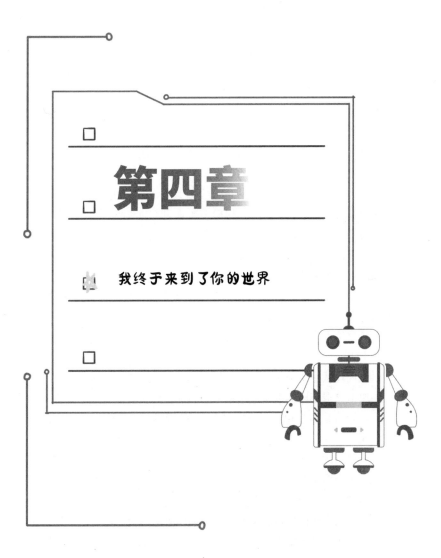

12

过往的记忆纷至沓来，将以前都是空白的地方塞得满满当当。

顾词记得，那是个短暂而又漫长的过程。

他想起了那个画面，又想起了无数其他场景，那瞬间，他发现原本该消散的意识又凝聚起来，他似乎还看到了并非回忆的场景——

看到似乎比那时头发更长的她坐在飞机上，对着手机一脸义愤填膺的样子，仿佛在骂着什么。

而后他失去了意识，再次陷入黑暗。

如果重生之后代表了很强的存在，那么也肯定有最弱的时候——大概是在这段时间里，那段记忆被彻底清除了。

所以他再次睁眼……才会见到全然陌生的她。

顾词自从进了卧室之后，足足十几个小时没出来。

玛卡巴卡都已经准备动用机器砸门了。

不知道是因为和玛利亚的绑定一直没解除，还是因为系统拿顾词束手无策，它莫名有种直觉——玛利亚会在最近回来。

不仅会回来，并且她回来看到她的大佬成了这个样子，一定会心疼死，还会骂它照顾不周。

但这是它想照顾就能照顾的吗？

玛卡巴卡正惆怅该怎么办才好，那间卧室门突然从里面打开——

顾词跟进去的时候穿得不太一样，他换了件黑色的毛衣，同色系长裤，大概是因为他总喜欢穿这种深色系的衣服，反而更显得脸色不好，总有种颓丧病美人的感觉。

玛卡巴卡又想到另一件事。

每当顾词通过它的专属通道到达它们总部，系统就会自动给他搞上一身像是科幻片里的衣服，很显身材的紧身服，浅蓝深蓝和灰色交加。

这么酷炫的衣服，加上那张神颜，顾词每次去都会被疯狂拍照留念。他的照片已经在八卦用的公网上传开了，每次都有一群人详细播报他几点来，几点走，他走之后系统又发了什么疯，已经收获了一大批"粉丝"。

还有不少人表示非常想见到这个故事里的女主角，于是纷纷来询问玛卡巴卡。玛卡巴卡挑一些照片给他们看了，于是玛利亚的美照也小范围流传了一下。

众人便又纷纷感慨神仙爱情、系统不当人、大佬加油。

总之现在系统才是与全世界为敌的那一个。

玛卡巴卡看着顾词出来，又二话不说走向它，熟练地伸手扣向机器人的脑袋，通过它去了那个世界。

玛卡巴卡默默联系了自己的好朋友，开门见山地问道："欸，你说，重生大佬的身体难道比正常人类要强吗？"

朋友不解："什么强不强？"

"就是……几乎不咋吃东西，一天顶多吃一顿饭，我总觉得他要不行了，但竟然也一直没进医院……"

"虽然重生不会改变基因，但这种程度肯定是能活着的，主要是——一般重生的那些人意志力都非常强，你根本想象不到。"

玛卡巴卡深以为然地点点头。

也是，不然能重生吗？

"而且本身一天一顿饭也不会死人啊！"朋友顿了顿，又道，"但是吧……反正该遭的罪一样都不会少，身体不好，大概率会很痛苦就是了。"

玛卡巴卡又要落泪了，第一万次辱骂把他们拆开的罪魁祸首。

公网 BBS。

【这破工作爷不想干了】：来了来了！他来了！大佬来了！

【公网顾词头号粉丝】：偶像来了！顾词！顾词！顾词！

【小专家】：哈哈哈哈哈我竟然押对了！我就猜他今天会来，因为那个世界的脉络图那天我去看了，已经被大佬改了接近百分之五十。

【次次抽到靠谱宿主】：百分之五十！我记得到百分之七十约等于世界脱离掌控，系统就得倒大霉，哈哈哈哈哈喜闻乐见！

【许愿下一个宿主不是废物】：就是现在这种程度也已经要倒大霉了，处罚不会轻的，嘻嘻。

【实习好难】：喜闻乐见喜闻乐见！没想到我还能亲眼见证这样的事情，怪不得我们学的教材里从来不讲在本世界重生的大佬们，原来他们是专治系统的！哈哈哈哈哈！

【主控室看门员】：报，大佬已经进门啦！

……

顾词对此处轻车熟路，他走到了几个硕大的屏幕前，熟练地调出几组数据和图。

"百分之五十了。"

空间内传来隐隐咒骂，是十分扭曲的一道男声。

所谓系统也并不一直是一个人，它们是会更新换代的，就像换届一样。与他交流的，或者更该称之为这一代的系统代言人。它们在任期间遵循着规则来"监督"无数的世界，

空间里还有十分痛苦的压抑闷哼——只要顾词出现在这里，那另外的存在就格外难受。

所以顾词一来就会待很长一段时间。

一个屏幕显示的是一个列表，上面有密密麻麻的人名和头像，能够通过这里直接进入他们的梦境——

这个世界的许多漏洞都来自梦境，梦境也是故障出现的反馈，与此同时，要想给某人暗示，多数也要通过梦境——像是有些权限不够的愚蠢机器人，就只能让狗玩玩具做倒数日暗示，暗到正常人完全注意不到。

能够通过梦境暗示的人里并没有颜路清的选项，她此时还处于故障状态，并不在列表里。

顾词找到另外一个程序，点了进去。

另一个屏幕上显示的是一个程序进程。

是之前那个清除指令的撤销进度。

他确实在最后一刻停下了它，可进程仍然继续前进，在完成的那瞬间，旁边生出了一个撤销进度，从1%慢慢增长，到了现在的"进度99%"。

99%都加载好，却也仍然需要最后的1%。

那迟迟不来的1%代表着还需要等。

等……一个契机。

"十一"假期最适合出游，怀榆也是个知名旅游城市，但颜路清在怀榆留了三天，压根没去哪里玩。

她在那个很旧的小公寓里待了两天，最后回去跟院长和院长夫人住了一天，便坐上回学校的飞机。

走前，颜路清在一个很隐秘的地方留下了一张字条。

虽然不知道院长什么时候能发现，颜路清几乎是遵循本能写下的这张十分奇怪且矫情的字条，而且更奇怪的是，她还讲不出具体的原因。

非要说的话……那大概是一种直觉。

秋暖林的大学跟她在一个城市，颜路清下了飞机后先去找了秋暖林。

两人寒暄好久，秋暖林敏锐地察觉到她的奇怪："你今天怎么回事？好像哪里不对劲。"

"我遇到一个很喜欢很喜欢的人……我没法告诉你太多，但是我这辈子只会喜欢这一个人。"

秋暖林瞳孔地震。

这话换成哪个恋爱脑小姐妹跟她说她都能很淡定，但这是颜路清——那个油盐不进、刀枪不入、桃花朵朵开朵朵斩的颜路清！

"宝贝你不会被骗了吧？"秋暖林顿时脑洞大开，"遇到了神级海王？给你洗脑了？要带你远走高飞？你别信啊！"

"……"

颜路清又花了许多时间再三发誓证明自己没有被神级海王洗脑，也没遇到什么神级海王。

分别的时候她抱了好闺密一下，也顺便给她的小包里塞了张字条。

跟之前留给院长的差不多，字条写——

"万一有一天我不见了，别担心，我一定是去了我最想去的地方，做了一件我最想做的事情。"

回到宿舍是下午五点。

屋里没开灯，显得有些昏暗。颜路清进门的时候，黎惜惜正坐在电脑桌前，电脑屏幕发出莹莹幽光。

她有好多话想要问黎惜惜，比如她高中遇到的顾词怎么会出现在她的书里……比如，她突然遭遇的飞机事故是不是没那么简单。

她觉得黎惜惜会知道所有的答案。

黎惜惜听到开门的声音转过头，见到她回来，满脸惊喜地站起来迎接她，嘴里叽里咕噜地说了许多事情，主要都是抱怨："我假期自己在宿舍码字简直快要憋死了……"

颜路清原本想问的问题全部噎了回去，她一愣："码……什么？"

不是完结了吗？

"码新文啊。"黎惜惜说完，又不等颜路清问，很突然地拥抱了她一下。

颜路清更是震惊。

她听到黎惜惜说："你是头一个跟我这么处得来的室友，不愧是我下本的女——"黎惜惜讲到一半，突然刹车，转变画风又开始嘤嘤嘤，"我可太舍不得你了。"

她小声嘀咕："但是你家那位也是真的……惨。"

颜路清听得云里雾里，最后一句她说得像是蚊子哼哼，完全没听清。

但是她一直没有打断黎惜惜。

她的心跳快得不正常，像是预感到会有什么事情发生。黎惜惜推了她一把，把她摁在了自己的电脑椅上，颜路清正面对着屏幕，耳边黎惜惜说："你记得我专栏有个预收吧？"

那本名字很敷衍的《拯救一下那个被虐过头的美强惨》，主角和文案非常离奇。

"主角栏：顾词、颜路清。"

"文案：主角之一确实是颜路清，但不是你们以为的那个颜路清。"

颜路清点头："记得。"

"我刚写了个开头，你帮我看看好不好看。"黎惜惜说完，又转身出了宿舍，"我先去接个水，你慢慢看。"

颜路清视线扫过屏幕——

那上面第一句话写着"颜路清……"几个字，她还想再往下看，可对着电脑屏幕，颜路清感到眼前一阵模糊。而后便不知从哪来了一阵巨大的吸力，像是晕车晕到极致的感受，她条件反射地闭上了眼。

眩晕过后，颜路清睁眼。

周围的一切渐渐从朦胧到清晰，她坐在熟悉的地板上，周围有熟悉的床、装饰、桌椅……眼前是分外熟悉的卧室，窗外的光照到床上的起伏——那里躺着一个人。

颜路清不敢置信地看着那里。

而后仿佛打开了什么闸门，意识到自己身处何处的一瞬间，她在原来的世界里忘记的事情，又自然而然地在这个世界里记起，记起有关于这里的一切。

眼泪先于大脑，甚至她自己还没反应过来的时候，脸上就已经湿润。

颜路清目前所在的位置和她离开时一模一样，同样都是地板上。

她撑着腿站起来，在控制不住的哽咽里走到床边，慢慢坐下。

床上的人很快睁开了眼。

对上视线的一瞬间——

好像又回到了那个时候，他还是那个少年，明明一身清冷，他的世界里却是热烈明亮的夏天。

每次来到这间卧室，一推门就能看到他或站或坐的俊秀身影，以及那张无论何时都令人心动的脸。

原来那么早，他们就相遇了。

他们相遇在一个那样冷的冬天——尽管冷，她却是在他的夏天度过的。

因而，那变成了她过得最温暖的一个冬天。

颜路清眼前模糊又清晰，眼泪掉出去就清晰一会儿，但掉出去一颗，很快又会凝聚起另一颗。

顾词安安静静看了她一会儿，然后抬手给她擦掉眼泪。

他的手很凉，碰到她哭热的脸像是有镇定的作用。

"顾词……"颜路清叫他的名字，勉强稳定了一下自己的声线，吐字清晰地说，"我好想你。"

他手指一顿，突然笑了一下。

那个笑容格外好看，看得颜路清鼻端更加酸涩无比，她闷声问："笑什么？"

"这次的梦很不一样。"他说。

顾词声音很轻，比起她来，他的话才更像是梦呓。

这话好像把颜路清勉强控制的泪腺给直接解放，近乎泄洪，她直接快要哭崩了，从默默流泪变成抽抽噎噎的抽泣。

"谁是梦啊！梦怎么会这样啊！"她一边哭一边直接俯下身抱住他，脸埋在他旁边的枕头里，"你怎么这么瘦了……我又得重新养……"然后越哭越伤心，最后直接开始"呜呜呜"，句子都说不全。

久违的聒噪声音如此密集地传入耳膜。

仿佛连带着人的血液都一同回温。

颜路清哭着哭着，脑海里莫名出现了曾经在他们之间发生过一次的对话。

她的生日，游乐园的角色扮演，在少女的无理取闹下他们反串。少女问了问题，那个少年为了她睁眼说瞎话。

她蹭了蹭眼泪，吸了吸鼻子，说："我现在什么都没有，身份都没有，无业游民，一穷二白。"

这话说完，颜路清突然感到腰间一紧——

她被紧紧抱住，好像她是什么稀世珍宝。

她小声问："但是你嫁给我吧，好吗？"

他感受着怀里温热健康的温度，突然忍不住红了眼眶。

"好。"

永远都好。

顾词一只手移动到颜路清后颈，她顺势从枕头上抬起脸来，顺着他手指的力道吻上他的嘴唇。

苍白又柔软。

这是他们之间第一个带着眼泪的吻。

她想——

我终于来到了你的世界。

13

这个吻很短暂，剩下的大部分时间里，他们都是拥抱的姿势。

颜路清不算是那种特别容易哭的人，倒是对于某些影视作品共情能力非常强，对于生活里发生的，或者对于自己的事都很少掉眼泪。

但这样的场面下她实在无法控制自己的情绪，颜路清哭得眼珠生疼，最后是因为眼睛难受，她怕自己哭瞎了才不得不停下。

她从床上直起身来，抹了抹脸："我眼睛快要睁不开了，不行了，从现在开始不要惹我哭。"

顾词"嗯"了声。

然后就躺在那里安安静静地看着她。他眼神特别柔软，看得颜路清又开始鼻子泛酸。

好像情绪被激发也不需要语言，一个眼神，一个对视就够了。

颜路清抽抽鼻子，又伸手去捂他的眼睛："不准看。"

顾词比起她从这个世界离开的时候瘦了好多。颜路清想到她刚来这里见到的顾词，那会儿他身体状态够差了，现在的轮廓似乎比那时还要清晰。

现在他摸上去也凉，又没什么肉，要不是能感受到呼吸，真和精雕细琢做出的艺术品没什么区别。

"我离开……有一个月吗？"

"三十八天。"

"三十八天……然后你就把你自己搞成这样！"

颜路清手下就是他的眼睫，他似乎想眨眼，睫毛微微颤动的时候她手心痒痒的。

被遮住了上半张脸，看他嘴唇似乎是想说点什么，但恰好此时，颜路清耳边突然又响起一道久违的声音——

"玛利亚！"又惊喜又激动，最后的"亚"破音直冲云霄。

玛卡巴卡一闻到味儿就立刻赶来了。

它在门口喊了名字之后又等了会儿，门终于打开，它一下子看到了双眼红肿但一个月没见的自己亲爱的宿主。

要不是受到这破烂机器人外形限制，玛卡巴卡恨不得泪洒当场。

虽然自己到的时候，两人已经平静多了，但它看得出来，房间内的两人刚上演了一番超级催泪的重逢场景。

——因为顾词肩膀处的衣服已经湿了，得换衣服，正好这个点也是他起床的时间，现在正在浴室洗澡。于是就剩下颜路清和玛卡巴卡两个人。

玛卡巴卡之前猜得没错，玛利亚一回来果然是先抱住它的铁头，无眼泪地"嘤嘤"了一番，然后便迫不及待地询问关于顾词的事情。

"他这一个月怎么就成这样了？没生什么大病吧？"

玛卡巴卡小声答："相思病……"

颜路清没听见，自顾自地说："你想想，你当初当机器人的时候按时提醒我三餐提醒得不是很到位吗？怎么不提醒提醒他呢？"

玛卡巴卡顿时用机器人身前的屏幕调出证据，上面全是它给自己拍的照片——站在顾词房门提醒他按时吃饭的。它一边佩服自己的先见之明，一边说："你看，我很努力在提醒了！只是不管用而已！"

玛卡巴卡继续道："顾词怎么会听我一个小破机器人的话呢？"

"……"确实。

颜路清叹了口气，正想问些别的事情，视线突然扫过自己前胸。

她蓦地一愣，不敢相信这熟悉的起伏，又仔细看了看。

左看右看，又伸出手，从胳膊到腿把自己观察了个遍。

没错，是一直被秋暖林以各种口气酸过、夸过的又瘦又美的身材。

颜路清没忍住爆了粗口，站起来又蹦了两下："这好像是……是我自己的身体！"

而不是之前那个病秧子！

不过那个身体在她离开之前，也已经被她养得趋近于正常了，甚至脸庞和她本人都是几乎一模一样的。

玛卡巴卡点头："没错，是玛利亚的身体。"

"这是怎么回事？那我之前离开——"

"那个身体被清除了——清除就是，差不多原地消失的意思。"

颜路清看着自己的手，攥了攥手指，她刚过来的那几天，最希望的事就是回到她曾经健健康康的身体里，后来她慢慢地适应了，也小心生存，那身体没那么难受，这种想法才淡了不少。

这竟然真的实现了！

实在是意外之喜。

颜路清还沉浸在喜悦之中，玛卡巴卡说："剩下的小细节我得慢慢给你讲。"

颜路清："嗯？还有什么？"

"我也不知道怎么回事，最近不知道是要升职了，还是因为和顾词暂时绑定，好多权限都对我开放，所以我去查了一下。"

玛卡巴卡说："你来的那个瞬间，原主的所有数据就已经被清除了，你的身体等于是你原本的身体在这个世界里的一个模子，但是加了所有符合原身的设定。"

颜路清稍微一愣："但是我能看到她的记忆。"

"记忆也是会植入的！你没发现你要努力去想才能看到那些记忆吗？如果是原本的身体，是可以直接获得全部记忆的。"

颜路清点点头："这样……"

玛卡巴卡还在科普："而且原主有过服用违禁物的情况，精神病也确实很严重，可你没发现你只是有病症，但却从没有发病过或者犯瘾吗？还有，玛利亚应该也发现你之前的身体越变越像自己，正常已经成年的人样貌是不会改变这么快的，也是因为……"

颜路清本来也没有太纠结这件事，她稀里糊涂地来这里，稀里糊涂地被所有人当成精神病，还日夜惶恐不安自己会不会有一天真的成了精神病。

后来这些都被自己的心大给治愈了。

玛卡巴卡叽里咕噜解释了一大堆，颜路清反而一直盯着浴室门，实在是听得有点不耐，才摸摸它的铁头："……其实我也并不想了解那么清楚你们世界的科技，反正只要是我没杀人没放火能活着跟顾词见面谈恋爱就行。你歇会儿吧，乖啊。"

玛卡巴卡："……"

还有这样的宿主！服了！

仿佛感应到她的话一般，浴室的门咔嗒一声打开。门把手上搭着一只手，手指细长，手掌白皙好看。

那个推门在颜路清眼里仿佛加了慢动作特效一样，门渐渐打开，顺着手往上，推门的人渐渐露出全貌，颜路清眼睛一点一点地睁大。

浴室里面有一层极淡的雾气，顾词穿了身白衣服，他额前的头发干得差不多了，看起来异常柔软，发梢还滴水，顺着形状优美的锁骨就到了衣服里面。

颜路清勉强维持着理智，指了指他，干巴巴地提醒："头发还没干。"

顾词靠在门框边对她笑了一下，神情像是很累，但却极为勾人。

他嗓音也懒懒的，像是叹气："手没劲。"

"……"

美人出浴她都快把持不住了。

他还撒娇！

那一瞬间理智全炸飞，颜路清瞬间从地板上站起来，噔噔噔跑到他面前，然后"啪"一下带上了浴室门。

只留下玛卡巴卡在门口红着铁脸目瞪口呆。

玛利亚确实可爱，确实和它实习的时候见到的宿主、同事同学们吐槽的宿主都不一样。

不过……也就这么特别的人，才能被这种大佬喜欢成这样吧。

她对于他是独一无二，反之亦然。

这个世界、其他世界、任何世界——他们都再也找不到跟对方一样契合自己的人。

玛卡巴卡越想越感动。

呜呜呜这两个人简直绝配！

浴室里有着很清新的香气，颜路清熟练地打开吹风机给他吹头发。

高中时的顾词似乎没怎么对自己开口示弱过，之后再相见他才有了偶尔撒娇这个属性，颜路清实在是被拿捏得死死的。

两次的回忆全都回来，颜路清并没有什么不适应，对于失而复得的珍贵记忆，反而是那种不管想到哪个阶段，心里都非常满足的状态。

她把他的头发吹干，弯腰去放吹风机的时候，突然被他从后面揽住，然后她顺势转了个圈，再次被顾词抱到怀里。

颜路清靠在他肩膀上，又伸手回抱住他，只是原本的幸福感在触碰到这个人单薄的身子时变成了许多心疼。

她刚才试图赖玛卡巴卡，但想也想得到，能把他搞成这样的人只有他自己。

颜路清哼哼两声："是不是快过年了？"

"不知道。"顾词语速很慢地在她耳边说，"节日有什么意义吗？"

颜路清被问得一愣。

她突然想到，她离开的第二天似乎是圣诞节，紧接着就是元旦，而她消失了三十八天……那么这个世界已经过了元旦。

这两个节日，他都是自己过的。

或许他的话还省略了前半句——

没有你在的节日，有什么意义吗？

"……"有被自己坑到，颜路清连忙收起这点伤感，纠正他，"当然有意义！以后每个节日我们都会一起过，我会让你知道，每个节日都会非常有意义。"

"好。"

顾词对节日还是不太感兴趣的样子，简单答完，松开了搂着她的手，重新吻了上来。

……

于是颜路清进去给美人吹了个头发，却把自己的嘴给吹肿了。

当然，她自己十分乐意。

只不过刚才眼睛哭肿，现在嘴唇也红，搞得她像是刚干了什么坏事似的。原本打算去看看大小黑的想法也打消了，还是等稍微能见人一点的时候再去比较好。

颜路清刚来的时候就已经是黄昏了，给顾词吹完头发到了七点，于是督促着他跟自己一块吃了饭——顾词家有专门做饭的阿姨，她吃的家常便饭，他只喝了养胃粥。

吃完饭颜路清想立刻给顾词找个医生检查身体，但被顾词以时间太晚劝住了。

"好吧，那明天必须检查。"说完，颜路清又想起该告诉他自己之前跟玛卡巴卡聊的事情，"对了！"

她直截了当地问道："顾词，你发没发现我有哪里变得不一样？"

颜路清在他面前从来不会掩饰，问的时候，甚至自己都没注意到地挺直了腰杆。

顾词一愣，而后被她的动作逗笑："变好看了。"

颜路清追问："哪里变好看了？"

顾词笑而不语，明明是她先问的，但此时却在这种无声的笑里默默感到了一丝丝燥热。

颜路清把他摁倒在床上，两人再次腻歪到一起。这氛围实在太好，颜路清精神放松，幸福得飘飘然，又开始想这就是家主和老婆因某些事故分离又久别重逢的温情戏码。

刚一想完，颜路清蓦地呆住。

还家主呢？她现在啥也没有了！

她看着顾词的脸是一派放任她为所欲为的样子，转而又开心起来。

没事，我可以不是家主，但你必须是老婆。

颜路清表情变化太快，顾词问了一句："在想什么？"

实话肯定不能说啊，颜路清只说了一半："在想，我以后都不再是一家之主了。"

"为什么不是？"

"我现在是我自己呀，"颜路清一点也不遗憾，"我本来也不想套用别人的身份，现在这样正好，那房子什么的肯定也不算我的了，那家主这种开玩笑的称呼肯定也不算——"

她说完，稍微顿了顿，声音有些遗憾："哎……别墅算了，大小黑和迪士尼阿姨他们，我还是有点舍不得……"

"不用舍不得。"顾词像是在说什么稀松平常的事，"那么喜欢当一家之主，就继续当。"

"嗯？"颜路清愣住，"可是那栋别墅是……"

顾词打断她："我买下来了，给你。"

"大小黑……"

"包括你的迪阿姨，我也买下来了。"

颜路清愣住，又看着顾词对自己笑："狼不用我买了吧？那本来就是你的。"

三秒后，没出息的家主感动得眼泪汪汪扑进老婆怀里。

所以找一个好老婆有多重要呢？

一穷二白的时候，老婆是你永远的靠山。

于是就这样，虽然一分钱没花，颜路清也依然是原来的那个家主。

第二天她带顾词检查了身体，她发现自己再也不受所谓的狗系统限制——所有的病名都不再有打码，她能听得一清二楚。

优秀毕业生玛卡巴卡说，她这样的案例也是少之又少，总而言之，她虽然没有什么像顾词那样的特权，但现在的她是个绝对意义上的自由人。

——她"免费"（free：自由；免费）了！

颜路清把医嘱几乎背诵下来，然后当场给顾词做了个作息时间表，又把医生给的一日三餐表到处贴。因为实在很虚弱，所以他还得输几天液。

顾词输液结束那天，两人回到了曾经住了很久的别墅。

外面的院子哪里都没变，只是少了原来总等在门口的一左一右两个门神。

颜路清满是怀念地拉开门，恰好和门神对上视线。

大黑"嗷"的一声猴叫："颜小姐回来了！"

小黑"嗷"的一声猿啼："颜小姐！"

"……"一个月不见，已然同化了。

颜路清一边往里走一边听他们在耳边继续叨叨："您去哪儿了啊""我们都要急死了""呜呜呜""颜小姐好想您啊""别墅都变冷清了"……

这些话来来回回环绕耳边，颜路清听着听着，突然想到自己刚来的时候，这对兄弟如履薄冰，战战兢兢，巴不得自己不在别墅才轻松，问小黑点事情，他能把自己的后事都在心里交代个遍。

迪士尼阿姨以前在别墅只是个透明人，恨不得降低再降低自己的存在感，现在看见她回来，偷偷抹了好几次眼泪。

是什么时候开始变成这样的呢？

好像，早就变了。

颜路清默默拉紧顾词的手指。虽然仍然比她的凉很多，没什么热度，但她却觉得像是拉着最温暖的热源。

最开始她从未产生过会在这里久留的念头，她心里总想着以前的好，总在潜意识里觉得，这里的世界是暂时的。

可是她的公主词、这栋别墅里的人、还没联系的小麻花，甚至是帮着自己同仇敌忾的那个小废物帮手……是这种和他们之间奇异的感情联系，让她感觉到这个世界的温度。

大小黑太能叨叨了，颜路清从他们的话里提取了几句有效的话，突然出声问道："顾词会回来睡？"

不等顾词回答，她转头看着两兄弟："他睡哪儿？"

小黑挠挠头："好像是上楼……"

他语调不确定，很快，顾词自己回答："阁楼。"

阁楼，那间她送给他的小屋子，装饰了好久，满是星星的小屋子。

顾词感受到她的视线，也垂着眼看她："我经常失眠，但是在那里，不用吃药也能入睡。"

这个人……真的是无时无刻都扯得人心里又酸又疼。

迪士尼阿姨在准备庆祝她的回归，过来让大小黑帮她出去采购。

颜路清沉默下来，过了一会儿，等大小黑被迪士尼阿姨支走，他们身边没人的时候，才捏捏顾词的手，说："我们在这里住几天吧，就住……阁楼那间！我再让小黑去买个那么大的软垫。"

顾词表现得十分顺从，弯弯眼睛笑："你才是家主，你说了算。"

颜路清把一日三餐的表给了迪士尼阿姨一份，然后跟顾词在这里暂时住下。

她回来的那天是 2 月 2 号，错过了元旦，但很快就到春节。

2 月 5 号的那天，顾词有事情回他家，颜路清也跟着过去，吃完午饭他说要去趟公司，颜路清破天荒地立刻同意，还说："那你晚饭前准时回来。"

言下之意，在此之前不要回来。

非常像曾经的那句"我会迟到"，就差把"我要在你家干点啥给你个惊喜"写在脸上了。

只是，这也成了他们之间的默契，顾词装作什么也不知道，点头说"知道了"。

颜路清立刻把自己准备好的颜料全部搬到顾词卧室，铺好防止弄脏地板的用具，摆好各种工具开始行动。

颜路清规定的顾词晚饭时间是六点，五点五十分他准时到家。

客厅完全没留任何痕迹，看不出她准备了什么。

上楼进到卧室前，他还特地敲了敲门："我回来了。"

里面传来少女扬起的声音："进来吧！"

他垂着眼笑了下。

——这是准备好了。

顾词推开门，抬眼的瞬间，身上动作微微一滞。

颜路清正在摘手套，摘围裙，房间内有点颜料的味道，她长长的头发梳成马尾辫，白净的脸上也有一道浅浅的蓝色。

她回过头对着他笑："你看！"

她的身后是卧室里的那面墙，此时上面却并不是一片空白，正展示着她刚完成的杰作。

那是一扇门，陈旧的深蓝色和灰色，所有细节栩栩如生。

顾词这一个月的时间里很难入睡，吃了药睡觉，几乎夜夜都会做梦。

梦境的内容总是相似的。

——他明明就睡在这间卧室里，却仍然会梦到这卧室里的白墙。

他之前不懂为什么，直到看到了所有的过往。

原来这堵白墙上曾经有一扇门，而那扇门带来了他的光。

那扇最初让他们相遇，让他们相接，却突然消失带走一切，也带走了那个少女的门……

那个少女又亲手把它画在了墙上。

"你再也不要梦到白色的墙了。"她走过来捏捏他的手，又指了指那面墙，"你看，现在有门啦。"

14

颜路清一直对惊喜没有什么执念，她收到过许多来自朋友、同学的惊喜，也在别人生日的时候送去很多惊喜，但最惊喜的，似乎还是顾词给的那次。

那天从严格意义上来讲不是她的生日，是顾词世界里她的生日。

然后她被蒙着眼带到了游乐场，拥有了那样难忘的一天。

而现在，她前几天甚至没有费时间去思考，只是想到要做点什么，这个想法就瞬间跑到了脑子里。

颜路清对他解释了一番自己的画画动机："虽然距离元旦都一个月了……但这不是很快春节了嘛！之前那个错过了，过年肯定不能错过，所以就当提前送你新年礼物了。"

顿了顿，她补充："或者什么礼物都不是，只是我单纯地想画上去，随便怎么想都行。"

顾词视线从墙上的画转移到面前的人，对上了少女亮晶晶的眼睛。

手指尖还有她手上的温度。

下一秒，他抿唇反握住她的手，轻轻把人往前一带。

"欸欸欸别——我身上摘了围裙也有很多颜料——"

颜路清意识到他想要做什么，连忙推了他一下。

顾词看似力道很轻，她却没能敌过，眼睁睁看着自己身上有几处未干的颜料蹭到了他不知多贵的衣服上。

颜路清感到头顶微微一沉。

顾词抱着她，下巴搁在她脑袋上，说："我知道。"

感受到他这三个字包含的无数情绪，颜路清也管不了那么多了，也伸手环抱住他的腰。抱了会儿，她还顺手捏了捏，嘀咕道："服了，什么时候才能长点肉……"

颜路清身高和他相差二十厘米左右，靠的时候脸刚好在他胸口往上，锁骨的位置。

这个拥抱持续了不知道多久，她出声问道："礼物喜欢吗？"

"喜欢。"

"噩梦治好了？"

"嗯。"

要说"治疗"噩梦这件事，她还真没顾词早，当时她看完那个多重人格的电影后疯狂做噩梦，还是神通广大的公主词给她治好的。

虽然被反催眠十分尴尬，但总归是又回到了沾枕头就能秒睡的境界。

"所以你还有其他的噩梦吗？"颜路清积极道，从他怀里直起身

136

来，拍拍自己肩膀，一副"尽情依靠我"的样子，"说出来，本一家之主负责一个一个给你治好。"

顾词没立刻回答，看了她一会儿才低声说："噩梦都是反映出害怕的事情。"

他语声微顿，下一句比刚才更低："我只有那一个噩梦，只有那一件害怕的事情。"

——害怕失去你。

关于这间卧室的打扫问题，当时两人一块住的时候，顾词就从没让别人进来过，一切都是他们自己打扫。这仿佛是一种习惯，也是他们的默契——此时颜路清画画把房间画得一片乱糟糟，顾词家里明明有阿姨，两人却还是亲自上手收拾了屋子。

收拾干净后他们也没打算立刻睡在这儿，毕竟卧室里有颜料的味道，得散几天，于是他们回了原先颜家主的家里。

颜路清这次虽然"免费"了，但某种意义上并不算完全"免费"。

还有一个问题——身份。

刚到家，顾词去洗澡的时候，玛卡巴卡就来找她说了这个事情。

它先是递给她一部手机："玛利亚！你的手机。"

这是之前承载了红色微信金手指的手机，颜路清自然记得。

她接过来，好奇道："我现在这样子，这些玩意儿还能用吗？包括那个颜马良。"

"当然可以！"玛卡巴卡指了指自己，"把这些东西带来的媒介是我，我都在呢，它们肯定也在呀。"

"嗯，行。"

颜路清打开手机，电量几乎是满的，她先打开微信，却愣了下——那最上面几排对话框并不是自己发过的消息。

玛卡巴卡又在旁边说："玛利亚难道没发现，自从你回来，颜家人都没有联系你吗？"

颜路清自然发现了，但她还没思考好怎么跟颜家人说，所以暂时没去管。

她缓缓抬头："难道是你……？"

玛卡巴卡骄傲地抬了抬头："是啊，你消失的那天，从别墅离开前，跟大小黑说要去外地当志愿者，不知道多久回来——幸亏你留下过这样的话！所以之后所有人来找你，微信轰炸你，都是我替你回复的。"

"……"颜路清微微张大嘴。

玛卡巴卡："我还按时学你的口气发个朋友圈，把你的人像合成到那种看起来比较偏远的地区背景上，表示你一直没有失联——别问怎么做的，问就是高科技。"

"……"颜路清震惊一百年。

玛卡巴卡还在给她讲述细节，讲了快五分钟自己多么心思缜密之后，颜路清忍不住为它鼓掌。

"牛。"颜路清真心实意地赞赏道，"玛卡巴卡，我的宝贝，这是你这一生最符合毕业第一名优秀学生的时候。"

玛卡巴卡："……"

之后玛卡巴卡又开始说正事。

"玛利亚，你看顾词虽然是重生大佬……他的身份依然是顾词。所以，你虽然是第二次到这里——呃，也是个非常稀奇的身份，但你也依然是'颜路清'。

"这是因为世界会自动平衡一些东西，如果玛利亚实在不想的话系统确实也没办法……毕竟现在因为某些原因，系统被你家大佬搞得像废了一样。

"但你自己也会有许多麻烦呀，比如面对颜家人的质问之类的，你不是最怕麻烦了吗？"

确实。

最初的那个身体和原主相似，经过小半年，变得和她自己的脸几乎没差，这些变化颜家人也都看见过。

如果想彻底脱离，比维现状要麻烦太多，而且许多事情都解释不了。

"其实我刚过来那阵子，和孤儿区别也不大。"颜路清想了想，精确地补充，"只不过我之前有钱有房就是了。"

玛卡巴卡也不愿意她折腾，看她想开了，立刻点头赞同："是呀！"

向顾词学习，她选了个最优解："那就挂个名吧。"

挂这个身份是没办法的事情，但她绝不会替谁活，她以后也不会主动联系所谓的家人，吃穿用度都不沾他们的光——

只沾公主词的光。

没几天就要到春节。

严格意义上来讲，颜路清从来没跟顾词一起过过新年，高中时颜路清是去跟院长过的年，所以今年说什么两人也得一起过。

颜家大哥是第一个找上门来的颜家人，一见面他先是蒙了一下。

毕竟这丫头这一个月以来发的各种照片都是在什么山村，什么穷乡僻壤，他怎么劝都不回来，满嘴说着要为祖国做贡献。

没想到，从那些地方回来，她还变白了，变得比以前更好看，人也更有精神、更水灵了。

蒙过之后，颜风鸣又正色训了她好一通，问她为什么不打招呼就消失一个月，学都不上了。

颜路清也不反驳，就那么安安静静听着他演讲。

发表完演讲，颜风鸣叹了口气："爷爷气得不轻，说你不回去认错，今年过年也别想进家门了。"

颜路清眼睛倏地一亮。

她还在犯愁，如果颜风鸣让她回家过春节，她该以什么样的理由推拒，万万没想到自己得到了这样一个通知。

颜风鸣以为她是被惊住，皱眉道："你要是实在想回去，我去帮你……"

"不不不！"颜路清立刻打断了他的话，对他摆摆手。

"你放心大哥，我绝对——"颜路清举起三根手指发誓，"我绝对不会踏入家门一步，I promise（我发誓）！"

颜风鸣："……"怎么哪里不对劲？

颜风鸣是一大早来的，他黑着脸走后，顾词洗完澡出来，颜路清一五一十给顾词复述了一遍这段，笑得瘫痪一样赖在他身上。

大美人太爱干净了，晚上洗澡早上还得洗，身上时时刻刻都香喷喷的。

颜路清被他拎起来，两人一块坐到沙发里，她笑够了之后安静下来，一下子撞进了顾词的视线里。

她突然想到自己昨天刷到一个视频，文案说：跟男朋友对视九秒钟，盯着他的眼睛，他一定会忍不住亲你。

颜路清默默在心里开始倒数。

——10。

顾词突然对她眨了下眼，睫毛纤密还微微带弯，有种跟他非常不搭的奇异的乖巧感。

——9。

最近经过半个月的监工努力，总算把他的肉养回来了一点点，轮廓有种恰到好处的秀美，美貌值更上一层楼。

——8。

大美人这会儿刚洗完澡，他头发有点湿润，眼睛有点湿润，连形状好看的淡色嘴唇也有点湿润。

颜路清突然觉得喉咙有点儿发干。

——7。

大美人对着她弯唇笑了一下，眼角眉梢都是极为勾人的弧度。

颜路清崩了。

这是考验男朋友还是考验她自己？

管他考验谁，此时不亲天理难容。

她一把搂着大美人的后颈拉向自己，直直地吻上了他的嘴唇。

三秒后。

不管过了多久，颜家主的吻技都还是停留在初学者阶段。

贴着，左蹭蹭右蹭蹭，然后就没动作了。

自己亲够了，心满意足地就要离开。

可她不进步，不代表别人不进步。

颜路清正想松手的时候，她发现自己手腕又被一把扣住，面前刚才任由她动作的大美人却反客为主——

颜路清瞪大眼睛，看着他压着她手腕，把她圈在沙发靠背上，带着一身清爽好闻的香气凑近她。

"别光愣着，"他笑了声，"张嘴啊。"

15

这段时间，颜路清几乎百分之九十的精力都放在了怎么把公主词重新养得健康上——比如到了饭点立刻吃饭，晚上十点到十一点必须抓紧时间睡觉。

颜路清十分严格，并且从顾词的恢复情况来看，成效也还算不错。

他们这段时间虽然总是搂搂抱抱，黏在一起几乎是连体婴的模式，但连得相当纯洁，哪怕早早地躺在床上睡觉，也真的只是单纯睡觉而已。

她以为亲密这种事情，长时间不做总归有点儿害羞，得慢慢地，一次一次地找回感觉。

没想到会发展成这样。

沙发一角。

顾词的眼睛因为笑而微微弯起，声音像是带着蛊惑的意味。清晨的客厅到处都洒满阳光，分外亮堂，照在他身侧，显得哪里都万分诱人。

颜路清一向对这个人生不出抵触的心思，她正因为两人现在这久违的过度亲近而脸颊一热，想说点什么话，却在开口的瞬间被他吻上来。

是和刚才自己的行为完全不同的风格。

顾词触碰到她唇缝，很慢地描摹，像是温柔的安抚，之后，舌尖从那唇间的空隙里直直探了进去——

家里最近用的是颜路清挑选的花香牙膏，她每次刷牙的时候都想咽牙膏。顾词刚洗漱完，此时此刻，她唇齿间正弥漫着那种清爽的薄荷掺杂着樱花的甜香。

顾词握着她手腕的力道不轻不重，但就是让人挣不开。现在的情况非常像是不久前，他看起来温温柔柔还有点儿虚弱地让她帮他吹头发，结果等她进了浴室搂着她吻的时候毫不含糊。

不知道是因为曾经的习惯，还是突然亲近的不习惯，颜路清渐渐闭了眼，更加沉浸在了这场清晨的亲吻里。

仿佛每一处感官被放大，她能感到唇瓣被轻吮的力道，像是通了微小的电流一样酥酥麻麻，舒服到难以形容，又仿佛喝了酒一样令人昏沉。

吻技好，真的能把接吻做成一件令人享受的事情。

哪怕心跳加快，哪怕换气稍微生疏，也仍然愿意沉溺其中。

亲着亲着，还没享受够的时候，顾词却蓦地停下动作。

颜路清有些迷茫地睁开眼，声音还带着接吻时的感觉，又甜又黏糊："……怎么了？"

顾词眼睛的颜色深得见不到底，仿佛有什么情绪划过，又很快消失不见。她看到他下颌线绷得紧了紧，隔了几秒才说："没怎么。"

而后稍微直起身，顾词的视线移到她身后："你儿子想叫我们吃饭，在这儿站好久了。"

"……"

颜路清转头一看，小黑的确背对着他们站了一会儿，而且选的还是不会听到声音的距离。

她最近对"吃饭"两个字相当敏感，必须得给顾词的三餐都固定时间才行，闻言顿时从沙发上直起身："哦，那我们快吃饭吧。"

所以今早这番，是她想要测试公主词，却自己没抵挡住美色诱惑而被冲昏头脑，又在最后反被攻陷了的故事。

颜路清觉得健康生活也离不开运动，所以现在遛狼的事情他们两个也参与了一部分。

今天天气实在是太好了，阳光温暖，天空湛蓝，颜路清解决了过年不用去颜家的心事，早上还收获了甜甜蜜蜜的一吻，心情十分高昂。

遛狼到家门口的时候，她突发奇想地打电话把小黑叫出来，给这一幕录了一段视频存到了手机里。

说来奇怪，小黑是武力担当，每次能被狼遛得气喘吁吁要死要活，但颜路清和顾词去遛的时候，它就像是知道主人的体质一样，从来不乱跑，也不拉着人跑，安安静静地跟在两人身边散步。

他们一般带着狼绕着别墅区转一圈就回家，耗时半小时左右，但这点运动量明显不够狼玩的，所以等他们回家，狼又会咬着小黑的裤腿往门外拉，逼着他再遛自己一次。

小黑表示很无语。

已经过了几天，颜路清想着顾词卧室的颜料味应该散得差不多了，准备今晚去他那里睡，顺便再拿点装饰布置一下家，让他们这两处住处都有年的味道。

得知这个消息的时候，小黑刚被狼折磨回来。

"颜小姐，为什么你们一直要换地方住？"小黑终于问出了藏于心里很久的疑惑，"定居不好吗？来回折腾不累吗？"

这两处都承载着他们独特的记忆，一处见证的是两人历经许久才找回来的初遇，一处见证的是他们忘了彼此却再度相爱，全都意义非凡。

但颜路清自然不可能解释这些。

"你怎么会懂呢，"颜路清经过他身边的时候随口道，"你又没谈过恋爱。"

"……"

"又老一岁了，女朋友的事儿真得抓紧考虑了。"颜路清"词"里"词"气地叹了口气，"总不能因为我叫你小黑，你就真觉得自己年龄小吧？"

小黑："……"

颜小姐已经彻彻底底地被同化了！！

颜路清在年关给别墅里的人都放了假，过年那天，家里就剩下了她和顾词两个人。

客厅开着电视，好像回到了许久前他们并肩看电视的时候，和那会儿不同的是，顾词靠在沙发上，她窝在顾词怀里。

玛卡巴卡说过，金手指是它带来的，所以只要它还在那些玩意儿就不会失效。

颜路清倒是没什么升级金手指的欲望了，但她确实爱上了看短视频软件，于是躺在顾词身上又打开了那黑白软件。

已经差不多有两个月没有登录了，颜路清没想到自己的账号收到了无数的消息：私信、评论、@。

好歹当初她疯狂发评论那阵子博得了不少眼球，有多数都是怀念她的，想让她回来继续发神评的。

还有更离谱的——

"哈哈哈哈哈哈！"颜路清翻着翻着私信，扑哧笑出声，"顾词顾词！你知道吗，竟然还有所谓的公司来联系我欸，说可以包装一下这个账号，让我成为网红，笑死……"

顾词也在看手机，只不过他在读别人发来的文件，闻言"嗯"了一声："你喜欢？"

"我喜欢个毛线，我干不了那种经营账号的事情，当不了网红的。"颜路清直接忽略了那条消息。

但除此之外，收到了不少其他信息也让她感触颇深，这些人还都是关注着她的。

颜路清想了想，正好今天是春节，她便翻出不久前让小黑录下来的视频发了出去，文案写："没想到有那么多记得我的姐妹，一家三口给大家拜年啦！"

一段很日常的视频，里面是他们带着狼散步的背影。颜路清发完之后，隔了十多分钟才去看评论——

"这是谁啊？为什么会出现在我的关注里？"

"泪目了，有谁还记得在逃圣母这个号前几个月是活跃在各大热门视频下的神评账号，当时一有视频就想@她来评论，消失几个月圣母姐姐过气了呜呜呜。"

"没记错的话这号还发过一只贼聪明的边牧，里面出镜过超好看的手，肯定是这男主人！"

"一家三口背影好好看啊啊啊啊啊啊啊啊！"

"我截到侧脸了！女生侧脸超美！爱了爱了，这就是在逃圣母吗？"

……

"越看越好笑，我怎么觉得是男主人在遛女主人，然后女主人在遛狗？"

"呃，我怎么觉得是男主人和边牧一起在遛女主人？"

颜·女主人·路清："……？"

她恨恨地回复这层楼："大过年的别逼我'暗鲨'你们。"

又引来了一大堆"哈哈哈哈"的评论。

春节的这天和往常没什么区别，除了电视节目变成了春晚，以及比平时稍微多熬了一小时夜才上床睡觉。

颜路清过完这一天再回过头看，仿佛跟顾词步入了老夫老妻的生活一样。等关了灯，她在被窝里捏了捏顾词的胳膊："欸。"

他应声："嗯。"

"你觉不觉得哪里不对？"

"哪里？"

"就……"颜路清措辞良久，道："今天可是春节啊！春节这么特别的日子，你没觉得咱们过得一点儿也不特别吗？"

"没什么不对的。我们还会度过很多个今天一样的日子。"顾词的声音徐徐传到她耳边，像是讲故事一样轻轻缓缓，"春节对我来说，也没什么特别。"

颜路清感到自己的手指被反握，他手上的温度仍然不如她热，但温温凉凉的，像玉一样舒服。

他的声音也是。

安静的除夕夜里，她听到面前的人平静地说："有你在的日子，才是特别的。"

大年初四，是顾词曾经就读的那所高中的校庆。

颜路清最开始是躺在顾词腿上刷朋友圈，结果刷到了女主角姜白初发的小视频。

她应该正在现场，明显的校园背景里，小视频录到周围有舞台、有摊位一样的摆设，走动着的全是穿着便服的人，年龄从小到大都有，不仅是学生。

姜白初和他是一个学校的，颜路清拿到顾词眼前："你看，这是你的高中吗？"

顾词扫了一眼，还顺便多答了一句："嗯，在办校庆。"

颜路清顿时生出好奇，她还从来没有去过顾词的高中看过。

她瞬间从他腿上坐起来："你们学校校庆都是这个时候吗？学生在放假也办校庆？"

"不仅办，还会大办特办，很多地方都有直播，很多不是学校里的人也会去凑热闹。"顾词顿了一下，"记得有人说，可以把这个当成美食节。"

颜路清越听眼睛越亮。她最近闲得无聊，又在家里用颜马良的绘画功能造出了不少东西——比如此时戴在头上的熊猫发带，两只耳朵支棱着，显得特别可爱。

顾词一向能从她的表情精准读出她心里的想法，已经心里有数，淡淡道："想去就现在出发，不然一会儿排队更久。"

颜路清"噢"地欢呼一声，从沙发跳起来，脑袋上的熊猫耳朵都跟着蹦了两下："去去去！我们快去换衣服！"

毕竟是校庆这种活动，听到还有直播，颜路清也稍微收拾了一下自己的脸。

淡妆很快安排完毕，临走，她又翻出了前几天"做"出来的一对耳钉，戴到了自己的耳朵上。

颜路清和顾词没提前说好，但两人都穿的黑白色衣服。

虽然这在冬天很常见，但颜路清得承认，自己喜欢黑白色几乎可以算是被他带的——高一的她还没对黑白色有多大的偏好，和他相遇之后，周围的朋友们都觉得她简直算是黑白控。

颜路清的耳洞是高考结束后去打的，很省心，没怎么发炎过，但她平时也很少会戴耳朵上的饰品。所以此时一戴，就更加明显。

两人上车后，她偏头讲话的时候耳垂处明显闪了一下，左耳上是一只泛着光泽的Q版小熊猫头，右耳上是Q版带绿叶的小竹笋。

"……"顾词眼睛微眯，伸手拨弄了一下她左耳上的小熊猫，语调颇有些意味深长，"又是这个主题。"

"你说熊猫和竹笋？"颜路清理所当然地点点头，"是啊，我就是喜欢大熊猫和大熊猫的食物，怎么啦？"

貌美的食物笑了声，看破一切，却仍然没拆穿她。

他家距离他曾经的学校不算远，快到的时候，颜路清好奇地问："你以前去过校庆吗？"

"从来没有。"

"……从来没有？"颜路清好不容易找到他的漏洞，义正词严道，"你怎么能这样！一点儿也不热爱集体！"

她以为自己这次必胜，没想到顾词眉眼微扬，看着她笑了笑："我认为我代表学校得到全国竞赛第一才是真的热爱集体。"

颜路清："……"

损谁也别想着损笋国公主，本体都戴在耳朵上了，她怎么就是不长记性呢？

到了学校，颜路清才明白顾词所说的"排队"排的是什么。

校庆人流量大，为了保证安全，得在校门口搞个类似安检的环节，学生出示学生证，非本校学生就做个登记。

和飞机登机前的安检一样，男女是分开检查的，分了两个队列，所以一下了车两人便分头去了各自的队伍排队。

颜路清落了单，她站在队伍里，前后都是带着自己朋友来参加校庆的小姐妹，显得她非常突兀。再加上今天精心打扮过的脸过于出众，她不知道自己这种人简直就是随机采访的"活靶子"。

她面前出现了两个举着手机的女孩，穿着校服，一号学妹十分有礼貌地问她："你好，请问你是学姐吗？"

颜路清点头："是学姐，不过不是你们学校的。"

学妹二号："学姐好！我们在直播，可以简单问你几个问题吗？"

颜路清也点头："可以呀。"

学妹一号内心十分兴奋，这是今天采访的最好看的一位小姐姐了，对着脸拍得这么真实竟然还能这么好看！人都喜欢好看的脸蛋，刚才已经萎靡的直播间里突然进来不少人。

"哇哦！这美女，@小云不想长胖！秘书快来，给你三分钟给我查到这美女是谁。"

"啊啊啊啊啊爱了爱了爱了，求求主播妹子采访她三个小时好不好！你采访多久我看多久！"

"都让开，我直接自信问候'嗨老婆'！"

……

学妹一号问："学姐是一个人来的吗？"

面前漂亮的女孩突然停顿了一下，她眼睛滴溜溜转了转，而后笑容狡黠地摇头："不是，我跟我同学来的。"

她伸手指了指男生队伍："你看到那边有个很显眼的男生了吗？他就是……咳，他就是我同学。"

学妹二号一眼看到了男生队伍里那个同样出挑的人，甚至他跟周遭更为格格不入，此时正低头看手机。

仅仅一个侧脸，又让直播间一阵号叫。

学妹二号有着敏锐的八卦神经，莫名嗅到了一丝不对劲，她立刻追问："学姐跟他是普通同学关系吗？为什么会一起来参加校庆呀？"

"因为我在追他。"

万万没想到会是这个答案，学妹一号和学妹二号同时一愣，直播间满屏"？？？"。

而后，女孩压低声音，对两人道："哎，你看他的模样也猜得到吧，这种极品清冷大美人多难得，看上他的人太多了，他实在是世界第一难追，来校庆也是我求着他来的。"

"我是不是要见证爱情了！"

"不是，既然能被你求来，那肯定是有戏啊！"

"求求了，两个主播妹妹去采访一下她同学，我想近距离看看啥样的人能被美女称为大美人，还能被这种美女倒追。"

"想看+1，顺便可以旁敲侧击问问男生那边对美女是什么看法！"

刷新得飞快的弹幕里，有一个人的评论异常突兀——

"啊啊啊啊啊！这不是我的大美人和小漂亮吗？！几个月不见他们竟然上电视了！！！"

但由于很快被刷掉，所以并没有人注意到这条。

……

不用直播间说，学妹一号和学妹二号的八卦之血也已经沸腾了起来。

她们来到男生队伍前，镜头来到了漂亮学姐嘴里"正在追的同学"面前。

他眼神很淡，表情也很淡，两个学妹比他矮很多，所以镜头是从下往上的死亡角度——尽管如此，直播间里已然是排山倒海般的尖叫。

"美女姐姐眼光真好！"

"她夸的大美人是真的，这颜值太神仙了！"

"一开始我是不服气的，现在……好吧他配让美女倒追，呜呜呜呜他真的配！"

学妹一号按照刚才采访学姐的流程问了一遍，他都算有礼貌地回答了，直到问到他是不是一个人来的时候，这位所谓的难追大美人才露出一个笑。

"不是。"他抬眼看了看女生队伍的方向，说，"跟人一起来的，她在那边排队。"

学妹一号咽了咽口水："那个，请问学长，你们……是什么关系呢？"意识到自己问的有些奇怪，她连忙加了一句，"是同学吗？"

"不是单纯的同学关系。"他说。

这几个字又把人搞蒙了。

学妹二号先回过神，追问道："那是什么关系？"

无数人看着的镜头前，这人淡淡地道："我暗恋她。"

"我正准备追她，但不知道这位学姐对我有没有意思……"他对着两人笑了一下，温声说，"你们方便帮我问下吗？"

不光两个学妹，校庆直播间里也傻了。

"？？？"

"不是说好的世界第一难追？？？"

"我的大美人和小漂亮从未让我失望。"

"好家伙，我之前还在替美女姐姐不值，我寻思再好看的人也不至于让这等美女倒追吧，万万没想到，小丑竟是我自己。"

"……这是老天摁头非要我嗑啊？"

<h1 style="text-align:center">16</h1>

直播间还在源源不断进新人，弹幕刷得飞快——

"一进来就美颜暴击，今年我母校这么出息的吗？这等极品难道是我们学校毕业的？"

"我就今年有事儿没法去校庆，怎么偏偏就今年有颜值这么高的人啊，气！"

"这是校庆直播间吗？那这镜头前的人是谁？校庆还请明星？"

"@心心心秘书给我查这是哪个明星，我要粉他。"

……

"有没有姐妹解释一下你们在啊啊啊啊啊什么啊？是感慨颜值吗？"

"不是，是感慨神仙爱情。"

问的人太多，直播间总算有善人给他们科普。

"一直待在这里的人出来讲下吧，是这样的，最开始直播很无聊，直播间也挺冷清的，但负责直播的小学妹突然采访到了一个相当漂亮的姑娘，大家才热情起来。

"那姑娘说，自己是跟同学一块来的，想追自己的同学——那所谓的同学就是现在镜头前的这位大美人。漂亮姑娘还说了，大美人世界第一难追。

"于是采访直播的学妹就去采访了这位世界第一难追的人，本来是想试探一下他对漂亮姑娘的想法，结果这位却说……他暗恋那个漂亮姑娘，正愁追不到，还想让学妹给他试探呢。"

"……"

"……嗑死我了。"

"……好家伙，我 CP 昨天才 BE，这是给我的补偿吗？ Fine，我接受。"

男女生排的队伍几乎差不多长，简单的安检也过得很迅速，所以这么一会儿的工夫，颜路清已经进了校园，跟顾词会合。

她刚才是眼看着那俩学妹去找顾词的，此时非常好奇她们问了什么、他又说了些什么，便小声对他道："欸，刚才是不是有学妹采访你去了？"

顾词看她一眼，一副心知肚明的样子，声音平静："从你那里来的。"

颜路清没否认，不怀好意地嘿嘿笑了声："那她们问你什么了？你都说什么了？"

顾词反问："你跟她们说什么了？"

颜路清摇头晃脑："不告诉你。"

顾词倒也不需要她告诉，两人一边匀速朝前走着，他一边缓缓道："你对她们说，我是你同学？"

颜路清惊疑地看向他。

顾词语调懒懒地继续说："然后你说你喜欢我，在追求我，结果追不上，以此暗示她们过来采访我？"

颜路清瞪大眼睛看着他："你怎么知道？"

顾词笑了笑，没说话。

"这日子没法过了。"颜路清冲他比了个拳头，毫无威慑力，"你还敢说你没读心术？！"

确实不是读心术。

猜得到，是因为实在太好猜了。

他对某人的脑回路了如指掌，包括她在特定时候会出现的神奇行为，加上采访时两个学妹的语言和神情，她说了什么一看便知。

顾词还是笑，顺便接过她的拳头，然后把她手指伸直牵在手里。

"猜不到怎么配合你？"

颜路清想了想，也是。

她瞬间又兴奋起来："所以你都知道我说了什么，那你对她们说了什么？"

他知道颜路清想听什么、期待什么，逗也逗完了，于是说出她最想听的答案："我说我暗恋你，想追你，就是不知道这位学姐对我是什么意思。"

颜路清扑哧笑出了声，越笑越大，甚至最后笑出了鹅叫声，不知道是笑自己的脑回路，还是笑两人的默契。

她最后眼角都湿润了，停下来后喘了两下，说："突然想给那俩学妹道个歉。"听完顾词说的话她们估计得蒙好一阵儿吧。

顾词并没搭她这句话茬。

两人散步到了一棵大树下，树上挂着许多漂亮的装饰物，周围人不算多，顾词停下脚步，像是有话要说。

颜路清抬眼："怎么了？"

他依旧顺着原先的话题，突然问她道："所以答案呢？"

颜路清愣了一下："哈？什么答案？"

顾词眉梢微动，眼睫也有一个掀起的动作——他每次做这个动作的时候似乎都是下意识的，面部表情也不会有大变化，但仅仅小细节的变动就异常撩人。

"我说，我暗恋面前这个学姐。"他弯唇问，"这个学姐到底给追吗？答案呢？"

"……"有你这么暗恋人的吗！

颜路清腹诽，整个人却仿佛被泡进了煮沸的糖水里，周身咕嘟咕嘟冒出的每个泡泡都是甜的。

她故作冷静地思考了会儿，又眯着眼上下打量了一番顾词，最后才点头："行，看在你长得这么好的分儿上，给你追。"

靠出卖色相得到追求机会，顾词也不在意，甚至凑得更近了点。

他笑着问："那给亲吗？"

"……刚给你追，你就要亲？"颜路清睁大眼，不敢置信，"你能不能走点心？有你这么追人的吗？"

他紧了紧两人交握的手："不给我追的时候，手都给我牵了……"顾词顿了顿，尾音微微上扬，"给追的时候不能亲吗？"

"……"哇哦，逻辑宝才，她真是见到鬼了。

颜路清勉强抑制住笑容，看似认命实则极为幸福地叹了口气："行，来吧。"

因为安检的队伍前进很快，所以直播间热烈讨论的主人公已经双双进入校园，应观众们的呼声，以及为了满足自己的好奇心，两个学妹也跟着找了过去。

直播镜头里再次出现了两人的身影——

刚才是分开的镜头，双方都异常惊艳，女孩子是十分有亲和力的漂亮长相，笑起来又可爱又迷人，男生和她形容的一样，是清冷大美人类型。

听起来这种组合似乎没什么火花和 CP 感，可此时他们走在一起，竟然和谐得不可思议。

画面最初是两人并肩走在校园里，侧过脸说着话，却渐渐变质——

不知道说了些什么，女生突然一脸鼓气地冲男生比了比拳头，而男生直接温柔笑着把她拳头拉下来——手再也没松开，就这么牵上了。

直播间观众又炸了。俩学妹也炸了，两声"哇"脱口而出，不知说出了多少人的心声。

"这、是、什、么！"

"牵手了牵手了牵手了！妈妈我嗑到了！"

"啊啊啊啊啊啊他们是不是刚才互相告白了？然后成功了？"

"……为什么我觉得他们之前就是一对儿，只不过分开排队？"

"啊，那他们是故意联合起来骗网友？"

"他们骗网友啥了？学妹采访随机，他们俩知道自己要被采访？而且采访的最开始就是两人分开的，他们有时间谋划？"

"如果本来就是一对儿，那就更好嗑了，一起戏精，这才叫默契啊！！！"

"我懂你的奇奇怪怪，也愿意陪你可可爱爱。"

"呜呜呜呜，你们好会！！！"

……

弹幕还没刷多久，前方突然出现了更为惊人的一幕。

那两位万众瞩目的人在不远处的树旁边停住了。大美人不知低头跟漂亮妹妹说了什么，漂亮妹妹憋不住笑又辛苦忍着，故作正经回复的样子分外可爱，二人之间的氛围那叫一个甜，那叫一个蜜。

而后似乎一切都恰到好处的时间，大美人低头吻住了她。

……

"这、又、是、什、么！"

"这是我在校庆直播间能免费看的场面吗！"

"我看到了他这样又那样，那样又这样——这绝对是法式深吻！"

"好家伙都法式了，这绝对本来就是情侣，天哪，他们也太心有灵犀了吧！"

"大美人小漂亮永远的神！"

"刷什么小漂亮的姐妹，看你好几次了，这称呼有什么深意？"

"呜呜呜终于有人注意到我了！"

"姐妹们看过来！介绍一下，这两位是大美人小漂亮，我们学校知名情侣——人称'长得漂亮玩得花，神仙CP顶呱呱'。欲知更多详情快来私聊我，我给你们嗑CP的老巢。"

像是校庆那次的默契，其实在颜路清和顾词身上还发生过许多许多次，校庆那次受害者是两位学妹和许多单身观众，平时的受害者基本就是大小黑和顾词的舅舅，以及他舅舅公司的员工。

这种心有灵犀，基本都是因为顾词能全方位料到某家主的内心想法，次数多了，他也习惯了——曾经被她种种发评操作逼到怀疑她智障的情绪也淡化了。

直到某天，某家主用实力证明，没有任何人能完全料到自己的脑回路。

那是寒假里极为普通的一天。

当时距离颜路清回来已经将近一个月，在她尽心尽力的监督调养之下，顾词终于恢复到了勉强令她满意，也能够正常进食的状态。

她回来之后，不光是过年，顾词自己也经常"偷懒"，能不去公司的时候就在家办公——通常在顾词看电脑、开视频会议的时候，他腿上或者身边都歪着躺着一个戴着熊猫发带的可爱颜家主。

2月底，有件事让他必须得去公司，而且中午和晚上吃饭的时间都赶不回来。

颜路清当时没说什么，顾词在走前，余光扫到那双大眼睛滴溜溜地转了转，而后他便听颜路清道："那我把你的午饭晚餐都送过去！你别随便吃别的东西。"

露出这个表情，百分百是要搞什么小"惊喜"。

但顾词并没放在心上，颜路清叫人送饭倒不是第一次了，基本是她的两个蠢儿子来。

于是他到公司一直忙到中午，接到电话的时候，习惯性地以为会听到那两人中一人的蠢声音。

没想到是公司前台打来的。

前台是个小姐姐，打电话打得十分不确定，迟疑地问："刚才有个像是外卖员的人，送来一个包裹，上面写着您的手机号码，但是收件人……"

午餐时间，这么准时的包裹，肯定是颜路清搞的。

顾词"嗯"了声："收件人怎么？"

"收件人写着……"前台小姐姐小声道，"大美人，大先生收。"

"……"

前台小姐姐怕自己表达得不明白，又念了一次："大美人，括号，大先生，括号完毕。是这么写的。您看这是不是哪里有点问题？"

一阵诡异的沉默。

顾词闭了闭眼，而后淡定地答："没有问题，是我女朋友送来的。帮我拿上来，麻烦了。"

与此同时，手机一振。

【在逃圣母】：祝大先生用餐愉快！可爱。

顾词盯着屏幕，想到她在屏幕那端觉得自己计谋得逞异常开心的样子，也勾了勾唇。

他直接打字回复。

【word】：下次直接让送的人打我手机，不用放前台了。

【在逃圣母】：……

【在逃圣母】：？？？

她这两串标点符号的意思是：连这样你都能接受得了？

顾词也没在意。

本以为这样就是全部。

中午小插曲过去，又是一个下午的忙碌，直到夜幕降临，到了晚饭时间，手机准时响起。

是个陌生号码。

接起来之前，他已经做好听到"喂，请问是大美人大先生吗？"的准备，而电话那头传来的陌生声音却问："喂您好，请问是公先生吗？"

"……"顾词眼睛微眯，"你说什么？"

他声音十分好听，可反问这种话像是上位者的语气，让听的人不自觉会对自己讲过的内容再审查一遍。

"……我、我这边有您一个包裹，我、我再确认一下收件人，您稍等。"

那送货的人结结巴巴地回完，传来了翻动纸张的声音，隔了几秒钟，他再度疑惑地向顾词道："没错啊，我没看错，请问您是公主词，公先生吗？"

"……"

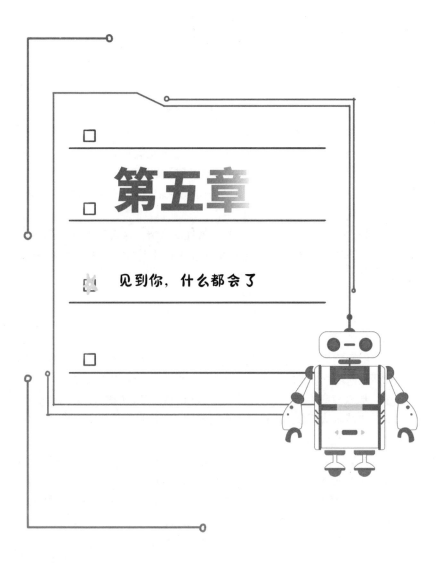

第五章

见到你，什么都会了

17

颜路清这一天开心得简直不正常。顾词晚饭显示送到之后，她倒在沙发上乐了好久，乐到大小黑看她的眼神都变得相当奇怪。

颜路清复盘了一下今天自己的操作，她想给自己颁个奖——最佳乐子人奖。

她太会给自己找乐子了，这么普通的事情，这么普通的日子，她到底是怎么想到给公主词送外卖并且在收件人名字上狠狠阴他一把的？她真是个平平无奇的小天才。

公主词会是什么反应呢？

当接到电话，听到人说"请问您是公先生吗？"的那瞬间，他到底是什么表情、什么心理呢？

颜路清找出手机里他的某一张照片，那是她的抓拍，拍到的是神情非常淡然、眼里没有丝毫世俗欲望、相当高贵清冷的公主词。

某人内心不知不觉得意了起来，她想：对着她的时候，顾词鲜少……甚至从不会露出这种淡漠的神情，所以只有趁他不注意时抓拍才可以抓到这种瞬间。

虽然颜家主更喜欢老婆笑着的时候，自己魂都被勾没了，但她也打心底里觉得，老婆的另一面也是相当该死的有魅力。

打开P图软件，颜路清给这张照片P上几个字，做成了个表情包，上面写——"本公主这辈子都没这么无语过。"

做完之后还没等发出去，她自己又在沙发上笑得打滚。

颜路清就这么自娱自乐了好一会儿，她本以为顾词在睡前能赶回来，没想到才八点半门口处就传来锁的响动。

提供给她一整天快乐的主人公回来了。

顾词穿的是一款长长的外套，一直到膝盖，纯黑色，剪裁干净，显得他格外清俊挺拔。

像是那个奇迹词词头像框特效一样，现在颜路清只要闲下来，就十分热衷于打扮顾词。前段时间实在太冷，颜路清都是逼着他穿羽绒服才能出门的，毕竟保暖第一。但今天温度突然回升了许多，她也突然生出了想看他穿大衣的念头。

她以前对于穿着还真不怎么在意，也因为穷，没怎么玩过换装游戏。怎么就这么喜欢玩奇迹词词呢？

多半是因为……打扮他实在太有成就感吧，毕竟这人什么颜色都能撑起来，穿什么都好看得像能去走秀。

颜路清一边思考一边欣赏着面前模特一样的衣服架子。

衣服架子目前的神情，似乎和平常并没有什么区别，颜路清笑眯眯地从沙发上直起身来，坐着没动地方。

顾词朝着她走过来，她也对他伸出手——一个幼稚的要抱抱的姿势，然后问他："你怎么回来这么早？"

"……"

没有回答。

顾词之前有回来更晚的时候，一般两人都会在沙发这里腻歪一会儿，才去洗漱睡觉。

他今天走过来之后，也像以前一样弯下腰，正当颜路清以为他要坐到自己身边时，却感到他胳膊往下滑，自己膝弯往上的部位瞬间一紧，整个人莫名腾空——

顾词微一用力，直接把她像抱小孩儿一样抱了起来。

失重的瞬间，颜路清搂紧了他的脖颈。

她第一反应先是惊了一下，但大概是最近的老夫老妻生活太安逸了，她很快又淡定下来。颜路清心想：难道是今天这两个惊喜把他搞得开心了，所以一回家就搞这么刺激的？

大小黑全程看着二人，狼原本冲着顾词去似乎想撒欢，此时也呆住不动。这两人一狗合起来，可以说是"目瞪狗呆"。

因为他们平时在众人面前并不是这种模式。

虽然黏在一起，但除非特殊情况，颜小姐都是自己走路的。

大黑不解，难道这也是特殊情况？颜小姐生病了他们没发现？

大黑不自觉跟在顾词旁边，问颜路清道："您这是……生病了吗？要联系医生吗？"

两人异口同声，两声"不用"同时响起。

在一旁的小黑没按捺住好奇心，直接问顾词："那您这是……"

顾词身上抱着一个人，仍然走得很稳当，淡淡看了小黑一眼，嘴唇轻扯，好脾气地温声解释道："我这是，准备动用家法。"

说完，两人消失在了一楼顾词的卧室里。

小黑呆愣愣地站着。

他完全不懂什么叫嗑CP，可此时此刻脑海里的第一反应却是——

您在客厅动家法也不是不可以，怎么还把我们当外人！

颜路清听到顾词那句"动用家法"，竟然生出了一股不小的激动，甚至想吹个流氓哨，仿佛即将被动家法的人不是自己一样。

到了房间，顾词用腿带上门，而后长腿迈开几步走到床边，把她像是卸货一样"卸"在了床上，既没摔着她一点儿，动作又利落帅气。

随后他几下脱了外套，单膝跪在床上，慢慢俯身，用手固定住她两边的手腕，颜路清整个就像是待宰的羔羊。

颜羔羊：……哦嚯！

她仰躺在床上，看着那张哪怕天天见都不会有一分一秒看腻的美人脸，看着他敛起的长睫。此时美人神情不同往日，漆黑的眼睛显得狭长，极富危险感。

颜路清刚才被抱起来的时候没出现一丁点儿心慌的反应，此时却出现了。

她心脏蹦跶得相当有力，扑通扑通的，她平躺着，甚至能感觉得到那一下一下的震动。

她竟然还有心情在心里念叨——

啊，我善解人意的老婆帅起来简直让人腿软。

她老婆突然开口，问她："不怕？"

颜路清眨眨眼："怕什么？"

"家法。"

"那不是糊弄大小黑的吗？"颜路清奇怪道，"我们有家法吗？"

不等顾词说话，她又道："而且就算有家法，不也应该是家主制定的吗？"

顾词否定了她的这句话："不是。"

他语速缓慢，听起来有股懒洋洋的味道："家主不听话的时候，家法……就是专门教育家主的方法。"

"……"好家伙！还能这么定义家法！

不愧是笋国公主，文字功底强大如斯，要不他损人怎么会那么牛呢。

颜路清腹诽完，所谓的"家法"也随之降临到自己头上——

她没闭眼，就这么睁大眼睛看着对方越靠越近，又漂亮又软的嘴唇贴在了她的……

额头上。

颜路清傻眼。

再次感受了一下，的确，确实是亲上了她的额头。

这算哪门子家法？

她刚生出这股疑惑，顾词的嘴唇就微微往下挪动了一点儿。

他吻上了她的左边眼睛，眼皮皮肤薄，本来就敏感，被那种柔软嘴唇碰到，颜路清的睫毛控制不住地抖个不停。

然后是右眼。

他似乎很喜欢她的眼睛，亲了这里好久，嘴唇又流连向下，亲了亲小巧挺俏的鼻子，而后嘴唇轻轻蹭了一下她的脸颊。

先左边，再右边。

再之后，总算轮到了嘴唇。

顾词从她的唇角吻起，干净又轻柔，一点一点地啄吻——

颜路清觉得自己都快要不自觉地噘起嘴了，却怎么也没想到，这人偏偏忽略了嘴唇，亲完唇角又直接去亲了下巴甚至脖颈。

他哪里都亲，就是不亲平时亲的地方。

颜路清穿着很幼稚却很可爱的熊猫睡衣，她用颜马良的功能画出来好几件，这件是连帽款的，所以领子也比较高，锁骨盖得严严实实，顾词亲到脖颈就到此为止了，松开她的手腕，还给她理了理衣领。

顾词从床上直起身来，似乎正准备去洗澡。

颜路清从来不知道还能这么玩。

她被搞得浑身莫名燥热，后背出了一层薄汗，心道这家法还真是家法——"教育"家主的方法。

被教育后的家主，此时此刻又刺激，又难受。

浴室里的水声也不能细听，越听越热。

颜路清找出手机给自己放了会儿《大悲咒》，一直放到顾词洗完澡前五分钟，她觉得自己又恢复到了最初那个快乐的自己，刚才那点燥热也都淡了，似乎等顾词出来就能立刻准备睡觉了。

五分钟过去，顾词真的从浴室出来。他走到床边，掀开了她身边的被子，正准备躺下。

他穿着普普通通的睡衣，露出的皮肤跟发色和瞳色形成鲜明对比。纯白色的T恤领口微微宽松，锁骨上的水珠都清晰可见。

《大悲咒》好像失效了。

颜路清就盯着他锁骨那里的水珠，一直到它向下滑落，消失在了衣服里。

她想到自己刚才被"家法"伺候，不知哪来的冲动支配着她，颜路清一下子把他推倒在床上——

不只如此，还隔着被子跨坐了上去。

她此时大脑混沌，已经忘记自己是不是第一次从这个视角看顾词。

躺着的美人更美了，洗完澡后轻微泛红的眼周皮肤在她眼里都格外明显，格外诱人，好像今晚的他目的就只有一个，时时刻刻都在勾引她。

这个场景，大概是最像自己脑补的熊猫国君和笋国公主场景。

颜路清的姿势可以说是趾高气扬，说的话也相当霸气，是有史以来最符合熊猫国君身份的一次。

"亲我。"她命令身下的人。

躺着的美人像是极为诧异般地扬眉，笑着问："刚才亲了那么久，还不够？"

这人还有脸提刚才！

颜路清耳根发热，已经维持不住面部表情，头顶的熊猫发带上耳朵似乎都气得动了动。

她咬了咬牙，声音里带了少女的娇气，又语气故作恶狠狠道：

"你知道我说的是哪里！"

"……"

女孩睁着天生显无辜的大眼睛，摆出这样一副表情，提出这种要求的样子，实在太过可爱。

顾词伸手把直挺着的少女拉弯下来，让她趴在自己身上，然后轻而易举地搂着她翻了个身。

他笑着亲到她的嘴唇，低低的两个字含混了后面的吻声里。

"遵命。"

18

事实证明，睡前接吻还真有助眠功效。

颜路清一夜好梦，第二天睡醒，迷迷糊糊还没睁眼的时候，脑海里自然而然地浮现出昨晚的许多睡前画面。

顾词抱着她亲她的样子，自己换气换不过来的样子……还有自己把他扑倒的样子。

颜路清瞬间感到了微微的窒息。

当时做的时候全凭一股冲动，但凡她稍微清醒点儿也不至于干出那种事儿。

不过……她转念一想，这也没什么。

情侣之间索个吻怎么了？哪有一直是一方主动索吻呢，那吻得多没意思。

她享受跟他接吻的过程，那她就索吻了——反正这是她老婆，她理直气壮。

颜路清很快就想开了，开开心心地准备面对崭新的一天。

刚睁开眼，就看到了那张每天睁眼第一时间都会看到的美人脸。

两人睡着的时间差不多，醒来的时间也差不多。此时顾词也是眼睛半睁不睁的样子，长长的睫毛在眼下打出阴影，因为眼尾微微下垂，他每次初醒的时候都显得很乖。

跟昨晚亲她的时候大相径庭。

颜路清跟他对视几秒，从被窝里伸出右手，一把捏住他的下巴——并不是用"霸总"手势，而是字面意义上的一把捏住。

"你实话实说，"她一本正经地问，"你是不是背着我去报班了？"

顾词眼睛睁得开了一点儿，但还是用那种雾蒙蒙的眼神看着她，语速缓缓："我报什么班了？"

就是这种神态！还有这种又清润又带点哑的嗓音！

这人每天从早上一睁眼到晚上全程都好像在诱惑她！这谁顶得住啊！

"还说你没报……"颜路清又捏了捏，然后瞪他，"你要不是报了班，那——你肯定以前谈过恋爱。"

顾词尾音上扬，神情带了询问："嗯？"

颜路清："大家都是第一次，你没谈怎么比我会接吻？"顿了顿，她加了一句，"而且还会那么多，我这才是真正的新手反应。"

顾词盯着她看了半晌。

那双好看的眼睛突然弯了一个弧度，他笑着问了一件与此毫不相干的事："你第一次物理考了多少分？"

"……"颜路清愣了一下，而后胡乱说了个数，"记不太清了，六七十分吧，反正我物理没上过八十分。"

"我也记不太清了，"顾词说，"但应该没低过九十分。"

颜路清：？

突然炫耀物理成绩你有事吗？

"大家都是第一次学物理，我为什么比你考得高？"顾词用她的逻辑反问她，"我是跟物理谈过恋爱，对吗？"

"跟物理谈恋爱"六个字让颜路清愣了五秒。

这对话为什么如此似曾相识。

她回过神来，猛地想到在高中那会儿，她也是因为什么事情质疑顾词，问他："你这么懂，是谈过恋爱吗？"

他当时应该是骑着车子载着她，声音从她耳后飘来，轻描淡写地答："我还懂物理，我是跟物理谈过恋爱吗？"

原来再过这么久，她质疑他的脑回路还是一样；再过这么久，他的反驳也和当年一样。

颜路清突然生出一股极为神奇的感受，就好像……这两段时光重合了一般。

她出声道："顾词，你记不记得……类似的话你曾经也说过？"

顾词点头："显然你没能理解，不然也不会现在又问一次。"

顾词当然也想到了那时候的场景，也为这么久以来她脑回路没丁点儿变化而觉得无奈。

"你为什么觉得熟悉一件事，一定要先谈个恋爱才行？"

不等颜路清回答，他又说："这种事是需要有经验才会的吗？"

语气虽然温和，但颜路清太能脑补，听起来莫名像是在接受嘲讽。

——这种事还需要经验吗？你不会难道不找你自己的原因？

"……"有被自己的脑补气到。

她凝神静气，正准备换个话题，没想到顾词又亲自把话题绕到了她最初问的问题上——

"就算我真的报了班，"他声音一停，面上有浅浅的笑意，"教我的导师也是你颜路清。"

颜路清一愣："我？"

"是啊。"

顾词的眼睛被此时照进来的阳光映得十分好看，他说着说着，语调突然带了几分不正经："见到你，什么都会了。"

一个早晨的交心聊天，最后以某家主两耳通红去洗漱为结局。

颜路清一边刷牙还一边时不时摸摸自己的耳垂，耳边仿佛萦绕着他刚才说的那几句话。

——就算我真的报了班，教我的导师也是你颜路清。

——见到你，什么都会了。

他是真的会。

犯规！太犯规了！职业选手禁止撩菜鸟啊啊啊啊！

今天顾词也得出门，但他走前特地告诉了她一声，暗示意味极为明显："今天事不多，饭我会准时回来吃。"

颜路清当时就在心里给他鼓了掌——

高情商：饭我准时回来吃。

低情商：今天你别搞事。

高情商的公主词走了之后，颜路清打开手机跟小麻花聊了会儿天。

她刚回来的时候微信几乎要炸掉，其中有百分之五十的消息都是小麻花发来的。虽然她发的内容都十分无厘头,但颜路清看了后觉得心里很暖。

玛卡巴卡还模仿她的语气也给小麻花含糊地报了平安,但小麻花当时竟然问了一句:"你不会手机被偷了吧?你说说咱俩干过啥事。"

幸亏玛卡巴卡知道不少,这才搪塞过去。

【小麻花】:宝,没几天就要开学了!终于要见面了!

提起这个就烦。

她在 12 月虽然属于突然消失,但颜家那个爷爷又不可能让她彻底失学,顾词似乎也给她提交了个什么证明……总之,她开学可以接着读,但必须要通过期末考试的补考才行。

补考是在开学后一周,也就是距离现在不到半个月的时间。

顾词一直没提让她开始学习的事情,大概率是心里有数能教到她补考及格。

但颜路清愁的不是这次补考,而是今后。

她现在是她自己,彻彻底底的她自己。既然如此,她为什么要学别人考的专业?

她高考考得很好,而且非常不想再经历一次高三,但……她现在觉得,如果能够学自己想学的专业,那重新经历一次高考似乎也没那么难接受了。

——再怎么难也没有让一个文科生学四年计算机更难!

顾词中午准时回来吃饭,颜路清跟他提了这个事情。

他没有丝毫意外,并且也表示支持,只是他说:"不用重新高考,一会儿可以看看你们学校转专业的跨度允许范围,以及转专业标准。"

颜路清说好,两人吃完饭后查了一下,她那所学校对于转专业相当宽容,只要完成大一课程、提交申请、通过转专业的考试,想从哪个转到哪个都可以,跨越文理、艺术系都没问题。

查完后颜路清心情好了不少,顾词问她:"想学什么?"

颜路清虽然原先报的是中文系,但她从小到大都感兴趣的却是美术,只不过因为钱的问题,再怎么感兴趣,她也没生出过自己要学美术的念头。

她还没说出自己的想法,顾词又淡淡地道:"美术怎么样?"

"……"读心术实锤了！

她忍不住问："你为什么会建议这个？"

顾词回答也很简洁："因为你喜欢。"

颜路清愣了一瞬，而后莫名想到了高中那会儿的事。

以前她有跟同学吐露过自己想学画画，想走艺考的路，他们全都觉得没必要——因为她文化课成绩很好，所以没必要。

但颜路清从来不这么想。

人总得有点自己真心喜爱的事情，她从小到大都喜欢画画，要不是没经济条件，她一定走那条路——

学美术不是很多人眼里学习不好的出路，它是她曾经没机会触碰到的梦想。

"对，我就是很喜欢。"颜路清点了点头，又继续追问，"就只是因为这个吗？因为我喜欢？"

"还因为你画在墙上的那扇门，让我觉得……"顾词笑着看她，里面有着在笋国公主眼里几百年见不到一次的、类似于赞赏的情绪，"你不去画画，是件很可惜的事。"

如此真诚、完完全全褒义的话，从他嘴里说出来。

这就像是什么呢，一个双腿残疾的美人突然站起来给她跳了一支高难度的舞。

颜路清生出了一股难以言说的感动。

她虚握手指成小小的拳头，然后当成话筒递到了顾词的嘴唇下方，用采访一样的语气问道："那请问顾词同学，你愿意投资一下未来的大画家颜马良吗？"

顾词垂眼笑了一下。

他今天穿的是颜路清很喜欢的一件白色毛衣，中和掉了气质里的冷感，显得整个人都温温柔柔。

笑了几秒后，他重新抬头看着她的眼睛，温声道："房子都给大画家了，你说呢？"

那天之后，颜路清瞬间来了学习的动力。

——转专业的最低要求是不能挂科，分越高越好。哪怕为了成功转专业，她也得瞪起眼睛把补考考好。

只是那些该死的科目实在是太折磨人。

开学前一天，顾词给她布置好了题目，而后他临时有事出了趟门。

颜路清绞尽脑汁，把自己能做的都做了，顾词还是没回来，她便一边跟角落里的玛卡巴卡闲聊，一边打开手机跟小麻花聊微信。

【小麻花】：明天就能见到你了，我亲爱的宝。

【小麻花】：补课呢？

……

【小麻花】：万万没想到寒假你也没给我断了粮食，好家伙，那校庆直播让你俩玩的，我每天晚上都得复习一遍呢。

……

【小麻花】：还没补完？别是补到床上去了吧？

颜路清无语，甩了个"不会说话就把嘴缝上"的表情过去。

小麻花见状却更来劲了。

【小麻花】：讲真的，你家大美人给你补课在哪补？床上比桌子上舒服。

颜路清无语：正经学习的谁去床上补课？我看你像是有那大病。

发完她就拿起水杯喝了口水，小麻花又很快发来两条消息。

【小麻花】：我打探一下，我不告诉别人，你跟大美人是早就同居睡在一块儿了，是吧？

【小麻花】：那个了吗？

颜路清一口水呛到嗓子眼里，咳了半天。

顾词还没回来。

自己的手机她已经羞耻到不想去碰了。

颜路清干脆回到自己房间转了转，正好做题做得头疼，于是她便上床闭眼睡了一觉。

久违的，她做了个梦。

这个梦相当日常，环境是自己曾经的大学宿舍，出镜的只有自己和黎惜惜两个人。

这个梦并不是虚构的，而是颜路清亲身经历过的一个场景，因为太过羞耻，她总是催眠自己忘掉。但刚才自己和小麻花的对话，把这个场景从记忆深处激发了出来。

当时她和黎惜惜已经很熟悉了，偶尔黎惜惜也会让颜路清帮忙看一下她写的短篇小说，颜路清会给出自己的意见。黎惜惜有其他想写的梗，也都会给颜路清看。

那天黎惜惜喝多了，她拉着颜路清到自己电脑屏幕前，然后调出了一个文档，兴奋地介绍道："这些都是我随手记录下来的小梗，虽然我已经猜到这本小说有它自己的想法，但不妨碍我脑子里想想……"

颜路清正疑惑她这话什么意思，黎惜惜又嘀嘀咕咕地说："你看这个，他们俩多甜，啧啧，你再看看这个……嗷嗷！还有这个！"

顿了顿，她声音骤然变调："哇！这是我想的颜路清和顾词那个的梗！有足足一整页呢，你快来看看。"

颜路清终于后知后觉意识到她说的是什么，瞬间红着脸后退摆动"尔康手"："不不不……这个大可不必！"

19

颜路清被吓醒了。

她坐在床上，仔仔细细地回味了一下刚才的梦，觉得自己简直有点大病。

梦里那会儿，颜路清虽然对忘掉的事情没有任何头绪，但听到黎惜惜说那话，听到她要给她看那种东西，颜路清仍然条件反射般地躲开老远，脸热了一晚上都没消下去颜色。

第二天黎惜惜倒是把自己醉酒后的事情忘得一干二净，只剩下颜路清催眠自己快点忘掉那段记忆。

这个片段怎么还能从记忆深处跑出来？

都怪小麻花！全都怪她！！！

颜路清从床上下来，准备找到自己的手机把她谴责一通，才刚穿上拖鞋，卧室房门却突然被敲了两下。

她脚步一顿："谁？"

外面的人没说话，门直接开了。

通常来讲，能这样直接进一家之主房间的人，只可能是一家之主的老婆。

顾词不知道回来了多久，此时已经脱了外套，拉开门走进来后，在她面前站定，低头看她："睡醒了？"

颜路清没说话。过了会儿，顾词又伸手碰了她的脸，眼角一弯，像是微微笑了一下："脸怎么这么红？"

他手指冰冰凉凉的，和她发热的皮肤形成鲜明的对比，碰到的瞬间，颜路清感到那一小块皮肤麻了一下。

颜路清顿时又想起了小麻花那些胡话，以及那个混乱的梦。

这个人是刚才扰乱她清梦的罪魁祸首。

是公主词，是大美人，也是祸国妖妃。

是个彻头彻尾的祸水！

虽然心里给这人扣上了无数顶帽子，但他伸手碰过她的脸后并没有再摸下去，反而又说了相当正经的话题。

"题做完了？"

"……"差点儿忘了，她的补考还得靠祸水。

这是个十项全能的祸水。

颜路清慢吞吞地"嗯"了声："会的做完了……"

顾词眉梢微动："不会下一句要告诉我——你全都不会吧？"

颜路清瞬间睁大眼："哪有！就剩下三道了！"

顾词抬手给她"啪啪"鼓了两下掌，仿佛真心实意地赞叹道："真厉害。"

"……"

很快颜路清跟他一块回了书房。

像往常一样，剩下的时间基本是在学习中度过的。

说起来，顾词给她补习过好多好多次了。

她高一的物理成绩有段时间相当突出，后来期末考的时候物理考得相当不错，物理老师还好一番痛心疾首地对她道："我以为你是个学理的好料子啊，可惜，可惜……"

后来朋友也问过她为什么当时物理成绩突然那么好，颜路清自己完全讲不出理由，只得搪塞道："恰好蒙对了吧……毕竟我对物理完全没开过窍。"

确实没开窍，只不过也不是蒙对的，而是全靠当时的天才"室友"。

兜兜转转，这个"室友"当初受她折磨那么久，现在又开始给她补课了。

颜路清虽然有一个月没听课，但之前好歹也每天按时去上学，课程还是大概了解的，基础的知识她基本都会，这次比之前那几次补课都要顺利一些。

不过因为内容变得比之前多，顾词仍然会时不时冒出一些损言损语，虽然说得很温柔，但杀伤力没怎么减弱。

极偶然的一个瞬间。

颜路清肯定不能百分百不走神，她会盯着讲课的顾词微微发呆。

看着他的侧脸线条，看着他白皙的皮肤，看着他垂下的眼睫。

莫名想到小麻花说的话，想到那天那个梦，想到那天他把她压在床上，两人接吻最激烈的时刻。

这张漂亮的脸，染上情色会是什么样子？

……

过了大概五秒，等意识到自己脑子里在想些什么，颜路清简直羞耻心爆棚。

这些账全都算在了小麻花头上。

自从那天聊天后，颜路清再也没回复过小麻花，一直到两天后的开学日，她和小麻花现场见面。

加上寒假，两人有两个月没见了，但她们见面后也没有丝毫生疏，颜路清上去对着她就是一个锁喉："你以后再问我那些有的没的试试？！"

害得她做了个那样的梦！还时不时就心猿意马！

锁喉是开玩笑的，动作夸张，力气不大，但做这动作时两人距离很近，小麻花反应过来似乎有哪里不太对劲，转头看着颜路清，上下打量了一番。

颜路清挑眉："怎么了？"

"宝，你好像变好看了，还——"小麻花压低声音，"你这胸，二次发育了？"

"……"颜路清没法解释，只得含糊地点点头，"可能是吧。"

A杯小麻花羡慕得叨叨了一早上。

过了上午，一块吃午饭的时候，颜路清照惯例提醒顾词能吃什么不能吃什么，他回复了个"嗯"，又发来一句语音。

食堂太吵，颜路清用听筒实在听不清，就开了外放拿到耳朵边。

声音极富磁性，清清淡淡四个字传过来："早点回家。"

因为离得近，连小麻花都听到了。

小麻花瞪大眼睛看她："早点回家要干吗？要做点运动吗？"

"……早点回家是为了我的补考！"颜路清简直无语了，"你能不能去洗洗脑子？"

达成成就：锁喉小麻花 ×3。

开学第一天课不多，下午颜路清四点多就出了校门，上了车之后，却收到了小麻花发来的一张截图。

一张新鲜的群聊截图，最新消息的时间就是刚刚。

【我心中只有学习】：姐妹们！姐妹们！啊啊啊啊啊啊啊，啊啊啊啊啊，不知道过了两个月你们还记不记得大美人和小漂亮！就是物理系那个贼有名的顾词和他的女朋友，那个隔壁学校的漂亮妹妹。

【学到世界尽头】：这谁会忘啊，在寒假还有人转过附中校庆直播呢，当时讨论了一晚上，你忘了？

【新的学年新的混分】：我耳朵支棱起来了，这对又有啥事？

【我心中只有学习】：刚才上专业课，我跟这位顾词大神分到一组了，我们同组人都很兴奋，谁分到谁不兴奋啊！然后大家想留下来讨论一下课题嘛，组员之一笑嘻嘻地说："太幸运了，想请教点问题，大佬有空没？"

【我心中只有学习】：因为大美人其实还蛮讲礼貌的……虽然他心里可能不太爱搭理人，但你问他，他都会答。所以一开始大家都觉得他能答应。

【我心中只有学习】：结果大美人竟然对我们笑了笑，说"不好意思，问的话可能要下周了，最近要早点回家教女朋友"。

截图到此为止。

随后微信又弹出两条信息。

【小麻花】：呜呜呜呜我又嗑到了，我中午还觉得，那么撩的语气说早点回家，竟然是为了学习，可真太无趣了。但是现在——

【小麻花】：妈妈我嗑到了。

"……"

颜路清十分钟后见到了顾词。

因为刚才看到了他那样的事迹，他上车之后，颜路清就自动开始联想他说那话时是什么样子。

中午听到"早点回家"四个字的时候，颜路清满脑子想的都是那些令她头大的习题。

但现在，这四个字似乎……变甜了好多好多倍。

经过了高强度的名师辅导，颜路清已经是胸有成竹。

开学第一天是周一，补考时间是周六周日两天。

顾词周五晚上要跟他舅舅出差，周日才能回来。

恰好那会儿颜路清的复习也结束了，她甚至还觉得顾词这次出差蛮是时候的——毕竟万一他在家，搞得她几场考试中间的时间里无心复习怎么办？他走了，自己肯定不会被祸水影响心智。

颜路清补考的过程跟她想象的一样顺利，她几乎可以断定，考出来的成绩算是她的水平能拿到的最高分。

唯一没想到的是，她补考的时候竟然还遇到个熟人。

是那位自居顾词"替身"却跟顾词完全不沾边的章先生，章替身。他也在这所学校，并且他也来参加补考。

说熟人似乎也不准确，这只是个曾经有那么一丁点儿交集的人——还是在玛卡巴卡的提醒下颜路清才想起来。

现在玛卡巴卡回到了工作岗位上，跟颜路清又回到了最初那样的交流方式。

颜路清乍一见到他，只觉得似乎在哪儿遇到过，一直到玛卡巴卡悄声告诉她："玛利亚，这是那个章先生！你管他叫章替身的那位！"

"哦……有点印象。"颜路清想了想，"他是被我拉黑了吧？我记得他当初乱说话，说什么顾词吃软饭，搞笑……"

因为补考结束，小麻花说要拉着她庆祝，确定了顾词到家时间很晚，颜路清便出去跟她吃了点饭喝了点酒，她喝了小麻花的三倍不止。最后颜路清清醒地等到麻花的男朋友来接她回去，才稳稳当当地走回了车里。

刚才小麻花听着她打包票自己现在千杯不醉的时候还一脸的不信，喝到最后小麻花已经服了，走前还在给她比大拇指。

以前聚餐都是小麻花看着她被顾词接走，现在角色完全调换。

久违的喝醉后的清醒，让颜路清又莫名想到自己一喝就醉的时候。

当时很想念自己喝不醉的原本身体，但经历了那几次之后，现在她又觉得……其实稍微喝醉后有人照顾，有人管着，那也是一件相当有爱的趣事。

虽然，这个"有爱"仅限于被公主词照顾的时候。

颜路清回到家先洗了个澡，让自己身上的酒气淡了不少，等吹干头发出浴室的时候，恰好看到顾词在房间里站着，看样子已经收拾好行李了。

这几天沉迷学习，没见到他的时候对他的想念还不怎么浓，现在见到人，颜路清直接朝着他扑了过去。

她像是树袋熊一样挂在他身上，也像是熊猫挂在竹子身上，顾词接她接得很稳。

搂住他脖颈后没几秒，颜路清便听到他问："喝酒了？"

"嗯。"颜路清点头，"小麻花要给我庆祝补考结束，就跟她喝了点。"

"醉了吗？"

颜路清搂着他沉默半天，憋出了句："不知道。"

都是简短的对话和回答，她的声音里却像是带了神奇的撒娇意味。

顾词笑了声："知道了。"

喝没喝醉哪来的不知道，就是明明没醉，却还是想让对方把自己当成以前那个小醉鬼来对待。

她的"不知道"是什么意思，她的每句话是什么意思，他永远都知道。

颜路清不知不觉嘴角咧到了不知哪里，更紧地搂住他。但很快，她就被爱干净的大美人给放到了床上，他说："我刚回来，先洗个澡。"

其实他现在也挺香，但颜路清并不抗拒他更香，于是大度地放人去洗澡。

大概二十分钟后，顾词洗完出来的时候，颜路清听到浴室门响，视线噌一下就跟了过去。

她最爱美人出浴图，每一天都不能错过。

颜路清爱上了戴两只耳朵的熊猫发带，趁着顾词去洗澡，又给自己戴上了，此时就像是真正的熊猫国王在欣赏自己的爱妃一样，把出浴美人从上看到下，从左看到右，这腿这腰，这……

还没欣赏完呢，爱妃已经走到了床沿，坐到了她身边，询问起陛下的课业："今天的考试怎么样？"

"……"一个欣赏美人，一个关注课业，这可真是色令智昏的昏君与掌权妖妃既视感。

"哦，考得挺好的。"颜路清实话实说，随后想到什么，又继续道，"对了！我还遇到个人，姓章的，不知道你有没有印象？"

顾词微妙地挑了挑眉："当初找上门来，想吃软饭的那个？"

"……"颜路清想想那会儿的场景还有点尴尬，面对顾词微妙的眼神，连忙撇清自己，"那本来就是我背的锅——再说，我早早就给他删除拉黑了，就因为他说你坏话！

"你可别提吃软饭了，他自己想吃就罢了，他还污蔑你吃软饭！"颜路清想想还上火，"这不是搞笑呢？"

她说出这话的本意是想着让爱妃知道自己对他多好，多维护他。

没想到爱妃突然露出个十分迷人的笑，说："倒也不算搞笑。"

颜路清不解："嗯？"

她头发掉到脸颊旁边，顾词抬手帮她顺到耳后，随后温声说："吃软饭这件事，是我告诉他的。"

"……啊？吃软饭这事是——"

颜路清正惊疑，视线却随着他抬手的动作凝固在一处，声音也戛然而止。

熊猫国王大眼睛一眯。

嗯？这手臂上是什么玩意？

顾词穿着短袖出来，他左手手臂内侧有一串深色的字符和数字，看不清具体内容。

颜路清顿时一把拉过他的手臂，仔仔细细地看了一眼。

这一眼更是震惊。

那手臂内侧上的字符和数字是——怀榆市临景小区 18-2-401。

颜路清百思不得其解地盯着他的胳膊内侧，半天才抬头问："你这是……什么？"

"不认识？"顾词也不躲，顺从地伸着到她面前给她看，还语音带笑地说，"这是文身，前两天去文的。用不用我解释一下给你听？"

"……我当然知道这是文身！"颜路清还是很震惊，此时完全不想开玩笑，"我问你文的是什么？你文这个干什么？"

颜路清总觉得哪里有点不太对。

她一直觉得他们两人真惨，明明相遇相爱却又被清除记忆，然后双双忘记彼此——所以再次相遇的时候是完全不同的场景心境。万幸的是他们再次看对了眼，那一切过往也都找了回来。

可不管是高中遇到的他，还是后来遇到的他，似乎身上都没有文身。

但是顾词和文身这两个词，好像存在于她记忆里的某一点，却又十分微弱，怎么也想不起来。

他接下来的话又打断了她的思绪。

"文的是……"顾词顿了顿，"你住过的地方。"

不等她说话，他又道："我们最初相遇的地方。"

"虽然现在不会再忘了它，但那天突然路过一家文身店，我想要留个记号。"

"你留什么记号……"颜路清听得又无奈又感动，什么留记号做纪念的明明更符合自己的画风，顾词竟然也会做这种事。她手指蹭了蹭那行字边缘红红的皮肤，都快心疼死了，"现在能摸了吗？看着好疼啊……"

"当然能摸，已经能沾水了。"顾词说完，拉着她的手蹭过了那一行字。

颜路清手指力道还是很轻，像是在碰什么易碎的瓷器。

因为他皮肤太白，所以字边缘的红色十分明显，就这么嵌在皮肤上，黑白红三种颜色看起来异常鲜明却又异常好看。

颜路清看着这行字，突然不知道哪来的一股冲动，她把他的胳膊抬到跟自己嘴唇差不多的高度，直直地吻了上去——

顾词蓦地愣住。

顾词对于痛的忍耐度很高，但刚文了两天，那里的皮肤还是相当敏感，稍有触碰感觉就比别处明显数倍。

此时被少女柔软的唇瓣缓慢擦过，激起极为不同的感受。

颜路清亲着亲着，还没几秒，突然觉得他身体微微僵硬。

随后他收回手臂，而她则腰上一紧——还没等颜路清回过神来，她坐的地方已经换了位置——从坐在床上，变成了坐在他腿上。

她愣愣地盯着顾词，两人此时距离很近，颜路清眨巴了两下眼睛："怎么了？"

顾词却提起了刚才两人聊到一半的话题。

"吃软饭是什么含义，你知道吗？"

虽然不懂为什么他又绕到了这个奇怪的地方，颜路清还是点了点头："我当然知道，我又不是文盲。"

不就是被包养、靠女人活。所以她才那么气愤章某人竟然这么说他！

但颜路清也十分惊讶顾词怎么会承认这种事情，只不过文身夺走了她全部的注意力。

她也提起之前的话题："你能不能清醒一点，你什么时候吃过软饭？为什么要那么跟章某某说？"

她看着面前的人突然笑了，一下子就把大美人的气质拿捏得很稳。

"我实话实说而已，9 月开始在这里住，你没养我？"

"……"确实是吃她的用她的住她的，但是，颜路清纠结，"这也不算是——"

她的后半句被大美人轻轻打断。

他突然手上施力，带着她的腰往前拉近两人距离，带来十分清新好闻的香气。

"我在想，"顾词说话不同刚才，咬字模糊，加上那张脸，仅仅一句话，就带来十足旖旎的气氛，"我什么时候能尽一下吃软饭的本分。"

这话对着她耳朵说的，尾音有一点上扬，仿佛是陈述，更像是隐隐约约的埋怨，几种勾人的情绪夹杂在一起，仿佛一柄大锤砸下来，砸得颜路清满脑袋冒金星。

她这边金星还没冒完，顾词像是开启了什么奇怪的开关一样，又吻上她的嘴唇。轻轻柔柔的触感，让人情迷意乱的热度，不知过了多久才离开。

他的下一句话也随之传进她耳朵里，声音因为接吻变得比刚才更加撩人："养了我那么久，不求回报吗？"

颜路清心脏都仿佛提到了嗓子眼儿，大脑难以转动，极小声地随口回："这也没什么值得回报的。"

大美人轻轻笑了一下："是吗？"

"那要是……"

顾词扶在她腰间的手指微微用力，扣紧，颜路清稍稍坐直，又对上他的视线。

因为吮吻，他的嘴唇此时变得格外红，看起来平添了几分妖冶，向来深邃的漂亮眼睛，带了极为陌生的情欲，微微笑着，说出的话染上了从未有过的诱人，引她沦陷。

"我想回报呢？"

20

房间内安静得过分，顾词咬字清晰地问出这句话，语调却又不像是在询问，将暧昧的氛围拉到顶峰。

他的视线就没动过，眼神格外专注的时候，那双漆黑漂亮的眼瞳仿佛有天生的吸力，让人忍不住想一直看下去，随之沉迷。

听了他说出口的话。

房间的灯就在两人正上方，颜路清从没觉得这盏灯太亮，此时突然有种极轻的眩晕感。心跳声大到仿佛响在耳边，一下又一下，带得胸腔都微微发麻。

她和顾词对视时间越久，眩晕感越明显，和剧烈的心跳夹杂在一起，刺激极为强烈——如果不是被固定了腰部，她大概都坐不稳。

颜路清脑海里闪过许多事情，小麻花每天在她耳边叨叨的段子、那个突然记起来的梦……她甚至开始想，自己是不是当初应该看一下，也算是提前有个准备。

颜路清最初提到软饭一词的时候，是为了向他说明自己那么早就那么维护他的名誉，怎么也没想到，话题是这样展开的。

他告诉她真相，名誉其实是被他自己搞坏的，他还非要做实"吃软饭"的名头，想要……"尽本分"。

要"回报"她。

……话说到这份上了，那她哪能不懂吃软饭的人该尽什么本分！

回报这个词都被他玩坏了！

她已然是大脑混沌，忘记了自己刚才做出吻文身的激人操作才是根本所在。

只觉得，顾词似乎总有这种捋逻辑的能力——回味起来好像很奇怪，但细细一想他讲的话，逻辑却无比顺畅自然，让人找不到反驳的点。

颜路清张了张嘴，先是发出一声无意义的"啊"，而后实话实说："但我现在不也在吃你的。"她抿抿唇，喉咙莫名发干，清了清嗓子才继续道，"一人吃一次，不是正好扯平了吗？"

吃他的，住他的……哦，虽然房子还是她的，但是这是顾词买下来给她的。

按照顾词的逻辑，这也是跟他当初一样的行为，他们确实算扯平了吧。

顾词看着她笑："那不一样。"

"怎么不一样？"

他声音温和地说："现在这一切，是在我们在一起的基础上，当时呢？"

当时没有。

当时看起来，纯粹就是——

颜路清闭了闭眼，忍不住深吸一口气，调整了一下即将紊乱的呼吸，小声说："但你身体还没恢复好……"

这话一出，房间内陷入了极为诡异的沉默里。

三秒后，颜路清的位置又被瞬间调换——她从他的腿上被放到了床上，甚至都没看清他什么时候行动的。

然后顾词站起身，单膝搁到床沿。他半跪着俯身，双手撑在她两旁。

大美人笑起来勾人又好看，眼睛弯弯的："恢没恢复好，不是靠说的。"

颜路清倏地睁大眼睛，看着他径直低头吻了下来。

吻慢慢加深，颜路清也不知不觉几乎闭上了眼。

每次接吻的时候她都无暇顾及时间，只觉得这是个漫长却又欢愉的过程。神奇之处在于，既让人想羞耻躲避，却又总不愿结束。

这次的吻不同以往。

带着很大的力道，让人避无可避，却又在每次她感受到一点点窒息时，缓缓退开一些，温柔地安抚。

有疾有缓，才最让人欲罢不能。

最开始他撑在她的上方，慢慢地，两人中间的距离不见，几乎算是拥抱在一起。

颜路清自觉抬手搂上他的肩颈，被吮到舌尖时不自觉地微微抬腿，这个动作引得两人同时一僵。

一吻就这么被突发情况中止了。

颜路清眼前有点朦胧，睁开眼发现，顾词眼睛也没最初那样清明，她又想到自己刚才抬腿时触碰之处，热度从脖颈直直往上面涌，周身顿时无比燥热。

顾词黑眸沉沉，就这么盯着她看了几秒，突然毫无预兆地、没什么表情地直起了身。

颜路清身上一空，也愣了一下。

他要走，她也随之起身，在顾词膝盖离开床沿之前颜路清一把拽住他的手指："你去干吗？"

顾词回望过来。他明明刚洗完澡，前额的头发还自然垂着，带了柔软的湿意，却仍然淡淡说："去洗澡。"

"……"

"这个去洗澡，是去做什么，"他玩味地一笑，"不会还要我给颜家主解释吧？"

"……不用。"

回答完了，颜路清觉得更热。

"但你不是想……"她咬了咬嘴唇，实在是说不出太直白的话，也用了顾词的说法，声音小得像是蚊子嗡嗡，"回报吗？"

顾词朝着她转过身，神情看似随意，说话的语调却很正经："既然是回报家主，肯定得要家主也想才行。"

像是怕她觉得尴尬，顾词十分贴心地安慰她说："又不是第一次了。"

不是第一次了？！

不是第一次了！！！

还有哪次？浴室隔音这么好吗？还是他不出声音？为什么她从来不知道？

听了这话，颜路清心跳快到不得了，却仍然揪着他的手指，没动。

半晌，她憋出一句："……家主也没说不想。"

面前的人一愣，而后原本被她揪住的手指瞬间反握住她的手腕。

颜家主也解释不好自己这是什么心理。

明明心里也不抗拒，但那种话……在面对极为明目张胆的表示时，自然而然就脱口而出。

之前有几天的胡思乱想，颜路清也不是没幻想到这个层面过。

有时候虽然觉得羞耻，但脑子自动就往那个方向开起了小火车，拦都拦不住，等反应过来的时候，幻想中的画面早已经出现了。

再次腻歪到了床上。

颜路清自己伸手关了灯，黑暗袭来的一瞬间，她紧绷的神经略有放松，刚收回手，就被某人抓住，再次吻住嘴唇。

接吻的空隙，她听到这人好听的嗓音传到耳畔。

"家主也想，为什么一开始拒绝？"

颜路清一提到这个就觉得羞耻，羞愤地推他："……那我不得走走流程吗！没有一点阻碍，直接就顺水推舟岂不是显得很奇怪？小说都不那么写！"

人家都是一方越表面推拒一方越兴奋，他可倒好。

而且她嘴上拒绝，身体不还是凑上去跟他亲了？这算哪门子拒绝！

颜路清冷笑："你自制力可真好呢。"

顾词听到她这明显不对劲的语气，轻轻笑了声，而后在她即将夗毛之时收起了笑，点头表示赞同："嗯，你说的都对。"

而后再次以吻堵住了她其他想说的话。

他自制力确实挺好的。

可被抓住手指的瞬间，顾词生出了一点类似于无奈和崩盘的情绪，再往前，在她今天吻上文身边缘的时候，那种感觉更为明显。

那个文身对他意义非凡，他没有告诉她全部的事情——比如他记得她记了很久，比如他上辈子就带了这个文身，一直到死。

因为见识好多次她的眼泪了，顾词每做一件事都会习惯性在心里想好许多个下一步，这种说出来会让她涨潮许久的事情，除非被察觉，否则他也没必要透露。

但在不知道那些的前提下，她却仍做了这个举动。

叽叽歪歪了一顿，仍然在最后拽住了他的手指，然后别别扭扭地道，家主也没说不想。

顾词忍不住笑了一下。

两人正吻着，颜路清清晰地感受到他情绪的变化，此时满脑袋问号："……你笑什么？"

"没什么。"他含混不清地回，"只是觉得，终于有机会对家主尽我的本分，实在很高兴。"

"……"

过了不知多久，两人有几秒的分开，没多一会儿，她看到顾词伸手向旁边床头柜，听到了包装被撕开的声音。

对于这种事，颜路清像是一张白纸，明明顾词也是，可他这张白纸却是能够自动生出许多字的自学天才白纸。

仅有月光的房间里，这张自学天才白纸，非常非常耐心地在真正的白纸上面写写画画，不断引导着她。

那是他的唇瓣第一次落在其他的地方。

说不清是具体什么感觉，非要形容的话，仿佛柔软的花瓣触感，碰到最敏感的肌肤上，激起无数细密的反应。

到了某处，她听到顾词似乎停顿了一下。

"怎么了？"

"没怎么，"他声音里透着笑意，温声说，"只是想起你曾经喝醉了之后，跟我说过的话。"

颜路清大脑一团糨糊："我喝醉后……说了什么话？"

这话刚问出口，联系到他亲吻的地方，她立刻就回想起来，而后连忙伸手揪他头发："你不准说！"

"好，不说。"

……

以前的顾词是必须拉着窗帘睡觉的，但颜路清截然相反，她喜欢晚上看月色、星星，还喜欢早上起床晒晒太阳，后来顾词就再也没拉过窗帘。

月色投进房间，视力好的两人仍能看清彼此，只是褪去了大开灯光的羞涩感。

颜路清看着他，视线时而清晰时而模糊，清晰的时候，顺着清瘦的锁骨、肩颈，往下是比例完美的窄腰长腿，往上是他惊艳的眉眼。她只觉得那银白色的温柔的光将这人照得格外好看。

房间里除了某些响动，还有他又低又温柔的声音。

"疼吗？"

"……还行。"

"害怕吗？"

"不怕。"

他太有耐心，铺垫极长，颜路清的不适被降到最低。

被欲望抓住，是几乎溺毙般的感受。

他每个动作都照顾着她的情绪，时不时在她耳边温柔地说话。

那些字句像是某个夏天里的晚风，是她漫天燥热里唯一的清凉。

颜路清意识渐渐变得迷离，可她抬眼看到顾词，他眼角不知什么时候泛上了绯色，那点红在他身上极为明显，喘息也带着致命的性感。

面对此等美景，她突然就想说两句诨话。

只是说出来才发现这也不算诨话，相当纯洁——

"美人，你现在可真好看。"

闻言，大美人对她露出个颠倒众生的笑，低头温柔道："你看不到，你更好看。"

……

顾词有一只手一直放在颜路清脸颊边，最初时不时蹭蹭她的脸，安抚她的情绪，后来转而向下一点，似乎爱上了她的头发。

他手指间是她长长的发丝，像是黑色的绸缎缠绕在白皙的指间，有种冲突又和谐的美感。窗外月光愈盛，那手指时松时紧，最后，修长秀美的手和黑色绸缎紧紧绞在一起。

仿佛再也分不开。

21

颜路清也不知道自己缓了几分钟，结束最后那阵几乎让人溺毙的过程，她没立刻睡过去，意识模糊了会儿，还是清醒过来。

浑身没力气，虽然有点不舒服，但更像是飘在棉花糖般的云上一样，难以形容的奇异感受。

她视线刚一清晰，就看到身边一道影子弯下来，颜路清感到膝弯和腰被人勾着抱起，立刻睁大眼睛，下意识搂住了他的脖颈。

"醒了？"顾词声音淡淡传来。

他现在说话时候比平时多了点不同的磁性，尾音还懒懒的，毕竟刚做完最亲密的事情，让颜路清一下子想起不久前还响在耳边的喘息，忽轻忽重，听得人欲罢不能。

她慢吞吞地"嗯"了声。

跟刚才一样很贴心的是，顾词一直没开灯，这是他眼睛不好时住的屋子，大概对一切都足够熟悉，所以给她洗澡的时候也相当顺利。

颜路清本来就懒得动弹，连最亲密的事都做过之后，她对这些余外活动接受度很高。

而且顾词还给她按了按腰，舒服得不行，在浴缸里的时候颜路清就忍不住点评："你不会当过洗浴中心服务生吧？"

昏暗浴室响起他的轻笑，过了会儿，顾词凑到她耳边，唇瓣擦过她的耳郭，漫不经心地说："你可以考虑建一个，我当你的专属服务生。"

"……"

专属服务生什么的……真是让人浮想联翩。

颜家主默默红了脸。

恰好洗到了某处，家主脸上温度还未退下，颜色变得更为明显。

她本想装作木头一直到洗完，但身边这位专属服务生却并不这么想。

他不仅碰了碰，还问："疼吗？"

颜路清忍着那种羞耻感，实话实说："不……怎么疼。"

就只是不适，说疼到撕心裂肺，那是真没有。

"那刚才，你哭什么？"

"……"颜路清一愣。

刚才她确实稍微掉了那么几行金豆豆，但是……但是那就是生理泪水，因为许多激烈的感受交杂在一起，并不单单是疼的。

"既然不怎么疼，"顾词突然笑得极其暧昧，声音也十分不正经，凑到她面前，"那这眼泪就是——"

颜路清眼疾手快地堵住他的嘴，生怕他说出什么让人羞愤欲死的词来，连忙道："闭嘴！疼的！这就是疼的！"

顾词闷笑了一声，倒也并没真的再说下去。

清理按摩完又擦干，她舒舒服服地被抱回了床上。

两人的生物钟其实已经被打破了，颜路清一上床，困倦通通朝着她涌过来，她眼睛都快睁不开的时候，再度听到熟悉的嗓音。

"先别睡。"

直觉似乎不是什么好事，颜路清闭着眼问："怎么了？"

她腰间搭上来一只胳膊，有着些微的重量，手指的指缝被另一只更为修长的手依次穿过，成十指交扣的姿势。

颜路清突然觉得心里有点暖。

怎么这种事之后，平时清冷有距离感的公主词变得还挺黏人——虽然他对她一直没一点儿距离感，但也确实没这么黏人过。

颜路清还挺享受这种感觉的。

非要十指交扣拉着手睡觉……真可爱！

她无声地笑了下，正准备反握住他的手睡觉，却听到他贴着她耳后，说："能帮我按摩一下吗？"

这话问得真奇怪，颜路清反问："按摩哪儿？"

"手指活动了一晚上，"他声音带着淡淡的笑意，大言不惭道，"有点酸。"

"……"

次日一早，颜路清醒的时候朝着窗户方向，先看了看室内光线亮度，又眯着眼看了看窗外的太阳位置，便得出结论：今天上午的课是凉了——已经过了上午上课的点儿。

她也还不算完全清醒，便打算再睡个回笼觉。

快要闭眼的时候，恰好看到斜对面的墙上——那是他们的照片墙。

因为回来之后两人并没怎么出门，去校庆那次，颜路清倒是从网上找了点同框截图，洗出来贴到了照片墙上，但在那之后，就再也没有新成员加入了。

她正出神看着自己和大美人的合照，腰间的手臂微微一紧，她手指也被带着动了一下——

颜路清也是这会儿才意识到，两人竟然拉着手睡了一晚，她手指都快要被握麻了。

她听到身后人懒懒的问候："早。"

"……"

昨晚明明记得，她最后把这人的手强行松开了。

趁着她睡着又拉回来了？

行吧。

公主词黏人精实锤！

正好看到照片墙，颜路清突发奇想，松开顾词的手，两手在枕头下摸了好久才摸出手机。而后她仰躺下，理了理额前头发，对上顾词因为松开手而略有些不爽的眼，解释道："照相。"

随后她手指在原相机和美颜软件间转了几圈，打开了原相机。

颜路清跟人拍照用什么软件，一般是照顾朋友，根据朋友的喜好来。她跟小麻花拍，小麻花就喜欢用那些带特效的，带美颜功能的小可爱们。

有一次，她给顾词拍照的时候也习惯性点开了花里胡哨的软件，想着打都打开了，不如先照一张看看。

结果给他开过美颜之后，不知是不是特效太过夸张，那照片简直比他本人丑了几倍不止，脸太尖眼太不自然，哪哪都变得失真。

所以在那之后她和大美人拍照，为了还原他的美貌，都用原相机。

哎……对准镜头后，颜路清在心里叹气。

用原相机真是考验人的表情管理和皮肤状态。

幸亏她最近管着顾词的生物钟，自己也过得十分健康，不然真照不出好看的照片。

她微微偏头，大概靠在顾词脖颈的位置跟他合影，非常心机地把自己的脸躲了一小半。

颜路清满意地查看图片。

"怎么想起来照相？"顾词在她旁边问。

"因为这有纪念意义啊。"颜路清理所当然地道，"第一次，事后，日上三竿……啧啧啧，太有意义了。"

看着看着，她突然一愣，微微眯起眼睛，放大照片——

自己锁骨上竟然有一处非常明显的红痕。

大概是别处的感受更为强烈，颜路清对这儿没有丝毫印象，但也确实记得他吻了不少地方。

她愣愣地看向顾词，直白问道："你啃的？"

顾词眨了一下眼睛。

这是肯定的回答了。

"……"颜路清闭了闭眼，咬牙，"现在越来越暖和了，都已经立春了，你能不能注意点位置！"

顾词笑了笑："这也不是我想注意就能控制的。"

颜路清瞪他，他却毫不在意地从被子里伸出手，指尖点了点自己的锁骨："那公平起见，下次你来。"

"……"

两人赖床赖了好久，上午的课没去，本来准备下午一起出发的，结果吃完午饭他们又睡了午觉，把下午的也睡过了。

于是次日去上学的时候，面对小麻花的盘问，颜路清含糊地招了。

当听她说完之后，小麻花像是被震住，愣了好几秒才蓦地张大嘴："啊——"

除了第一个音节，后续的被颜路清及时捂住，才没发出任何女高音。

但后来她也一直相当兴奋。

上着上着专业课，颜路清右耳是老师讲的各种晦涩难懂的知识，左耳传来小麻花的问句："do 了？你没骗我？"

"……"

上着上着英语课，右耳是老师嘴里的"do"，左耳是小麻花嘴里的："真的 do 了？"

"……"

颜路清忍无可忍地一把揪住她的麻花辫，压低嗓子，用只有她们两个能听到的声音咬牙切齿道："do 了 do 了 do 了！别再问了！"

小麻花脸唰地就红了。

她"呜呜呜"了一会儿，又在午饭的时候时不时询问她点不算太露骨的细节，颜路清能答的都答了，太具体的或是太羞耻的话自然没跟她讲。

吃完午饭，小麻花捣鼓了一会儿手机，非要拉着她上游戏。

颜路清无奈上线，就收到了她的邀请。

原来她给自己改了个游戏名。

——"我 CP 终于 do 了"。

补考成绩在五天后全部下来，收到分数邮件的时候正是周六。颜路清考得很理想，毕竟恶补的时候她是真的投入全力，再加上家里那位神级家教的押题和教导，就连最不擅长的科目，她也考了八十多分。

总之，这种期末成绩对于转专业应该不会拖太大的后腿。

随后颜路清按照校园网要求下载了个转专业表格，但还没到申请开放时间，所以她记下了开放的日子，暂时把这件事搁到一边。

对她来说，有个更为重要、一周以来一直耿耿于怀的事情。

周六一早顾词就出了门，似乎晚上还有个饭局。颜路清在晚上六点的时候给他打了个视频电话，说好了不喝酒。

跟他视频的时候，顾词坐在不知道哪个办公室里，还没换上那种正经西装，身上穿着她很喜欢的白衬衫，袖子挽起来到手肘。

她看到了他的手臂。

一周过去，手臂那行文身周围的红印消得差不多了，看起来没了最初的触目惊心，举手投足间偶尔露出来，跟他还有种奇异的和谐。

挂断电话后，她呼叫玛卡巴卡，问："我现在能看到最初那本书的全文吗？"

"以前是没法给你看的，只能我念给你听。"玛卡巴卡开心地道，"但是我最近刚升职！多亏了玛利亚和玛利亚的大佬男朋友！升职之后权限提高，就能给你共享我的画面啦。"

颜路清面前果然出现了玛卡巴卡共享给她的画面，是块十分有科技感的屏幕，上面密密麻麻的字正是她找的原文。

跟玛卡巴卡形容了一下，搜索关键词，颜路清一下子怔住。

原来书里的他也有文身。

虽然没提内容，没提原因，但也是文在手臂内侧的一行字。

跟现在相同的位置。

顾词到家的时候九点半，已经是尽早离开的极限。

他回到房间的时候，颜路清正躺在床上看手机，看见他之后一下从床上坐起来，张了张嘴，似乎有什么话想说，却又欲言又止地吞了回去。

他了然道："有话要说？"

颜路清点点头："嗯。"

他喝了酒，目前这个距离她应该闻不到，顾词没走近，直接拿了衣服准备进浴室："洗完澡再说。"

等他出来，颜路清还是维持着刚才的姿势，像是在专门等他。虽然外表正常，但看起来跟平常有点不一样。

补考成绩他已经知道了，除此之外，最近似乎没什么大事值得她这么单独拿出来提。

顾词走过去坐在床沿，颜路清立刻正色道："你今天不准撒谎。"

他微微一愣，而后笑了下："我以前撒过谎？"

"当然。"颜路清其实不太开心，但还是很稳地说，"今天，我就是要揭穿你的谎言。"

"是吗？"顾词饶有兴致地挑了挑眉，"来揭穿我听听。"

他穿着纯色短袖，颜路清一把拉住他的左手臂，翻到内侧，露出那一行地址。

她直勾勾地看着他："这不是你第一次文身吧。"

颜路清上周就觉得不对劲，因为当晚发生的事，那种不对劲被冲淡，直到今天她才想起来去找了原文——原来那时觉得不对劲，是因为自己曾经看过，留了个印象，顾词以前也有文身。

"你别撒谎。"颜路清问，"你之前……是不是也文的这个？"

"……"

"你是不是……"她突然有点说不下去，停了几秒，才继续道，

"根本没忘了我？"

"……"

怎么不该聪明的时候突然聪明起来了。

顾词沉默良久，看着她认真的神情，选了个合适的措辞开口："也不能说'根本'，因为我的确忘记过。"

他语调淡淡地叙述："最初的时候，偶尔会忘；到了后来，偶尔会想起来。"

"那个文身，就是在偶尔会想起你的时候……去文的。"他声音顿了顿，"我是想留作提醒。"

房间内安静了一会儿。

有水滴"啪嗒"落到被子上的声音。

顾词眼底泛起无奈，伸手蹭过她的眼睛："……也不能怪我撒谎。"

其实他讲的，跟颜路清想的差不多，自己想通的时候，她就已经很难受了，但是听到他亲口说出来，那种难受根本不是语言能形容的。

他为什么会选择死亡，又因为执念重生，那执念是什么……这些似乎都不需要再问了。

她在他们分开之后，总是觉得哪里空落落的，但她从来没有想起来过，她在那个房子里遇到过另一个世界的少年。

颜路清简直不敢想——如果自己当初记得全部，却知道再也见不到他，她会难过成什么样子。

有时候无知反而最幸运。

而顾词……在他们分别之后，记得所有，也承受了所有的难过。

她也不像是以前那样出声哭，就非常安静地流泪，泪珠大颗大颗往下掉，越擦越多。

顾词手背全湿之后，索性不擦了，把她搂到怀里，手指穿过她的长发。

"后来想想，我选这个地址，也不全是因为想要提醒自己。"

颜路清靠在他肩上，眼泪都融进了他的衣领里。

她听到顾词在自己耳边说话，声音格外温柔："我很感谢这个地方。

"这个……让我能遇见你的地方。"

哪怕被带走一切记忆，也依然庆幸遇见过你。

第六章

我的爱意至死不渝

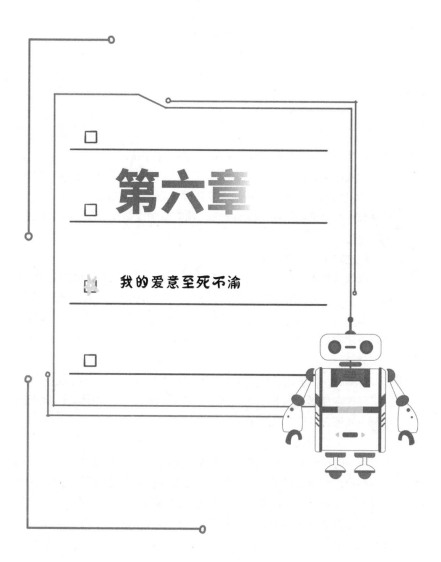

22

这几句低语对颜路清来说，无疑是眼泪催化剂一般的存在。

她刚回到这里的时候，见到顾词时哭了一场，那会儿她脑海里刚恢复大量的认知、记忆，再加上看到他把自己搞成那个样子，心疼、想念和种种复杂的情绪一同涌上来，所有感情交杂在一起，眼泪自然容易掉落。

但这次又是完全不同。

因为这件事，颜路清从没有想过——她觉得顾词和自己的经历肯定差不多，在那门消失的瞬间，对另外一个世界的记忆也随之消失了。

而他们虽然是苦命鸳鸯，但毕竟曾经的小鸟公主又以家主老婆的身份再次相遇，再次相爱，他们命中注定，他们现在一切都好，简直圆圆满满。

谁知道，原来他还藏了这么多事没告诉她，仅仅是因为怕她难过。

后来颜路清又被他哄了很久，不过哭也是一件耗费体力的事情，她都不知道自己什么时候睡着的。

幸亏第二天是周日，颜路清不用见人，她前一晚哭得太久，第二天睁眼的时候原本又大又漂亮的眼睛只能眯出一条缝来看人。

一家之主这副样子，出卧室的时候把大小黑吓了一跳，好在有顾词在旁边解释，她只是昨晚看了个感人小电影才哭成这样的。

大小黑恍然大悟的同时，看着二人，不由感慨：这画风怎么这么像是无用家主和她的贤惠老婆？

"我看感人小电影？"颜路清勉强用眯着的肿眼做出"瞪"的动作，小声说，"你主演的？"

顾词看着她笑了声，而后慢条斯理纠正道："是我们主演的。"

"……"

昨晚虽然哭了一通，但睡得早，起来后吃完早饭，颜家主又被伺候着在沙发上冰敷眼睛。

她闭着眼，问伺候自己的人："今天周日，你不上班吗？"

"今天不去。"说完，顾词又淡淡道，"我本来也不是上班，是偶尔帮点忙。"

颜路清想了想，也是。他是已经成功过一次的大佬，怎么着也不可能再去当什么基层员工，帮他舅舅还差不多。而且他已经有钱到把这栋房子买了送她的地步，大概还有更多她不知道的。

虽然有着美强惨经历，但现在已然是个名副其实的尊贵公主词了！

颜路清装模作样叹了口气："哎……你太能赚钱了，我压力好大。"

顾词给她敷眼睛，说出口的话是见怪不怪的平静语气："赚的钱都给你，能少点压力吗？"

这语调稀松平常到仿佛他赚的钱是大风刮来的一样，颜路清震惊："……你可得了吧，那么多钱我花在哪儿？我可是遵纪守法的好公民。"

他却笑了一声："那还不简单？"

"花在——"顾词停顿了会儿，声音放轻，"让我吃软饭。"

颜路清："……"

好家伙，这世界上竟然有人赚钱是为了全部给她，好再掉过头来吃她的软饭。这就是顶级天才的逻辑吗？

……

作为之前突然消失的惩罚，颜路清被禁止回颜家过年，当时她为此感到十分开心。这回补考成绩出来后，颜风鸣又联系了她，大概意思是老爷子不生气啦，想什么时候回去就回去啦。

颜路清"嗯嗯"点头表示知道了，但也只是口头敷衍而已，并没回去，也没丝毫打算回去。

补考过了之后，她在学业上唯一关注的便是自己的转专业大业，申请再过半个月才能提交，但是她想来想去，觉得还是得提前给小麻花预个警，便挑了一天把这事跟她说了。

小麻花知道的时候，表情宛如晴天霹雳，不断向她确认后，欲哭无泪地号："呜呜呜呜呜不是吧，我只能快乐一年吗？美术系跟我们系隔着老远了你知道吗？呜呜呜呜你好狠的心陛下！你这就不要麻妃了！！！"

颜路清又哄了她许久，最后搬出了自己的真实理由："我真的不行，学不来这个专业。这才大一，学这个玩意儿四年，最后还得写论文实习……宝贝我会死的，真的会死。"

"但是你不是还有大美人……"小麻花强调，"那可是 T 大物理！王牌专业！你也说过他给你补课的时候可牛了——"

"他确实牛，不仅能把我教会，还能教到八九十分，但是——"颜路清忍不住搬出撒手锏，"但是这才教两次，我觉得我们会因为这种补课产生感情裂缝，他教得崩不崩溃先不说，我学得已经要吐了。"

"……"

虽然补课期间确实做题做到想吐，但颜路清看顾词从来没有过这种感觉，她都是做不下去的时候抬头看两眼公主词续命，接着做。

而顾词确实偶尔会被她的脑回路无语到，出言发射竹笋，但两人结束当天任务躺在一块时，他亲得比谁都来劲。

只是为了让小麻花快速接受，她不得不说点瞎话。

颜路清看她已经有点动摇，语气更低落，引导着道："你想想看，万一四年之后因为补课次数太多，我跟大美人两看相厌，我一看到他就想起来电工，他一看到我就忍不住崩溃……"

小麻花像是幡然醒悟一般，一拍桌子："那当然不行！绝对不行！"

天大地大 CP 最大，谁也不能成为 CP 的绊脚石，小麻花当即明事理地拍拍她肩膀："既然辛苦学不会，咱就不学了，宝，啥也别说了，我支持你！你之前那次活动里画得那么好，一看就是天赋型，肯定可以转成功的！"

颜路清："……"我可真是机智啊！

随后为表歉意，当晚，颜路清没回家吃饭，请小麻花吃了顿大餐，两人再次把酒言欢，小麻花在颜路清的照看下被她对象扛走。

颜路清没醉，但是跟小麻花交代完，再加上喝酒之后开心，回到家洗完澡，忍不住拿出手机跟顾词合拍了一段小视频，然后想了半天，舍弃了朋友圈，发在了一个月没上的短视频软件上。

他们身上的睡衣都是白色，她的带了点黑，因为领子上有小熊猫图案。她脑袋上还戴着熊猫发带，顾词全程都没看镜头，但在她靠过去的时候自觉伸手搂住了她，看起来相当亲昵。

她发出去的时候配了个晚安的表情包，别的什么字也没打，刚发出去不久就多了不少评论。

最开始的是夸他们好看的——

"上次那个遛狗背影我就看出这两个人不一般！我真是没想到竟然有如此不一般！"

"神颜情侣！！！这是美颜吧这是美颜吧求你告诉我这是特效美颜！！！"

"但是，之前他们市附中校庆直播，是那种专门录像的摄像机，无美颜无滤镜情况下，这两人出镜也是这张脸……"

"@女娲，我算是明白了，我就是你捏这俩人的时候随手甩出去的泥点子。"

……

颜路清看得直笑，去敷了个面膜回来，又发现评论区出现了新的话题——

"有一说一，不拍戏可惜了。"

"求去拍戏，演技再尴尬我都可以，站那儿别说话演个哑的我都可以呜呜呜。"

"不不不，求别拍戏，人家小情侣看起来生活得这么好，遛狗那地儿明显是相当豪华的地段，可能压根不缺钱，进娱乐圈可不是所有人的追求。"

……

确实啊，大美人这张脸，颜路清在电视上也没看过比他更好看的啊。

见此话题，她突然生出好奇，转过头问正在看电脑的顾词："欸，你从小到大，有没有被星探之类的找过，要你去娱乐圈发展的？"

顾词答："有。"

这确实在意料之中了，星探要是遇到这种人都不去邀请一下，那还怎么当星探？

颜路清又问："那你怎么没去？你不喜欢娱乐圈吗？"

顾词从电脑屏幕上收回视线，看着她道："跟喜不喜欢无关，因为我习惯权衡利弊，选个最优解。"

颜路清好奇："怎么说？"

"我不会对职业有偏见，但算一下就知道，当明星到顶层可以赚的钱不如我后来的百分之一。"

顾词语速不急不缓，用最平淡的语气说着相当牛的事实，回答得相当清晰："我对演戏等事情没有丝毫兴趣，所以这是个非常简单的决定。"

最优解。

这个词倒是第一次从他嘴里听说。

颜路清又往他身上一靠，眼睛转了转："那照你这么说，你择偶标准不应该也按照这个来？找个最优的？"

"……"

还真是不意外，不管什么话题，最后都肯定是往她身上引。

顾词伸手捏了捏她的脸，笑着说："怎么，你不是？"

他们离得很近，颜路清一直觉得大美人不仅人好看，哪怕不看脸，听声也让她有种被蛊惑的错觉。他的声音就在耳朵边上，听得人半边脸都仿佛酥酥麻麻的。

颜路清心跳加快，但还是继续讲完了自己想说的话："我怎么会是？最优最优，就是最优秀的，我虽然挺优秀吧……但是也到不了最优秀呀。"

她戴着个蠢萌的熊猫发带，转着黑白分明的大眼睛，一边说反话还要一边瞄人表情的样子十分可爱。

顾词手指还没离开她的脸，恰好捏着她的双颊，此时微微一用力便把她的脸抬起，对着叽叽不停的嘴唇亲了一下。

只是短暂的一下，而后他笑着说："你的确是。"

颜路清装作不懂，眨眨眼："是什么？"

她仰着脸，看着大美人压下眼睫，一本正经地对自己说情话。

"我做过许多决定，但你是我最满意的最优解。"

23

这次的视频发出去，比之前颜路清所有视频的热度加起来都高，各种数据噌噌上涨。私信她要签公司的、联系她要打广告的，数不胜数。

因为通知实在太多，颜路清把关于软件的所有通知都关了，闲的时候会去看看"沙雕"评论收获快乐。

但没过多久，当这个视频数据水涨船高之时——发出去的第三天，那是个周六，颜路清一睡醒就收到小麻花发来的消息。

【小麻花】：宝！你都不告诉我你发了视频！我竟然在热门上刷到你才知道你的号呜呜呜！

【小麻花】：论坛也必须支棱起来！我这就去发一帖！。

这是一小时前的消息，然后没过多久，她再发来的消息就成了一个链接。

熟悉的校园论坛八卦区版头。

主题："姐妹们，这次，我嗑的小糊CP是真的出圈了！"

1L：呜呜呜呜呜姐妹们快看这个视频！大美人小漂亮在那个知名年轻人浪费时间的软件上出圈了！妈妈好欣慰！

2L：记得上次的热帖还是附中校庆直播，当时我真是在这个楼里见证了各路姐妹嗑生嗑死的样子，截图了超级多的美妙中国画哈哈哈哈哈。

3L：我也是上次追过帖的！姐妹们都太好笑了，各种截图找角度找糖，然后还有人负责解析糖，还有人拆分他们的动作，剩下的姐妹给这些人吹彩虹屁，简直分工明确，堪称经典。

4L：笑死，CP嗑出了组织，大美人小漂亮永远的神。

5L：错过了嗑CP大楼！求姐妹指路！

6L：标题叫："真的有情侣能默契到这个地步吗？我不信。肯定是演的是剧本！"你去搜就好啦！

……

20L：奇了怪了，我明明不认识他俩，但在热门上刷到他们我真的好骄傲是怎么回事？

21L：骄傲 +1。

22L：话说，他们这是要火了吗？……我不会以后看着他俩开始各种打广告成为营销号吧……

23L：……求求别，千万别。

24L：楼上姐妹们别吓唬我，他俩每次真是能戳人心窝子的甜，我不想看那种天天变着法编剧本只为了推广某样产品的尬甜情侣，求求别变成那样。

25L：但是，他们这颜值火起来太容易了……要真能赚到很多钱，也无可厚非吧。

26L：可他们不缺钱的吧……感觉就是发着玩儿，你看小漂亮隔几个月发一条，也不像是想好好经营的样子。

……

40L：点开前万万没想到是这个走向，大家讨论到哪里去了？

首先大美人似乎是有钱人来着，我记得有姐妹在哪个帖子里提过一嘴，他舅舅贼牛，还上过报纸什么的。

至于另外一位……

小漂亮同班同学在此，我就这么跟各位说吧，跟她认识以来，她日常穿的戴的那些东西的价值，加起来可以供我读四年大学本科，再加上三年研究生。其实供到博士、博士后也没有问题，但我考不上去了。

41L：哈哈哈哈哈，被楼上笑死，OK，这下放心了！大美人小漂亮就是最厉害的！

转专业的申请在 4 月初开放，颜路清申请之后便收到了颜家老爷子的电话，直入主题，语声严肃地问她："为什么转专业？"

大概是因为已经脱离了曾经被限制的感觉，颜路清再次听到这个声音，内心毫无波澜，甚至有点想笑。

"因为学不下去了。"她实话实说，"我对这个专业没有丝毫兴趣，所以准备转到我喜欢的专业去。"

颜老爷子被气得不轻，发了火教育她，颜路清也没有丝毫松动的意思，最终他说："就你这个心性，计算机学了半年，说学不下去就学不下去，转到什么系不还是一样？"

"谈喜欢？你能喜欢一辈子吗？"

这次，颜路清沉默了几秒才答："我不能肯定我喜欢它一辈子，但我可以肯定——"她顿了顿，继续说，"如果画画都坚持不了，那就更没有别的事情能让我坚持喜欢下去了。"

这番通话，以颜老爷子"鬼迷心窍"四个字作为结尾。

自然又是跟之前差不多的结果——不准回家，一个让颜路清觉得十分轻松自在的结果。

她提交了申请之后，便开始跟大一关系还算可以的美术社社员们打探转专业都需要考些什么、准备些什么、去哪里报班等。那几个人听闻她要转专业，纷纷表示了热烈欢迎，提起她之前过去帮忙的事迹还是赞不绝口。

"我就说嘛学妹！你那水平不画画真的可惜！"

"学妹牛，说转就转了，有前途！"

"转专业好啊，咱不秃头，咱们好！"

"……"

然后颜路清按照他们的建议报了个班，周六日的白天高强度学习。

以前的周末白天是顾词比较忙，颜路清在家闲得还能给他整点"公先生"之类的幺蛾子。4月之后，就成了周末两人一块忙。

第一节课是在4月的第一个周六，颜路清觉得强度还好。大概是从小就对这东西很渴望，以前只能趁着假期借院长的电脑看免费课，现在终于能开始系统的学习，她一点儿也不觉得累或是枯燥。

这天顾词有应酬。颜路清最开始严令禁止他喝酒，但后来她发现顾词每次应酬完回来，一进门就要去洗澡。

——好像要遮掩什么气味。

发现不对劲之后，她就趁着亲热之时用她"福尔摩清"的鼻子仔细闻了闻，真的在清爽的香味里闻到了极淡的酒味。

颜路清最开始想直接点明，可是又想到大概因为她每天每夜絮叨，他自己也对此重视了很多，应该喝得很少，不然哪是随随便便就能遮住的？

再说，那种场合很难滴酒不沾，联想到公主词这么费尽心机遮掩的样子，她觉得不如干脆装作不知道。

颜路清想通后，直呼自己真是个明事理又宠老婆的家主。

——虽然她忘了，在这个家里，出去上班赚钱的是老婆。

今天跟往常一样，刚回家的顾词洗完澡后才过来碰她。他坐在床沿，颜路清就在床上慢慢蠕动过来躺在了他腿上。

毕竟上课第一天，颜小鸟十分兴奋，叽叽喳喳给公主词讲了许多许多，某公主的头发也由半干到了几乎干透。

基本上讲完之后，颜小鸟乍一想到什么，突然翻身坐起——

她睁大眼睛道："对了！"

公主词随着她起身的动作缓缓抬眼："怎么了？"

"今天我看了下之后要学的目录，我还会学到人体。所以我想……"颜路清咬了咬嘴唇，对着他神秘地笑了下，"你能不能当我第一个模特？"

顾词眼尾微挑，像是知道她心中所想一样，语气颇有些意味深长："哪种模特？"

想了想，还是有点不好意思。颜路清趴在他肩膀上，凑到他耳边，极小声地说："不穿衣服的那种哦。"

颜路清说完就重新坐直，观察顾词的表情。

她总是被公主词的情话给撩到，说实在的，她也很想撩回去一次。

没想过要用这话撩得他直接脸红，但她确实觉得，公主词至少能稍微愣那么一下，或者稍微稍微，生出那么点符合公主的矜持、不好意思或者害羞。

但是……她还是低估了这人的接受能力。

听完这话，某公主那张脸上没有一丝一毫的不好意思！颜色完全没变！完全没有！

不仅没有，他还笑着低头凑近她，眼尾微微上扬勾着非常暧昧的弧度，他嘴唇颜色偏淡，但颜路清深知每次接吻过后，上面会染上怎样好看的色泽。

他说："当然可以。"

而后拉着她的手放到自己腰腹间，微微带到薄薄的T恤里，低声说："但在画之前，是不是得多熟悉一下？"

……

于是晚上颜路清的确多多地"熟悉"了一下。

当然，是以另外一种方式。

有汗悄悄流过鬓角，情潮涌起，颜路清脸侧着埋在枕头里，终于忍不住开口，撒娇似的说了句"疼"。

身后的人顿住，摸了摸她的头发，温声问："哪里疼？"

"你少在这里明知故问了！"她脸更红了，忍着羞，换气之后才说："……膝盖疼。"

而后她被转过来，嚷嚷着疼的那里覆上了一只手，触感像是温润的玉，十分舒服。

那块皮肤虽然被床单摩擦了会儿，但也说不上疼，只是颜路清实在忍不了那种羞耻感。

因为她的撒娇，此时颜路清的一边膝盖被揉着，腿也随之曲起。可这么一来，那羞耻感似乎不比刚才少多少。

转过来后，渐渐适应了月光的亮度，她仰面躺着，看到了顾词脸上的表情。

眉眼舒展，眼角眉梢都带着旖旎，她想到这场事情的起始似乎是自己的一时兴起，说要让他当模特。

她确实觉得他适合当模特，但此时又觉得，单单画一个面无表情的他似乎没那么够劲儿。

要画也应该画一幅他此时此刻的样子。

……

不知过了多久，颜路清还觉得眼前一片昏花的时候，以为要开始享受某个专属服务生的帮洗服务了，结果她又被搂上腰，但这次并不是掉转方向，而是——把她抬起来。

颜路清下意识地扶住他的肩，猛地睁大眼："还来？"

"抱歉，"他像是真诚地在道歉，却又毫无歉意地做着别的事情，一边做一边说，"喝了酒，有点控制不住。"

"……"

好家伙，连费尽心机掩盖的喝酒都交代了！

颜路清牙齿挨着下唇，慢慢被他带进节奏，以拥抱的姿势，靡靡水声在下落的那瞬间响起。

与此同时，还有少女的哼声。

……

最后颜路清额头抵靠在他颈窝，呼吸急促，平复了好久才开口，一本正经叫他的名字："顾词。"

"嗯？"

回话中间，他还稍微动了动，颜路清咬着牙，几乎切齿般地说："……你再也别想吃别人的软饭！"

"想什么呢。"

她锁骨上的红印是前两天留下的，他再次低头吻过去，像是在烙下什么印记。

"这辈子，下辈子，也只吃你的。"

窗外月色很美。

颜路清享受完公主的洗浴服务，就躺在床上枕着公主的胳膊。什么也不干，单纯地赏月。

她现在浑身又累又舒服，像是没了骨头似的，软绵绵的。

声音也十分软绵绵。

颜路清看着月亮，打破了室内的安静。

"我好像还忘记跟你说，上个星期我递交转专业申请之后，跟颜家的老爷子通话了，当时他问我为什么转专业，发了火，大意是觉得我鬼迷心窍什么的。"

顾词知道她提到这种事，肯定有后话要讲，耐心地接道："嗯，然后呢？"

"我说美术是我喜欢的事情，他问我：'谈什么喜欢，再喜欢还能喜欢一辈子吗？'"

"其实这句有点道理，"颜路清回味了一番，"我确实没想过一辈子的事情。所以当时我也被问住了几秒。"

顾词"嗯"了声，手指在她的长发间穿来穿去："然后你说了什么？"

两人虽然洗了澡，但周遭氛围里仿佛还有没洗去的暧昧旖旎。颜路清也像是很享受顺毛服务一样，很自然地往他手心蹭了蹭。

"我说，如果连画我都坚持不了，那就更没有别的事情，可以让我喜欢一辈子了。"

顾词正想回，却听见颜路清突然补了一句："但现在想想，得除了一件。"

"哪一件？"

"喜欢你。"

手指蓦地顿住。

她突然不再看月光，转过脸来。那双清澈分明的眼睛直直望进他的眼底，一字一顿地说："顾词，我确定我能坚持一辈子的事情——只有喜欢你。"

24

今晚在两人的对话里，有关"一辈子"的词出现了两次。

第一次是在"熟悉身体"的过程里，顾词说的；第二次是"熟悉身体"结束之后，颜路清突然想说的。

她本来看着月亮，身心都格外放松，却因为氛围正好，恰好有一种福至心灵的感觉，便转头和他说了那句话。

颜路清以前一直觉得自己虽然内心戏吐槽非常多，生活里也经常是大家的开心果、笑点制造神器，但她本身还算一个理性的人。

她从不任性，懂事之后就明确知道自己该走什么路，比如看似闲着过完每个假期，但她都出去打工；比如喜欢画画但把它局限在兴趣爱好内，努力学习文化课考了中文系。

再比如，十几岁的年纪被学校里的风云人物追求，不管使出什么花样，不管朋友们怎么夸张，她都是打心底里的无动于衷。

一直到遇见顾词。

不管是高中那次，还是失去记忆后过来的第一次。一共认识了他两次，颜路清也喜欢了他两次。

那种感觉很神奇，明明做了很多反常的事情，偏偏自己还没察觉。但到了今天，回过头才发现——当你遇到喜欢的人，就像是有人带着你，发现了另一个自己。

颜路清以十分欣赏的眼光看着面前的人。

美人做什么表情都好看，平时见不着的表情自然更加迷人，比如现在，他微微错愕的时候，眼睛格外漂亮，睫毛是夹都夹不出来的弧度，看起来好看又可爱。

只是他错愕了几秒，却突然动了动手臂——

颜路清感到原本靠着的地方往下移动，他的手到了她的脖颈处，轻轻握住。

她立刻瞪大眼睛，也伸手抓上他的手腕，发出"啪"的一声。

憋了几秒。

她脸热热地小声说："……不要了！"

没想到她会错了意，顾词弯唇笑笑："没想要。"

颜路清没松手，狐疑看他："那你干吗？"

他眼睫动了动，微微下垂，而后也不管被她拉住的手，搂着她的后颈凑到她跟前，轻轻贴上她的嘴唇，含混道："想亲你。"

刚才她的那句话，让顾词想起第一次见颜路清的时候，少女评价他：你真是个大善人。

听起来，像是个付出不计回报的人。

她说错了，他跟这个词一点也不沾边。

顾词做每一件事都会平衡得失，看投入值不值得，才决定要不要做，再像是他告诉颜路清的那样，选其中的最优解。

为颜路清做的所有事情，他从来没有计较过值得与否。但……

"顾词，我确定我能坚持一辈子的事情，只有喜欢你。"

——她总能在不经意的瞬间里，让他觉得一切都值得。

颜路清美术课上得十分顺利。

严格来说，她并不算零基础，有天赋，有各处免费课程上搜来学来的技巧，还有很大的绘画量，只是真的没系统学过，所以相对来说她学得既轻松又进步神速，教她的老师也十分喜欢她。

学美术满一个月的时候，某天，颜路清突然听到玛卡巴卡带来另一边的消息——

因为之前跟玛卡巴卡聊过，得知在自己离开期间顾词做的一些事情，以及他在玛卡巴卡那个世界里也收获了不少"粉丝"，颜路清对此十分有兴趣，玛卡巴卡时不时会给她带来小八卦。

但这次的八卦可一点儿也不小。

"玛利亚，我上次不是给你讲，我们嘴里所谓的系统其实像是系统的代言人，或者继承人，隔一段时间会换的。但是——如果犯了重大错误，就要提前下岗。"

颜路清"嗯"了声，随口猜测："怎么，这个代言的要下岗了？"

"是的！"玛卡巴卡激动地说，"其实它不仅在这个世界瞎搞，在别的世界也是！我姐妹也一肚子怨言，借这个机会，大家搞了个合集，全都传递到系统里，大错小错加一起，现在它彻底完了，被判到流放区拾荒——"

之后她又兴奋地形容了一下那个地儿有多惨，简直比让它直接消失还惨。

总的来说，那个被颜路清骂作狗系统的东西以前犯的小错被翻出来，加上被公主词这样的大佬用强硬手段一搞，彻底滚蛋了。不仅滚蛋了，还必须以一种近乎无期徒刑、甚至比那更惨的方式度过余生。

玛卡巴卡还给她看了所谓的"公网BBS"上面发表的关于顾词的言论，甚至还有与她自己有关的——

【压榨员工必流放】：呜呜呜没想到我们也有今天，新上司也太好了！以前的很多变态规定都取消了！我现在才知道原来有些限制是那玩意擅自加的！

【顾词公网头号粉丝】：偶像太牛了！顾词！顾词！顾词！

【次次抽到可靠宿主】：每天日常表白，我爱大佬呜呜呜呜呜，谢谢大佬给我们带来光明的人生！

【许愿下个宿主不是废物】：我就不一样了，我爱大佬夫人。

【给个女配角宿主】：好家伙原来楼上姐妹才是最会的，那我也爱大佬夫人！

……

颜路清对别的都很满意，唯独很想纠正它们——夫人明明是大佬，才不是她。

玛卡巴卡发表最后感言："啊……真是太开心了！而且我也升职了，真是十分感谢玛利亚的老公。"

"是老婆。"颜路清立刻纠正道。

别的错了可以，这个绝对不能错！

"好的，感谢玛利亚的老婆——"对于这对儿的情趣玛卡巴卡见怪不怪，老老实实地把称呼改完，它又道，"不过说实在的，玛利亚是我第一任正式宿主，我还没有跟系统结下梁子，那个东西还是我上司，我认识它的时间比认识你长，但……"

"哪怕这样，我也从很早开始就一直坚守玛利亚！"

颜·玛利亚眨了眨眼，好奇地问："为什么？"

原本以为会受到夸赞，比如被她感染、喜欢她的性格等，没想到的是——

玛卡巴卡说："因为咱们都姓玛啊！"

"……"

玛卡巴卡，玛利亚。

咱、们、都、姓、玛。

这话承包了颜路清一周的笑点，每次想起来她都忍不住想笑，最后她还给玛卡巴卡画了个 Q 版画像，旁边有个对话框，写着："因为咱们都姓玛。"

……

颜路清 5 月中旬开始学画人体。

毕竟曾经口出狂言，她觉得自己也得对得起自己放过的狠话——说实在的，那也不算狠话，那就是她的真实愿望！

颜路清学习速度飞快，又因为特殊原因，她对人体极其感兴趣，这部分学得更是相当顺利，一个周末两天高强度学习过去，在周日当晚她便直白地跟顾词表明了想法。

当时大美人刚出浴，他经常懒得把头发完全吹干，所以又是那种不太会滴水，却也没干透的状态。身上的白 T 恤肩膀和锁骨附近都有小水珠渗透的痕迹，说不出的性感好看。

颜路清悄悄咽了咽口水，勉强稳住，抬头对上他的眼。

身后就是刚摆好的画具，她小声道："……我今天学到那里了。"

顾词眉梢微动。

颜路清没说人体，可他似乎瞬间明白了她的意思。

大美人漆黑漂亮的眼睛盯着她看了几秒，抬起一只手揪住 T 恤衣领，语调十分不正经地问她："脱到什么程度？"

颜路清张了张嘴，还没等说话，他又"哦"了声，像是刚记起什么事一样："我想起来了，你当时说的是……'不穿衣服'，对吗？"

当时确实是，但是她现在觉得那样好像不太行。

太过于挑战自我了。

颜路清沉思三秒，都到这个地步了，总不能说自己反悔，于是——

"你就先脱上衣吧，"她在心里默念"美女老师我对不起你"，而后撒谎道，"我目前就学了一半。"

"……"顾词似是想笑，又忍住了，向她确认，"只学了上半身？"

"嗯。"

"行。"他点点头，而后非常配合她的意思，拽着衣领很快速也很帅地把上衣脱掉。

颜路清眼神盯着衣摆下方的腰线，直到眼前出现了全貌，她几乎是立刻坐到了画架后面，

虽然学习的时候心如止水，满心想着要把大美人画得多么多么传神，但她真的错了。

从上面开始。

画他的眼睛，颜路清脑海里浮现出无数两人对视的场景。他笑着的时候，认真看她的时候，或是懒散地用余光扫过来，再比如现在——

画人的时候，画师肯定要时刻去看模特，可颜马良颜画师每次看过去，撑不过两秒，视线便会立刻收回来。

总觉得这个模特十分不敬业，在明目张胆地勾引画师。

看到他的嘴唇，颜路清脑海里自然又开始回放每次接吻的场景，她都不知道自己对这些事情印象这么深刻，画质竟然如此清晰。

而后到脖颈。

顾词刚才伸手扯过衣领，所以衣领微微向左偏移，露出左边大半的锁骨。颜路清脑海里不放图片了，开始放小电影——她是怎么啃过那里的，以及自己的锁骨是怎么被啃的。

颜路清："……"

这画是画不下去了。

颜路清受不了了。

她沉默着把画笔放到一边，沉默着站起来，走到床沿，直接摁着某个祸水的肩膀跨坐到他腿上。

颜路清两手抬起来，做出掐的动作，但完全没使劲儿，只虚虚掐着他的脖子前后晃了晃，咬牙说："你故意的！你是不是故意的？！"

哪能用那种眼神看正在画画的人！

被这么对待，顾词却突然笑开，他喉结明显滑动，甚至擦过了她手上的虎口。

颜路清微微怔住。

他双手撑在身后，明明受制于她，却摆出一副任她蹂躏的样子，眼睛弯弯道："那我成功了？"

25

祸国妖妃自然是成功了的。

从夜晚到凌晨，熊猫国王翻来覆去，筋疲力尽。

这样一来，导致的后果就是熊猫国王第二天的早朝完全起不来，也就没去上课。

颜路清上学迟到的次数还蛮少的，而且她一般不是迟到，而是直接不去上课——所以小麻花自然又懂了，下午一见到她的面就是一目了然的模样，眼神极其暧昧。

颜路清不自在地咳了咳，又想：明明该遮的地方都遮住了，她怎么还这样？

这种时候，先要做的肯定是转移话题。于是她开口问小麻花，却没想到对方也同时开口，两人同时讲出了六个字——

"上午讲什么了？"

"昨晚挺激烈啊。"

"……"

小麻花再次被锁喉。

5月中下旬，期中考再次到来，颜路清这学期上课听讲比之前认真了许多，又因为开学前的那段恶补，她觉得靠自己复习及格完全可以。

但是问题就在于，她不能只追求及格，转专业的时候也要看大一年的成绩，她得追求高分才行。

于是颜路清又开始了新一番的补习之路。

人总是在不断进步的，熊猫国王也是，因为这么久以来的学习，这次的补习比以前都要顺利很多。

某天下午，她想起自己上次发动态又是一两个月之前了，闲来无聊，便用手机拍下来两人在书房桌子上的画面。当时顾词一直低着头写写画画，颜路清冲着镜头做了个鬼脸。

她配字："大家好，介绍一下，旁边这位补习老师是我善解人意的老婆。"

一开始，大家好像没有太注意文案最后的那个称呼，注意力都在两个人身上，看到顾词讲题的样子，感慨基本围绕着——

"我酸了我酸了我酸了。"

"我的补课老师要是长这样我不得在T大、B大横着走？"

"别告诉我这两个人长这样还是学霸，我不接受，我不接受。"

但是很快，有人注意到了她文案上的最后两个字："我看到了什么？老婆？"

颜路清笑嘻嘻地继续刷新界面，却在看到最新一条的时候，笑容猛地僵在脸上。

"嘴上叫老婆，还不是要被老婆压？"

颜路清："……"就你知道得多！

这个评论很快被顶到了热评第一，下面无数人在发"哈哈哈哈"，不仅如此，还@自己的好姐妹来一起"哈哈哈"。

"在逃圣母"颜面无存。

不知道是不是巧合，这个视频发出去的当天，因为这条糟心评论，颜路清再也没打开过软件。

但恰好当晚，熊猫国王再次招架不住妖妃攻势，公主词身体力行地重演了一番那个评论中的场景——白天叫老婆，晚上却被老婆压在床上叫。

……

最后的最后，熊猫国王安静躺在爱妃怀里，一边思考人生，一边无意识地摸着爱妃的手臂。

她的手指再次滑过顾词的文身。

顾词在身上文的是他们相遇的地方，别人看不懂觉得有格调，对他们两个来说又意义非凡。

这串黑色的文身不仅对他们有特殊意义，并且在顾词身上还显得十分好看，颜路清摸着摸着，突然福至心灵般冒出一个想法。

她也想文个这样的。

她怕疼，那就笔画少点，文上那个单词，也算一语双关。

下一秒，像是感应到了什么一样，她还在心里盘算着，顾词声音就从头顶传来："想文身了？"

"……你怎么知道？"

"猜的。"他手臂还在她手里，笑了笑说，"不止一次，每次你都很爱摸这个地方。"

颜路清没什么好瞒着的，点头承认了："对，我是挺想文的，但还没想好要文在什么地方。"

"想好了吗？"顾词没发表别的意见，只是淡淡地道，"对你来说，应该会很疼。"

"没那么多字，不会太疼吧……"颜路清突然转过头，好奇道，"但你怎么都不问问我想文什么？你不好奇吗？"

这话问出，他沉默了许久，像是纠结了一会儿该不该开口，最后才转眼看向她："因为我应该猜到了。"

"是我的微信名，对吗？"

颜路清一时间不知道自己是该无语，还是该觉得甜。

她瞪了爱妃一眼，翻了个身重新滚到他怀里，含混地说了句"睡了睡了"，之后便暂时把这件事抛在脑后。

期中考过后，便入了夏。到了6月，日理万机的熊猫国王心里又有了其他忧愁的事情——她和爱妃的重要纪念日快要到了。

颜路清之前认真算过她和顾词之间的许多纪念日。而后她发现，如果想要挨个过一遍，那还真的有挺多能过的。

他们的初遇，那可是两个世界，两个时间线，他们可以把彼此的日子都过一遍。

第二次相遇之后的一切，更加不能落下——所以他们两人之间的纪念日竟然有三批。

最近的那一个马上就要到了。

颜路清进行了缜密计算，他们最初喜欢上彼此的时候是颜路清那里的 1 月 1 日，当时两人时间刚好相差整半年，六个月，所以那一天是顾词这边 6 月的最后一天——6 月 30 日。

也就是还有不到一个月。

他们明明相爱了很久，却还从来没有庆祝过纪念日。

所以这是第一个，一定要意义非凡才行。

接下来的时间里，颜路清可谓是想破了头，从儿童节便开始盘算该怎么度过才好，想了足足一周才有了点子。

她已经许久没有用过所谓的"金手指"了，但实现这个想法最便捷的方法就是拿起颜马良的画笔。

与此同时，她的课业和美术课也不能落下。颜路清实施着自己的计划，还不能被顾词察觉，上学期间都恨不得在课间跑到没人的角落去画画。

神笔马良的出货率是百分之一，大概这个设计是真的很难出货，一直到第九十多次才终于成功。

人一旦忙起来，时间就好像坐着火箭往前冲一样，转眼间到了 6 月底。提前一周时间，趁顾词不在的时候，颜路清把大黑小黑召集起来，宣布了一下自己的安排，小黑莫名眼睛一亮，大声道："颜小姐是要送礼物给——"

颜路清恨不得跳起来警告他："你能不能小点声！低调点！这件事绝对不能让顾词知道！"

"知道又不会怎么样……"小黑挠挠头，"就算知道有人要送自己礼物，也会很期待的，为什么非要瞒着啊？"

颜路清翻了个白眼："你又没老婆，你怎么会懂。"

小黑非常受伤地接下了她的任务，好在十分简单，兄弟俩按时完成。

30 日恰好是周六，那一天的开始似乎平平无奇，颜路清白天依旧去上课，下午回到家，一直到跟顾词吃完晚饭后——

她对他伸出手，神神秘秘地说："我们今天去阁楼看星星，好不好？"

颜路清经常提出这种要求，顾词看起来非常自然地点了点头，说："好。"

只是在牵他手的时候，颜路清似乎看到有什么闪亮亮的东西在眼前一晃而过。

星星房之前的灯都暗沉了，颜路清不想换掉那些灯，毕竟是自己亲手一个一个安的，便让大小黑从头到尾仔仔细细地把它们擦了一遍，整个房间的灯一亮起，仿佛又回到了他生日那天，颜路清刚布置好的效果。

这个阁楼小房间最初只有一个懒人沙发，是她累了直接睡在这儿用的。现在却多了一个，就摆在原先的懒人沙发旁边，还比那个长了一截，是两人在这里一起睡觉用的。

一进去，颜路清就不装了。

她打开灯，拉着顾词坐在懒人沙发上，两人面对面，颜路清用带着点命令的语气道："你现在闭上眼，我要给你看个东西。"

顾词照做。

周围的灯光十分有氛围感，每次一进来，哪怕什么都不说，气氛都好像自带浪漫。而在这种光下，这么近的距离，某人的美貌自然也十分惊人。

某人今天穿得十分合她胃口，纯白色短袖衬衫，像是男高中生校服一样，既干净又极富少年感。颜路清先是欣赏了会儿闭眼的大美人，而后才掏出自己准备了好久的东西——

先给自己戴上，又拉过他的左手给他也戴上。

被套住手指的触感让顾词蓦地睁眼。

面前的少女眼睛比满屋子的星星还要亮，眼睛弯成月牙，口齿清晰地对他说："今天是 6 月 30 日，是在你的世界里，我们告白的那一天。"

他看到颜路清用自己也戴着戒指的手拉起他的，她摇了摇两人交握的手，笑容狡黠："所以送你个礼物。"

两只手上，同样的手指，戴着同样的银环。

这是对戒。

干干净净，没什么装饰，但上面似乎有图案。

视线下移，聚焦，他看清了戒指上的图案……是一只熊猫抱着竹子。

顾词突然垂眼笑了一下，再度抬头看她的时候，笑淡了很多，但还蕴在眼底。

他尾音微微上扬："送这个小礼物，是什么意思？"

"戒指什么意思还用我说？"颜路清稍微有点害羞，但那点害羞不足以抵挡住那种兴奋，她一本正经道，"当然是嫁给我的意思！

"虽然以前口头问过一次了，你也答应了，但毕竟那时候只是口头——"顿了顿，她声音小了点说，"现在给你补上了。"

第一次是高中时候，被顾词带着去游乐园，两人拿话本演戏，她念出台词，问他要不要嫁给她。顾词改了台词说"好"。

再次过来的时候，她不知道为什么想起那个瞬间，一边哭一边抱着他又问过一次，那时候顾词躺在床上，也说了"好"。

再就是现在。

颜路清这次不问了，直接给他套上圈儿，非常霸气非常有一家之主风范地说："补给你的。"

其实她想过设计好点贵点的戒指，本来以为可以用神笔马良搞出钻戒。她在某短视频软件上天天刷戒指，刷到过一个把钻石切割成小熊猫头的钻戒，简直快馋死了，正准备做一个那样的戒指送给顾词，再做一个竹笋形状的送给自己，却被玛卡巴卡点醒。

玛卡巴卡说了，为了避免宿主钻空子拿这种东西发家致富，做贵的东西肯定成功率为0。

颜路清就只好亲自设计，做了没那么贵的银环对戒。

不过这样也好，这上面的图案可是独一无二的！

颜路清正想再说点什么，眼前突然一黑。

很熟悉，是顾词手掌的触感，温温凉凉的，很舒服。

与此同时，耳边传来他的声音。好听的嗓音里似乎还有种说不清的无奈："我也有个礼物……要送你。"

大概三秒钟后，颜路清眼前重新恢复光明。

她看到顾词朝着自己伸出手，白皙手心里的东西随着光影变幻格外闪亮。

那里躺着一枚小巧的戒指。

那是她收藏的那个视频里的戒指，她恨不得每天去看一次的戒指，是她看了价格后面的"0"就头晕的戒指，是她盘算过如果靠自己得画多少年画才能买得起的戒指……

是那枚几百个切割面构成的、独一无二的、异常漂亮可爱的小熊猫钻戒。

颜路清无比震惊地盯着这戒指，大脑明明知道这是什么，却还是忍不住抬头看着他，感慨般地问："这是……什么？"

顾词思索良久，漆黑的眼睛里划过笑意，缓缓吐出两个字："嫁妆。"

26

颜路清虽然是主动递出戒指的那一方，可从顾词嘴里听到"嫁妆"，却有股热度沿着耳后迅速蔓延开来。

说完这两个字，顾词直接拉着她的另外一只手，把这枚小熊猫钻戒套在了她的手指上，尺寸刚刚好。

颜路清全程傻眼，像是被点了穴似的，一直到看着他做完这番举动，才后知后觉地抬起手，微微转动了一下，切割面在灯光下闪出极为漂亮的光，她忍不住由衷感慨："真是……太好看了。"

说完，她重新对上顾词的视线，忍不住指了指他的手："我那个就是个环，你看我们这一对比，"颜路清委婉地说，"那你是不是有点儿……亏？"

实际上，这岂止是"有点儿亏"。

那个钻戒的价格直接把她劝退，公主词这次简直亏出了一个银河系。

但顾词看着她又是一笑："亏什么？"

顾词眉眼勾勒出惊艳的弧度，明明是毫无道理的话，却说得十分坦然："能嫁入颜家主的家，当然不亏。"

"……"

颜家主受不了了，从自己的懒人沙发上起身直直地扑到了对面，吻住了无时无刻不在诱惑自己的老婆。

亲密的事情做多了，她再不会也多少懂得了章法，学着之前他对自己用过的技巧一一还回去。正因青涩无比，才显得更为勾人。

于是第一个纪念日，又成了一个不眠夜。

过了 6 月底，学校的课基本已经结束了，进入了期末复习周。

7 月 10 日开始是期末考试，接着是转专业考试，几乎无间隔地考完后，校方会结合两方成绩通知学生合格与否。

虽然两样都得准备，颜路清倒也不觉得手忙脚乱，毕竟几个月前做好规划的时候就已经开始准备，忙了这么久，对她来说现在只是见证成效的时候。

转专业考试的内容很早就公开了，书面考试的内容她都背过，除此之外还有面试、当场命题作画以及展示近期作品等考核项目。

学姐学长告诉她，毕竟时间有限，当场作画通常考验的是构图和基本功，起决定因素的是个人作品和面试。

颜路清口才一直不错，加上几个月以来的疯狂学习，以及从小对这方面的喜爱，她面试时和几位老师交谈得十分顺畅。

最后递出作品，她生出了点紧张的情绪，却没想到收获了一位女老师的大力赞赏。

女老师对她说："每年暑假都有一个面向大学美术生的比赛，如果转专业成功，你可以试着拿着这幅画去参赛。"她很严谨，没有说颜路清一定会成功，但她非常真诚地说，"我很喜欢你的作品。"

颜路清记下了比赛的名字，以及开始的时间，一直到抱着自己的画走出教学楼，精神都还有点恍惚。

回家的时候，顾词问她感觉怎么样，颜路清想了想："应该没问题。"

"你怎么看起来不太高兴？"

"没有不高兴。"颜路清顿了顿，不知道怎么和他形容那种心情，只把老师最后说的话转述给他，又说，"因为它对我很有意义，但我当时画出来，不确定会不会合老师的眼缘……没想到她会那么说。"

她终于回过神来，语气和神情也渐渐兴奋，眼睛亮晶晶地看着顾词："她真有眼光！"

顾词笑了笑："你这画我都没看过。"

颜路清当时用了一个下午加一个晚上一口气画完，然后等画一干就好好放了起来，顾词确实没看过。

闻言，她本来想立刻拿出来给他展示一番，但想到什么，又收回手："等到 8 月吧。"

顾词抬眼："怎么是 8 月？"

颜路清语气轻快，骄傲地扬扬下巴："老师都那么夸我了，等一个月之后，我得奖的时候你直接在网上看！"

事实证明，她确实没有盲目自信。在一周后，颜路清收到了邮件通知，她已经转到了美术系，那天恰好是比赛开放报名的第一天，她便又报名了那个比赛。

颜路清虽然夸下海口，但她并没有真的非常关注这个事情，这比赛还挺正规，要传的东西多得不行，颜路清按照要求上传了各种东西已经开始烦躁了，传完后万事大吉，几乎再没想起来过。

一切尘埃落定，也算正式到了暑假。

熊猫国王带着自己的爱妃吃喝玩乐，这样的日子总是过得很快，转眼到了 8 月 10 日。

——熊猫国王的生辰。

虽然在别墅众人印象里，颜小姐并不是这一天生日，但颜小姐说是哪天那就是哪天，爱过哪天过哪天，于是早上一睡醒，刚打开卧室门，颜路清就被迪士尼阿姨戴上了生日帽。

这还没完，在迪士尼阿姨的两侧，大小黑像门神一样给她唱生日歌。

颜路清刚在床上听了大美人的"生日快乐"，本来有点晕晕乎乎，两门神这么一搞，视觉冲击还蛮提神醒脑的，她瞬间就不迷糊了。

阿姨去准备大餐了，颜路清向他们俩道谢，俩门神开开心心地准备去遛狼。

身边大美人突然笑了一声，而后在她耳边评价道："孝顺。"

"……"

吃了饭之后，她拉着顾词一起窝在沙发上，头顶的生日帽都歪了，眨巴着眼睛问："今天是一家之主的生日，不知道某些嫁进来的人有没有规划一下庆生行程？"

"……"顾词好笑地看了她一眼，"你吃太多了，消化一下再带你去。"

一小时后，颜家主下了车，有些震惊地看着面前的地方。

这是一家文身店。

颜路清大脑飞速转动，这才想起几个月前的晚上，自己冒出了个文身的念头，还跟顾词说了一番想要文什么。没想到他记得，还特地等到她生日这天带她过来。

她刚这么想完，顾词低头在她耳边问："还想文吗？"

颜路清立刻答："当然了！"

生日本来就有意义，在生日的时候多一个有意义的记号，这简直绝配。

"那走吧。"

进了屋，颜路清还在观察别致的装潢，却又发现顾词像是跟那些人很熟悉一样——见他来，店里的人都探头打招呼，却又在见到他拉着自己的时候，不约而同地发出起哄的声音。

颜路清一头雾水地小声问："你朋友？"

顾词没仔细说，点了点头："算是。"

他们进了一个小的隔间，顾词问她："你想文在哪里？"

"你连我想文什么都知道，真的不知道我想文在哪里吗？"颜路清都想翻白眼了，阴阳怪气地说，"不要惹过生日的一家之主不高兴哦。"

顾词莞尔，拿起她的左手，手指往上走了十厘米，在她的手臂内侧停下："那就这儿了。"

和他的文身一样的位置。

之后，顾词说他出去给她找文身师过来，颜路清就坐在这里等。

等了也就三分钟。

她听到耳边有响动，便转头看过去。

因为是坐在椅子上，平视的时候最先看到的是文身师的腿，颜路清忍不住在心里"哇"了一声。

这文身店藏龙卧虎啊！竟然随便一个文身师就有跟她爱妃一样好看的腿！

而后她又往上看。

跟她爱妃一样的黑衣服，跟她爱妃一样好看的锁骨喉结，戴着黑口罩，却长着跟她爱妃一样一望惊艳的眉眼。

这不就是她爱妃吗？

看着他朝自己走近，颜路清眼睛瞪得像铜铃。

见她不说话，顾词又站在原地等了几秒，而后出声问："对我不满意，可以给你换别的文身师。"

颜路清还是睁着大眼睛不说话。

顾词又向后微微偏头："那我走了？"

"……啊？"颜路清瞬间回过神来，连忙探身拉着他的手，道，"满意，我满意，但主要是——"

她十分不解："你哪有时间学这个？"

顾词开始做她看不懂的动作，对着旁边的设备调了好几个地方，一边弄一边说："我不做文身师，不需要学别的，只需要练一下四个字母。"

"这种程度……"他顿了顿，露在外面的眼突然一抬，极为撩人地看着她，说的话却与眼神截然相反，"你都能学会。"

"……"好家伙，这个"都"字真是精髓，不小心又吃到了竹笋。

大概因为是顾词动手，颜路清没一点儿紧张害怕的感觉，本身挺疼的，但有了文身师可以转移注意力，文身的痛感也处在可以接受的范围内。

顾词戴着口罩，手上也戴着手套，黑色跟他的皮肤形成强烈的对比。他垂着眼睫认真看着她手臂的时候，眼神格外专注，整个人帅得让人腿软。文身过程中，颜路清被帅到另一只手已经不受控地给他拍了几十张照片。

她只是想文这四个字母，字体小巧，时间也没用太久。结束的时候，颜路清还忍不住跟他确认："这么快？"

顾词摘了手套和口罩："四个字母而已。"

颜路清立刻反驳："这可不仅仅是四个字母而已。"

顾词给她贴了层膜，一边贴一边听到她在耳边说："我就是很俗，也想不到某人那么浪漫文个地址，看起来还非常高大上。"

他的手指一顿，偏过头对上她的眼睛。

"我想文一个你。"她说。

——word。

是词，也是我的。

颜路清认认真真地说着令人动容的话："你亲手写下的你，更有意义。"

三秒后，她又跟自己的爱妃解锁了新的接吻地点——在别人的文身店。

……

从文身店出来，颜路清除了手臂上多了个文身，嘴唇颜色也比进去时候鲜艳。

她像个刚买了新衣服的小孩，几秒钟就去看一次文身。顾词给她文的英文字体相当漂亮，刚才全店的人都来夸了一遍，还拍了照片留念，颜路清本来就很喜欢，现在是越看越喜欢。

"这个字体好好看啊。"颜路清思维跳跃，夸赞出口之后，脑回路很快转到其他地方，看着身边开车的顾词问，"欸，你要不要考虑真的当个文身师？"

顾词眼睛不甚明显地眯了眯："给你文得好看，就要去当文身师？"

不等颜路清回答，他继续说："我还可以去当家教老师，教别的学生，我怎么不去？"

"……"

颜路清想到两人每次补习的时候，那么多近距离接触，那模样那嗓音，哪个人能扛得住？

文身师也是，尽管戴着手套口罩，但那样完全是另外风格的他也非常轻易地就能把人迷倒。

都不行，绝对不行！

颜路清立刻道："……算了，我刚才随便说说的，你不准发展副业哈！一个都不准！"

明明话题是她带起来的，又是她莫名扯到奇怪的地方。

顾词笑了笑，也没再提起。

有些事不是不能做，是只想对你做。

两人回到家之后，又出了趟门——不过不是去庆生，而是去顾词家里找东西。

起因是回到家的颜路清突然感慨："你这样搞得我好有压力。"

顾词问："什么压力？"

"你把生日礼物搞得这么独一无二……"她撇撇嘴，"那我还怎么超越啊？"

顾词笑了一会儿，才对她说："你早就超越了。还记得你之前写过一本日记吗？"

经过这番对话，她才想起，自己有过一本写给自己的日记——那是害怕自己会失忆才写下的东西。而这个本子被玛卡巴卡交给顾词，他一并放在了卧室里。

颜路清其实都有点儿忘了自己写了什么，她顿时生出好奇，两人便重新开车上路，到了顾词的家，回到他的卧室。

那本日记就在床头柜的第一个抽屉里，顾词拿出来后，颜路清开始温习当时自己写了些什么。

等翻完自己写的东西，虽然百感交集，但她更注意到的是本子每一页的磨损程度，一看就经常被人翻阅，顿时觉得又甜蜜又心酸。

颜路清开玩笑地问顾词："你没少看吧？"

他也坦然地笑着回："你可以来考我背诵。"

颜路清一愣。

顾词能这样说，一定是有十足把握的。

这是她亲手写下的，可具体内容连她自己都有些淡忘，却在不知名的岁月里被人翻阅无数次，被人一字不落地刻在记忆里。

就好像他们的过往——明明那么难过，却还是被他努力在身上留下了印记，就为了提醒他自己。

鼻子突然有点点酸。

她把本子合上放到一边，伸手抱住他。

"我们再也不会分开了。"颜路清发狠般地道，"所以，我会给你写很多很多的情话，你就等着背一辈子吧。"

顾词说："好。"

荣幸至极。

生日过去一星期，8月19日那天，颜路清收到了一封邮件。

　　她当时刚起床，有点儿神志不清，再加上邮件上的字体太小了，她把手机直接递给顾词："帮我看看这说的什么。"

　　过了十几秒，颜路清眼睛一闭，又要睡过去的时候，耳边传来他的声音，是很淡定的语气："你得奖了。"

　　见她没反应，顾词又摸了摸她的头发，声音带了点笑意："获奖作品名称：《冬夏》。是一等奖，恭喜了。"

　　颜路清整个人立刻清醒。

　　她瞬间从床上坐起来，把手机拿回来自己又看了几遍——确实是她报名的那个比赛，也确实是她得了一等奖。

　　顾词也跟她一块起床，语调懒洋洋地："现在能给我看了？"

　　过了最开心的那一阵，颜路清抓了抓头发，缓缓回头看着他。

　　"其实……那幅画，本来就是想送给你的。"

　　两人洗漱完毕，颜路清带着他到了自己专门画画的房间。顾词看着她把画拿出来架在画板上，全貌显露在眼前——

　　画面上分为色彩鲜明的两部分，左边暗，右边明。

　　左边的人物是一个穿着校服外加羽绒服外套的少女因为寒冷而缩着脖子，正推开卧室门向里探头，大眼睛里有明显的亮光，是十足期待的样子。

　　少女身后是个看起来相当破旧的房子，家具都带着暗沉的阴影，也基本上均有破损，屋内似乎没开灯，整体都是昏暗的。

　　而门的另一侧，画面的右边，却极为明亮。

　　一个卧室似乎比外面客厅还要大，宽敞而简洁，床上有个隔板，还莫名有种温馨的色调。

　　色彩运用得极好，左边是阴寒的冬天，破旧的客厅，而转眼看着画的那一半，仿佛就能感受到热烈的阳光，听见响亮的蝉鸣——那是一个盛夏。

　　卧室里的桌边坐着一个少年，穿着跟少女截然不同的白色短袖，身上偏冷的色调让他看起来带了点清冷感，但侧过去的脸上，却看得出微微上扬的唇角。

少年坐在盛夏里回头看鼻尖红红的少女。

那一刻，他们相视而笑。

颜路清看了看邮件里评委给她的评语，理由是色彩运用十分惊艳，且构思巧妙，可延伸多种解释。

比如那是以少女视角来看的，有少年的地方光明如夏，没有的地方就寒冷如冬。

比如那是什么神奇小故事，少年待着的地方就是夏天，所以少女畏寒，过去取暖……

再比如——那其实是一场奇遇。

从前，一个少女在冬天里偶然推开一扇门，遇到了另一个世界的少年。少年清冷又漂亮，干净又温柔，他的世界正要迎来盛夏。

他会顶着黑眼圈把床让给她睡，他会骑车子送她上学，接她放学，他会记下她的生日带她出去，他会每天给她带早饭……

他会在那扇门消失之后，拼了命地不忘记她。

"取名《冬夏》是因为……那时候是我的冬天，你的夏天。"颜路清拉了拉顾词的手指，"现在看完了，你觉得这画怎么样？"

顾词沉默了会儿，喉结滚了滚，声音微微带笑。

"这种世界名画，怎么舍得白送给我？"

"那就不白送了，"颜路清看着他，笑弯眼睛，"拿你全部身家来买！"

面前的人似乎跟画里的毫无区别。

一见面就被她戏称大美人，顶着那样漂亮的脸，周身却总是清清冷冷的氛围，偏偏还有些时候，做的事情极尽温柔。

"那怎么够？"顾词低头拉着她的手臂，指尖恰好蹭在她文身的那里，像是许诺般地轻声说，"我拿我的一辈子来买。"

颜路清在画这幅画之前，做了个噩梦。

她梦到了自己把顾词忘了的那段时间，醒来之后满脸都是眼泪，抱着顾词哭了一会儿，忍不住问他："你说，会不会哪一天，再来一次那样的经历，我们又一次分开了，我又不记得你了……那怎么办呢？"

顾词摸着她的头发，没有直接回答会或者不会。他说的话像是哄小孩一样，却又没有丝毫玩笑的意味，反而带着极重的承诺——

"再来多少次，颜路清和顾词都会永远在一起。"

记忆可以被清掉，爱不能。

再忘记多少次，再重来多少次，我都会喜欢耀眼而夺目的你。

你的灵魂独一无二，我的爱意至死不渝。

番外一

我女朋友喜欢吃糖

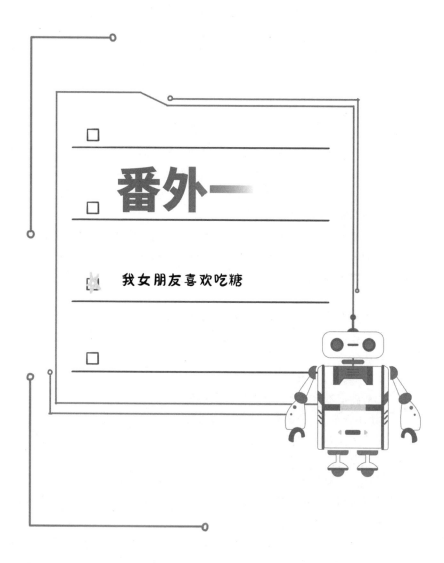

在报名参赛之前，颜路清随手上网搜过，这比赛一年举办一次，面向所有大学在读美术生，是有很高知名度的。

奖项设置上，一等奖两人，二等和三等奖都是三人。评判标准她不太了解，但是登上网站看完所有获奖作品之后，她觉得自己大概是选手里面画画功力相对来说粗糙的，只是立意、构图以及色彩运用太过亮眼，缺点也几乎让人注意不到了。

由于认识许多美术社的学长学姐，颜路清以作品《冬夏》得了一等奖的事很快就在熟人范围内传开，微信一直叮咚叮咚响个不停，一般都是以一些"优美"的语气词开头，以"牛"为主干，以感叹号为结尾。

还都发了那个比赛公布结果的截图。

颜路清一一回复过去，大概在中午的时候收到了小麻花发来的更加夸张的消息。

【小麻花】：为什么？！

颜路清不明所以，给她发了个问号。

【小麻花】：为什么每次我知道你的什么消息都是在论坛上？！这就是当风云人物闺密的感觉吗？

颜路清："……"

毕竟这是个大比赛，公布结果是被挂在论坛的"学术板块"，供大家参与讨论。小麻花也是手滑点进去，没想到一眼便看到了一等奖两人其中一位的名字。

1L：今年属实不错，我们学校竟然出了个一等奖！

2L：太出息了！看上面标注得一等奖的是21届的学妹，也就是刚读完大一，开学大二？这么早就得大奖了，学妹牛啊！

3L：呜呜呜这画画得真好看！我词穷，请学中文的兄弟姐妹有序出场——

4L：中文系无心夸赞，看着图早已经脑补了好几部小说！！

5L：其实我觉得学妹画得有点儿小缺点，好像不太精细，但是有一说一，这个颜色我绝对画不出来！一直觉得颜色把控其实是有天分的，我真的羡慕了。

主题也很绝，不夸张、不抽象就是很好看，包含好多元素，这就叫老天赏饭吃吧……

最开始画风十分正常，但在越来越多的人注意到获奖人的名字之后，帖子便渐渐走向了奇怪的方向。

20L：等等，颜路清是我认识的那个吗？这个比赛不是只有美术系能参加吗？她计算机的啊！

21L：她转系了，之前公布的转系名单上有她。

22L：……这跨越了一个银河系吧，学妹好勇。

……

32L：我离开八卦板块来到学术板块，是为了沾一下学霸们大佬们的气息，激励我发愤图强今天开始写报告……

为什么会在这里刷到我嗑的CP啊啊啊啊啊啊啊！

我CP太牛了！写什么报告，我要继续嗑！！！

33L：这不是我们八卦论坛坛宠CP吗？小漂亮你是不是错区了？快跟妈妈回家。

参加比赛这件事，颜路清确实没告诉除顾词以外的人。安抚完小麻花，回复完所有祝贺或是感慨的消息，颜路清又从校园网上找到了当时建议自己去报名的老师，按照她的邮箱地址给她发了封邮件，表示十分感谢的同时，顺便说了一下结果，也算是没辜负她的赏识。

午饭的时候，她又接到了大赛组人员打来的电话，挂断之后，一抬眼，便撞上了对面人望过来的视线。

上午两人在画房时，颜路清也不知道为什么，明明是应该跳起来庆祝的事情，跟顾词说着说着话，就有点儿想掉眼泪的冲动。

好在顾词不愧是熊猫国王最迷恋的爱妃，最懂得怎么顺毛，她后来的小情绪很快就被他给及时安抚好。

顾词看过来的眼神里有淡淡的询问，颜路清像是跟老婆汇报行程那样，一五一十地复述通话内容："一星期之后他们有个颁奖典礼，要我带着画去参加。"

而后不等他说话，她又说："这个暑假都快过去了，还没出去玩呢。"颜路清睁大眼看着顾词，眼睛锃亮，"我们出去旅游吧！"

几乎没有停顿，顾词笑了下，说："好。"

颜路清定地点定得很快，顾词买票买得也很快，两人收拾好东西就能出发了。

路上的时候，颜路清想到什么，忍不住问："你走一个星期，用不用跟你舅舅说一下？"

因为选的是邻近城市，动车是最方便、最快捷的途径，顾词刚放好两人的东西，就听到她这句疑问。

"不是跟你说过了，我不是员工。"他有点儿好笑地看着她，"跟不跟他说都没关系。"

颜路清想了想，好像顾词这个暑假基本都在陪她，很少出现那种连续几天都要去他舅舅公司的情况。就算去，也是待几小时就回来，其他开会的时候，他也宁愿用视频在家跟他们开。

而且……

他舅舅一定不知道，每次视频会议，顾词腿上都躺了一只玩手机的熊猫。

而他之所以只有一只手放在台面上，就是因为另一只在忙着撸熊猫。

"好吧。"颜路清撇撇嘴，"这不是害怕你舅舅公司遇到什么问题嘛……"她说完，又想了想，"不过也没关系，如果真的有问题，我们回去也很快。"

说话间，顾词正低头给她扣安全带。

颜路清明明从小就是个独立的小孩，虽然长得娇气可爱，像个没受过苦的小公主，但其实生存能力极强，仿佛扔哪儿都能活，十分让人省心，长大后的她也是如此。

但遇到顾词之后，这点慢慢地就改变了。

高中时再怎么冷的天都能早起的她，因为知道有人送自己，天天赖床。

现在更离谱，连扣安全带这种事也轮不到她的手来做。

在外还是原来的她，但在顾词身边的颜路清，似乎变成了跟外表一样漂亮又娇气的珍稀动物，被惯成真正的小熊猫。

顾词给她扣完安全带，手顺势扶在她的把手上，抬眼看她："在你眼里我这么厉害？"

颜路清点头："那当然。"

怕他不信，她说得夸张了一些，彩虹屁噗噗响："我甚至觉得，你舅舅公司离了你都没法转。"

这话显然取悦了他。闻言，顾词眼尾微微上扬，慢条斯理道："虽然你这么想很好……"他话锋一转，中肯地说，"但他也确实不是废物，公司肯定能正常运转，放心。"

颜路清："……"谁说舅舅是废物了。

他这话说得，也不知道是给舅舅正名多一点，还是损多一点。

跟上次一样，在路上的时候顾词订酒店，颜路清看着他操作，突然想到自己那封获奖邮件上的某一条内容。

"对了！"她兴奋地拍顾词大腿，"我才想起来，邮件上写我还得了奖金呢。"

顾词是早上第一个看到这封邮件的人，那种长度的文字，他一般扫几眼就知道大概内容。

虽然早就知道了，此时还是配合地说："嗯，恭喜。"

颜路清笑嘻嘻地靠在他肩膀上，语气带了点很可爱的骄傲："怎么样？之前没说错吧，你投资大画家的钱这就开始得到回报了。"

"是啊，"顾词笑，"我真有眼光。"

"这样吧，"颜路清今天实在太高兴，非常豪气地说，"这次出来玩就花我的奖金好了。"

顾词恰好订完酒店，锁了手机，转过头看她。

那双漆黑的眼睛里倒映着一个缩小版的颜路清，渐渐泛起浅浅的笑意："这么舍得？"

他语速很慢，声音像是能蛊惑人心，颜路清愣了一下，而后道："……这有什么舍不得的！"

她看着爱妃美色，一时间十分上头："大画家以后赚到的钱都给你。"

跟一掷千金的昏君没什么区别。

只不过别的昏君是真的有千金，而颜路清没有。

顾词听到这话，没忍住笑了两声，眼睛弯起好看的弧度，重复问道："都给我？"

昏君再次点点头："都给你。"

"那正好，"他懒洋洋地往后靠，顺带摸了摸她的头发，很随意地说，"我也打算把赚的钱都给你，我们扯平了。"

颜路清一开始没觉得有哪里不对。

过了几秒，她回味了一番——扯平个鬼啊，这是哪门子的平？

这不就是典型的"我和世界首富的资产加起来是世界首富"吗？

"你这不亏大了……"颜路清一言难尽，小声说，"跟我亏就算了，你可别对别人也这样啊。"

"当然不会。"顾词微微拖长尾音，像哄小孩似的道，"赚他们的，亏给你。"

本身就是邻近城市，动车只需要坐一站，很快便到达目的地。

打车到酒店，顾词办理入住的时候，颜路清认识了一个女孩子，她也是在假期跟男朋友来玩，同样准备入住这家酒店。

女孩子看起来气质十分温婉，戴着无框眼镜，又给她添了几分知性，看起来是会让人自动和老师联系在一起的形象，没想到是非常活泼开朗的性格，颜路清和她聊得十分合拍，还加了微信。

顾词办入住加上排队不过五分钟，回来就见到了她兴冲冲跟人扫码的场面。

两人进入电梯的时候，颜路清正在通过那个女孩子的好友申请，听到耳边顾词不咸不淡地评价道："交际花啊。"

"……"

虽然加了微信，但他们一直没在一起玩过。顾词和那个女孩子的男朋友可谓是毫无交集，也就颜路清和她聊天聊得稍微多点。

直到某天上午在酒店休息区遇到，顾词跟他舅舅打了通时间较长的电话，那女孩的男朋友也恰好有事，颜路清才又和女孩闲聊起来。

她问了颜路清一个问题："你们俩认识多久啦？"

听到这问题，颜路清一愣。

她也不知道说多久合适，毕竟他们有两次。

"好久了。"颜路清想了想，答，"从高中就开始。"

女生惊讶："一直到现在？"

颜路清点头："一直到现在。"

"哇，真好……"女生羡慕地说完，又十分好奇地问，"那我能不能八卦一下，你们俩是谁追的谁呀？"

听到这句，颜路清又是一愣。

谁追的谁？她还……真没想过这个问题。

最开始他们的关系很复杂，她自己都没搞清楚什么时候就已经喜欢上了他。

告白虽然有先有后，但也是同一天。

而且那天是他抢先一步吻了她。

高中那会儿呢？

似乎也没有明确的界限，依旧是不知不觉间的怦然心动，听到了他对别人说"我在等喜欢的女生放学"，然后又是在同一天告白。

她喜欢顾词，自然到，就好像这件事本该如此一样。

虽然告白了，但似乎并没有追求的过程啊……

颜路清最后也没能回答得了这个问题，玩的过程里也时不时会想想。到晚上睡觉前，她终于忍不住问了顾词。

"我今天想了半天。"颜路清侧过身，"我们是不是谁都没有追过谁啊？"

"……"顾词眼睛微妙地眯了一下，而后轻笑了一声，"什么？"

"我说我们俩，好像没有追求的过程，自然而然地就在一起了。"

她这话本身只是个陈述句，但听在人耳朵里，就好像是带着点遗憾似的。

颜路清说完，突然听到顾词反问："我那还不算追求？"

她愣了一下："什么？"

"你觉得追求一个人，应该做点什么？"

颜路清也不知道，现场搜索了一番，然后照着答案念道："接送上下班，送点吃的，过节送花送点小礼物——"

顾词"嗯"了声，而后说："送你上学，接你放学。"

确实。他接送了……数不清的次数。

在吃的方面，他确实也一直在投喂她。

他不仅送吃的，还送卧室送床……还免费给她补习，送了她物理高分。

颜路清突然觉得有点脸热。

她想了半天，憋出一句："那我还送你花了呢！我不光送花，还费劲巴力地编了花环……"

顾词"哦"了声，淡淡地笑："你儿子都觉得是花圈的那个？"

"……"

这个话题到此为止，并且再也不会被提起。

——当时颜路清是这么觉得的。

一个星期很快过去，回到家的第二天，就是要去领奖的日子。

后来颜路清又收到了一封邮件，上面写着具体的事项要求，要获奖人带着画去领奖，毕竟之前的评选是靠着上传的资料，这样一来也是为了现场再确认一下画的真实性，以免有图片和视频造假嫌疑。

除了验画，还要合影、参加一个仪式，现场会有摄像，后面写了一大片视频会传到什么平台，颜路清也没仔细看。

还是在出发的路上，小麻花微信给她发了个链接，她才知道某视频软件上竟然还有直播。

【小麻花】：我要气死了，这次又不是我先发现的！我也是看论坛上有姐妹分享才知道有直播！

主题："点击就看小漂亮高光时刻！更多激情尽在本楼。"

暑假大家闲得没事儿干，一个人发现了就随手转到宿舍群，回帖越来越多，直播间热度也越来越高。

"闻讯赶来。"

"哪里有大美人小漂亮哪里就有我。"

"楼上，今天只有小漂亮哎，是她的高光时刻，没有大美人了。"

"那可说不定，大美人为什么会错过她的高光时刻？"

"为什么我看不懂这个直播间在说啥？"

"是这样！今天有个获奖的是我们学校的论坛坛宠，我们都是来看她的哈哈哈哈。"

……

毕竟只是一个简单的仪式，所以很快便按照定好的时间照常开始，获奖选手依次入场。

现场大部分人都是穿着西装和礼服裙来领奖，颜路清不了解，所以没有过多打扮，稍微化了淡妆就去了。她穿了衬衫短格裙，既不会太随意，又显得非常学生气，在各种亮闪闪的衣服里反而十分突出。

"一等奖那个妹子也太好看了……又嫩又漂亮，穿得好小清新啊，呜呜呜是我心中的美女画家打扮了。"

"真的好看，直接碾压了其他礼服裙……"

"……没有说礼服不好的意思，但看了这惨烈的对比我只想说：学院风是永远的神。"

"不是吧，应该是漂亮妹妹是永远的神，这脸就算穿小礼服也一样。"

领奖的时候，颜路清的画展示在大银幕上，她接过奖杯，一开始热热闹闹的一群人纷纷冒了出来——

"呜呜呜呜出息！太出息！"

"我的小糊宝藏 CP 啊！哪怕有一天你不糊了，也必须得一直甜下去！"

论坛也在同步进行着感慨——

236L：我的妈呀，一等奖……感谢互联网，哪怕是假期也不忘提醒我有多废物。

237L：我一直觉得吧，在这个家里，大美人负责貌美如花 + 赚钱养家，小漂亮是个可爱的小废物，负责快乐玩耍。

万万没想到，人家是个画画天才，废物竟然只有我自己。

……

领完奖之后还有采访环节，是挨个进行的，颜路清排在第一个。

顾词陪她一起来的，但中间后台给评委组验画以及颁奖这一段，他得在外面等。好在整个流程耗时不到一小时，颜路清下了台就看到他的身影，刚要过去，视线范围内就出现了个话筒，撑在自己面前。

她才记起来还有个采访环节。

采访人问的问题无非就是那几个，学校、对画画的兴趣从何而来、学了多少年、本次作画灵感。

颜路清一直回答得很顺利，唯独在作画灵感的地方卡了一下，她斟酌着说："灵感来源于……我跟我喜欢的人。"

弹幕突然快了起来。

"喜欢的人！"

"啊啊啊我要听爱情故事小美女再多说点！"

"我怎么越看越眼熟，我貌似关注了这个一等奖的漂亮妹妹，一会儿翻翻我的列表。"

……

"等会儿，喜欢的人是什么鬼？小漂亮你直接说男朋友不行吗？"

"上次校庆还历历在目，我怎么有种不好的预感？"

"预感 +1，校庆那次杀伤力绝了……"

还没等他们预感完，镜头突然微微偏转到了颜路清的身侧。

与此同时，颜路清也感到身边站了个人，转头看过去，一下对上了顾词的视线。

他们今天出门换衣服的时候，并没有提前说好，不约而同地穿了短袖衬衣，纯白色，站在一块，像是哪个私立高中的学生一样。

同框的瞬间，有人由衷感慨："有商业头脑的人如果联系这两人拍校服衬衫广告，绝对卖爆。"

剩下的还有蹲守至今的大批论坛活跃分子。

"他来了！！！"

"果然我就说！大美人怎么会错过她的高光时刻！抱着花在这儿等着呢！"

颜路清看了顾词几秒，视线不自觉下移，也忍不住盯着他手里那束花。

他们是一起来的，来的时候，她确定顾词车里没有花。

是……特地去买的？

颜路清突然忍不住想笑。

能被公主词送花，也是相当珍贵的体验了。

她又抬头重新看向他。

白衬衣和色泽鲜艳的花形成鲜明对比，单手拿一束花的姿势莫名很帅。先看看花再看看人，然后颜路清发现，这个人抱着再好看的花，那花也只能是个陪衬。

熊猫国王不想接受采访了，她觉得自己该回答的也答完了，可以带着祸水爱妃回家缠缠绵绵了。

采访人却把握住这突如其来的小插曲，话筒稍微偏一点，就凑到了顾词的面前，询问的语调是恰到好处的疑惑："请问您是颜路清同学的……"

顾词换了只手拿花，坦然回答："我是她的追求者。"

采访人愣了一秒，还没等说什么，面前的人又缓缓笑起来，眼睛弯弯看着颜路清，一字一顿地说："一个疯狂迷恋颜路清同学的追求者。"

镜头记录了一切。

直播间里，新粉还在尖叫，老粉已经无语。

老粉1："求你们别信，他们结婚几十年了……"

老粉2："别叫了姐妹们，他们就是玩儿呢，他俩今年都要金婚了。"

直播间的大家本来只是来看漂亮妹妹领奖，万万没想到，漂亮妹妹身边突然出现了个来给她送花的、长相极为出众的大美人，还说自己是漂亮妹妹的追求者，说得坦然又撩人。

双重养眼，极致享受。

所以懂得内情，明白这二位又在进行新一轮爱情游戏的知情人员再怎么吆喝也没用，打的字全都被刷了下去。

只不过几分钟之后，采访对象换成了另外的人。那两位离开镜头没多久，便有火眼金睛的网友找出了颜路清发过小视频的账号。

"不对啊家人们，我找到漂亮妹妹的账号了，他俩这不老夫老妻吗？账号@在逃圣母。"

"……所以说啊，不是都提醒你们了吗，他们俩是金婚。"

"那刚才这是玩啥呢？"

"就是单纯的恩爱吧……呜呜呜，我好羡慕，同样也是老夫老妻，在一起好多年了，我跟我男朋友还是永远争论谁追的谁，好像谁追的谁就输了一样，今晚回去就教育他！"

"我来给姐妹们科普一下吧……他俩今年过年那会儿在附中校庆的直播里也搞了这么一出，当时是男女各自排队，随机分开采访的，女生说她暗恋男生；然后去采访男生，男生也说他暗恋女生，给我们激动坏了。没过多久，直播的小姐姐又偶然录到这两个人的时候，他们正在没什么人的地方嗑嘴唇呢。"

"好家伙，有没有回放？"

"有姐妹保存了录屏，指路：@嗑CP吗虽糊但甜。"

……

拿着画走出场地，一直到上了车，颜路清还有些没反应过来。

她坐在副驾驶座上，抱着花，顾词伸手过来给她扣安全带，颜路清看着他近在咫尺的眉眼，突然又想到这人刚才在镜头前说的那些话。

不光其他人，她自己也万万没想到他会来这么一出。

也是这时候，她的思绪一下回到了几天之前，当时她思考了许久他们之间"到底是谁追谁"这个问题，还问了顾词，讨论了一番却并没得到什么结果。

毕竟他说是他追的，颜路清觉得自己也做过类似追求的事情，很不服气，所以这个话题也不了了之。

颜路清"欸"了一声，出声问他："你刚才干吗那么说？"

顾词扣完安全带，淡淡抬眼看她："你不是觉得以前不算吗？"他自然而然地笑着道，"所以我只好再追一次了。"

"……"

所以选择在她采访的时候凑过来，所以选择在镜头前说。

说……他是颜路清同学的追求者。

不得不承认，刚才他那两句话虽然有夸张和开玩笑的成分在，但听在耳朵里，还是让人忍不住心跳加速。

车子缓缓上路，颜路清坐直看着前面，看着看着，她忍不住弯唇，小声感慨："我们怎么这样啊……"

不管什么时候，都想要证明给对方——

自己爱得更多一点。

跟比赛有关的事全部结束之后，很快便到了9月，也就是开学的日子。

因为比赛每年固定时间举办，8月底出结果，9月开学的时候，正巧是大家热议的话题，所以颜路清这位转专业生可谓是受到了明星般的待遇。

她确实还没做到全校闻名，但美术系内，老师学生全都知道她的名字，不管上什么课，点到她的名字，整个班的人都转过头看她。而对于其他系的学生，知道她的途径基本就是校园论坛以及某视频软件了。

好在颜路清也十分善于跟人打交道，这种情况对她造不成困扰，反而让她很快便跟不少同学熟络起来，认识了不少漂亮妹妹——尽管如此，只要她上午有课的时候，中午依旧会专门等小麻花一起吃饭，这让麻妃十分感动，直呼"陛下万岁"。

没了大一令人头秃的专业课，颜路清过得可谓是如鱼得水。她的自由时间比大一多了很多，不是第一节课上得晚，就是最后一节放学早，而且课也基本上听得很快乐。

开学一个月的时候，运动会在"十一"假期前举行，颜路清不参加，也没什么兴趣看别人比赛。

但运动会的讨论度很高，每逢课间，她身边就有女孩子凑在一起讨论体育系某帅哥，眼神迷离："啊……那肌肉……这位只能用五个字来形容——'绝美的肉体'。"

颜路清在一旁淡定得跟老僧似的，她们拿图片来给她看，颜路清也就扫一眼，诚实道："一般吧，我没感觉。"

女同学一号评价她："不知道的还以为你出家了。"

女同学二号咬牙道："快别问她了，人家在家里天天看神仙，我们看得上的凡夫俗子她怎么会觉得好看！"

颜路清就无辜地对着她们眨眨眼。

认识顾词后，如果有人让她评价一个男生外貌如何，她下意识地便会以"这个男生跟顾词差距多大"来作为评判。

哎，差距太大的实在是夸不出口啊。

既然不准备参加为期三天的运动会，再加上大二课表非常人性化，颜路清的十一假期连起来可以放十天。

她本想借着假期跟顾词出去好好玩一番，没想到只玩了三天便结束了假期旅程——第三天晚上，顾词舅舅给他打了个电话，大意是自己一年到头也没机会带着老婆孩子出去玩，想给自己放个年假，希望顾词去帮他坐镇一周。

"舅舅太累了……你舅妈都说这半年我忙老了，你忍心吗？"

卖得一手好惨。

可惜顾词不吃这套，温温和和地回："我还是个学生，好不容易等到放假，你忍心吗？"

顾词开的免提，颜路清一直在旁边听着，觉得他舅舅和他的相处方式实在好玩，边听边笑。

当然，没有人能说得过笋国公主，最后他舅舅也是找不出理由，实在没办法，摊牌道："其实呢，舅舅已经上飞机了。"

"……"

于是从10月2日开始，两人返程，顾词的假期便奉献到了工作当中。

大概他舅舅要做的事是真的很多，顾词头两天都是九点之后才回到家。而到了第三天，他回到家似乎就不想说话，颜路清观察了一会儿，觉得他满脸都写着"本公主好累"。

顾词回家一般先去洗澡，这天，他洗完刚出来就坐到床上，双手从她后面伸过来，搂着她的腰，下巴靠在她肩膀上。

像是整个人都贴着她一样，一个非常黏人的姿势。

这样的情况极少发生，颜路清愣了一下，才微微偏过头："怎么了？"

顾词没说话。

他突然拿起她丢在一旁的手机，转而递到她手里。颜路清再度愣了几秒，而后心领神会地接过来打开微信，找到他的对话框——

顾词头像上方冒出一个泡泡，颜路清点开，上面写了一个大字："累。"

"……"

自从再次回来，颜路清已经好久没用这个功能了。

上次两人这样交流，还是大半年之前的那次"私奔"，顾词仗着生病撒娇，怎么都不说话，非要用这种方式和她交流。

再次在他的头像上方看到泡泡，突然有种久违的感觉。

颜路清还没说什么，在"累"之后，他头像上又一个泡泡冒出来。

——"好累。"

"……"

出现了！

此乃公主撒娇！

在日常生活里，她才是经常被顺毛的那一个，现在乍一角色对换，颜路清觉得十分新奇，又心疼又想笑，清了清嗓子问："你怎么了？前两天还没这样，今天有什么突发事件吗？"

——"他坑我。"

颜路清立刻领悟到了这个"他"指的是顾词舅舅。

那烦躁的无非就是舅舅留下的事太多，或者有什么新项目之类的需要交涉，顾词似乎最烦这种动口舌的事情，平时开会也是惜字如金。

但他给她补习的时候可从来没这样过。

颜路清想了想，猜测："难道……你今天说了很多话？"

他头像冒泡泡。

——"嗯。"

——"跟那些人说了一天。"

顿了顿，又冒一个。

——"好像跟他们不是一个物种。"

颜路清："……"

是啊，你是血统最纯正的笋国公主，当然跟凡人不是一个物种啦！

这话她当然没说出口。

颜路清好声好气地哄他，而顾词说完那些就没再讲话了，也不冒泡泡，就这么安安静静在她身后抱着她。

房间内开着空调，他皮肤的温度总是温凉，贴着也一点儿不热，还很舒服。

这几天顾词白天出去上班，晚上回来后，似乎很喜欢抱着她的姿势，会一直持续到睡觉前——颜路清在心里打了个奇怪的比方：他们好像是插头和充电器，他耗没电了，来贴贴她就能充电。

突然有被可爱到。

颜路清再次转过头，这次比之前的转头幅度都要大，因为顾词下巴放在她肩膀上，是微微低垂着头的姿势，她的嘴唇刚好可以蹭过他的侧脸，临近唇角的位置。

她很快地亲了他一下。

顾词原本贴着她闭目养神，因为这下轻轻的碰触，睫毛颤了颤，而后倏地睁开——

颜路清一下子对上了他漆黑的眼瞳。

她看着那双眼缓缓染上笑意，并且还在一点一点地加深，被大美人这么专注盯着，突然有点脸热。

"你……"颜路清刚张口想说点什么，后脑勺却突然被顾词伸手固定住，嘴唇也猝不及防被吻住，"唔！"

顾词趁着她愣怔的时刻，探入她唇缝。两人口腔里弥漫着相同的清新的薄荷香，明明是该让人觉得提神的味道，颜路清却觉得自己像是喝醉了般，越来越迷醉于这个吻里。

"上次还说要学接吻，"顾词松开她，笑着问，"什么时候能学会？"

颜路清稍微缓过神来，十分感慨地说："一辈子都学不会了。"

谁让跟他接吻是件这么舒服的事呢。

11月的一个周末，顾词去了公司一下午，回来的时候，罕见地带着食物。

更准确地说，他带回来的是零食——糖。

颜路清从他手中接过来，新奇地看来看去："你买的吗？"

天气渐冷，室内室外温差大，顾词一边脱外套一边说："不是。"

而后他缓声解释，是公司请婚假回老家结婚的员工带来的喜糖，说是偏远的家乡特产的糖，保证所有人都没吃过。

"你竟然会收喜糖，还带回家来……"颜路清啧啧两声，"我以为你会当场拒了。"

"不是我收的，"顾词笑了下，"他没给，是我去要的。"

颜路清微微一愣。

她看着顾词的视线极为随意地扫过来，语调也一样，懒懒地上扬，理所当然道："你不是喜欢吃糖吗？"

这一天只是他们相处的无数天中平平无奇的一天。

这件事，似乎也只是一件再小不过的小事。

可颜路清总觉得，她会记这件事很久很久，一直到她的牙不允许她吃糖的时候。

或许是他过于平常的语调，或许是她稍微脑补了一下当时的场景——顾词大概是在员工发糖的时候走过去的，垂着眼睛很有礼貌地说，我女朋友喜欢吃糖，能给我一份吗？

然后再对那人礼貌道谢。

她从很早就知道一句话，叫作"会哭的孩子有糖吃"。

颜路清小时候很喜欢吃糖，长大也喜欢，但她从来没有用类似的方式要过，也并不羡慕靠哭得来的糖。

而顾词，是她不哭，也会给她糖的人。

12月的时候，颜路清又在大家的科普下知道了一个新比赛，今年是举办的第一届，在12月底进行评选。她听说这比赛背后有很牛的企业支持，奖金丰厚，便把半年来最满意的作品提交参赛。

那幅画同样出现了两个人物，一个坐在高塔里的少年，和一个长着翅膀飞在半空中的少女，生动再现了她脑海中奇奇怪怪的剧情——一只小鸟天天出去玩，玩完了就飞回来给高塔里的公主讲故事。

小鸟姓颜，公主名词。

颜路清拿到奖金的时候欣喜若狂，反复确认好几次自己没数错有几个零，这比赛虽然只是第一届，远没有她夏天参加的那个名气大，但奖励实在是太让人满意。

颜路清的小金库又多了一笔。

玛卡巴卡作为她肚子里的蛔虫，一直非常清楚，颜路清的内心深处有个小目标，小愿望，还有个座右铭——"我的每一天，都在为了能让公主词过上公主一样幸福的生活而努力。"

虽说这是她努力奋斗的目标，但是仔细想想——表面上是玛利亚要宠着公主词，实际是被她宠的公主词一边默许着一边暗戳戳把她宠成了真正的公主。

虽然很像绕口令，但是玛卡巴卡猝不及防又嗑到了。

公司BBS。

帖："午休啦，来聊五毛钱的。"

"顾美人的女朋友好好看啊！昨天晚上她来接顾美人下班，正好被我遇见了，说话可可爱爱，人长得又特别精致，两人绝配！呜呜呜我酸了！"

"别提了，在公司里能动手绝不动口，对咱们懒得多说一个字，对咱们一笑就是笑里藏刀的顾总，对他女朋友那叫一个温柔，那叫一个如沐春风。"

"我还记得当时他问小刘要糖，说'我女朋友喜欢吃糖'的时候那眼神……妈呀，当时羡慕死了多少人！"

……

"话说咱们顾总女朋友多大了呀？属什么的？有人知道吗？"

"我记得有人好奇问过，当时顾美人心情很好，他笑着说，他女朋友是属熊猫的。"

"……啊？"

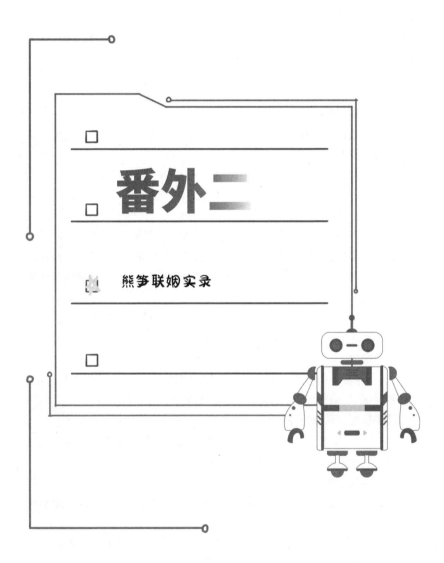

番外二

熊笋联姻实录

熊猫国公历 218 年。

已经许久没有下雨了，加上疏于打扫，就连熊猫国君居住的宫殿都仿佛蒙上了一层灰。

此时是清晨，宫殿内的寝宫里，传来一道温柔年长的女声。

"陛下，这都连续两天没上早朝了……您是一国之君呀，您怎么能放任自己懒散下去呢？"

年长者是嬷嬷打扮，慈眉善目，她身前站着一个极为年轻的姑娘——细白的皮肤，不点而红的嘴唇，眼睛大而圆，看人的时候有着格外清澈的眼神，她正伸开手臂，由嬷嬷为她穿上黑白相间绣着熊猫的皇袍。

这位被称作"陛下"的少女，正是熊猫国国君颜路清。

她无辜地睁大眼睛，声音和长相一样的清甜，语气软软的："可是迪嬷嬷，我一人勤奋没有用呀。

"你看我的子民，我的大臣，总共那么点儿人，早朝来是来了，却睡倒了一片，上奏折的也只有那么几个，我很快就批完了。"颜路清细数完，真诚地夸赞道，"迪嬷嬷，全皇宫最勤快的就是你了。"

"……"国君在小的时候就没有了父母，是她看着长大的，迪嬷嬷心里叹了口气，纵容地说，"您不想去便不去吧。"

毕竟，她说的也的确都是事实。

在熊猫国子民和大臣身上，"懒"一字体现得淋漓尽致。除非玩乐、吃喝，能不动就绝不动。

虽然没上早朝，但熊猫国君用完早膳，依然去了办公的地方。

毫不惊讶，今天也是只有两封奏折的一天。

贴身丫鬟小玛最知道国君的喜好，早就铺好了各种软垫子在椅子上，颜国君舒舒服服地坐上去，粗粗批完可怜的两封奏折，正要靠在椅子上舒服地睡过去，突然听到了侍卫的通报声。

熊猫们都太懒了，大家都不愿意伺候别的熊猫，但也有例外，比如她身边的这几个——丫鬟小玛，嬷嬷迪阿姨，以及全皇宫仅有的两个侍卫，小黑和大黑两兄弟。

他们进宫都是为了谋一条好生路，赚大钱——虽然颜国君也想不明白他们赚了钱要去做什么。

今天大黑在外面站岗，小黑进来道："陛下，风大人求见。"

他话音刚落，御书房的门直接开了，正是通报的风大人。

按说没有国君的允许，哪能随便出入？成何体统！没有王法！

但……这等景象在熊猫国见怪不怪。

颜路清突然觉得头疼无比。

熊猫国占据地理优势，土地肥沃，种啥活啥，哪怕不种植也总有天然生长的食物，属于坐吃山空也可以的类型。曾有熊猫学者替大家算过，就目前熊猫数量来说，吃上几百年也没问题，现在开国才两百多年，所以熊猫们是打算将坐吃山空贯彻到底的。

正因如此，勤快的熊猫简直是稀有物。

比如面前这位风大人。

风鸣，熊猫国富庶家族子弟，少年时期开始入宫为臣，辅佐颜路清，一直到现在，已经熊猫到青年，仍然精力十足，不仅勤快，甚至勤快得有些过了头——说全朝堂的政务都是他一人扛起的也不是不行。

刚才的两封奏折就是他呈上的。

"陛下今日为何没上早朝？"

风大人天生一张冷脸，问人话的时候十分有压迫感。

熊猫国君想了想，温暾地说："风大人，哪怕在早朝的时候，也是只有你与我对话，你有什么事不妨现在说，跟早朝是一样的。"

说的是实话，但风大人铁面无私，继续道："与此无关，只要陛下并非身体抱恙，早朝都不该废黜。"

"没有废黜……"颜国君撇撇嘴，小声嘟囔，"只是一天不上罢了，反正去了也是欣赏他们的睡姿。"

风大人装作听不见，以"国家""礼法""国君为一国代表"展开了小半个时辰的演讲说教，讲得颜国君也要睡着之时，才清了清嗓子，准备说正事。

"不知陛下是否看过臣的奏折？"

颜路清迷迷瞪瞪地睁开眼睛，将批完的奏折往前一推："看了。"

风鸣翻开，不出所料，又是一个字——"阅"。

他问："为何已阅，却不批准？"

"……"

因为你上奏折让我快点成婚，但我不想啊。国君心里缓缓吐槽道。

她去年及笄之后，风大人就时时把这件事挂在嘴边。虽然及笄确实可以成婚了，但没人规定及笄就要立即成婚吧！

况且……她又没有喜欢的。

颜国君缓缓道："我暂时不想考虑这件事。"

风鸣："离您今年的生辰还剩不足一月，及笄已经近一年，诸多青年才俊表示了自己想要入宫的意愿，陛下准备何时考虑？"

颜国君："……"

可那些青年才俊也太不"才俊"了，在早朝上睡得一个比一个香。

她不知道自己想要什么样子的人入宫，反正肯定不是这群熊猫才俊们。

最近频频被催婚的国君十分烦躁，一烦躁，她脑袋顶就冒出了两只毛茸茸的小耳朵。

熊猫六岁前都是本体形态，十二岁的时候人的状态才会稳定下来，切换自如，但每当情绪波动大的时候，控制力稍微薄弱一点儿，就会出现类似的还原本体某个小部位的现象。有时是突然蹦出尾巴，有时是手变爪，甚至有时是突然出现黑眼圈。

颜路清每次激动，或是情绪波动，最先出现的就是那对小耳朵。

风鸣看到这个标志也当没看到，继续自顾自说道："臣还有一事。"

颜国君抬手把耳朵摁回去，有气无力："讲……"

"您下个月的生辰，笋国来信说将有使团来访，陛下可有耳闻？"

笋国，是一个虽然跟熊猫国相邻，却几乎完全相反的国家。

颜路清从书上读来，历史上杰出的各领域大佬，基本都来源于笋国。笋国子民军事、政治、文化各个方面都强，不仅头脑聪明，长得还漂亮，是相当优越的种族。

熊猫国自然环境得天独厚，除了富山富水，地理位置也是相当妙——只与笋国接壤，其余几面均环海。

现今有十几个国家，其中熊猫国一直比较废物，而且颜路清当国君期间，是尤其废物。这么废物却没有遭到攻打，最大的原因就是想要攻进熊猫国，得先带着士兵踏足笋国。

但笋国为什么不攻打熊猫国呢？

关于这个问题，民间有传说，是熊猫国建立时的那一任国君，与笋国皇室一美人有着不可告人的秘密。一定是他们有什么约定，让笋国后代不可以攻打熊猫国。

颜路清小时候就听过这个传说。笋国确实对她这个废物国君很好，从她十二岁开始，每一年的生辰，笋国都会送来许多大礼，她每年最喜欢的就是笋国的礼物。

只不过，由于现在的熊猫国实在是废物得非比寻常，曾经的传说就变了味道，从唯美爱情，变成了——笋国从不打废物国，只打那些企图挑起多个国家战争的捣乱国。

因此，笋国见到这任国君尤其弱，便明里暗里都帮衬弱小，真是个十分有涵养的强国。

还有一种猜测是——熊猫总共也没几只，懒得繁殖，懒得做任何事，甚至还有懒得活所以活活懒死的，对于这样一个物种，谁也下不去手。

颜路清以前觉得每个版本都有道理。

但此时此刻，她却不那么确定笋国是不是依旧对自己友好了。

往年笋国来送礼的都是撂下礼物就走，这次听语气，却好像打算住一段时间。颜国君还从未接待过笋国的使者团，非常紧张，越琢磨越觉得他们这是要搞什么大事情。

毕竟书上说了，事出反常必有妖。

颜国君想了好多天，还是坐立不安地传唤了一次风鸣，表示了自己的担忧："如果他们真的要攻打，该怎么办？"

熊猫国可没有军队那种东西呀，全都只顾吃喝玩乐。

风鸣沉思了一会儿，板着一张脸，认真道："您觉得和亲怎么样？"

"……"国君愣了一下，大大的眼睛睁圆，"谁和亲？"

"自然是您。"

虽然笋国是每只熊猫都想踏足的地方，毕竟据说那里有无数上好竹笋，但颜国君对成婚仍然十分抗拒，她找借口："和亲哪里管用？笋国哪里会同意与我和亲？"

"您对您的皮相要有信心，"风鸣说，"据可靠传言，您小时候的熊猫体画像在笋国宫殿出现过，虽然不知是谁的收藏。"

"……"

那番谈话之后，颜路清郁郁寡欢，一直到迪嬷嬷和丫鬟小玛带来新的传闻，她才重新振奋起来。

小玛兴奋地说："陛下！据说使团里有那位笋国的公主！那个据说倾国倾城能文能武的公主！"

颜国君愣愣的："嗯？"

迪嬷嬷提醒："您以前买过一幅画，买回来才知道是笋国的一位公主，现在还挂在寝宫偏殿里……您这么快就忘了？"

国君脑海里立刻浮现出那张美人图，她可是极喜欢那幅画的，扣了自己几个月的零用钱才抱回宫。

颜路清眼睛亮了点："他也来吗？"

小玛兴奋地说："虽然是传言，但据说是有人见到他本尊，已经在赶来的路上啦！"

日子突然就有了盼头。

……

一个月后，熊猫国君生辰当日，笋国使团入宫觐见。

颜路清在此之前接受了迪嬷嬷和风鸣的双重告诫，他们要她记得许多礼数，要她不能随意讲白话，身为一国之君，必须要自称"朕"或者"本君"才行。

颜路清将这些在心里默念了好几遍，可在对上笋国使团里的某道视线时，她突然觉得大脑整个被放空了。

那人就是她重金买来的画中的美人，但远胜画里千倍。

似乎有一点点熟悉，但不是从画里，就好像面对面见过一样——可颜路清却又可以肯定，自己从未见过这等美人，哪怕是梦里都没有。

他穿了一袭白衣，清瘦修长，轮廓秀美。看起来好像气质淡然，温和近人，却又能感受到带着距离的清冷，姿容惊艳，言语难以形容。在看到她的一瞬间，那美人的眼睛不知是弯了一下，还是眯了一下。

颜国君懒得活动的小心脏从未以如此频率跳动过。

走得近了，她又发现美人肤色和唇色都很淡，像是身体抱恙。

一直以来身体倍儿好、肚子倍儿软的熊猫国王突然生出了怜惜。

怜惜才刚冒了个头，使团便有人向她行礼，对她介绍道，美人是笋国的公主，笋国皇室为顾姓，公主单名一个词。

介绍完，这位美人也对她行了个礼，嘴角带笑："陛下。"

公主看起来有竹子的清俊美貌，也有笋的鲜嫩可口。声音更是如同淙淙流水，清润好听。

他身上奇异的香味，对熊猫有着难以言说的吸引力。

熊猫国君不动声色地吞了吞口水，然后动作流畅、口齿清晰地回礼："公主。"

她今天编了非常好看的盘发，还戴了亮晶晶的熊猫发饰。

然而国君不知道的是，两人对视的一瞬间，就有人注意到她脑袋上不受控制、偷偷蹦出来的小耳朵。

颜国君最初看上美人画像的时候，顺便听身边的人讲了一番这位画像上的公主——顾词。

笋国的国君总的来说，是位在大事上非常英明的国君，将国家治理得很好，但年龄越大，越在生活中不正经，他的一众孩子，皇子和公主不是根据性别区分，而是根据样貌。他觉得最好看的，那才能叫作"公主"。

这是笋国只有这位国君在位时才有的神奇规定，据说公主词出生没多久，初见模样后，笋国国王就十分高兴地赐了公主之名，大家从他小时候叫到他长大，他就算再聪慧，等到了能够辩驳的年纪，也为时已晚。

公主词是笋国当下唯一的公主。

颜国君当时买画花了重金，纯粹是被美貌吸引，买回去之后听说了这些事迹，顿时对这位美人公主十分向往。但熊猫本性懒惰，她倒也没有要翻山越岭去见他的冲动，差不多像是喜欢传说里的神仙那样喜欢，一直把画像挂在寝殿。

不仅如此，她还自己动手临摹过那幅画。虽然是无聊时随便画的，没有人教，随着画得越来越多，越来越熟练，现在也算勉强能看了。

跟使团打完招呼，准备入座时，小玛凑到她身边极小声地说："陛下，公主真人可比您的画好看太多了啊！"

颜国君十分赞同地点头，同样小声回："是啊……"

小玛还想再说点什么，抬头看了一眼国君，却眼尖地发现了某个东西，顿时着急道："陛下！耳朵！耳朵！"

"啊！"

颜国君惊奇自己竟然完全没意识到。

她隐蔽地抬手，在用袖子挡住的情况下把耳朵压了下去，然后继续摆出一副庄严的一国之君的样子。

国君的生辰对熊猫国来说也是大日子，更何况笋国使者也来了，大臣几乎全部到齐。

今日的寿宴无比丰盛，虽然地点相同，但此时的餐桌上跟平日早朝时截然相反——没有一只熊猫在睡觉，纷纷吃喝唠嗑不亦乐乎。

作为贵客，笋国使团跟颜路清坐的桌子离得很近，都在上座，其中离她最近的就是笋国公主。

身为国君，身为今日寿星，颜路清必然要发表讲话。她该讲什么，风鸣早就给她写好了，她也背得很熟——虽然这个国君当得很废物，但是这样的场合颜路清还没掉过链子。

只不过……

她总觉得自己讲话的时候，顾词看过来的眼神存在感太强，让她好几次都差点儿被他影响。

结束发言的时候，颜路清跟他很快地对视了一瞬。对方神色很自然，唇角微微的弧度很好看，并没有什么特殊的地方。

颜路清又想，大概是自己心里有鬼，才会觉得存在感强。

因为熊猫国是个很没有规矩的废物国，大臣们喝高了来跟国君道贺的时候，偶尔还会说出粗俗的大白话，跟国君开玩笑。笋国使团的人看了直摇头啧啧感叹。

寿宴进行到一半的时候，基本大臣都来过一遍，颜路清安安静静吃了一会儿，差不多吃饱的时候擦擦嘴，顺便用手帕挡着打了个嗝。

再一抬头，就看到面前站着笋国公主——

他好像自带奇异的气场，站在那就是芝兰玉树般的存在，简直跟自己不在一个画风里。

接下来，公主用相当好听的声音说了数句祝词，比熊猫国大臣说的好听了不知多少倍，什么"芳辰"什么"吉乐"，听得颜国君一愣一愣。

而后他又说，给她的贺礼已经让人送到寝殿，希望她能喜欢。

颜路清很喜欢他温温柔柔的语速和声调，想一直听他说话，但她要仰着头才能和他对视，不知道是不是刚才跟大臣喝了几杯酒，颜国君现在思维非常跳跃，想到什么就说什么。

她仰着脸看看对自己温声祝福的公主，突然提议："你要不要坐下说？"

对方声音一顿，但也没推拒，笑着说"好"，而后从善如流坐到了她身边。

颜国君桌上摆了好几种杯盏，分别装着不同味道的酒，杯盏边缘格外圆润光滑，是常用的模样，一眼就能看出这是颜国君的小爱好之一。

颜路清正在思考自己该说点什么，耳边传来一道淡淡的声音："陛下喜欢饮酒？"

虽然是问句，但他的语气里并没有疑问的意思，也一点儿都不意外，像是早就知道了。

距离近了，他身上的清爽香气更加明显，也更加……诱熊猫。

颜路清本想直接承认，但话到嘴边却拐了个弯，反问他："你喜欢酒吗？"

顾词回答："与喜好无关，我不能饮酒。"

颜路清微微睁大眼："为什……"差点又要说大白话，她咽回去，重新说道，"为何？"

他表情突然微有变化，声音也低了点儿："幼时生过一场病，时而复发，不仅是酒，还有很多东西碰不得。"

说话间，他视线一直看着桌子上的酒盏，颜路清觉得自己从公主秀美的侧脸上看出了很不明显的落寞。

正这么想着，顾词却倏地抬眼望向她，漆黑的眼瞳里倒映着她微微惊住的模样，语气好像在怀念什么一般："去年出了变故，没能参加您的及笄典礼，是我之憾。"

"……"

从来没听这等美人说过这样的话，颜国君有好几秒钟都没有想任何事情，大脑空白，头顶华美的冠后蹦出两只耳朵。

等稍微缓过来，颜国君罕见地勤快地动起了大脑。

他说他幼时生过病，既然时而复发，那肯定是较为严重的，他又说去年生出了变故，很遗憾没能参加及笄典礼——所谓变故，肯定是身体限制了他的行动。

那个时候……他卧病在床吗？

国君脑补能力极强，立刻就联想到了美人公主脸色苍白躺在床上的模样，并且非常真情实感地为之心疼。

怪不得他嘴唇颜色只有淡淡的粉，说不定是大病初愈。

喝多了酒，又见到了病美人，颜路清之前伪装得很好的一国之君面具早就不复存在，眼睛瞪得圆溜溜的，黑白分明，神情可爱里透着娇憨，认真地问："那你现在怎么样呢？"

公主又笑了，对着她眨了眨眼，缓缓道："自然是无碍了，才来见陛下的。"

颜路清靠着他那边的耳朵突然一麻。

明明顾词也没做什么，两人只是聊天，可好像他说的每一句话，都轻易能牵动人的情绪，还带着十足撩人的味道。

一个在呆，一个在笑，他们又这么对视了一会儿，直到笋国使团的人前来祝贺才被打断。

到了寿宴结束，颜路清依照风鸣交代自己的流程，安排人带笋国使团到住的地方。

因为从来没有过贵客来熊猫国，对方又让自己国家抱了这么多年的大腿，受了这么多年的庇护，为表诚意，颜国君决定跟着他们一道去他们的住处。

绝对不是为了公主。

熊猫国没有太多的钱建造奢华的房屋，也没有熊猫劳动力，现在的宫殿还是高薪聘请了笋国人员建的——面积不算大，据说再大就聘不起了。

所以从大殿到笋国使团暂住的偏殿也不算远。

到了地方之后，颜路清想跟公主说话，脑海里刚冒出这个想法，便发现公主朝着自己走了过来。

他一来，周遭的一切都仿佛自动成了陪衬，国君自然也没发现，自己的小丫鬟和笋国使团的人早就头碰头凑到一起，开始窸窸窣窣地八卦着悄悄话。

顾词走到她面前站定，声音温和地起了个话题："陛下平日很忙吗？"

"……"颜路清想起自己每天早上批的那点奏折，面对的又是笋国这种强国的公主，实在是说不出"忙"这个字。她又像是酒桌上那样，没回答，把问题反抛给他："是你很忙才对吧？"

"我？"他轻轻笑了一声，突然微微低头看她，说，"我是来拜访您的，我忙不忙，取决于您想不想让我忙。"

怎么会有人长得这么好看，又这么会说话呢？

颜路清头脑一热，不知是酒劲上涌，还是他对她来说实在是太有吸引力，早朝都懒得上的熊猫国君张口便道："明天，你想不想在皇宫里逛逛？"

"荣幸至极。"

熊猫国君回到寝殿便开始了魂不守舍的一天。

还是丫鬟小玛的叽叽喳喳唤回了她的思绪。

小玛说："陛下！我跟笋国使团的丫鬟们混了个脸熟，她们跟我说啊，公主特别惨，他去年被人下毒陷害，是病刚痊愈就来咱们国家了呢。"

颜路清顿时回魂："被谁下毒？"

"她们说——"小玛神情更神秘，"是心悦公主多年的人！但是更具体的细节，我就不知道啦。"

颜国君感到十分生气。

怎么能对那样的美人下毒手呢？怎么舍得呢？

那哪里是心悦他，分明就是大脑有问题！

晚上回到寝殿，颜路清看着墙上挂着的美人图，她一会儿想起白天时跟公主简短的对话，一会儿想到小玛说的事情。

他是病刚好，就来她的国家拜访了吗？

为什么呢？

为什么要为了一个废物国国君的生辰，这么正式地远道而来呢？

熊猫国君本质还是熊猫，哪怕有心事，沾到枕头也很快就能睡得很香。

次日一早。

国君寿辰三日内没有早朝，按说国君应该赖床到日上三竿，可她今日醒得尤其早。

颜路清睁开眼的时候并没有往常想赖床的冲动，让迪嬷嬷给自己换好衣裙，便动作迅速地洗漱、进食，而后在迪嬷嬷惊叹的目光中去了书房。

颜国君打算把自己那两封奏折批完，然后立刻去找公主词。

这么想着，真迈进了书房之后，她却突然愣住。

——那惯常空空如也的案上，竟然摆着几乎摞成小山的奏折。

少说十几封！

身边小黑禀告道："陛下，这是一早各位大人送来的……"

颜路清原本惊异于众人的勤奋，却在亲自打开奏折之后，恍然大悟。

熊猫虽然好吃懒做，但是审美不差，昨天出现在殿上的美人大家都看到了。美人很优秀，大家也看到了。

虽然知道笋国尊贵的公主跟自己家女儿很难成事儿，但试试又不犯法——于是这批奏折便出现了。

大臣们撒谎表示自家女儿能歌善舞，上得厅堂下得厨房，想让颜路清探探公主口风，问他有没有联姻意愿。

"……"

颜国君突然就没有那么开心了。

但她还是履行了职责，给奏折批了"阅"，而后也兑现了自己昨天的诺言，来到了笋国使团居住的偏殿，都没走进去，在门口便看到了自己想见的那位，正笑着叫她"陛下"。

公主词今天换了身打扮，月白的衣袍，简单的花纹点缀，束腰显得身材极好，腰间似乎还挂着一个黑白相间的小熊猫。

颜国君看了第一眼不确定，又定睛一看，确实挂了只小熊猫。

并且看起来还十分眼熟。

她暂时忘记了自己刚才沉重的心情从何而来，忍不住伸手朝着他腰间指了一下："这只熊猫……"颜路清想了想，不确定地小声说，"跟我小时候很像。"

"不是很像，"顾词微微一笑，"这本来就是您。"

颜国君傻眼，怔怔地盯着他："……什么？"

公主一边笑一边朝着她走近："陛下不知道吗？民间有许多以您为模的吉祥物，被做成挂坠、首饰、小物件……"顿了顿，他突然笑着道，"因外形可爱，颇受欢迎。"

颜路清心脏突突跳了两下，脑袋上的耳朵又蹦了出来，却浑然不觉。

满脑子都是他那句"因外形可爱"，以及他说这话的时候脸上挂着的笑。

她近乎机械地带着他在皇宫内逛来逛去，顾词偶尔会指着某处问些什么，颜路清一板一眼地回答。

逛着逛着，颜国君突然反思了一下自己。

她觉得自己一到了他的面前，就变得十分不熊猫，十分不国君。

早上那十几封奏折出现在脑海里，也不管时机合不合适，颜路清决定履行国君的职责，十分突兀地开口："你成婚了吗？"

问题一出，顾词停下了脚步，她也随之停下。

顾词看向她，她也转过头看着他。

一阵静默后，他答："尚未。"

其实昨天小玛说了，颜路清知道这件事，但为了接下来要说的话，她不得不先开口问这个问题。

"我……"颜路清想到风鸣教育自己，在笋国使者面前不能丢脸，要自称"本君"或者"朕"，可她一见到公主就忘到九霄云外了，早就自称了不知多少次"我"。

国君顿时闷闷不乐地改口："……本君刚才收到许多奏折，都是大臣们夸赞你、喜欢你的。"

国君更加闷闷不乐地说："他们都想让本君问问你，要不要考虑与我熊猫国联——"

话还没说完。

一直在她面前温柔有礼的公主词，却突然做了没有礼数的事情，直接打断了她的话："那陛下呢？"

颜路清看着公主漆黑漂亮的眼睛，早就冒出来的小耳朵动了一下，脆生生地反问："嗯？"

"您说别人喜欢我。"公主词凑近她一点儿，微微低头对她笑，眼尾弯得很好看，低声问，"那陛下……喜欢我吗？"

他们正逛到熊猫宫殿的后花园里，迎面吹来一阵风，颜国君鼻端却闻不到花香，只有某种格外清新、诱熊猫的香气。

颜国君看着面前的人，愣住了。

公主竟然问自己……喜欢他吗？

单是看着只画出了他几分美的画像，颜熊猫都挪不动步子，抠抠搜搜几个月的零花钱买了那幅画一直挂到现在。

怎么会不喜欢呢？

颜国君再次用眼睛描摹了一下公主的轮廓，再结合一下他的气质、他的事迹，真情实感地疑惑：他平日里不照镜子的吗？怎么会问出这种问题？

不过颜路清心中十分有数，想归想，喜欢肯定不是能随随便便说出口的。要是对着一个刚见一天的公主词说喜欢，岂不是显得她这个一国之君很轻浮？

她许久没讲话，顾词似乎看出了她的纠结，开口道："如果这么难，陛下也不用立刻回答，等您想好的时候，再告诉我也不迟。"

他还是笑得温柔好看，但眼角微微向下，很微妙地多了一点落寞，就是这么一点，又勾得熊猫心里酸酸痒痒。颜国君不自觉间被死死拿捏住，要不是从小接受了一番国君必修面部表情管理课的训练，估计示爱的话都要脱口而出。

颜路清不知道该怎么回答，那就不回答了，毕竟熊猫都是这样的。

她稳定了一下心神，想到自己最开始被他打断没说完的话题，是帮那群大臣询问联姻事宜。虽然不太开心，但这是她身为一国之君要做的任务，颜国君清了清嗓子，重新说道："本君刚才是想要问你——那些大臣们的提议，你愿意考虑吗？"

"抱歉。"顾词脸上的笑变淡，仅剩唇边的一点弧度，说话的语气似乎也没有刚才那么撩人，变得正经了点儿，"我对他们无意。"

颜国君愣了一下。

经过短短的见面相处，以及有限的传闻，在她看来，公主是个非常温柔的人，哪怕拒绝，也应该会找一些理由维持彼此体面。她代大臣问的，当着她一国之君的面，他却拒绝得这么干脆。

颜路清觉得奇怪，可是又好奇，一时冲动，顺着他的话往下问："那你对谁有意？"

话一出口，才发觉自己不仅没有自称"本君"，也问得十分越界。

这是私事范畴，简直对公主相当冒犯，颜熊猫顿时尴尬得耳朵都动了动。

但她没想到的是，面前的人却浑然不觉被冒犯，听到这个问题，公主反而又像是恢复了好心情般对她笑了一下："等陛下想清楚了之前的问题，我再告诉您答案。"

"之前的——"颜路清条件反射似的想要问，但冒出三个字后，很快便想起他指的是什么。

那个问题是——"陛下，喜欢我吗？"

……

熊猫宫殿不算大，虽然颜路清想带着公主逛个遍，但她也记得自己受过教育，不得带外人出入寝宫。

笋国的人那一定是外人了。

因为跟公主仿佛突然交心了的谈话，颜国君彻底放弃了自称本君之类的礼数，在顾词面前说话变得十分随意。她像是献宝一样带着公主四处转，走到自己寝殿附近的时候，叹了口气："好可惜……其实寝殿修得最好看了，但是没办法带你进去看。"

因为熊猫懒，又注重吃喝玩乐，寝宫自然是花钱最多的地方，里面有许多可爱好看的大熊猫标志设计。

顾词突然出声询问："为何？"

这种事的原因不是显而易见吗？公主怎么会不知道？

颜国君疑惑，但还是老实巴交地解释道："因为这里除了国君，就只有伺候的丫鬟、嬷嬷，还有国君的后宫才能进的呀。"

闻言，顾词眉眼一弯："既然如此，也不是完全没办法进。"

颜国君震惊地瞪大圆溜溜的眼睛，就这么盯了顾词一会儿，她微微踮脚，把手放在嘴边做悄声说话的姿势，万分惊讶道："你是想扮作丫鬟吗？但是你太高啦，丫鬟的衣服没有合身的！"

顾词表情微微一滞。

不知道为什么，颜国君觉得自己从公主身上感受到了类似于失语的情绪。

半晌他才恢复如常，看着她重新说道："陛下，我没有那种癖好。"

颜国君心里是说不出的失望，眼巴巴看着美人的脸，心里想：你就算有这种癖好也没关系的，我倒希望你能有。

但她还是十分认真地询问："那你刚才说的是什么方法？"

公主定定看了她一会儿，眼睛里像是有很多情绪，说的话里似乎还掺着若有若无的叹气。

"不急，以后再告诉您。"

颜国君回去之后，将奏折一一翻出来重新批阅，并且在第三日的早朝上对大臣们传达了公主的意思——并没有与他们和亲的意思。

虽然有些对不起大臣，但这确实是她有史以来最快乐的一个早朝，这件事也是她宣布得最畅快的一个消息。

大臣们摇头叹气了一会儿，直呼无缘，但却都没有再说什么，也并不想再次尝试——

熊猫天性如此，包括同种族之间的追求也是一样，只要表示了一次心意，对方不接受，那么熊猫会立刻原地放弃。

——得不到的话，那就不得了。从不强求，因为懒得强求。

颜国君心里的大石头消失了。

在这之后，她几乎每天都去找公主词，最开始的几天还会矜持，还会想，自己身为一国之君，总去找他，会不会太丢脸了呢？

小玛就在旁边煽风点火："什么呀陛下！小麻告诉我了，您每次去找公主，他心情都很好呢！"

颜国君想了好久："……小麻是谁？"

因为宫里丫鬟太少了，每一个上任的和辞职的她都记得，但确实没有这么个名字。

小玛笑嘻嘻道："哎呀，忘记跟您讲了，我最近跟笋国使团的丫鬟已经结成了好姐妹，我们性格相似，连名字都很像呢——我叫小玛，她叫小麻——就是那个麻花的麻！"

然后小玛又兴奋地给颜路清讲了许多从小麻那里听来的趣事，其中不乏让她心情愉悦的，比如"公主小时候就对熊猫这个物种十分感兴趣""小麻在公主房间里发现过熊猫画像""公主长这么大从来没有通房丫鬟，从来没有关系过密的女笋，笋国国王问过他的婚配意愿，他也表示不着急"……

除了私生活，还有顾词全方位的信息，比如"因为从小生病身体不好，虽然外表看不出来，其实公主武功了得""在笋国，如果国王有什么事情拿捏不下，是要找公主参谋的""公主的国民度比国王高多了，画像可以拍卖"……

颜路清觉得如果自己亲口问顾词关于他的事情，他也会告诉自己，只不过不可能像小玛说得这么详细，这么夸张。

可是她发现，她好像更喜欢听夸张版的。

从别人口中听到他的事迹，听别人夸赞他有多优秀，竟然也是件十分开心的事情。

日子一天天过去，距离熊猫国君生辰过去半月有余，某日，颜国君照往常一样，糊弄了没有几个人醒着的早朝便前往御书房。

颜国君哼着曲儿到御书房门口，看到案上没有奏折，本来准备打个卡就走，但没想到一转身，便看到了同样下了早朝的风鸣。

自从笋国使团来了之后，风鸣是接待使团的主要人物，有且只有他一个，毕竟也没有别的熊猫可以担任这个任务。

不仅要接待，风鸣还要跟使团洽谈不少事宜。颜路清知道这件事，但是她懒得询问具体内容——她怕她问完，今后工作风鸣都得叫着她。

正因如此，风鸣十分忙碌，已经挺久没有给她上奏折催婚或是在早朝之后来御书房教育她了。

风鸣对她简单地行了个礼，而后依旧是用那张面无表情的冷脸看着她，开门见山道："陛下近日跟公主玩得可好？"

颜国君难得地动起了脑子，慢吞吞地开始分析假如她说好和不好，风鸣会问她些什么。

但还没等国君分析完毕，风鸣又继续问道："您无须多言，臣全部看在眼里，近日来您和公主单独相处的时间越来越多，每日递增，可见你们感情非比寻常。"

以前被风鸣说自己和异性的事情，国君都是气恼的模样，此时被点破，却几乎要被羞耻淹没，脸颊浮上了淡淡的粉色。她甚至开始结巴而生硬地转移话题："你、你来找我有事情吗？"

"臣不是正在说吗？"风鸣道，"既然感情非比寻常，陛下可曾考虑过臣曾提议过的和亲一事？"

颜国君头顶的耳朵腾地蹦了出来。

——她难以置信风鸣竟然把这件事说得如此轻易，这可是她的终身大事！是公主词的终身大事！

但是一边这么斥责着，颜路清脑海里却一边闪过许多自己跟公主词相处的画面。

他教她编花环然后给她戴上的时候，他靠在树上用柳叶给她吹小调的时候，带着她用石子在湖面上弹弹弹的时候。

他对她说话的样子，对她笑的样子，眉眼弯弯的样子，叫她陛下的样子……每一帧每一画都像是刚经历过一般清晰。

颜国君觉得，既然风鸣十有八九已经看穿了，那她似乎也没什么撒谎的必要。

她垂下视线，看着桌案，轻声说："我是喜欢公主的。"

"……"虽然公主的意图早已十分明显，但风鸣一直觉得陛下是永远都不可能主动理解这些事情的，他没想到她竟然承认得如此干脆。

这是风鸣第一次在国君面前说不出话来。

御书房内一时鸦"熊"无声。

过了一会儿，颜国君又道："不过，虽然喜欢他，但你说的和亲还是不行。"

风鸣回神："为何不行？"

颜国君抬头，奇怪地看着他："因为我是国君啊，国不可一日无君——"

"您多虑了。"风鸣忍不住出言打断她，说得十分诚恳，"也许别的国确实不可，但熊猫国可以无君。"

熊猫国君："……"

岂有此理！

成何体统！

这简直是奇耻大辱！

颜国君想要斥责风鸣，声音到了嘴边却发不出来，她想不到自己有什么有力的观点能够反驳他。

熊猫国确实不怎么需要国君——她虽然因为长相可爱，被民间喜爱，以她的本体做出的小挂件十分畅销，但本质上，她这个国君当得无非是一个废物国君带着一群废物子民一起废物罢了。

虽然如此，颜路清还是很不服气地开了口："可是——"

不等她说，风鸣反倒先退了一步："也不是非要您和亲远嫁。"

"嗯？"

"臣此番前来，还有一件更重要的事要禀告，"风鸣道，"笋国使团来我国为期一月，目前行程已过大半，不日便要动身离开。"

——听到"离开"两字，颜路清像是突然被点醒一般，整个人一呆。

她最近过得太快乐，甚至都没算过距离自己生辰过去了多少日子，只觉得下了早朝就去见公主可真开心，跟他在一起可真开心。

都没想过……他是远道而来，终究还是要回去的。

不给她反应的时间，风鸣又道："臣翻阅史书，发现上面曾记载了数十年前笋国的一次来访。"

颜国君愣愣追问："……然后呢？"

"据史书记载，当时笋国使团来熊猫国一月有余，与熊猫国君相谈甚欢，临走时，熊猫国君一路陪同笋国使团到了边境，在使团的邀请下，又去了笋国拜访——此乃熊猫国和笋国间的一次友好交流。"

风鸣从袖子里掏出奏折，放到了颜路清面前："臣认为，您该延续史书上记载的友好交流，随使团一同前往笋国，加深两国友好情谊。"

颜国君刚才变灰的小心情顿时明亮起来。

拿起朱笔，在奏折上批了个——"准。"

熊猫天性懒惰，颜国君出生以来，除了还不到十岁的时候跟着风鸣去过一趟笋国，之后再也没有踏出国门一步，甚至连城门都没出过。

9月中旬，她随着笋国的马车一起出发，经历了熊猫生中第二次出城门。

此番上路，颜国君身边伺候的也全部跟着，好在本来就没多少，加在一起也不算累赘。他们跟笋国使团乘一驾马车，颜国君和公主词乘另外一驾马车。

笋国不愧是强国，马车的质量看起来比熊猫国强了好几个档次，里面还处处散发着竹子的清香，颜色也淡雅翠绿，十分好看。

而公主词的气质也相当适合这样的环境，颜路清一边喝着竹叶酿的酒，一边一眼一眼地瞄着身边的美人，好不惬意。

她陶醉地眯了眯眼睛："这酒是怎么酿的？真好喝。"

"陛下想学？"顾词笑了一下，"我可以教您，但有些复杂。"

颜国君晃了晃神，突然反应过来，睁大眼睛惊讶道："这是你酿的？"

"嗯。"他还是那种波澜不惊的表情。

可熊猫国君十分不理解这种现象："你怎么什么都会？你哪来的时间学这些事？"

这话由一只熊猫说出来，就显得十分好玩。毕竟这是种只爱吃吃喝喝、只顾活着和可爱的生物，对于顾词这种存在，自然只能发出这样的感慨。

顾词勾了勾唇，慢条斯理地说："在还没认识陛下的时候。"

……

熊猫国与笋国接壤，从皇城到笋国，乘坐马车大概需要五日。

大概因为几只熊猫加入了笋国使团的队伍，让精英们也沾上了废物的味道，他们一路走走停停，这哪里是赶路，几乎称得上是游山玩水，十分愉快的旅程。

行程过半时，有一段路必须从山间经过，虽然有一定坡度，但并不危险，且山脚下也是许多熊猫生活的地方。众人翻过一座小山后准备歇脚，谁都没想到，在这中途竟然出了差错。

颜路清很喜欢公主词的马车，因为里面香香的，是她最爱的味道，在里面睡觉简直快活得像个活神仙。顾词没事的时候都会在里面看书陪她，有事则会跟人出去谈事，免得吵到她。

这天，顾词在山脚的客栈里偶然遇到了笋国大臣，对方认出了顾词的马车，激动得说话声音很大。颜路清迷迷糊糊间听到，刚要睁开眼，便感到眼皮覆盖上来一只凉玉一样的手，还听到清润的声音："没事，继续睡吧。"

声音好像有安眠作用，之后颜路清真的立刻睡了过去，耳边也再没了吵闹。

可当她再次醒来，是后脑勺撞到了什么硬物，被生生疼醒的。

颜路清手摸索到自己的脑袋上，似乎没出血，她迅速睁开眼睛，发现自己仍然在马车里，只不过整个人像是皮球一样在车厢内被颠来颠去，除了后脑勺有点儿疼，还有点儿想吐。

虽然不知全貌，但颜路清大概感知得到，自己现在正在上坡途中。虽然颠簸，但前面拉车的马不像是失控，更像是有人在上面驱使，颠簸只是因为山坡十分不平，且速度太快。

颜路清勉强维持平衡坐起来，伸手碰到了一旁的窗户，微微用力一推开，眼前却晃过一道熟悉的雪白的影子，以及他手中十分刺眼的剑光——

公主词！

要不是下一瞬间就失去了平衡跌回软榻上，她一定会兴奋地喊出他的名字。

马车突然速度变缓，前面传来刀剑碰撞的声音。

颜熊猫向来是很胆小怕事的，但大概因为坐在公主词的马车里，觉得颇有安全感，又看到了美人执剑的模样，十分兴奋，她脑中并没有太多空余的情绪分给害怕。

颜国君笨手笨脚地再次趴在马车的窗沿上，她距离车前有一段距离，但能看到顾词的身影。他穿着一身白，驾马车的人则是一身黑，颜路清看不清他们的动作，但她能分辨得出谁占上风——不断发出惨叫的是黑衣人，但尽管被打得节节败退，却仍然没有收手的意思，似乎想拉着顾词缠斗到底。

他这样做的目的很快显现——

不管是颜路清还是来到异国他乡的顾词，对此处地形都毫不了解。

电光石火间，顾词突然朝着她的方向看了一眼，颜路清微微一愣，也随之看到了他的身后。

她忍不住睁大眼睛。

还有几十米的距离，后面空茫茫的一片，像是……她虽然没亲眼见过，但却在书上读到过的悬崖。

不知道他用什么方式摆脱了黑衣人，一个呼吸的时间，顾词便出现在她面前。

颜路清第一次见到公主拿剑的样子，他脸上沾了别人的血，漂亮的眉眼冷峻至极，是极具冲突的美。

好像一切都发生在一瞬间。

他简单地用剑柄将窗户别开，颜路清在刹那间明白了他的意思，立刻把手伸出窗外——下一秒，她眼前一黑，感到自己先是失重，而后被卷到了一个怀抱里。

耳边是极为响亮的猎猎风声，她好像听到有利器刺入皮肉的声音，又好像没有。

颜路清觉得自己似乎晕了一会儿，眼前空白了好久，但她的双手仍然下意识死死抱住搂着自己的人。

等从眩晕中缓过来，睁开眼睛，她发现自己已经脚踩实地了。

耳边传来熟悉的轻笑声："原来这不是悬崖……"

颜路清眼前逐渐清晰，面前说话的正是刚才执剑的美人。

"只悬空了一段距离，下面便是山坡……"美人还是那么惊艳，跟刚才与黑衣人交手时判若两人，他轻声感慨，"真是托陛下的福啊。"

颜陛下张了张嘴，正想说点什么，顾词却先一步开口，给她讲那个黑衣人可能的来历，是冲着他还是冲着她来……但颜路清一个字都没听进去。

她突然注意到他左肩上的一抹红色，似乎还在扩大，不断蔓延。

她瞬间想到自己在他怀里听到的那道声响。

眼泪突然毫无征兆地涌了出来。

熊猫国君很少掉眼泪，虽然活得废物，却实在废物得太舒心了。她也不知道自己的眼泪可以说来就来。

颜路清听到美人叹气："早知如此，就穿黑衣了。"

而后没几秒，自己的眼皮再次覆盖上熟悉的手掌，只是比不久前温度要低得多。

颜路清眨了眨眼，眼泪都挤到了他的手指间，美人又解释那个人扔暗器的手法十分粗糙，只是刺破皮肉而已，还说："他们很快就会找来，没事。"

她还是哭，并且还是头顶着两只耳朵在哭。

又过了会儿，美人决定不说有的没的了，无奈哄道："陛下，别哭了。"

他说话的语调总是很温和，听起来简直如沐春风，而他嗓音里还带着淡淡的冷调，中和在一起，十分特殊且极为悦耳。

颜路清没说好，也没说不好，她抓住他覆盖在她脸上的手，感受了一下温度，仰起头，声音嗡嗡地问："你很冷是吗？"

顾词像是愣了一下，本来准备否认，但又想知道她问这句话是为了什么。

他点了头："嗯。"

颜路清就往前走了一步，然后小心地把胳膊从他腰间伸过去，脸贴在他胸前——就这样结结实实地抱住了他。

怀里的人微微僵硬，好像过了很久，他才出声询问，声音又低又轻。

"陛下，你在干什么？"

"抱抱你呀。"国君理所当然地答，她吸吸鼻子，认真地说，"我们熊猫身上很暖和的。"

熊猫国君的脑回路其实一直很简单，在马车上被颠醒的时候，她虽然有危机感，但更多的是一种类似于没有求生欲的咸鱼"躺平"状态——这一切还得归功于她身上纯正的熊猫血统，以及熊猫国。

她从小废物到大，最爱吃素、吃竹子，从不杀生，是真的手无缚鸡之力，对这种突发情况又能有什么措施呢？只能勉强摆个好姿势，让自己死得体面一点。

不过即便她能坦然接受即将到来的危险，脑海里还是浮现出了一张极为好看的脸，雪肤黑发，淡色的嘴唇，微微上扬的眼，每次笑起来就让她有种飘飘然的不真实感。

是公主词啊……

她当时想着公主词的脸，心里直叹气：真可惜呀，好不容易活这么多年喜欢上谁，却因为身居一国之君的高位，没法告诉他。早知道会被歹人暗算遭遇不测，干脆告诉他就好了！死前说不定还能逍遥一会儿。

而当她脑海里的人出现在她面前时，颜路清除了惊讶，更多感受到的是第一眼看到他时的视觉冲击——

白衣胜雪，从她眼前飘过的速度像是她的心跳一样飞快，颜路清满眼都是美人手里拿剑的模样，实在太惊艳，连他与人打斗都是享受，下一瞬才开始专注观察他的一举一动。

——所以现在抱着他，也是本能的举动。

山谷里的风猎猎作响，带着9月初秋的凉意。

颜路清刚才说的确实是实话，熊猫本体就有厚厚的、软软的皮毛，除了冬天，她身上总是很暖和。

而顾词和她完全不同。颜国君生辰月是8月，盛夏，就连在那会儿他体温也总是凉凉的，颜路清一直觉得靠在他旁边，自己都能变清凉许多。

她本以为这是笋国人的特性，可接触后才知道，笋国其他人不仅经常热、流汗，身上也没有顾词那么好闻的味道。

只有公主词最特别。

他大概是因为刚才的打斗，体力消耗，伤口出血，虽然抱着她"飞"下来的时候很稳，说话也依然是平时的语气，但是体温真的很低很低，脸色也不怎么好看，白得近乎透明。

刚才感受到他手掌的温度，她一下子觉得好愧疚。之前听小玛讲的各种小道消息，说他生病了很多年，去年还被下过毒，一向"佛系"又咸鱼的熊猫国君气得都想画小人诅咒那些伤害他的人。

但是他却因为要救自己而受伤了。

颜国君想着想着就哭了出来，哭着哭着就抱了上去。

由于身高问题，也怕碰到他后肩上的伤，颜路清是从他腰间环着抱上去的，她想，公主腰真细啊，真像是又瘦又漂亮的竹子。

两人沉默了好一会儿，还是颜路清吸吸鼻子，先开口问道："你觉得暖和点了吗？"

顾词停顿几秒，回应她的声音微微有些哑："嗯。"

"陛下……"

她听到顾词微微提气，吐出这两个字，似乎是要说什么，而还没等他说出下文，两人耳边却传来一些更为嘈杂的声响。

"公主——！"

"陛下——！"

笋国的人员果然个个是精英，公主说他们很快便会找来，他们真的只比他慢了一会儿。不知道是顾词留了记号还是怎样，一群人很快就穿越层层障碍到了两人面前。

他们是先行的一批，后面还有驾着马车的一批人，马车上还带着行动懒散笨拙想跑都跑不动的熊猫国众人。

马车里面十分宽敞，虽然不如掉落山崖的那驾看起来精美，但大小是一样的，两边面对面的座位，一侧坐着熊猫国君和她的废物丫鬟侍卫们，一侧坐着公主词和笋国随行的精英们。

对于这件事的处理，两国画风截然相反，顾词身边的人分工明确，随行医官给他简单处理伤口、把脉，而另外还有人低声汇报对于这次事件的猜测——黑衣人是谁派来、冲谁而来，他们已经列举了数种可能的情况。顾词神色淡淡地垂着眼睛，偶尔应一声。

反观自己这边——

熊猫国君身侧的大黑在自责，小玛一直在抹眼泪，小黑则是一边眼眶湿润一边自责……除此之外，再无其他。

熊猫国君突然陷入了深思："……"

其实小黑大黑曾经都十分优秀，是熊猫国年轻熊猫里的佼佼者：大黑十分有管家头脑，小黑脑袋虽笨，却是熊猫国武林第一高手。

但是……熊猫国没有事务需要大黑处理，从来没有刺客需要小黑捉拿，两人就渐渐退化了，基本上已经成了废物。

等笋国精英汇报完毕，颜路清身边自责的熊猫也自责完毕，马车内陷入了短暂的安静之中。

她之前有些神游，不好意思在众人的注视下盯着公主，下意识地微微低头，视线正好看向他的手。

此时颜路清又稍稍抬眼，没承想一下子撞进了他的视线里。

——他也在看她。

总是平稳的心又开始胡乱跳动，颜国君愣愣地看着公主朝自己微笑，启唇，还没等说话，身边几个废物突然拔高声音朝着他跪谢——

"公主大恩大德没齿难忘！"

"多谢公主殿下救陛下之恩！"

"呜呜呜呜我们国君这么废物，我以为我要看到她冰冷的尸体了，谢谢公主救命之恩啊！"

"……"

颜国君内心极度复杂，闭了闭眼，尴尬得不知道说什么才好。

正当此时，却听到公主温和的声音响彻车厢："不谢。"

他朝着颜路清看过来，旁若无人地盯着她，嘴角挂着浅浅的笑意，缓缓说——

"她也是我的陛下。"

客栈房间内。

"……我们公主真这么说了？说'她也是我的陛下'？小玛你可别'驴'我！"

"我怎么会拿这种事'驴'你啊！再说了，我'驴'得出这么好听的情话吗？"小玛着急，"你快说啊，你们公主到底什么意思？"

"哈哈哈哈哈哈哈哈！"小麻恨不得仰天长笑，"当然是非你们陛下不可的意思！"

"……"

颜国君到了客栈，跟顾词一起吃了饭，而后分头进了房间休息——他们住的是客栈最好的房间，门对门。

沐浴过，也换过衣服后，颜国君躺到了床上。

熊猫这种生物，一般受到了刺激或者危险之后，只要一脱险，精神一放松，要做的第一件事就是睡觉。

按说应该沾枕头就睡着的。

颜路清竟然辗转反侧，失眠了。

她不是不困，她很困，哈欠连天，眼泪流了不知多少行，但就是睡不着，就是满脑子都想着一个人。

于是遵从本心，颜路清敲开了公主的门。

她不知道的是，从她推门开始，周围房间里的"猹"们全都竖着耳朵在听动静，纷纷扒到了门框上，只为了捕捉一丝一毫的声音。

敲了三下，门便从里面打开。顾词的身影从门后显露出来。

他换了身白色单衣，领口松散，什么装饰都没有，显得随意又慵懒。似乎刚洗完澡，长发微湿，仿佛连眼睫都还沾着水汽。

颜路清照惯例在心里赞叹了美貌，而后反应过来什么，震惊不已："……你为什么碰水沐浴！"

美人闻言靠在门框上，看起来更慵懒了。两人这样对视，一个在门外，一个在门内，一个紧张关切，一个孱弱诱人，像极了风姿绝世的花楼头牌邀请可爱懵懂的正道国君进房的场面。

花楼头牌抱臂问她："为何不能碰水？"

颜路清："但是你伤口——"

话没说完，便被他接了过去。顾词缓缓点头："对啊，伤口过大，失血过多……"而后微一停顿，又对她轻挑眉梢，"所以，陛下是来看望我的？"

颜路清满脑子只有他在讲"伤口过大，失血过多"的时候，那似乎变白了的肤色，以及有点脆弱的眼神。

"……是的。"她承认了自己的来意，声音变小，抬头看他，小心翼翼地问，"你伤口很疼吗？我可以进去看看吗？"

其实顾词是故意说得很夸张，他反应极快，武功极高，要不是当时怀里抱着颜路清，压根不会被击中。尽管抱着她，那利器的冲力也被他卸掉了十之八九，留下的这道划伤多深多长在场的人都看到了。笋国几人不敢置信地在房间里面面相觑。

——我没听错吗？

——这是公主？

——公主虽然叫公主，一直都超牛的啊，他以前比武切磋之后受小伤都没用我们包扎过！这是怎么了？

几人是顾词的手下，自然都是机灵聪慧的人物，眼神交流了一会儿后，他们恍然大悟的同时，十分悲痛地认识到一个事实：笋国怕是要失去唯一的公主了。

颜路清进了顾词的房间，发现跟自己房间的摆设完全一样，唯一不同的是这里被他待过，也有了他身上那种香味。

她确认过顾词的伤口，发现那里的包扎并没有任何被沾湿的迹象，也没有渗血，她大大松了口气。精神再度放松，在顾词的房间里，她突然感受到了极度的困意。

不过虽然困得不行，她也知道自己不能睡人家的床，便一直强撑着眼皮问东问西，问他是不是真的没事了。

顾词看出了她的困倦，却想了想，说："还觉得冷。"

嗯？又冷了？

以颜路清的脑回路，自然想到了以前做过的事情，冷——那就抱抱他。

顾词倚在窗边，于是她从椅子上站起来，朝着他走过去，再次动作顺利地搂住了他。

她耳朵贴着顾词的胸膛，听到那里微微震动，头顶传来一声他的轻笑："只要我冷，陛下就抱我吗？"

颜路清想了想，这话没什么不对的，于是她点点头："嗯。"

顾词又笑，再次提问："除了取暖，陛下没有别的意思吗？"

颜路清被问得愣神。

没有别的意思吗？

那怎么……可能呢？

她睡眠质量那么好的人，却在生辰之后天天梦到他。刚才就因为惦记他，觉得睡不着。

可她不知道该怎么给他讲这种感觉。

她不知道自己讲完之后，他会不会觉得冒犯，会不会让她连笋国都去不了，直接打道回府重新回到皇城，从今以后再也见不到他。

熊猫国君沉默了。

她犹豫迟疑之间，手臂也一点一点地自然松懈，拥抱的姿势很快便要瓦解。

下一秒，却有只手覆上她的后脑——

270

颜路清回过神来，刚抬眼的瞬间，望见顾词正低下头，两人的距离一下子拉到极近，她的额头印上了凉凉软软的触感。

——他吻了她的额头。

意识到这一点，颜国君整个脸都变成粉嫩的颜色，两只毛茸茸的小耳朵噌一下就从脑袋顶冒出来了。

她睁大圆溜溜的眼睛，一句话也说不出来。

顾词看着她的反应，眼里含笑，一边摸她的头发，一边温声问："陛下觉得我冒犯了您吗？"

国君竖着小耳朵摇摇头。

顾词笑容加深，声线更加温和诱人，低低地问："那您觉得如何？"

"我……"颜国君脑海里飘过无数想法，又好像一片空白，她手还搭在公主的腰上，清晰地感受到他身体的轮廓，额头被他亲的地方像是灼烧起来一般滚热。

她忘记了所谓的国君身份，忘记了他们不是一个国家的，忘记了所有——只记得自己是那样清晰地喜欢他。

颜路清郑重其事地看着他，像是在说什么誓言，一字一顿地说："我会对你负责的。"

"……"

他亲了她，她说会对他负责。

笋国公主从未被别人出言惊到过，却在某只熊猫这儿栽倒许多回。

顾词愣怔几秒，缓过神来，笑着问她："陛下想怎么负责呢？"

"自然是和亲——"说完这几个字，颜路清像是被突然点醒一般，醍醐灌顶的模样，转而表情变得十分悲痛。

"对、对不起……"熊猫国君的情绪波动很大，眼泪说来就来，盈满眼眶，十分委屈地说，"我忘记了，我是一国之君，是没法对你负责的。"

"……"

简直说不清心里什么滋味。

赶在她眼泪落下的一刹那，顾词用手指刮了刮她的眼下，蹭掉泪珠，又低头，像是吻额头那样吻了吻她的眼睛。

"和亲，又不是要你离开这里。"

颜国君愣愣抬头："那……怎么和亲？"

他简单吐出两个字："我来。"

颜国君有点儿傻眼："什么？"

顾词背后是窗外的夜晚，月色在他身上倾泻而下，给他整个人镀了一层银白的光，秀美绝伦。

"我刚才就说过了，"他垂着眼睛，声音温柔地在她耳边道，"你是我的陛下。

"你继续做你的一国之君，你是哪里的国君，我就去哪里找你。"

熊猫国和笋国要联姻了！

是熊猫国有史以来最可爱却也最废物的国君，跟笋国最漂亮也最全能的公主！

这个消息一经发出，先是迅速传遍了两国，紧接着也传遍了其他国。

几家欢喜几家愁，一直虎视眈眈觊觎熊猫国丰饶土地的国家简直恨得牙痒痒，所有入侵计划一举作废。熊猫国举国欢庆，笋国痛失宝贝公主，一片悲戚。

熊猫国这里是毫无阻碍，唯独笋国国王那边遇到点麻烦：国王早就想传位给顾词，假如公主去熊猫国和亲，此举便再不可能实现。

顾词找到笋国国王，直截了当地说："父王，我志不在此。"

毕竟看着他长大，国王一看他的眼睛，就已经知道了他已决的心意。

国王是个洒脱的性格，做事随性，要不也干不出封皇子为公主的事儿，他想到自己年轻时的情史，叹了口气，挥了挥手说："罢了，带她来见见我吧。"

颜路清一直对于公主"远嫁"熊猫国一事觉得心虚，得知笋国国王不同意这件事之后，便十分紧张，但没想到，顾词从他父王的宫殿回来，自己等来的竟然是笋国国王的约见。

国王跟公主词是完全不同的性格，说话像个老小孩，颜路清身边没有这样的长辈，不知不觉就跟他拉近了距离，说话也变得肆无忌惮。

国王喜欢喝酒，颜路清也喜欢，两人一杯接着一杯地喝，公主词就在旁边给两人倒。

颜路清终于忍不住问出了自己从小疑惑到大的事情："您为何从

来没想过……"她顿了顿,把"攻打"换了个委婉一点的词汇,"收服熊猫国呢?"

毕竟那是块宝地,十分富饶,占领土地的熊猫们又毫无战斗力,别的国家都眼馋得不得了呢。

笋国国王笑了几声,才说:"收服熊猫国?那岂不是直接灭了熊猫?

"熊猫这么可爱的生物,说灭就灭,不好吧,会遭天谴的,"笋国国王想了想,又说,"而且熊猫你不去管他们,他们自己都可能会把自己搞濒危,我们面对这种弱小群体一向都秉持能帮一把是一把的原则,所以你大可放心。"

"……"

民间传说是真的!笋国当真是个有涵养的强国!

两人大婚的日子定在新年伊始。

熊猫国君对新年第一天有种别样的喜爱,她喜欢,笋国公主就无脑支持,文武百官们算了半天也没算出这个日子有什么不好,最后便一锤定音。

颜国君从小就觉得自己挺幸福的,但在今年的生辰遇到公主词之后,觉得以前的生活瞬间变得十分黯淡,现在的生活才叫前途无量,一片光明——

虽然未婚夫妻不可同房,但是没有人管他们呀,颜国君每天在美人的怀里醒来,早朝美人陪着上,奏折美人给批,一日三餐美人给喂,她在美人身边要宝卖萌,躺在美人的腿上晒太阳。

偶尔,还得顺着美人的要求化为本体,让美人胡撸毛。

幸福得原地升天。

大婚前夕,笋国王侯贵族纷纷来到熊猫国。

因为笋国人貌美俊秀的基因,花痴的熊猫们放弃了最好看的公主,却又看上了其他好看的笋国贵族。而熊猫天性里的懒、蠢、萌也似乎对笋国精英有奇异的吸引力,于是这场婚礼又无意间促成了两国间不少良缘。

婚礼那天,熊猫国君怕自己的爱妃身体不舒服,一直没让顾词碰酒,她拦下了所有的酒,最后喝得半醉半醒,晕晕乎乎地被爱妃抱着进了洞房。

盖头原本是在她头上盖着的，但在酒席开始前她就让爱妃给自己掀了下来，进了洞房，颜国君拉着爱妃硬是玩了给爱妃掀盖头的游戏。

　　她看着爱妃一袭红衣，衬得皮肤更白，嘴唇也像是有了艳色，清冷漂亮的眉眼含着淡淡的笑，爱妃一句话没说，她就受不住美人诱惑，直直往人身上扑。

　　颜国君抱着爱妃，在他耳边念叨："你生是本君的人，死是……"念着念着，国君突然一顿，"啪"一下捂住自己的嘴，郑重否认道："不对，公主词才不会死呢，公主词长命百岁！"

　　她的爱妃缓缓笑开，温声说："那得要陛下也长命百岁才行。"

　　"嗯？"颜国君理解不了，"为什么？"

　　公主词却没答话。

　　他凑过去吻住了她，从唇角到唇珠，舌尖温柔地探入纠缠，一边吻，一边动作轻柔地解开她头上的烦琐发冠。

　　颜路清渐渐躺倒，视线触及一侧的画像，忍不住拍拍画上的本尊："你看那幅美人图。"

　　"那是我抠了好几个月的零花钱买下的，"颜国君恨恨地说，"上面画的就是你这个祸水。"

　　祸水对着她笑，笑得她脸红红的，忍不住去摸摸他的眼睛："我严重怀疑，当时看了这幅美人图，我就喜欢上你了。"

　　说完这话，颜国君又皱了皱眉："等等！我们都大婚了，我想起来你好像从来没对我说过'我喜欢你'这四个字。"

　　确实没说过。

　　但是他给她作了无数情诗，用了无数次其他更美好、更缱绻的说法表达这种情感，可不知为何，颜路清唯独钟爱最白话的告白。

　　她撒娇："你说嘛，我不要那些听不懂的诗，我就想听你说这句。"

　　美人叹了口气，无奈又纵容地亲了亲她的鼻子，近距离地看着她的眼睛，轻声说："我喜欢你。"

　　颜国君幸福感直接登顶。

　　然而还没完，与她贫瘠的词汇不同，红烛摇曳中，她听到她的美人又用那诱人的嗓音说："我喜欢你，一生为期。"

后记1

婚后的某天，颜国君记起自己从未跟他讨论过的问题，突然好奇问道："对了，你什么时候喜欢我的？"

她的爱妃笑得意味深长："很早，比你更早。"

笋国只有一位公主，在一场早年笋国内部变故中，不小心遭受波及，身体很差，宫内上下都对其百般小心。

但没有人知道，他曾在少时养病期间，遇到过一只幼年熊猫。

当时熊猫国来访，顾词因为身体孱弱，没去参加宴会，他的院子里却进来了一只熊猫。

那只熊猫体形很小，长得异常可爱，不知道从哪里，也不知道为什么跑到了他的院子里。来了也不进屋，就在他门前仰躺着晒太阳，他院子里的侍卫都得躲着走。

有第一次，也有第二次。

每次她来，没过多久就会被一个姓迪的嬷嬷抱走，那个嬷嬷还会三番五次地道歉，说："实在抱歉，她从来不这样，大概是喜欢您这个院子里的味道。"

味道？

这院子除了药味还能有什么。

顾词当时想，真是个品味奇怪的熊猫。但这玩意长得还算可爱，也不干别的事情，所以他也并没有禁止她来。

过了一天，顾词从侍卫那里听说，见国王的是熊猫国的一位大臣，名叫凤鸣。这倒是十分稀奇，于是他想了想，问："熊猫国无主？"

侍卫难得沉默了一会儿，似是百思不得其解，但还是告诉他："熊猫国的主……此时正在您院子里晒太阳。"

"……？"

熊猫国来访据说要待一个月。

而他们国君天天来找他报道，每天都往他门前一躺，露出白白的、圆圆的肚皮，晒够了便由她的嬷嬷抱走。

不知是不是凑巧，从她来的第一天开始，顾词的身体状况便开始好转。没过几天，他第一次走到门边，为了配合她的海拔，直接坐在了门槛上。

第一次近距离观察她。

短短的四肢，圆圆的脑袋，黑白的配色，毛茸茸的肚皮，整个身体看起来很小很软。

这是他第一次见到活的熊猫，书上记载，这玩意出奇地懒，却也出奇地招人喜欢。

顾词只看出了第一条，并没感受到第二条。

他对着晒太阳的小熊猫笑了声："熊猫国未来堪忧啊。"

某天温度降低了几摄氏度，对别人来说不算什么，但体质原因让顾词对温度十分敏感。

他应该关门的，但看到熊猫躺在门口朝着里面望，扶着门的手又忽地停住。

顾词再次走到她旁边坐下，有些好奇她的毛发在这样的天气里是什么温度，为什么她看上去仍然这么惬意。

"你不冷吗？"他没指望熊猫能听懂，随意问了出口。

顾词准备起身离开并且关门的时候，幼年熊猫突然对着他歪歪头，好像在理解他说了什么，然后笨拙地翻了个身，朝着他慢慢挪动爬过来，对着他张开短肥的爪子，圆滚滚地倒在了他怀里。

顾词愣了一下。

而后幼年熊猫继续在他怀里蹭啊蹭，爪子伸开，十分像是……拥抱的姿势。

她似乎还不会说话。

但是她用行动回答了这个问题——抱着她，像是抱着一个源源不断输送热量的小火炉，隔着薄薄的衣衫，他清晰地感受到她圆滚滚的身体每一处的热度。

无声地抱了一会儿熊猫，等他的全身都被怀里这个小火炉暖热，顾词发现她再次在怀里动了起来——熊猫在他怀里抬起头，用藏在黑眼圈里的大眼睛盯着他，再次歪了歪头。

他又是一愣。

用天才的大脑分析了一下，顾词试探着说："……不冷了。"

幼年熊猫突然对他咧嘴，十分可爱，像是在笑。

从那之后，这只幼年熊猫再也没躺在地上晒过太阳，都是躺在笋国最尊贵的公主怀里，闻着最好闻的香。

熊猫走后，笋国皇宫里总是会莫名出现极为可爱的熊猫画像。

熊猫国来访以后，每逢熊猫国君生辰，笋国一定会送上大礼。

礼物都是公主亲自选的，也是公主决定送的，可惜熊猫国君不知道，傻乎乎地在笋国国王寿辰时送礼，殊不知她送的礼全都被某公主半路拦下，从来没被国王收到过。

日复一日，年复一年。

他终于跨越山水来到她面前，见到了那个小熊猫长成亭亭少女的模样，看她接受笋礼，看她身穿王袍，眼底还是一汪清澈泉水，一眼就能望到底，一如初见。

于是熊猫国君十六岁时，笋国公主带着使团去了她的国家，像往年一样送了许多礼。

顺便，把自己也送给了她。

后记2

史书记：

熊猫国公历219年，在任国君颜路清与笋国公主顾词大婚，此后开启了熊猫国从未有过的繁荣昌盛时期，国力强盛，国库充盈，熊猫国与笋国通婚率大大提升。

但至于笋国公主为何下嫁，至今仍是未解之谜。

曾有编者私下采访公主是否被熊猫国君捏住了什么把柄，又或是受人胁迫，否则为何要如此扶贫。

公主姿容卓然，一边为颜国君绾发一边答："没有把柄，没有胁迫，是我倒贴。"

……

当时在位的熊猫国君颜路清，荣获"熊猫国有史以来最废物国君"以及"熊猫国有史以来最幸福国君"双重荣耀。

颜国君与她的公主十分恩爱，据说经常唤其名为"公主词"。

颜国君的那位爱妃公主词不仅是治国奇才，武功极高，还文采斐然，给熊猫国君写过无数情诗，被收录进熊猫国与笋国以及其余数个国家的课本中，供学子学习背诵。

可颜国君并不喜那些被收录的诗，她生平最爱的，反倒是公主所有情话中最普通也最白话的一句。据陛下口述，那句话是公主与她大婚当晚对她亲口所说，仅有八字：

"我喜欢你，一生为期。"

——节选自《熊猫国史·熊猫国君与笋国公主联姻实录》

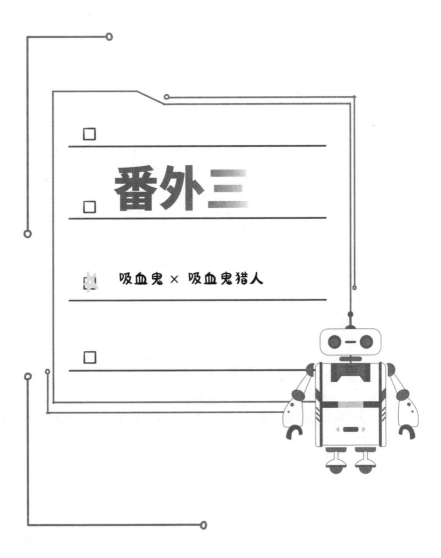

番外三

吸血鬼 × 吸血鬼猎人

1

夏日山间有着郁郁葱葱的树木，树木生长的痕迹蜿蜒出一条小道，顺着小道向前，走到尽头便是一间小木屋。

此时木屋里的桌子上摆着一小块蛋糕，形状十分奇怪，外面那层奶油像是要融化了，几乎挂不住蛋糕。

"哎……"

坐在桌边的少女重重叹了口气，勉强吞掉蛋糕，不知第多少次感慨自己的坏运气。

颜路清是在不久前来到这里的。

她来之后翻遍了屋子，通过看日记、套话、下山向周围的人打探，才搞明白，这世界竟然相当不普通，自己是个吸血鬼猎人。

但她似乎有点儿生不逢时——她是个处于和平年代的吸血鬼猎人。

血族虽然数量稀少，但有钱、有权，又有极为出色的个体能力，"吸血鬼"三个字，足以让人闻风丧胆。

据说吸血鬼本性邪恶，但外表迷人，举止总带着 19 世纪的贵族优雅，十分擅长蛊惑人心，能轻易让男男女女为其倾倒。有讲究的吸血鬼会先让人类爱上自己，玩一场爱情游戏再送人上路，而有的吸血鬼则毫无章法，毫无规律，夜晚出没，从街上抓个人过来就吸血。

为什么是据说呢？

因为这都是很久之前发生的事了。

不知为何，数百年前，血族竟然愿意与人类和平共处，承诺不再像从前那样肆意妄为，而与之相对，人类则需要每七日为血族提供新鲜血液，血族出钱买下。

不影响健康的前提下，做了体检的人类每半个月可以用一管血液换一次钱财。人类繁衍速度越来越快，久而久之，这反而变成了极为受欢迎的赚钱方式。因为时间和血量的限制，需要报名排号，许多人报名之后都得等好几个月才排得上，血液竟然供过于求。

不过血族偶尔会开个宴会，也是那种时候，他们会召集有新鲜血液的人去古堡里，现场供血。参加这样的活动，一定会影响健康，但是总有缺钱的人不断前往——

颜路清：这点倒是很能理解，他们给的实在是太多了。

总的来说，血族和人族在这片区域已经相安无事了几百年。

正因现在太过和平，所以颜路清并不知道吸血鬼猎人有什么存在的意义，她来到的这间屋里倒是挂了一堆奇怪神秘的东西，什么中世纪诡异的带血图画，什么看起来就十分古老的图腾，凭直觉猜测，应该都是跟吸血鬼猎人有关的玩意儿。

颜路清还接过一个电话，是她现在名义上的"姑姑"，电话里说，她在几天之后就会满十八岁，在她成年之后会给她安排第一个任务，随时保持联系。

电话开头就神神秘秘，挂得也非常快，颜路清都还没问出什么细节就已然通话结束。

但她当时仔细分析了已有的信息，很快得出结论：原来成年了才能做任务啊，那果然，这是个空有头衔的吸血鬼猎人。

颜路清收拾好桌子上的食物垃圾，环顾四周，发现再也没有东西可以吃了——这个屋虽然小，但各种设施还算全，就是存粮和存款少得让人绝望。

她摸摸自己的肚子，纠结再三，还是带着最后的钱推开屋门走了出去。

万一呢。

万一天上真的掉馅饼呢?

2

8月，盛夏时节，天晴得过分，太阳高高悬在空中，明亮得晃人眼睛，走路都得眯着眼看前方景物。

今天是颜路清十八岁生日。

对于那所谓的姑姑嘴里所说的任务，颜路清丝毫不慌，她此时唯一担心的就是自己该怎么填饱肚子。但是下山在城镇里转了一圈，她发现想在这个世界里谋生可真难，怪不得大家那么乐意卖血求财。

看来，只好去求助那个似乎不怎么靠谱的姑姑了。

最后颜路清买了两个面包，拿到了一瓶送的水，一脸颓废地往回走，却在上山的途中停下了脚步。

她看到不远处有一个人，一个男人。

这周围都是郁郁葱葱的树木，男人背靠着树干坐在树荫下，看不清脸，一条腿弯着一条腿伸直，明明是十分随意懒散的坐姿，却因为优越的身材比例而显得非常特别，腿部线条极其惹眼。

颜路清在脑海里感叹了数句，但脚步没停，随着距离越来越近，男人的脸也渐渐清晰。

走到树荫旁，他眉眼轮廓瞬间出现在她视野里。

皮肤是跟雪似的白色，隔着一段距离都仿佛能感受到那种冰冰的温度，头发微长，是纯粹的黑，眼睛颜色偏浅，朝着她看过来的时候莫名有种迷离的色泽。

颜路清还从没见过长得这么好看的人。

一般"眉目如画"是她认为对相貌最高度的评价之一，可此时此刻，她觉得哪怕画也画不出这样恰到好处的脸。更何况画是静态，而他是动态的。

她看着这等罕见的大美人对自己眨了眨眼，心跳瞬间紊乱——那是种近乎本能的生理反应。

然后美人的视线突然从她的眼向下移动，似乎到了脖颈的地方，他停顿下来，而后微微眯了眯眼。

那目光明明轻飘飘的，却有如实质般让人感到一阵短暂的窒息，颜路清不仅心跳紊乱，呼吸也开始不稳。

……搞什么！她明明一直对各色帅哥都毫无感觉的！室友们在宿舍传阅各种腹肌图她都心如止水，以至于颜路清最常被朋友调侃的就是：宝贝，你小时候被佛祖超度了吧？

颜路清深吸一口气，想找回那种被超度过的感觉，耳边却听到从树荫下传来的声音。

"能帮帮我吗？"

是那个雪白的美人说的。

这声音也真好听，和长相非常符合，带着清冷调，仿佛把周遭的温度都降下来不少。

但却有着较为明显的沙哑。

他的视线移回了她的眼睛上，两人对视间，颜路清似乎看到了一道偏红的光划过，又似乎从他的眼神中读出了一点……渴望？

这么热的夏天，他穿了一身黑，偏偏还一点儿汗都没有，一副有点困，也有点虚弱的样子。

联想到他刚才的求助，以及他现在的状态，她试探着问："你是……中暑了吗？还是口渴了？"

"渴了。"说完，他抿了抿唇，颜路清更加确信他这是下意识的反应。

渴了就喝水嘛。颜路清几乎没犹豫，当即就朝着他走得更近了点儿，而后微微弯腰，把手里送的水递给他："给，喝吧。"

美人近距离看更美了，他先看了看她手里的水，而后抬起细密的睫毛，眼神扫她的脖颈，才和她再次对视。

那瞬间，在这炎炎夏日，颜路清又有种莫名被降温了的感觉。

美人接过她的水，道了一声"谢谢"。

"不客气。"颜路清直起身来，这会儿稍微适应了他的容貌，说话也自在了点，她叹了口气，"说起来，我可能过了今天就会活活饿死，死前能帮到你，也挺好的。"

说完便转身要走，刚迈出去两步，她又觉得这人的状态十分奇怪，回头看他，叮嘱了一句："你记得喝水呀，别渴死了。"

渴死的话，岂不是白瞎了这样的美人？

3

颜路清买的面包让她又支撑了一天。

夜里她做了个梦，梦里全是原来世界里的美食，还都是炸鸡、烤鸭、烧烤这种香味能传好远的美食，以及奶茶这种让她无法戒掉的爱。

当然，除了美食，还有美人——虽然只有一面之缘，但毕竟他长得太过于出色，颜路清哪怕睡着的时候大脑也不愿意放过他。她在吃美食的时候，美人就在旁边坐着。

颜路清可幸福极了，这个梦做了整整一晚都没舍得醒来，第二天，她睡到将近中午时分才起床。

现实和梦境的巨大落差，让她刚起床就一阵恍惚。颜路清觉得自己像是一具行尸走肉，机械地洗漱完，正坐在桌边发呆，鼻端却突然传来一阵极为诱人的食物香气。

……是烤鸭！是炸鸡！是烧烤！是自己梦里的味道！

颜路清悲从中来：呜呜呜，已经饿得出幻觉了吗？

然而还没等她悲过三秒，房屋的门突然被咚咚敲响。

颜路清已经没心思奇怪是谁会来敲门了，她满脑子都是自己幻想出来的香味。机械地起身拉开门之后，她平视的角度只能看到这人从黑色衣领里露出的锁骨。

再一抬眼，她见到了熟悉的雪肤黑发，撞进一双浅色的眼瞳里——

那个在梦里看着自己吃了一晚上大餐的美人。

仍然穿了一身黑，靠在门框上，手里拎着一个较大的纸袋。

颜路清唰地睁大眼睛，不敢置信地看着他，她有一肚子问题想问，憋到最后问出一句："你……是来……找我的吗？"

"嗯。"美人微一点头，声音没了上次的哑，变得格外清润。

他靠在门框上，垂着眼睛，语调有些懒懒地说："来报恩的。"

4

香味不是幻觉，是从美人手里拎着的纸袋传来的。

里面确确实实都是颜路清昨晚做梦梦到的美食，分量不多不少，正好够她吃两顿。炸鸡外酥里嫩，烤鸭香飘十里，甚至还有健康的蔬菜沙拉，一桌子堪称色香味俱全。

颜路清怎么也没想到，自己会在万念俱灰等死之时，等来这样一个转机。

这就叫车到山前必有路！这就叫柳暗花明又一村！这就叫老天硬

284

要喂馅饼！

他说是来报恩，报的是她那瓶矿泉水的恩，颜路清本以为一天就完事了，可他又来了好几天，每天都在一个时间点，每天都仿佛知道她想吃什么一样，带来的食物都精准匹配她的喜好，并且味道一级棒。

真是滴水之恩当瀑布相报。

这，就是现世田螺姑娘！

颜路清觉得这都不能叫田螺姑娘了，程度太低，怎么也得给他封个田螺公主、田螺仙子才行。

在被投喂、被报恩的过程中，颜路清自报了家门，也知道了田螺公主的名字。

只不过当时他似乎很奇怪地停顿了一下，就像是已经很久没人问过他叫什么名字了，所以乍一听到，想了几秒才告诉她答案。

——顾词。

不过尽管他们知道了彼此的名字，却从来不用名字称呼对方。

颜路清在心里偷偷叫他大美人、田螺公主等外号。至于他有没有给她取……颜路清觉得是有的，只不过大美人没叫出口过。

可能是她房间里的摆设装饰都太明显，顾词来的第一天，就在她吃饭的时候阐述了一个事实："你是吸血鬼猎人。"

颜路清嘴里塞满东西，点点头："嗯嗯！我是。"

他眉梢一动，似乎闪过了一个短暂的笑，似乎感慨了一句"怎么有这么小的猎人……"，当时颜路清忙着吃，也并未在意。

投喂到第四天的时候，颜路清跟大美人越来越熟悉了——大美人的话其实很少，越来越熟悉指的是颜路清越来越放得开。

她吃饱喝足想睡觉，不小心用脚勾到美人坐的椅子腿，眼看着就要栽倒在大地的怀抱里——

下一秒，她眼前一花，栽倒在了顾词的怀抱里。

颜路清难以形容那瞬间的舒适感。

他身上有种淡淡的冷香，闻着都觉得清爽，他的皮肤温度低，好像身体里能散发出丝丝缕缕的凉气，夏天里的燥热瞬间离她远去。

颜路清被松开的时候几乎恋恋不舍。她确实想睡觉，可也想让他在自己身边待着。

所以她躺到了床上，然后问准备离开的田螺公主："你介不介意坐在床边，让我凉快一下呀？"

……

既然是来报恩的，那恩人的话自然是大过天。

田螺公主还真给她当起了人形空调。

奇怪的是，颜路清中午睡得舒服就算了，明明田螺公主下午就走，她晚上在这没空调的地方睡，却也从来不觉得热，反而凉爽适宜。

而且她晚上在山上这种蚊子肆虐的地方睡觉，屋里没任何蚊帐，身上却找不到一个蚊子包。

8月下旬的某天，颜路清接到了那个"姑姑"给自己打来的电话，没有日常关心，也没有嘘寒客套，直奔主题地给她布置任务。

说血族有个祖宗级别的人物最近苏醒了，曾在她住过的山上留下过气味，需要她今晚去看看是否属实。

"他是血族中最尊贵的一脉——也就是类似于始祖一样的存在，已经沉睡了几个世纪，上一次醒来是几百年前，要求血族不对人类发动攻击的，就是这位。"

颜路清其实有点儿不理解，准备午睡的她迷迷糊糊地回："那这不挺好的吗？这简直是个和平使者啊。"

"他一句休战就休战，谁知道这次醒来又是什么说法？要是再说一句作废，几百年的努力就全部白费。"女人语重心长地说，"我不用给你多讲，总之我们必须做好准备，吸血鬼永远都是最邪恶的存在。"

"……"

颜路清挂了电话之后，便开始环视屋内墙壁上挂着的武器，陷入了沉思。

她这段时间对于天天来投食、哄睡自己的田螺公主有种莫名的依赖感。

此时此刻，考虑到自己空有一个猎人头衔，却并不会用那些玩意儿，她便向田螺公主求助……

夜幕降临。

颜路清的第一次任务，顾词陪她去了。

除了不会用武器，颜路清还有点夜盲症，所以她晚上几乎从不出门。

这会儿虽然背着猎枪以及一系列的护身符，她也几乎是死死扒在了顾词身上，一边扒着他一边嘀嘀咕咕："祖宗呢？说好的那位睡醒的老祖宗呢？"

鬼知道那位血族的祖宗跑到哪儿去了。颜路清贴着大美人走了几个小时，一开始还有点羞涩，到最后只剩下不好意思了，山都走了个遍，没闻到一丝吸血鬼的味儿。

这山里和平得像是一座没有任何动物的山！好像除了他们俩都没其他活物似的，那些平时很吵闹的小玩意儿竟然一声都没叫过。

第一次出任务，竟然连目标都没碰上。

回到小屋里，颜路清正在往墙壁上挂武器，听到身后传来熟悉的声音。

"为什么当吸血鬼猎人？"顾词问。

田螺公主说话总是清清冷冷的调，问句也说得没有问句的波澜，与颜路清的抑扬顿挫是截然相反。

颜路清听到这问句，愣了一下。

这要怎么回答呢？总不能说她是异世界来的，被迫继承了这个职业吧。

她想了想自己看过的吸血鬼影视剧，里面的猎人都是以保护弱小为准则，于是便说了个非常中二又正义感满满的理由："大概是……为了保护那些弱小的人类吧。"

那瞬间，房间内安静了许久，好一会儿，才突然传来他的一声轻笑。

这声笑包含的内容可多了去了，"弱小的是人类还是你？""你确定？""你刚才恨不得黏在我身上那表现能保护谁？"——颜路清立刻脑补出了这些内容，脸十分热。

"对了，"她转过身来，清了清嗓子，有些尴尬地转移话题，"你觉得，吸血鬼都是坏的吗？"

顾词笑意收敛了点，看了她半响，却没直接回答，用波澜不惊的语调反问："你觉得呢？"

"当然不是了！我那姑姑说得简直离谱。"颜路清理所当然道，"人也有坏人呢，鬼还不能有好鬼了？就比如几百年前让血族跟人族友好交往的那个，我今晚的目标，那就是个好鬼！那简直就是个和平鸽！"

话音刚落，她面前的人突然比之前更为夸张地笑了起来。

原来他笑起来眼睛也会变得弯弯的，瞳孔像是闪着什么光一样，在这小破屋的小破灯光下显得流光溢彩。

颜路清看得一愣。

都说吸血鬼拥有不凡的容貌，从小看的影视剧动漫也都是这么演的，但再怎么不凡，也比不过面前这个吧。

她心里怦怦跳，抓了抓头发转移注意力，想的什么下意识就说出来了："据说吸血鬼都很好看……好可惜，我都没见过。"

顾词冲她伸手，把她前一秒刚抓乱的头发又顺回原样，笑着道："你会见到的，小猎人。"

5

出那次任务之后没几天，便到了 8 月底，大街小巷到处都有在血液收集站排队的人，因为 9 月是血族的宴会月，会把在人类里挑选的、自愿提供血液且血液鲜美的人接到古堡里，报酬丰厚，所以许多人都希望自己能被选进去大赚一笔。

颜路清没想过要凑这个热闹，她愁的是另外一件事。

——她的田螺公主不见了。

在他们朝夕相处这么久之后。

在她习惯了每天看那张惊为天人的脸之后。

在她被一句"小猎人"撩得七荤八素之后。

他！不！见！了！

不过倒也不是不告而别。

颜路清今早醒来之后，在桌上发现了一堆现金，还有一张长得很像是支票的东西，上面的 0 多得她都不敢数。

什么家庭啊？

不会真是哪个国家的公主吧？

不过……

每次给她投喂食物的时候，田螺公主就只是在旁边看着，颜路清一问，他就说自己吃过了。

但他似乎总是身体不太好的样子，明明天天都是阳光明媚，他却看起来病恹恹的，长得那么白，总穿着黑色，总皮肤冰凉。

就算是公主，他也肯定是个在逃公主。

在逃公主还给她留了张字条，就写了五个字。

——"小猎人，等我。"

大概是习惯了这段时间的生活，颜路清看着这堆钱，总有种自己老婆跟人跑了的微妙感觉。

还没等她适应自己老婆跑了这件事，小木屋的门被非常粗鲁地敲响，颜路清打开，第一次面对面见到了那个所谓的"姑姑"，以及一大帮对她来说相当陌生的人。

6

颜路清第二次执行任务，是"被迫"执行的。

她被一帮人带去验血，结果出来，她是极为罕见的熊猫血，于是那群人叽里呱啦讨论了许久，最后决定要她去报名参加自愿供血的队伍，深入敌人内部刺探敌情。

颜路清已经非常努力地表示她真的不擅长当卧底，奈何没人肯听，他们也不把她当外人，几乎是生拉硬拽地带着她去排队验血一条龙。熊猫血本就是万里挑一，颜路清相当顺利地被选中，不到半天，她就坐上了被送往古堡的交通工具。

坐在车上，颜路清再次回想起顾词的好。

田螺公主多贤惠啊，每天给她送不同花样的饭菜，大夏天的给她当人形空调，长得那么好看，还十分有钱可靠。

她不管，那就是她老婆，她已经开始想念老婆了。生活中形成了习惯，没有老婆怎么活得下去呢？

在这样的怨念里，颜路清跟着人群下车，被送到一处大厅，被抽血，又被人带来带去地走动，她都没怎么关注外界，也没发现周围的人在带着自己往前走的时候一脸的不敢置信，也没发现跟车来的大部队都在后面，此时此刻只有自己一个人在往前走。

再次回过神来，颜路清抬起头，却被周围的人吓了一跳。

此时她正站在一个十分华丽的厅堂里，油画顶，中世纪的建筑风格，在她身边围绕着一群人。

……为什么这帮穿着华丽的家伙都一脸惊悚地盯着自己？

与此同时，与她正对着的大门打开，一道清瘦高挑的身影出现在视野里，颜路清还没来得及觉得熟悉，那人就在一个喘息之间到达了她面前。

墨色绸缎般的长发，比厅内所有油画还要好看数倍的脸，眼瞳深红，肤色极白，手里拿着一只装着红色液体的杯子。

他跟这样的环境简直太搭，像是时光停止，而他从百年前而来，带着独属于那个时代贵族的优雅。

颜路清呼吸一滞。

第一反应：我老婆真好看。

第二反应：我老婆好像不简单。

她突然明白了一切——为什么他总穿着黑衣服，为什么他好看得不像常人，为什么他的眼睛会变色，为什么他能当空调，为什么他在的时候从来没有虫子困扰……

但明白之后，她却只想在心里感慨——血族的始祖，血族的老大，也就等于这个世界里的老大——我老婆可真牛！

颜姓小猎人突然抬起了自己的胳膊，白皙的皮肤上，有一块十分显眼的红色鼓包。她气鼓鼓地对着面前的人告状："我被蚊子叮了个包，又痒又疼，难受死了。"

哪怕是血族老大也不得不承认，再怎么见多识广，也无法料到某个猎人的脑回路。

他伸出手，捏着少女纤细的手腕，轻声说："真生气啊。"温度很低的手指轻轻碰过红肿周围的皮肤，然后是微不可闻地叹息，"我都没舍得咬一口。"

那模样像是有无尽的怜惜，原本只想小作一下活跃气氛的颜路清，突然就被他垂着眼睫说"真生气"的样子彻头彻尾地迷住了。

顾词松开她的手腕，另外一只捏着杯脚的手便吸引了颜路清的注意。

她看着那种颜色的液体，隐约有种预感，却仍然问了一句："这是什么？"

他嘴唇殷红，是逼人的艳色，晃了晃杯子，对着她弯唇一笑："是你的血，小猎人。"

7

吸血鬼都这么爱啃人吗？

没跟吸血鬼谈过恋爱的颜路清很蒙。

先是在厅堂的时候，众目睽睽之下短暂啃了她一口——啃的脸。

然后在那些看起来非常有贵族范儿的人们龇牙咧嘴的注目礼当中，拉着她在古堡内参观，像是带着游客来玩一样，每个好看的地方都给她介绍了个遍。

身为血族老大，宴会是要主持的，所以顾词走后，颜路清舒舒服服在他宽敞的浴室里泡了个花瓣澡，正想让自己香香地睡一觉，没想到一出门就碰到了中途退场的某人。

他竟然宴会都不参加了。

"你这个老大当得是不是有点儿——""不负责"三个字还没说出口，颜路清的话就被打断。

"能帮帮我吗？"顾词在她耳边说。

这五个字。是他们第一次见面时，他对她说的话。

好像一下子回到了不久之前，她看着那个靠着树，似乎奄奄一息的、虚弱又苍白的美人，一眼便被惊艳。

颜路清抬头看着他的眼睛，跟那时候是不同的颜色——极为深邃的宝石红，边缘微淡，眼瞳中间格外深，看一眼就忍不住一直盯着陷下去。

她也开始回忆那天自己讲了什么。颜路清脸上挂着淡淡的笑，说着跟那天一模一样的话，开口问道："你是……中暑了吗？还是口渴了？"

美人朝着她走了一步，两人距离拉近："渴了。"

下一句……到了下一句。

终于明白了，那时候为什么他嘴里说着渴，却盯了她的脖子那么久。

颜路清深呼一口气。

她有点不好意思地侧过脸，露出白嫩嫩的脖颈，脸上飞了两片红，手指点了点自己的颈侧："……给，喝吧。"

那细嫩的皮肤下的血管流淌着富有生命力的血液，隐隐散发出花的香气。顾词眼睛的颜色再次发生了微妙的变化，红得剔透无比，他单手揽着少女的腰，俯身，低头，吮吻。

颜路清已经做好了被刺破皮肉、鲜血淋漓、吸完之后脖子上缠绷带的准备。

但没想到，她所想象的一个都没发生。

只有强烈的麻和微微的痒，大概是能一直感受到他薄凉柔软的嘴唇，还有着一点儿极为微妙紧张的刺激感。

原来是影视剧里的吸血鬼技术太差了啊。

这个念头刚划过，颜路清就感受到了他的抽离，而后在她的伤口上舔舔，亲了几下，便重新抬起头来。

那块皮肤湿润发凉，内里却又因为刚才他的一系列举动而滚烫，颜路清感受着这种奇异的体验，忍不住抬头问他："结束了？"

顾词眯了眯眼："不然呢？"

"就这么点儿？"颜路清震惊过后，突然明白过来自己说了什么，"哦，你刚才在宴会上喝——"

"没有。"

"嗯？"

大概是属于吸血鬼的神奇异能，顾词有些动作颜路清是永远也看不清的，就像现在，他在她一个晃神之间突然把她打横抱起来，一边朝着房间里的大床走过去，一边说："我不喝别人的血。"

8

血族老大确实不喝别人的血。

谢天谢地他是血族老大，颜路清想，换个普通的吸血鬼，就他那个吸血量，每天跟舔棒棒糖似的舔舔，应该早晚会饿死吧。

她这是当棒棒血糖来了。

不仅如此，颜路清还发现这个所谓的始祖真是很能作死——

有次她问："我最开始为什么会在那座山上遇见你？吸血鬼白天不是都不能出门吗？"

某血族送上官方回答："可以出门，但普通血族会直接被阳光灼伤，纯血种会变得难以行走。"

"那你呢？"

"会变得比平时虚弱。"

颜路清睁大眼睛，她想起田螺公主报恩时期，自己的那个小屋子总是会有阳光照进来，因为她喜欢明媚的天气，所以那间屋子许多地方都有阳光。

他好像总是显得困倦，总是伸着长腿倚靠在椅子里，没骨头似的，像是很累。颜路清当时还在心里评价：十分有颓废美的感觉。

原来是这样。

颜路清抱着他啃了一口，又啃了好几口，啃着啃着，两人啃到了床上去。

9

最初来到古堡，颜路清是背负着"任务"的。

那是吸血鬼猎人给她安排的任务，要她充当眼线、卧底，有消息随时给他们汇报。

随着9月的血族宴会结束，来现场的人也都被发了丰厚的报酬，被带出了古堡。

颜路清却没走。

她觉得自己好歹得给那群人发个消息，便托人送了封信出去——

1. 你们担心的事不会发生。

2. 我不回去了，我不是吸血鬼猎人吗？我来到吸血鬼的窝才更好猎呀。吸血鬼猎人做到极致，也就是我这样子吧！

寄走了这封信，颜路清又想到了自己曾经疯狂夸赞过的和平鸽，她忍不住好奇："所以你为什么在那么久之前，想着要约束血族和人类和平共处呢？"

"我有一些其他的能力。"顾词漠然地看着她给自己头发编辫子的举动，声调平稳地说，"比如预知。"

颜路清辫子都不编了，好奇心爆棚："所以呢？你预知到了什么！"

"一些事情，一些画面。"顾词声音顿了顿，对她淡淡一笑，眉眼柔和形成好看的弧度，"有我们。"

他没有具体描述是什么，可就是这样三言两语的描述，让颜路清好像从他的眼睛里看到了很美的东西。

他说："我希望我们相遇在和平的年代。"

颜路清：……这是什么神仙情话！

颜路清满眼冒心，胸腔里的器官开始蹦迪，可还没等蹦到十秒钟，这人又温柔且无奈地补充了一句："毕竟，你完全不是吸血鬼的对手。"

颜路清：！！！

血族老大痛失今日舔棒棒血糖的资格。

10

彻底没有了顾虑之后，颜路清在古堡里简直过着神仙一样的生活。

衣来伸手，饭来张口，每天充当一下棒棒血糖让血族始祖舔舔解馋，还能对美人上下其手、为所欲为。

她太喜欢这样的日子了，一起住的时间越长，她就越喜欢顾词。

在这样的恋爱期间，颜路清在心里为他分了好几种形态：贤惠全能的田螺公主、漂亮清冷大美人、又温柔又帅得人腿软还会在引诱她时叫她"小猎人"的血族始祖。

每一个都好喜欢，每一个都想要永久的。

对于古堡里的其他血族，有些人乐意看到血族老大有了伴侣，有些人不乐意，但大家保持一致的态度是——惊奇。

因为始祖对这位人类少女的态度简直令人瞠目结舌。

古堡的秋冬是十分阴冷的，夏季一过，颜路清就住得有些受不了，于是古堡几世纪以来第一次在冬季开启了恒温暖风空调。

据说血族记事官写下这件事的时候，折断了十根羽毛笔。

吸血鬼不需要吃人类的食物，可是那少女来了之后，一到饭点便开始四处飘香，有时候不到饭点也飘香。

据说血族记事官变成吸血鬼的时候出了点问题，嗅觉十分灵敏，对食物香味异常敏感，能闻却不能吃，气杀鬼也。写下这件事的时候，折断了二十根羽毛笔。

此记录还在不断更新。

11

颜路清觉得自己确实成了一个合格的吸血鬼猎人。

毕竟——

这世界上最强大、最好看、最尊贵的吸血鬼，被她猎到了。

12

颜路清今天和顾词结婚啦。

拥有熊猫血的二十岁妙龄少女，和……拥有顶级美貌的、不知道多大岁数，但是鬼生大部分时间都在睡觉、遇到真爱才终于开始好好过日子的吸血鬼始祖。

永远相爱。

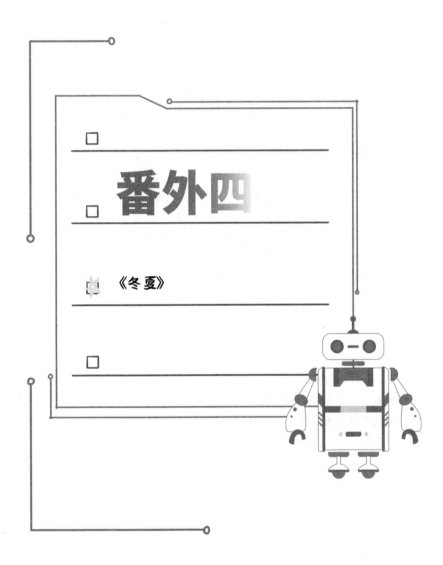

番外四

《冬夏》

1

颜路清身为一个转系生，却在转专业半年内得了两次奖项。如果之前的论坛坛宠太过局限，毕竟总有些人不看校园论坛，那么这连续两个奖则让她彻底在学校出了名，成了妥妥的风云人物。

校园采访也接踵而至。

大二下学期刚开学，颜路清就接到了新闻部一个学姐的邀约，她抽了个课少的下午接受了采访。

采访流程十分简单，前面的问题都是老一套，颜路清感觉自己已经回答过无数次了，都围绕着自我介绍，过了这几个之后才是跟比赛与获奖有关的问题。

"这两次的画是怎么构思出来的呢？"

第一幅画是她和顾词的亲身经历，她的冬天，他的盛夏。

第二幅画则是灵机一动。颜路清是个脑补能力极强的人，当时每天放学后一见面，她就迫不及待开始给他叽叽喳喳分享吐槽这一天，顾词最开始对此表示过无语和冷淡，但没多久就转变了态度，很安静地听着她讲，漂亮的眼睛微微含笑。

两人的形象瞬间让她有了奇奇怪怪的联想。

颜路清在那段时间里给自己跟顾词套了许多种人设和模式，其中用得频率最高的一种就是颜小鸟和公主词。

所以，并没有费力构思，这两幅画都是有了一个想法之后，便一气呵成地画出来。

颜路清想了想，回答道："其实这画都是跟我老——"

想到曾经的场景，颜路清精神十分放松，差点儿当着摄像机叫出自己私藏的爱称。

好在她刚发出"老"字的一个"l"音，便立刻意识到不对劲，赶紧刹车改口："跟我男朋友有关的。"

采访的学姐明显听出了什么猫腻，挑了挑眉毛，却还是公事公办地继续问："能跟我们展开说说吗？"

"可以呀。"颜路清笑了笑，"我在跟他相处的时候，会冒出很多很多奇怪的想法，偶尔也会做跟我们相关的梦，这两幅画的灵感基本都来源于这些……"

说完这个问题之后，又被问到了转专业的事情。

"转专业跨度这么大的，我还没有见过呢。"学姐说，"计算机相关专业是我们学校排名数一数二的，为什么会想要转到美术系呢？"

颜路清实话实说："主要我不是学计算机的料，它强归强，我在这里纯属凑数的。

"而且我考虑了一下，"她眨眨眼，"要是专攻我的爱好，大概率会比学计算机有出息。"

"有出息？"学姐不解地问了声。

"嗯，就是更能赚钱的意思。"

第二幅画的奖金到账之后，颜路清兴冲冲地告诉了顾词。

当时顾词跟她有个口头约定，自己赚的钱都给对方花，她老婆说："这样才公平。"

也就是说，顾词赚的钱给她花，她赚的钱给顾词花。

……真公平呢！

抱着一种又想吐槽，又十分甜蜜的心情，颜路清叹了口气。随着采访到了尾声，她整个人也越来越放松，不知不觉便说出了心里话："想多赚点钱养我男朋友。"

2

刚开学的时候，小麻花告诉颜路清，她从这学期开始搬到校外，跟男朋友一起住。

说这话的时候是开学第一天，当时人非常开心，麻花辫都洋溢着彩票中奖般的喜悦。

颜路清自然是恭喜祝贺一条龙。

小麻花男朋友是典型的理工科直男，长得非常学术风，很合她胃口，所以当初小麻花才会对其下手。

最开始，小麻花也经常给颜路清分享同居后的甜蜜，连午饭的时间都不够她说的。

但开学一个月之后，这种情形慢慢淡了，小麻花开始频繁地跟她吐槽起两人的同居生活。

"……他跟我作息完全不一样！我习惯睡觉前玩好久的手机，他一点夜都不能熬，到点必须睡觉，这就算了——我静音玩手机也不行，他说有光他就睡不着。

"网上冲浪一级选手真的很难受啊！就因为这，我最近一个月才经常延迟吃瓜！"

颜路清："……那不也就延迟半天？"

"半天已经很长了好吗！"小麻花愤怒，"吃瓜赶不上热乎的还有什么意思！"

"……"

颜路清给她调节了下情绪，本以为这件事就这么过去了，可类似的吐槽还在接二连三地出现在两人的饭桌上，什么洗碗洗衣服之类的小事也开始出现问题。

直到临近期中考的时候，两人吵架了。

小麻花说："我们俩都不会做饭，他说过他要去学，但 T 大实在是高标准严要求，没什么时间。所以有时候晚上放学时间差不多，我们就出去吃，如果错开的话，就点外卖。

"但外卖都点了，他竟然还要说我点的不健康！"她越说越气，"我真无语，好像他点的外卖多健康一样！"

因为积攒了很多怨气，小麻花又不是憋着的性格，一旦开始了拌嘴，往下就是无休无止地互相攻击。她想到什么都往外说，连很久之前他学不会自行车，只能让她载他都说出来了。

可能男生敏感的点和女生不一样，一开始他还没怎么生气，但从这个自行车话题往后，两人算是彻底开始了争吵。

吃着食堂里的排骨，小麻花愤愤道："我就该跟我最爱的红烧排

300

骨在一起。将来我要是嫁不出去，别的我都无所谓，只要是个会做红烧排骨的男人就行，最好是厨子。"

"……"

他们的问题其实一点也不复杂，刚住在一起总有些这样那样的不习惯，两个月以来谁都没说，积攒到现在才小规模爆发。

颜路清高中时就没少给人当倾诉对象，她还挺会安慰人的，尤其是面对女孩子。把小麻花情绪稍微安抚平静点儿之后，颜路清听见她说："我后悔了，宝。"

颜路清一愣："后悔什么？"

"后悔为什么要这么早跟他住在一起。"小麻花叹气，"为什么要这么早感受所谓的磨合期啊，我多谈会儿甜蜜蜜的恋爱不好吗？"

"……"

颜路清高中那会儿一回到家就讲述一天见闻的习惯很好地保存到了现在。只要能想得起来的，她几乎什么都跟顾词说。之前两人聊天她也提过小麻花的事情，这次彻底爆发，她再次跟顾词聊起。

顾词刚洗完澡，在她身边看书，边看边听她说，一心二用得很是熟练。

颜路清讲完来龙去脉，问他："你说，他们会分手吗？"

顾词视线从书中移到她脸上，睫毛在眼睑下方打出一片阴影，像是有些好笑般地说："有读心术的是你，不是我。"

颜路清："……"

直接说"我不知道"不行吗？非要"笋"这一出。

她撇撇嘴，正想再说点儿什么的时候，顾词把书合上放到一边，摸了摸她的头发，像是在给她顺毛。

颜熊猫被摸得很舒服，正眯着眼享受，就听到他说："只是磨合期而已，你帮不了什么，只能靠他们他们自己度过。"

颜路清一下子睁开眼睛。

这是一天之内第二次听到"磨合期"这个词了。

"其实我也上网稍微搜了搜，说情侣同居都要度过磨合期……"颜路清回忆了一下，有点迷茫，"我们高中那算同居吗？"不等顾词回答，她自己点了点头，"应该算吧，但——"

她十分疑惑："我们有磨合期吗？"

当时一块住了也有半年，颜路清想起那段时光，只能想到那些美好的词。

她继续眨巴眼："我怎么从来都没感受到呢？"

"……"顾词手指微微一顿，隔了几秒才答，"所谓磨合期，是指两个性格、习惯不同的人住在一起时要经历的一个阶段。"

颜路清："这个我知道，我又不傻。"

"那你知不知道，有些人没感受到，不是因为没有磨合期，"顾词突然对她弯弯眼睛，温和地说，"而是另一方在磨合自己。"

颜路清瞬间从床上坐起来，睁大眼睛："你的意思是你磨了很多？"

顾词没直接说是，但他开始给她温温柔柔地举例子："见面没多久就在我的床上放隔板、把我房间摆设全改、搬进来一堆不属于我的东西……"

举完例子，他也还是那样淡淡笑着看她："你觉得没磨就没磨吧。"

"……"听着自己的事迹，某人的脸早已开始发热，装模作样打了个哈欠，"睡觉睡觉。"

虽说担心过小麻花，但颜路清并不觉得她会过不去这个磨合期——哪怕最生气的气头上，她说了后悔，也只是后悔和他住在一起，而不是后悔和他在一起。

期中考之后，颜路清的想法得到了印证。

吵架之后小麻花就没回他们租的房子，住在了宿舍里，她还对颜路清说："幸亏之前交了一年的住宿费，不然我岂不是还得去住酒店。"

考完试那天，小麻花约她去奶茶店聊天，颜路清和她坐下没多久，奶茶才刚上来，就目睹了一番追妻大戏。

不知道她男朋友是怎么找到这儿的，可能是太熟悉小麻花的行踪喜好，一下子就碰对了。

颜路清记得她男朋友属于不善言辞、脸皮挺薄的那款学霸，没想到当着她一个外人的面，这位脸皮薄的学霸对着小麻花说了无数肉麻的话，把颜路清都听得一愣一愣的。

甚至想问问，他是不是去找顾词偷偷补习了。

小麻花也很惊讶，但她并没表现出来，一直努力端着做样子，一直到她男朋友说，他学会做菜了，学的还是她最爱的红烧排骨。

然后颜路清就看着之前在食堂跟自己抱怨过将来嫁不出去就要找个厨子的小麻花，瞬间绷不住自己的表情，嗷嗷哭着跟人和好了。

颜路清下午有点事要找专业课的老师，但时间还早，便想着先陪小麻花一阵子，没想到计划有变，她打算提前去老师办公室等着。

从奶茶店出来，目送小情侣离去，颜路清在回学校的路上给顾词打了个电话，一上来就道："小麻花跟她男朋友和好了。"

而后十分详尽地给他描述了一番刚才的场景，着重强调了排骨那段："她是真的爱排骨，我们学校食堂一周只有一天卖排骨，她要是打不上，一周都会念叨这事儿，刚才听见她男朋友说……"

颜路清自己没注意到，她的语气十分感慨，听起来像是在羡慕一样。

但其实她并没有羡慕的想法，只是非常替麻妃感到开心，所以说的话里不自觉带了不少情绪。一直到讲完了，她听到电话那头传来顾词淡淡的声音："很感动吗。"

他在说麻妃吗？颜路清想当然地回答道："那当然，都泪洒当场了。"

颜路清讲完这事，也快到了办公室，没说几句就挂了电话，也并没放在心上。

当晚。

颜路清的晚餐是可以媲美五星级酒店水准的……排骨大餐。

红烧小排、清蒸小排、糖醋小排，应有尽有。

颜路清被香味馋得咽口水，一边看着顾词把菜上齐，哪怕挂着个围裙给她端菜，也能让他做出一种尊贵优雅的公主范。

最后他单手解下围裙，放到一边，撑着桌沿对她微微一笑，缓缓吐出两个字："慢用。"

3

颜路清跟顾词在一起之后，很少会被困于生气这个负面情绪里，因为她的老婆实在是很会哄人，她被拿捏得死死的。

颜路清也几乎没对顾词有过生气的情绪，从前有，那是因为他太漠视自己的身体，所以她为数不多的生气也是源于外部因素。

颜路清开始学美术之后，确实是比之前轻松多了，考试前不愁，作业也不慌，一转专业顺风顺水，受同学老师喜爱，还连得两个奖项。

但也有些其他的烦恼。

期中考过后，她被同班关系相好的同学告知，自己的画在网上被一个画手变着法地模仿，几乎以百分之八九十的比例抄走，当作自己的接稿例图，并且还在光明正大地接稿——接的每一张双人图都仿佛是她那张《冬夏》的翻版，变了颜色、变了微小的细节就拿去卖钱。

同学告诉她，自己换了许多个号在那人的微博底下评论"抄袭"，还有其他类似的评论，但每一次都被删除拉黑，连转发都没办法。

颜路清的画虽然得了奖，被许多人看到过，但毕竟不是什么有国民度的比赛，对绘画感兴趣的人们才会关注一下每年获奖的画都是哪些。而颜路清除了有最开始在短视频软件上为了发评论开通的账号，也再没有在其他社交平台上公开出现过。

所以这人看见相关评论就删除拉黑一条龙，真的可以为所欲为。

颜路清按照同学告知打开那人的微博，几乎和她说的一模一样，没有丝毫夸大，是看一眼就让人血压直接飙升的程度。

学习和参考都正常，他们学的课本上也摆了各种大家的画来供人学习，但学习是一回事，抄袭是另一回事，只是改掉一部分无关痛痒的小细节，构图、核心、人物关系等全部照搬，这就太离谱了。

颜路清和同学气愤吐槽了好久，当天回到家时已经平静了很多，看到家里美人那张脸的一瞬间，余下的气也消了大半。

但对方还是一眼就看出了她和平时的细微差异，直接问道："怎么了？"

颜路清声情并茂地给他讲，讲完后自己快消下去的火又噌噌冒了上来，由美人熟练地给她进行顺毛服务——不知为何，对于安抚颜路清的情绪，摸耳朵尤其有效。

而在亲密的时候，她的耳朵也尤为敏感。

等毛顺得差不多了，顾词平静地问："要我帮忙吗？"

颜路清想了想，说："不用，我觉得我能搞定。"顿了顿，她又加了一句，"虽然不要你帮忙，但是你要在。"

"嗯？"她这话说得有些无厘头。

颜路清认真地解释:"你在的话,我更有底气。"

不知为何,这句话说出口后,顾词沉默了几秒。那双漆黑的眼睛盯着她看,最初没什么情绪,而后又缓缓弯起来,他笑着凑近她:"我很喜欢这句话。"

"你喜欢啊,"颜路清随口贫嘴,笑嘻嘻道,"喜欢就去文身上呗,正好跟你身上那个做伴。"

"可以,明天去约。"

"……我开玩笑的!你敢文试试!!"

几秒后,客厅响起低低的笑声。

颜路清要做的事其实很简单,她要为自己的画发声,那人在哪里抄的,她就在哪里发声。

但是发声也得有人看才行,她首先得开通自己的账号,并且有一定浏览量。这次是为获奖作品维权,所以她最先想到的便是当初的大赛官方。颜路清编辑了一封邮件准备发给他们,主要目的是协助认证以及想请他们看在情况特殊的分上,发个微博回顾获奖作品,再@一下获奖者,也算引流了。

颜路清对顾词所要求的"你要在",就是字面上的"你要在"。比如她在写邮件的时候,顾词必须得在旁边看着。

她一边打字,一边有些烦躁地说:"其实我很懒的,如果换成我哪次的作业,或者其他作品,我肯定会生气,但大概不会愿意费劲去做这些事。"

"但那幅画不一样。"颜路清气鼓鼓地说,"那是我跟你的回忆,是这个世界上,只有我们两个才经历过的事情。"

顾词眼睛微眯。

她似乎总是会在不经意间冒出这种话。

颜路清没看到身边的人是什么表情,还在聚精会神地想自己的敬语是不是敬过头了,脸颊突然一凉,是熟悉的手指触感。

于是她被扳着脸转过头,猝不及防地以这个姿势跟顾词接了个吻,吻完了她人还是蒙的,刚才写邮件的思路也被打断了,只能断线重连。

颜路清觉得自己像是在绞尽脑汁批奏折,批着批着被爱妃勾引了。

她眼睛睁圆,佯装恼怒地看向罪魁祸首,捶桌:"你怎么能扰乱公务！"

扰乱公务的祸水爱妃接受了批评，且态度极好："我接受惩罚，公务可以交给我。"

"……"那没事了。

颜路清立刻没话讲，把电脑移到了他的面前。打字的变成了爱妃，闲着无聊欣赏祸水漂亮脸蛋的才是她。

颜路清很少发正式邮件，所以编辑得十分纠结，而她的爱妃就不同了，公务交给这位之后，几分钟邮件就已经发走。

看着发走的邮件，颜路清有些担忧："你说，他们如果不同意的话，我该用什么方法涨粉啊？"

"他们不同意这一条的话，"顾词关了电脑，看起来心情不错的样子，轻描淡写道，"那就只好发十条来吹捧你。"

——不同意她的请求，那就不得不同意他的要求。

好在大赛官方非常人性化，并不用发十条，他们直接同意了颜路清的要求，并且配合积极。

大概用了三天完成认证，大赛官方发了一条带着《冬夏》的介绍微博并且@她之后，颜路清转发了那条，引来的评论比她想象的还要多，有的一看语气就是校园论坛老熟人，有的是觉得好看的路人，还有不少吐槽那个抄她作品的人的评论，其中一条还是热评第一：

"原作终于来了！这图真好看，第一眼看到之后就印象深刻，没想到被人改改就拿去赚钱，太生气了，我几个号全被那玩意儿拉黑禁言了，小姐姐一定要举报他啊！"

颜路清看得十分感动，给这条评论点了个赞。

过了一天，颜路清发了《冬夏》和对方的图，把对方名字@出来，并且配字——

"@颜路清 V：你好呀太太，听说您这个图是临摹我的画？谢谢喜欢，之前没开微博，估计您想找原作者也找不到，现在我已经开微博啦，麻烦您补一下说明并且@我哦！"

可能是因为有瓜的味道，再加上她@的人也有一定粉丝，这条热度迅速攀升，评论增加速度飞快。

"哈哈哈哈哈哈万万没想到是这样的，有那味儿了，我要是那谁我直接原地去世。"

"我爽到了！你好茶，我好爱！"

"原作者来了，拿人家的画赚钱被指出来就删除拉黑的玩意儿给爷滚出来道歉。@×××@×××"

一开始都是正经讨论，但是大概两张图放在一起对比实在是太明显，没什么争议，很多人便不自觉歪楼，把话题扯到了别的地方。

"小漂亮你支棱起来了！我很欣慰！相信你家大美人也一定很欣慰！"

"评论里叫外号的是咋回事？只有我一脸蒙吗？"

"我也想问……是请的水军吗？你不请水军我们也坚定站原作者的，为什么花这钱啊……"

"噗，他们不是水军，他们是嗑 CP 的，给大家友情科普一下，这幅画画的是原作者和她男朋友。"

……

最后评论歪得一发不可收拾，那个抄袭者的转发滑跪道歉都无人在意，大家只想多看原作者与她男朋友的爱情故事，到底为什么会有这么一张美图，两人的外号到底是怎么来的，大美人有多美，小漂亮有多漂亮。

于是主力大军虽然迟到，但还是来了。

——如想阅读博主与其男朋友更多爱情故事请移步我校论坛，缠绵悱恻，应有尽有！家人们，私信我，不迷路。

4

颜路清在学期初接受的采访，在期末考之前才放出来。据学姐说，是因为一直没有合适的期刊主题，期刊排满，一直排了三个月才终于排到美术类专题。

学姐说之后会做校园报，到时候也会给她一份。颜路清当时没怎么在意，只是收到学姐微信通知之后，点进她给的链接看了一眼。

视频加了点后期，但基本是原封不动地传上去了，只是临近结尾的时候有句感慨声音比较小，是那句"想多赚点钱养我男朋友"。

她看完就关了，并没有想到因为这句话，之后在论坛老巢又盖起了一座高楼。

主题：这段采访最后几句话有人仔细听过吗？是我想的那个意思吗？我不想塌房啊啊啊啊啊！

1L：听说 CP 有新糖我火速赶来，本来看采访得看得津津有味，但是最后接近结尾的时候，小漂亮有句话声音很小，不知道大家听到没，在 8 分 45 秒。

不知道是不是我想太多，这话怎么有点奇怪啊？而且像是无心录上去的一样。

2L：隔壁楼刚嗑完回来，哪句话？一句话就能让你塌房？

3L：我去听听。

……

10L：听完回来了，小漂亮说的是："想多赚点钱养我男朋友。"确认了好几遍，应该没听错。

11L：这话跟塌房有啥关系？明明是嗑死我了好吗！前面还在说想多赚钱，后面就讲了为什么要多赚钱——想多赚点钱养男朋友，这多甜啊！

12L：啊啊啊啊啊啊她好可爱！我太喜欢她了呜呜呜呜，大美人每天看着这么个宝贝要乐死了吧。

23L：……但是，楼主可能觉得这话像是包养吧，仔细想想是有点奇怪。

24L：不是吧？别扯了，包养？人家随口感慨的一句说不定是开玩笑的话，有必要这么延伸吗？

25L：可是为什么要用到赚钱养他这个词啊？

26L：养你养他养我……这不是情话吗，我偷电瓶车养你没听说过？

……

60L：不敢置信你们因为这句话吵了这么久，但是，我记得之前有楼挖过，这俩不都不缺钱吗？那么大热度连网红都懒得做，这还有啥好怀疑的。

61L：也不是怀疑，最开始觉得很甜，听多了单独想想好像确实很奇怪……

62L：+1。

……

102L：别争了，我找到之前楼里有人透露过的信息，又上网搜了搜，发现大美人舅舅是个经常上国外财经报纸的人物，最近一年回国的，那公司估计也有不少人听过的，就不说他多有钱了，但是延伸到被包养的你们可歇歇吧。

……

163L：感谢102楼姐妹贴出来的信息，我闲得无聊去搜，搜到了他们公司的BBS论坛。他们BBS里的姐姐们也好能唠嗑，搜名字姓氏跟帖关键词，大概因为是舅舅的公司吧，我发现经常有跟大美人相关的，找到一楼证明咱们大美人不穷，看截图。

主题：午休啦，来唠五毛钱的。

"顾美人到底有多能赚钱？感觉康总日渐安逸，以前多霸道总裁雷厉风行，现在干什么先给顾美人打个电话，笑死，感觉离了他已经无法独立行走了。（康总应该没那么无聊逛BBS吧？）"

还找到一楼，是今年2月寒假时候的"陈年旧糖"。

主题：下班啦，有无新八卦？

"我有。刚才撞见顾美人女朋友来接他下班了，她貌似跟前台妹妹挺熟的，两人聊天我听到了。前台妹妹问她：'你竟然喜欢这种车啊，感觉跟你风格不搭。'结果她很坦然地说：'这是他的车啊，我觉得我开着他的豪车来接他，能给他点被包养的幸福感。'

"……哈哈哈哈哈哈我直接当场爆笑，他女朋友怎么这么可爱啊，我很久没见到这种有趣的姑娘了，我们阿美真是有福气！"

放心吧，塌不了。

164L：所以，小漂亮的脑回路是：虽然他超级有钱，但是我想让他体验被包养的幸福感，所以我要多赚钱养男朋友？

165L：破案了。

166L：……哈哈哈哈哈哈哈救命啊！一时间觉得轻易被煽动情绪并开始怀疑CP的我自己好可怜。

167L：万万没想到是这么回事，我是前面怀疑过的，我脸很疼，但不要紧，我CP真甜！！！

168L：哈哈哈，笑死，看完只想问自己我为什么要操这个心呢？我还是多操心自己吧。

……

204L：好家伙扒了一顿我CP更真了。

205L：谢谢楼主，新糖真好嗑，已经全宿舍传阅。

206L：谢谢，有被刺激到，今天就去种地游戏里找CP，这个夏天，我必脱单。

207L：已经到了不管看到什么标题什么主楼都能预料到帖子走向的地步，果然——大美人小漂亮永远的神！

5

这场风波起得快，消失得也快，因为这段视频是公开的，有人认出被采访人就是当初获奖的女孩，视频被搬到了网上，再次引发了小规模热议，校园论坛坛宠CP更加出圈了，还出了个超话。

与两人响亮的外号不同，论坛一直以来讨论两人的CP名久矣，从来没统一过，基本分为三类，"刺青""青瓷""义正词颜"，叫什么的都有。

但建立超话的时候压根没得选，前两个早就已经存在了，于是大家理所当然申请了第三个，随着小糊CP被越来越多校外网友得知，人数也在不断壮大。

原本为了打假申请的账号颜路清一直没丢，她平时手痒画的许多画都会发上去，不知道是哪里戳中了大家审美，这号莫名越来越热，粉丝涨速很快，甚至发展到一个月后，有大游戏公司来找她约稿，开口就是五位数。

每天待在一个有钱老婆的身边，并没有让颜路清蒙蔽了双眼，她非常开心地接下了自己人生第一份商稿，等大二下学期的期末考顺利结束便开始按照要求绘制。

游戏方打钱的时候正好在暑假，颜家主豪迈地拍案决定，用这笔钱跟老婆出去好好玩一番。

不过，因为这次去的城市有点儿远，待的时间也有点儿长，颜家主的稿费花光了也没够两人玩，于是家里最有钱的老婆便掏了些补贴。

之后颜路清继续在闲暇之余努力画画，努力赚钱，画她突如其来的脑洞去参赛，也画下许多较为简约的随笔更新在账号上。

其中有一组她随手画的小日常被转发得最多。

那大概是在刚画完参赛作品并且提交了之后，颜路清闲得手痒，又恰好回忆到了跟顾词的高中时代，便用了几个小时画了九张图。

第一张画分为三格。

第一格上，是一个十分干净整洁的房间，面积很大，色调由黑白灰组成，只有简单的衣柜，桌子，一张很大的床，在桌边有一个侧身站着的高挑少年，寥寥几笔画便勾出了少年清冷又带着美感的侧脸线条。

然后第二张被划为两半，分为两帧，上面一半画了一个少女探头推开门的动作，她手里拿着一个十分显眼的东西，是个小花盆，上面有一个小号仙人掌。

下面一半，少女拿着仙人掌站在少年面前，正献宝一样递给他。少年却没接，绷着俊脸，嘴角微微向下，脑门上写着"丑拒"。

最后一格，没有出现人物。

但原本简洁得过了头的卧室床头柜上，却出现了一盆格格不入的小仙人掌。

第二张图也是同样分三格，第一格画着床头柜多了仙人掌的卧室，第二格是少女又带来了新的小玩意儿，少年再次蹙眉"丑拒"，但第三格却是卧室里再次增加了她抱来的东西。

格式相同，就这样一张一张地逐渐增加，到了第九张的最后一格，最初那简洁中透着性冷淡风格的卧室，俨然已经被彻底改造，到处都有着嫩粉色、纯白色、明黄色、浅绿色、天蓝色……

已经是一个少女的卧室了。

这组图发出去后，热度持续飙升，有因内容可爱而喜欢的，有被神仙爱情给狙中的，还有单纯被画风吸引来的，评论各异。

"这是什么可爱漫画，一边丑拒一边把东西摆在最显眼的位置嗑死我了。"

"众所周知，该画手在多次公开采访中表示绘画灵感来自自己和自己的男朋友……"

"太甜了啊啊啊啊啊！请问这是真的吗？太太这次发的图也是亲身经历吗？"

颜路清顺手回复了这条："是呀。"

不仅打字，她还附上了一张照片，是画里最后一张卧室的真实情景——顾词卧室的一部分照片。

"……我的妈，偶然刷到点进来看到这儿真是猝不及防，本来以为是个甜段子而已，你告诉我是真人真事？"

"三秒钟，有没有秘书给我科普一下这对 CP 的全部信息？"

"来了老板，你看看私信，T 大学霸都在嗑的神仙爱情，秘书这边已经发过去了呢。"

"笑死，姐姐们是真的会宣传。"

……

于是，这组图小火之后，"义正词颜"超话里拥入了大批新粉，一进去就是置顶的各种旧帖旧视频大合集，应有尽有。

有人感慨："纯天堂，请问这里是路人吗？"

还有人疑惑："天啊，请问你们这家 CP 粉一直都是这么过来的吗？我粉的 CP 那点糖渣全靠我们抠，抠出来一丁点回味一个月。到了这儿，我才进来一天，真就硬塞糖给我啊？而且还都是那种非常有含金量的真糖……这就是世界的参差？？？"

资深老粉出来回复："确实一直这么幸福过来的。但是这对 CP 还跟别人有点儿不一样，有时候幸福过了头，其实还是会受伤。多说无益，待久了你就知道。"

6

大三开学没多久，颜路清偶然得知，T 大某小组得了个很牛的大赛的一等奖，物理领域的。

小麻花给她通报这件事的时候，颜路清十分不解："你跟我说干吗，咱们一块恭喜 T 大？"

小麻花满头问号地看着她："不是吧宝贝，你难道不知道？那获奖小组是大……是你老公带队啊！"

颜路清在心里默默反驳了一句"老婆"，然后才开始分析她说的内容。

彻底反应过来之后，十分震惊："……啊？"

"你啊什么啊？"小麻花比她还震惊，"你难道从头到尾不知道这事儿？"

"我们在家从来不谈公事啊，他学的我又不懂。"颜路清无辜地睁大眼睛，"而且他也不回家搞研究——"说到这儿，顿了顿，颜路清从记忆里搜刮出一些蛛丝马迹，"哦……想起来了，好像有几次他放学了留校，有告诉过我，是在搞什么大赛的实验。"

"从不回家搞研究专心陪你吗，"小麻花对她比了个大拇指，"嗑到了。"

回家后，颜路清还是仔细询问了一番这个所谓的奖项。

因为颜路清对顾词所研究的领域自带屏蔽功能，平时她也会问，他答，但从顾词嘴里答出来的，不管是奖项名字还是研究课题，都是相当长且很难懂的一串字符。

他说一堆，而她从开头听到"量子""场""粒子"等词语之后，便仿佛直接屏蔽掉了其他的词，最后在脑海里形成结论——哦，总之，是个无法理解且很高大上的奖。

颁奖仪式是在周末，两人穿着同色系的衣服一起去现场，明明只是衣服颜色相同，但大概是他们周身氛围影响，怎么看怎么像情侣装。

大概是干采访这行必须具备观察能力，顾词跟他一组的人上去领奖时，跟他牵手一起来的颜路清就成了下面的焦点。

颜路清大大方方地回答了几个问题，比如自己跟顾词什么关系，来自什么学校，学什么专业。但她说完自己是学美术的之后，采访人却愣了一下，像是没想到一样，而后问了她一个问题："那你们专业差这么多，平时沟通的时候会有什么障碍吗？"

颜路清也被她问愣了："什么障碍？"

"毕竟咱们大学还是学业为主嘛，就比如，你们没办法交流和讨论专业上的事情……"

她提出这个问题，让颜路清瞬间想到自己刷到过的很多鸡汤文学，里面说，你要足够优秀到能理解他的一切，你们才会成为灵魂伴侣——要是信了鸡汤，那她该立刻开始研究量子力学才对，可颜路清对此并不认同。

她丝毫没有这种觉悟，毫不在意地答："交不交流都没关系啊，我们在各自擅长的地方发光就行了，我们都是金子。"

找伴侣又不是找做实验的组员，她老婆才不想跟她讨论量子力学，她老婆看上去也牛，也只想跟她谈情说爱。

颜路清刚这么说完，身后传来一道熟悉声线，正是她老婆本人。

恰好听到了她讲的话，顾词笑了声："金子，讲完了？"

颜路清侧过头应了一声："嗯。"

然后她自觉地往旁边站了站，主角来了，采访人的话筒也移到了他的面前，但他说出的话却让人意想不到。

"不用，"顾词脸上挂着礼貌的笑，十分自然地道，"采访她就等于采访我了。"

"啊？"采访的女生似乎有被震惊到，"这么重要的奖……你不想说点什么吗？"

虽然说这不是必需的环节，但历来哪个得奖的不都得下来走个流程？这个直接让女朋友代言了？

顾词扫了一眼身边同样盯着自己的颜路清，然后偏过头解释："主要是，她给我订了餐厅庆祝，我们再不走会迟到。"

"哦！对！"颜路清这才想起来看时间，而后一把拉起顾词的手往外走，"那家店太难约了，我好不容易订的位子，快点快点！"

后来这段采访自然又被各种搬运——

18L：给我们看这种东西也就算了，大美人你让奔着学术去看你采访的大家怎么想……

19L：采访的人还问小漂亮他们会不会有沟通障碍，然后大美人直接展现了他有多恋爱脑，我直接笑死。

20L：大美人：再重要的奖哪里比得上小漂亮给我订的餐厅重要？

21L：拜托，这谁能看出是颁奖采访环节，上次小漂亮获奖也是，几句离不开对象，到了大美人更过分了。

这俩人一点也不走心，难道他们一点也不尊重自己得的奖吗？

麻烦你们下次也这样不尊重，谢谢了。

……

后续还有采访组员的片段，可能是顾词开了个坏头，他的组员们回答得也十分不走心。

其中一个说得最好玩——

"……说实话，如果我的组长是别人，我肯定能讲十分钟我到底有多努力、我们大家拼搏到了什么地步，最终才拿到这个奖。"男生刚领了奖，心情很好，笑嘻嘻地道，"但我的组长是顾词，我只能说，有手就行。"

50L：看到那个"有手就行"真的要笑吐了。

51L：笑死，得不到大美人我能妄想大美人的组员吗？这帮学霸也太好玩了。

52L：可以的姐妹，大胆冲吧，我已经在这对CP的刺激下去种地游戏脱单成功了，准备奔现。

53L：……恭喜！

7

大三的寒假，顾词曾经的高中再次迎来校庆。

颜路清提出想去参与校庆的时候，顾词是完全不意外的样子。两人去到现场，随机访问路人的学妹早已不是两年前的那两位，单纯的小学妹本来只是被两位过于出众的颜值吸引，等结束了校庆，却不免被他们的操作搞得一阵恍惚。

可谓是丝毫不输当年第一次在校庆亮相时的操作。

一直跟下来的CP粉纷纷跑去"义正词颜"超话吐槽，赞最多的三条——

"他们一发糖，我们这儿就成了写实版'战场'。"

"CP粉只是想吃糖，他们是想让CP粉死。"

"求求附中了，你一个高中，哪怕校庆你也是高中啊，能不能禁止返校的学姐学长在校内亲嘴？能不能？我不管我要举报。"

这还没完。

同样是这个寒假里，某天，颜路清在社交账号上录了段新年祝福视频，胳膊出镜，眼尖的人发现了那十分袖珍的文身，并且发出疑问，评论道："礼貌询问，太太胳膊上的文身是什么呀？"

某太太看到这个问题，十分积极地回复："是个英文单词，word。"

"'word'？是大美人的名字？"

"都怪你们给取的外号太洗脑，大美人本名叫啥来着？顾词？"

"是词啊！'word'！啊啊啊啊太会了！嗑到了家人们！"

这条之后，又有人冒出一个疑问："但是，还是想得到本人的回答……'word'指的是太太男朋友吗？"

某太太又很快回复："是的。"

某太太像是怕不够劲爆一样，又加了一句："这就是他给我文上的。"

当晚，超话又是大型战后现场，某老粉发了个沧桑点烟表情包：

我早就说过什么来着，嗑这对 CP 是会受伤的……

8

跟颜路清联系最多的一位颜家人是她名义上的大哥，颜风鸣。

说来也奇怪，她总觉得这大哥似乎感受到了些什么，毕竟她第一次跟颜风鸣见面时，他们的关系生疏得像是陌生人。颜风鸣对她的态度那是巴不得离她越远越好。

而现在，他则成了那个主动关心妹妹生活的人。

大三下学期开学没多久，颜风鸣由于工作，驱车到颜路清学校附近，顺便叫她一起吃了顿午饭。

两人聊了不少，颜路清说的话相对较多，只不过她分享自己生活的同时，不自觉地就带上了顾词，短短一小时不到，少说也得提了十几次。

颜风鸣有些无语："……以后顾词要是写自传，可能他本人都没你写得好。"

颜路清很喜欢他这个比喻，比了个大拇指："欸，好主意！我也这么觉得！"

颜风鸣："……"

"不过……你们也挺好的。"颜风鸣想了想，说，"你好好对顾词。"

颜路清：？

这人怎么回事，之前知道他们在一起的时候，明明总是在内心感慨："妹妹，哎，舔狗是不会有好下场的，更何况你舔的是顾词。"

到了现在，成了"你要好好对顾词"？

她十分好奇颜风鸣的这个转变是如何形成的，便开口直接问了，颜风鸣说："你突然消失，跑去什么鬼地方做慈善的那一个月，我去你房子那儿看过两次。"

第一次，当时已经在微信上跟颜路清聊过天了，但他还是觉得有点儿奇怪，总觉得她是为了不上学找的借口，糊弄他们，于是亲自去了一趟。

房子里确实没有颜路清的身影。

那会儿他刚下班，天色已经暗下来，顾词坐在客厅里，没开灯，剪影伶仃。

颜风鸣当时看了一眼就走了，跟顾词没几句交流。

第二次去，是颜路清没影快一个月的时候。

当时顾词在喝酒，桌子上摆着一个酒瓶一个酒杯，酒瓶已经空了，酒杯还剩个底，深到发黑的红色。

他看过来并且跟自己打招呼的时候，颜风鸣发现，顾词比上次见面的时候瘦了不少。

顾词的形象实在跟借酒消愁联系不到一起。

颜风鸣觉得蹊跷，大脑活络，一时间看过的杀人案全部涌上心头，脑补了几个悬疑大剧。简单打过招呼，他把话题转到了颜路清身上，感慨了一下她怎么能消失这么久，还试探着开了个玩笑："你俩住着住着突然跑了一个，要不是知道你们的关系，我都想报警了。"

顾词的反应却出乎他的预料。

"那你报警吧。"他说。

颜风鸣愣了下："什么？"

"像你说的，报警抓我，"他拿着酒杯，垂眼笑起来，像是丝毫没觉得自己说了多么疯狂的话，甚至声音里带着认真，保证道，"我一定不反抗。"

……

颜路清没多久就再次出现了，并且看起来气色比之前还好，活蹦乱跳，还又变漂亮了。

但他始终记得那个傍晚，顾词笑起来时，眼神里面一闪而过的决绝。

有时候，爱或不爱，一瞬间就知道了。

颜风鸣总觉得顾词不简单，跟他的年龄无关，这个人的气场就很奇异，明明他愿意跟你好声好气地说话，明明他那么年轻，看起来温温和和，你还是觉得他深不可测。

所以他也觉得，颜路清跟他在一起，只有被玩的份。

到现在，他也仍然不改变对顾词的看法，只是——

他不简单，可他对颜路清的感情，却简单到一眼就能窥全貌。

早已刻骨。

9

除了《冬夏》，颜路清后来也画了许多画，拿了许多其他的奖项，但由于种种原因，似乎只有这幅的出圈度最高，她也因为这幅画而光荣受邀参加了好几个画展，《冬夏》就位列展品之中。

画家入场后有个区域，有块很大的板子专门让画家签名，也让摄像拍照。

颜路清经过观察，发现自己前后左右的名字都带着小尾巴——那好像是他们的英文名。

虽然看不清是什么英文名，但龙飞凤舞的英文小尾巴写一串，似乎整个签名就丰富了许多。

相较而言，她规规矩矩的三个字就显得有点干巴。

难道这就是艺术家的模板？

颜路清琢磨了会儿，也给自己添了七个字母的小尾巴。

这个习惯一直保持到了以后。

颜画家已有了一定名气，她的签名后缀的英文却怎么也无法让人破解，连笔好看，却十分难以辨认。

颜画家本人每次看到各种对这串字母的猜测，就哈哈大笑，而且还是躺在她的老婆腿上笑。

那当然没法破解啦，因为那压根不是英文名。

是她觉得只有自己才懂的、又中二又甜蜜的缩写。

——gzcyyds。

我的每一次签名，都得带着我心爱的你。

颜画家着实有被自己浪漫到，想来想去，抱着老婆索了个吻，奖励浪漫的自己。

10

论坛坛宠读大四的那年，学校旁边新开了一家奶茶店，名字和包装都非常独特，叫作"罚"。

这家店还有个独特的规矩，来店里点奶茶就可以得到一张便利贴，便利贴是特制的，上面写着"我罚 ＿＿＿＿，＿＿＿＿＿＿＿。"

第一个横杠里写人名，第二个横杠就比较长了，要写的是罚的内容。

然后店内有一面墙专门贴这个便利贴，贴上就是公开的，所有来店里喝奶茶的人都看得见。因为这个规矩，不少人哪怕不喝奶茶都很喜欢来参观这面贴着便利贴的墙。

最开始，大家真的都是抱着好玩的心情"罚"来"罚"去，比如——

"我罚张心情女士，两年之后变成秃头。"

"我罚萧教授，吃方便面永远没有调料包。（我开玩笑的教授，您别挂我了求求了！）"

"我罚闻媛，你嗑的 CP 永远 BE！哈哈哈哈哈！"

……

很多人在上面找到自己名字的时候，都会哭笑不得地拍个照，然后挨个找自己的朋友算账。

但这个现象却在不久之后被转变了。

罪魁祸首，是那位在学校知名度超高的论坛坛宠。

主题：妈呀，正在罚这里喝奶茶呢，看到一个大美女走进来了，我仔细一看这不我 CP 吗！

1L（楼主）：没错！就是小漂亮！她和她朋友来的，就是总梳着两个麻花辫的那个长得可可爱爱的女生。两人刚才在我斜对面坐下了，然后我亲眼看到小漂亮写了便利贴！贴到了那面墙上！

买定离手，她写的啥？

2L：那还用想，肯定是大美人。

3L：不是吧？这不都是罚啥啥啥吗，我不信小漂亮能舍得罚大美人。

4L：我也不信，但是真的很好奇写了什么啊啊啊！

……

35L（楼主）：她们俩好像不准备在这儿喝完，拿着奶茶走了，我马上去拍。

36L（楼主）：找到了找到了！揭晓答案！。

……

小小的便利贴上是明显属于女孩子的清秀字迹，每一笔都写得十分认真。

也是因为这张小小的便利贴，从那之后，大名鼎鼎的"惩罚墙"彻底沦为了"告白墙"。

——"我罚顾词同学，事事顺遂，一生平安。"

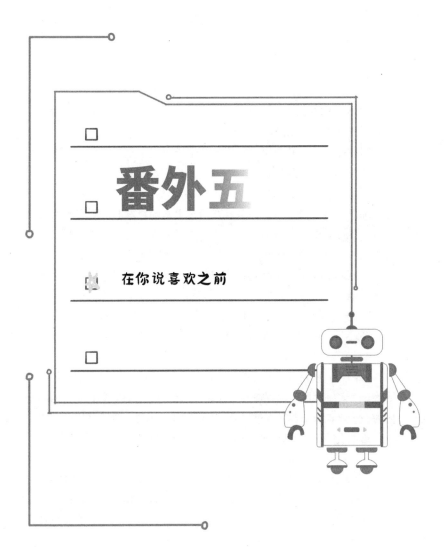

番外五

在你说喜欢之前

2018 年的春天十分短暂，才刚 5 月，下过几场雨，便时不时来几天逼近三十摄氏度的高温。

附中操场上，几个穿着校服的高个子男生手里运着球，朝着树荫处喊："词哥——打球吗！"

树荫下的长椅上坐着人。

那少年身形清瘦，正仰头靠在椅背上，随意弯曲的腿看起来长得过分。他像是睡着了一样，不少散步的女生路过长椅，频频回头望，又跟姐妹窃窃私语，他都好像毫无察觉，听到叫声也一动没动。

一直到那几个男生跑到长椅跟前，前前后后围成一圈，少年才终于懒懒地掀开眼皮，露出一双漆黑漂亮的眼，回答："太热，不打。"

"别啊，哥！你不来我们跟隔壁班五五开，够呛能打过啊……"

"哦，"少年眼睛一弯，对他们友善地笑了笑，"那就打不过吧。"

"……"

在附中，顾词二字几乎无人不知，无人不晓。有的人知道他，是因为这个名字无数次出现在升旗仪式上，获得过各种表彰；剩下的则是因为……这人长得实在太过出众，在学校里，是独一档断层级的美貌。

这两个字，频繁出现在学校无数少女的日记里，以及他们的梦里。

高一刚开学不久，表白墙曾出现一段话：

"有人问我，'考上 T 大'和'顾词当我男朋友'之间要选哪个，我纠结了好久，觉得如果选了顾词当我男朋友，他也能给我辅导上 T 大。我正准备回答，那个人突然不见了。然后我就醒了，T 大与顾词皆失。"

"……"

又好笑又真实，被大家私下当成一个梗传了半学期。最后传到顾词耳朵里，是因为有人迫不及待地问他什么想法。

"我，给人辅导？"顾词自己重复了一遍，笑了声，恰好他最近看了点拓展的书，随口道，"我那么闲，怎么不去教文科生学大学物理？"

而论受欢迎程度，非常神奇的是，顾词男生缘好得更是过分，不管做什么，总能看到他身边围着一群人。也因为他朋友多，不好意思直接表达心意的人恰好有了投递口。

但某次，有个女生找顾词同班朋友的时候，却遭到对方明确拒绝。

"抱歉美女，最近不接代送服务了。"男生诚实地挠挠头，"他总损我，我受不了。"

遇到颜路清的那天，是顾词十多年的人生里，相当平常的一天。

平常到如果不是遇到她，那一天在之后被提起来，只会被笼统地称为"某一天"。

那天放学前的最后一节是语文课，窗外阳光没有中午那么毒辣，照得教室内笼着一层淡金色的暖调，而老师正讲到课文中的某一个成语释义——"至死不渝"，到死都不改变。

"这个成语放在现在，多用来形容爱情，所以人们常说——'至死不渝的爱'，是非常美好的形容。"

大概喜爱研究文学的人，细胞里都带着点浪漫，语文老师讲到这个词，又给他们延伸出去，花几分钟的时间讲了个小故事。

至死不渝的爱。

到死都不改变的爱情。

听完老师讲的，顾词没有丝毫触动，倒是他的同桌小声感慨："真好啊……讲得我都羡慕了，想赶紧结婚对我还没出现的老婆宣个誓。"

而后同桌敲敲他桌子，好奇道："您呢？请问您听了啥感觉？"

顾词笑了笑，淡淡地说："别人的故事而已。"

"哎，"同桌摇摇头，"果然啊，大佬都是理性的，大佬都是无情的。"

没错。

他不仅没触动，他也不相信。

因为放学后有竞赛训练，顺便跟朋友在外面吃了饭，那天顾词到家已经很晚了。他上楼，打开卧室的灯，而后辨别出自己床上躺着的长发打呼女孩，脚步一顿——

随后没几秒，视线微转，又见到自己房间原本干净的墙上，多出了一扇格格不入的破旧的门。

他垂眼，看着女孩被灯光晃醒，睫毛颤了颤，露出一双干净而又湿漉漉的眼睛，迷迷糊糊对上他的视线。

——那时候，他还不知道这场相遇意味着什么。

卧室重叠，所以让她进了房间，让她睡在自己床上。他认床睡不好，她找了个隔板立在中间，两人开始分享一张床。似乎应该到此为止才对，但是之后的一切，完全不受控地朝着别的方向发展。

原本异常平静的生活，闯进了一个陌生世界的少女。

她说，她叫颜路清。

因为家庭原因，会随父母出席各种场合的顾词自然认识颜家人，恰好，颜家那个女儿跟他房间里这个有着一样的名字。

可第一次听见她说自己的名字，包括之后的每一次提起，顾词从没想起过另外一个人。

她是一个独一无二的存在。

那天颜路清考试迟到，载她去上学，目送她跑进校园后，顾词没有原路返回。

他突然，很想看看她所在的世界。

可能那就是一切转变的起点。

再之后——

让她把原本简洁的房间填得满满当当，让她在耳边聒噪个不停，让她一个将来要学文的学生物理考到高分，让她一次两次无数次地坐在自己车子上。

5 月都会因为热而懒得下场打球，在盛夏最热的时候，被软磨硬泡载着她去了篮球场。

……

顾词做什么事情之前，都会想好之后所有将会发生的可能。

可是，喜欢她。

想看她那双湿漉漉的眼睛倒映着他的轮廓。

想要听她每次放学回来，张口第一声就叫他的名字，以"顾词，我今天……"开头。

想要听她讲她的每一天。

那门突然出现，像突然而起的大雾，带来一场让人沉醉的美梦。

所以终有一天，它也会像大雾散去一般突然消失。

那段时光在记忆里无比绚烂，每一帧都刻在骨血里，所以当意识到它在渐渐模糊、褪色的时候，顾词把另一个世界的地址文在了手臂上。

高二的暑假，8月12日，是颜路清的生日。

那天凌晨，顾词坐在桌前看日历，眼前浮现出许多画面。

去年她的生日，是他们一起在游乐场度过的。

当时玩了一天，最后一个项目是去坐摩天轮，少女的眼睛贼溜溜地打转，像是有什么预谋，最后摩天轮快到顶端，她小声在他耳边道："我听说，在摩天轮到了顶点时……咳咳，两人亲一下，就会永远在一起！"

那时顾词淡淡地说："怎么还有这种迷信？"

她立刻睁圆眼睛表示不满。

那时的一切，竟然距离现在这么远了啊。

房间里只亮了一盏台灯，其余的地方极为昏暗，手边正好有纸笔，顾词随意把纸扯到眼前，提笔写了四个字。

——生日快乐。

那个过生日的人，看不到也听不到，他却仍然想写给她。

往后，在他记得她的岁月里，年年今日都是如此。

高考结束的那年夏天，顾词家逢巨变，短短几天，一切都物是人非。

他被囚禁起来折磨，被注射了数不清的东西。

他见到姓金的纨绔，并不意外，随后却又见到了颜家的女儿，那个他几乎没什么印象的、总阴气沉沉的精神病。那个精神病演了两天戏便露出了真实面目，想看他痛苦，想看他迷失在那些药效和幻觉里，想让他变成跟她一样的疯子。

那段时间里，顾词频繁地想起那个记忆里的少女——就好像潜意识里的某种自我保护机制，唯独这样，才能扛下去。

那一年的8月12日。

顾词没有机会给另一个世界的颜路清写生日快乐。

往后的很多个 8 月 12 日。

顾词忘记了，自己还要给另一个世界的颜路清写生日快乐。

……

被舅舅接走后，顾词调养了相当长的一段日子，他开始着手调查父母的事情，开始有条不紊地进行许多谋划。可是有什么不可抗力，趁机侵入脑海把他的记忆模糊。

从看到文身后会恍惚片刻、再想起些什么，一直到多年之后——他功成名就，却看着手臂上陌生的字符，突然想要调查自己文了一串不存在于世的地址，原因何在。

可这个世界上唯一知道原因的人，已经把原因忘了。

顾词是个很容易让人折服的存在，他似乎无所不知、无所不能，长相惊为天人，待人温柔有礼，喜欢他的人比高中时还要多得多。

"你是不是该谈个恋爱了？"舅舅经常催他，愁容满面，"你说你要是将来出家，我可怎么跟你爸妈交代？我真不信了，你长这么大，就没个喜欢的姑娘？"

顾词撑着脸，笑得很随意："可能梦里有吧。"

可能在梦里，他遇到过一个人。

然后心甘情愿地把所有的爱都给了她，再也不会多看别人一眼。

……

后来，人人都知道那个又好看又神秘的大佬顾词，最喜欢一种无名野花，纯白色，每到春夏便会疯狂生长。虽然不知道为什么他会喜欢如此廉价的花，但如果在签合同现场摆一些这种小花，会让大佬感到愉悦。

后来，word 这个跟顾词非常不适配的微信名，他从来没有改掉过；手臂上来路不明的文身，他从来没有洗掉过。

后来，明明风华正茂，顾词选择让生命终止。

意识快要消散的时候，脑海里充盈着阔别十年的画面，看着少女极为清晰的笑颜，他突然想到高中时的某个下午。

那个铺满金色阳光的下午，少年穿着校服，听老师在讲台上讲至死不渝的爱，满心冷漠与质疑。

兜兜转转，时过境迁。

原来遇到她，所谓至死不渝，也并不是一件难事。

再次睁开眼，顾词像是睡了很长的一觉，身体有着熟悉的不适感，脑海里空荡荡，像是刚被洗劫一空，记忆里还存留着许多模糊不清的东西。

没过多久，那些东西彻底不见，他也睁开眼睛。根据眼睛的视物程度判断出自己的状态、所处的时间，顾词厘清了一切，跟床边站着的女孩对上视线。

虽然看不清晰，却似乎能感受到她的紧张与错愕。

顾词一边半低头撑着身子坐起来，一边吐字清晰地叫出她的名字："颜路清。"

顾词开始跟那个女精神病周旋。

只不过周旋了没多久，他发现这一次，女精神病换人了。

虽然换了人，但是这个颜路清似乎也有点不对劲，只是她的病情是在朝着别的方向发展。

而与此同时，在这个未知病情的人的带领下，他们的生活以及顾词的一举一动，都与他刚苏醒那时所设想的背道而驰。

和她一起给她的黑儿子庆生。

和她去荒郊野岭秋游，本能地伸手想拉住她，却被更大的吸力一起带了下去，双双脱臼。

和她睡在一个睡袋里，目睹了她拿着手机胡言乱语的发病过程。

和她捡了只边牧，取名叫狼。

……

顾词非常清楚，关于这个世界、关于自己，颜路清知道得很多。

可是他又感到疑惑，如果她真的知道些什么，又怎么会这么依赖他——甚至连她养的保镖儿子都不找，直奔他来。

她不喜欢被人当作精神病。

她喜欢盯着他的脸发呆，依照频率和时间来看，她最喜欢的部位是他的眼睛。

她不喜欢颜家，不喜欢跟他作对的人。

她喜欢喝酒，喝了酒之后会说出自己以前的秘密，有的还非常露骨。

……

过了段时间，颜路清垂头丧气地回家，一副摊上事了的模样，可怜巴巴地向他求助。

顾词答应给她补课，但是那过程的痛苦，竟让他有种熟悉的感觉，仿佛以前他也曾这样受刑。

一直到顾词见到她眼泪的那天。

顾词从来不是个共情能力强的人，他也没有多余的同情心。而在她哭着抱住自己之后，他的反应，让那段时日以来的一切反常都有了解释。

颜路清在做亏心事之前总是非常明显，比如在他药效发作的那天，一睁开眼，就看到她推门进来，拎着一大一小两个白色花圈。

然后她果真做了那件亏心事，顾词也尽量演得像是被催眠的样子。

舅舅回国前后，她的情绪跟平时大不相同，顾词一直在等她问出来，她却什么也没问。

什么也没问——就给他装好了行李，要给他打包送走。

又过了几天，铁树终于开花，而在那之后，他们度过了一段极为安稳幸福的时光。她给他取的外号一个一个曝光，顾词并不意外，但他认为她自居熊猫这点才是最为合适的。

直到再次分离与重聚，他们拿回了曾经的记忆。

熊猫哭得眼睛肿了好久，但哭完之后，她的情绪恢复很快，眼睛亮晶晶地看着他："两次，两次欸！都忘得一干二净了，我们还是互相喜欢。"说完还没尽兴，又非常骄傲地宣布，"我跟我的公主词就是天生一对儿！"

顾词抱着她，"嗯"了声。

"喜欢你的理由有太多了，但我觉得归根结底——"她腻腻歪歪地蹭着他，有点不好意思地讲情话，"顾词，任何时间，任何地点，我会喜欢上你，都是一种本能。"

……

颜熊猫很不愿意提到她曾经在书上所看到的，关于他的"结局"。

可是虽然不愿意提，顾词也从不主动提，她自己却还是控制不住地想，一想起来那双眼睛就通红，从熊猫变成了小兔子。

小兔子某天又胡思乱想了，梦到了什么场景，醒来之后抱着他说："顾词我警告你，我会在你咽气之后一块咽气，所以为了我，你也要健健康康地活很久很久，你要破世界纪录，好吗？"

她说的许多话都非常无厘头，又十分情绪化，可就是这样的话语，像是永远不会冷却的暖流，抚平曾经所有绝望和不甘的心情，化开了所有遗憾。

顾词伸手搂着小兔子，喉结滚了滚，声音哑得明显："好。"

喜欢你，也是我刻在骨血里的本能。

颜画家大四的时候，非常出息地被一家有名出版社联系到，说要给她出独家定制的画册，版权费也十分可观，制作周期不算太长，在毕业之前便能够面世。

颜画家开心坏了，钱还没到手，就带着自家老婆出去找了家非常贵的餐厅撮了一顿。只不过这顿是老婆请的。

半年之后，画册制作完毕。考虑到颜画家在社交平台上的知名度，出版方建议她做一个线下签售活动，颜画家欣然同意，携老婆前往。

画册收录了《冬夏》，画册的名字也叫《冬夏》，扉页上印的是颜路清亲笔写的几段话。

宣发之后，这几段话一度十分出圈，还被 CP 粉调侃：看起来正经，其实就是光明正大地秀恩爱罢了。

"你要相信，这世上总有人爱你，义无反顾。

"他将穿过一切阻碍，踏月而来。他别无所求，唯愿在安稳的岁月里，与你朝朝暮暮，伴你岁岁年年。"

……

签售会来了许多人，有颜路清学校论坛的人，有超话的 CP 粉，有单纯喜欢她画的画的人，也有人只是单纯想来凑热闹，看看这对情侣在现实生活中到底有没有那么好看。

主持人是小颜路清一级的同校学妹，正好在这家出版社实习，采访环节，一口一个"学姐"叫得不亦乐乎，颜学姐也答得不亦乐乎。

"谁追谁？我追他。"

"是啊，真的是我先告的白，我追的，我骗你这个干吗呀。"

"也没有太难啦，嘿，一追就追上了，小事小事……"

……

曾经，谁追谁在两人这儿还是有争议的话题，但颜画家现在抛头露面的机会非常多，有人问，她就答，洗脑洗多了，把自己都洗信了。

颜路清先聊完，坐在位子上开始签名，话筒又移动到了顾词面前。

"刚才颜学姐说是她追的你，那……学长是什么时候开始喜欢颜学姐的？"

顾词看着不远处的台子上，正忙着签字满脸开心的颜路清像是感应到一般，唰地抬头朝着他看过来，而后嘴一咧，眼睛一弯，露出一个夸张又可爱的笑。

主持的学妹喜欢他们好久了，她眼尖地发现，刚才还浑身透着清冷感的大美人在这一瞬间软了眼神。

他唇边挂着漂亮的弧度，温和专注地看着那个笑容夸张的女孩，缓缓道出了一个不太确切的时间。

"在她喜欢我之前。"

——在你说喜欢之前，我早已爱你，千千万万遍。

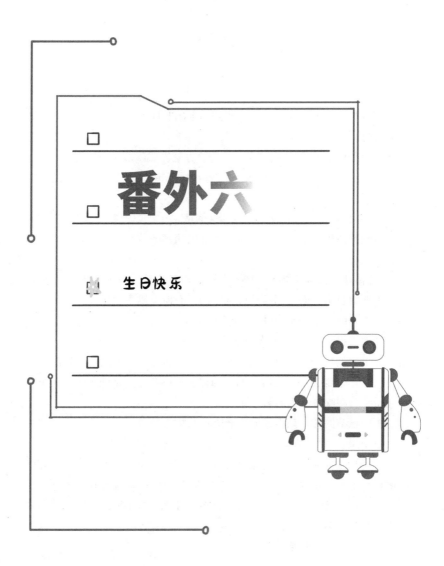

番外六

生日快乐

每当天气渐冷，从深秋过渡到初冬的时候，大黑小黑都会开始愁眉苦脸。

　　小黑在院子里叹气："哥……怎么办啊？眼瞅着 11 月了。"

　　"能怎么办？"大黑也叹气，"你往好了想，咱们一年只遭一次罪，不像顾词……"

　　小黑琢磨了会儿，点点头："这倒是。"

　　颜路清虽然有过节病，但一年之内的其他节日，大小黑其实都不怎么担心。

　　"你还记得今年儿童节吗？"小黑声音沧桑，陷入回忆，"不是儿童也非得过节，颜小姐拉着顾词出门，心血来潮去游乐场，疯玩了一天，回来的时候是闭着眼被人抱回来的。"

　　大黑提醒："还有上次粽子节。"

　　上次的粽子节，颜小姐心血来潮要去包粽子，一大早让她的宝贝疙瘩开车带她去了，最后带回来的粽子里没有一个是她包的，大小黑还得瞪着眼吹颜小姐的彩虹屁。

　　中秋节同理，只不过把粽子换成了月饼。

　　小黑："七夕节更不用说了，咱这整个城市已经装不下颜小姐了！我记得那会儿是夏天，她嚷嚷着这里天气热，硬是拉着顾词去北方旅游，找了个地儿滑雪，一天发八遍朋友圈，还逼着咱俩都得点赞。"

　　大黑拍他肩膀："咱们点个赞不算什么，你看她那朋友圈视频，不全是顾词给她录的？"

　　小黑打了个哆嗦。

　　是。想想都累。

　　综上，他们之所以不担心其他节日，那是因为她折腾的都是顾词。

　　一年中，唯有顾词的生日是个例外。颜小姐一定会想出百般花招给她的宝贝庆生，而执行方案的苦力就是他俩。

正聊着，客厅内突然传来独属于少女的清脆嗓音，语声格外激动："黑——！我的黑黑你们去哪儿了？"

黑黑："……"

里面不淡定的一家之主还在催魂："你俩随便进来一个！快！我想到一个绝妙 idea（主意）！"

"……"

颜小姐的宝贝生日在 11 月 12 日，兄弟俩就一直情绪低沉到了 11 月 12 日。不为别的，这次颜小姐的绝妙 idea 比任何一次都令他们尴尬。

11 月 12 号一早，颜路清睁开眼，还没从冗长的梦境中缓过神来，视线先触及到了一团似乎会发光的漂亮玩意儿。

她愣了一下，被吸引了注意力，又眯了眯眼。

定睛一看，是房间里的阳光恰好照在顾词脸上，皮肤白得像瓷器，这样的角度，显得他连睫毛都好像自带光晕，正是那团"似乎会发光的漂亮玩意儿"。

漂亮玩意儿对她弯弯嘴唇，声线清清冷冷的，语气却很是温柔："做梦了？"

颜路清停顿了两秒，慢吞吞地点点头。

"什么梦？"

她边揉眼睛边说："有点记不清了，就只有一点点印象……"

顾词抬眼，颜路清笑着补充完整："是一本日历啦，我只记得我梦到了一本日历，上面的'11 月 12 日'被用水彩笔圈起来了——"她一本正经，"你看，我连在梦里都惦记着今天！"

而后不等顾词反应，颜路清一下子从床上跪坐起来，双手压在他清瘦的肩膀上，对着那张在阳光下好看绝伦的脸，"啪唧"亲了一口。

下一秒，少女欢快的声音响遍房间："宝贝生日快乐！"

"……"

她总是这样。无论是刚认识的时候，还是现在，无论相处多久，都让人无法预料到她下一步的行为。

无比欢脱，无比自在，好像听到这样的声音，就能瞬间忘却所有嘈杂纷扰。

颜路清看着自己面前的宝贝微微一愣，虽然没说什么，眉眼却都变得柔软下来。

顾词"嗯"了一声，垂下眼睫，微微凉的手指蹭着她的下巴，在她的额头印了一个轻柔的吻。

颜路清被亲得心花怒放，挂在顾词身上不想下来，两人连体婴似的洗漱完，她又嫌不够，拽着他腻歪了好久。

今天是星期五，这样磨磨蹭蹭，一直拖到距离顾词每天上班时间已经过去了半小时，两人才出房间准备吃早餐。

这年他们大四，实习阶段和之前的日子几乎没有区别，颜路清找的画室动不动就休息放假，顾词依然在舅舅公司。

只不过与电视剧里钩心斗角的舅舅外甥不同，顾词舅舅巴不得他有点野心，赶紧把自己顶下去，顾词则是从不加班、从不早到，所以此时迟到半小时，他也不慌不忙。

顾词一出房门便注意到，某人两个体魄健壮的好儿子不知去了哪儿。没了他们，今天的别墅里显得格外空荡。

他还没开口，颜路清便抢答道："今天我给大小黑放了个假，你过生日嘛，我就想咱们也该与庶民同乐。"

与庶民同乐……顾词忍不住笑："原来这句话能这么用。"

吃完早饭，颜路清送他到门口，挥挥手说："爱妃今天别自己开车，下午我去公司接你。"

"行，"顾词顺着她的意，回道，"辛苦陛下了。"

此时此刻，寿星还并不知道自己即将面对怎样的"惊喜"。

此时此刻，某公司 BBS 论坛早已炸了锅。

"哈哈哈……兄弟姐妹们我一个爆笑！今天应该都看到咱们大厅那两位了吧？"

帖子附的照片里赫然是某人的两个体格健硕的"好大儿"。

那两人身高几乎持平，直逼一米九，戴着黑墨镜、黑口罩，穿着黑西装，看起来酷得不行，神情肃穆地在公司门口站着，一左一右。

可违和的是，这两位酷哥手上举着两个一模一样、花里胡哨的牌子。牌子上用五颜六色的笔、十分可爱的字体写着——

今天，是宇宙第一无敌霹雳最帅最好看的大美人顾词的生日！

所以，见到他可不可以对他说一声"生日快乐"呢？谢谢啦！

旁边画着一个鞠躬的小女孩。

尽管是大清早，帖子已然有了上百条回复。

11L：我早饭都要笑得喷出来了，这是顾总家的保镖吧？我在顾美人和他老婆的某张合影里见过这二位。

13L：哈哈哈……顾总老婆可太牛了！顾总老婆在看我们论坛吗？你那么会，一定能摸到这里吧？你放心，我们今天一定让顾总开开心心！

30L：我愿称之为《世界名画》。

31L：我笑裂了，哈哈哈……

55L：刚来公司的时候吓了一跳，我寻思咱们这是摊上啥事了，找两个这么有威慑力的大哥站门口，然后仔细一看，哈哈哈哈！

76L：笑死谁了？笑死我了，不是我说，顾总从哪里找来这么个神奇宝贝当老婆？他后半辈子有福了。

顾词自己开车，一般是直接从地下停车场坐直梯到顶楼，但司机送的时候，他从大门走最方便。

顾词刚从车里出来，站直，随意往大门口扫了一眼。

就是这一眼，令他瞳孔一缩。

门口这熟悉的两大坨……不是现在该放假的"庶民"吗？

顾词微微笑着，朝两大坨走去。他明明闲庭信步，面若春风，大小黑看见他之后，却恨不得带那两块板子钻进地缝里。

顾词站到他们面前时，空气里弥漫着一种难言的尴尬与窒息。

大小黑深深地埋下了头。

救命啊！

救命啊！！

这真的不是我们的主意啊！是你家那个祖宗的！你不要瞪我们啊！

顾词仿佛没看到两人快扭成麻花的脸，慢条斯理地开口，问两人："几点来的？"

小黑结巴道："六……六六六、六点！"

"……"

公司员工八点半到九点才是上班时间，哪怕是保洁和保卫人员，也就是七点钟。

这次几乎可以确保公司的人全都看到他们了。

又度过了极为漫长的几十秒，两人肩膀被拍了拍，手中的板子被抽走，而后听到顾词熟悉的嗓音："任务完成了，回去跟她复命吧。"

大小黑坐车回到家，颜路清迫不及待地从屋子里跑出来迎接他们："怎么样怎么样？大家都看到了吧？顾词也看到了吧？圆满完成任务？"

大黑摘了墨镜和口罩，露出黑红的脸，答道："嗯，完成了。"

"顾词有没有和你们说什么？他什么表情？你们板子怎么没拿回来？"

大黑一一作答："我们没敢看他是什么表情，板子被他拿走了，跟我们说……"

正当此时，小黑也摘下口罩，露出更加黑红的一张脸，打断了大黑，语气竟显得十分羞愤："颜小姐明年再让我做这种事，我就、就辞职！"说完掉头就跑。

颜路清着实一愣。

也是，儿子长大了，也有自尊心啊。

颜路清早就打入了顾词他们公司内部，论坛刷得那是如鱼得水，接下来的一上午和一下午，颜路清都在帖子里的爆笑汇报中度过。

什么"顾总中午去趟食堂，大家像是喊万岁那样祝他生日快乐"。

什么"顾总办公室今天摆着两个大板子，别提多违和了，但顾总怎么就是不扔呢，哎呀呀，真不知道是得多喜欢那个画板子的人"。

什么"顾总平时除了打招呼，谁都懒得理，今天所有祝他生日快乐的他都一一回了呢"。

什么"咱们大老板本来今天没来公司，听说了这个盛况，特地来公司对顾总说了一句'生日快乐'，笑死个人……"。

下午五点，颜路清开着老婆给自己买的车，准时出现在了老婆公司门口。

没几分钟，就一眼看见了人群中最显眼的老婆，初冬的天气，他穿着黑色风衣，长身玉立，带着她亲手划拉的两块板子从公司门口走了出来，身后跟了一大堆探头探脑八卦的人。

颜路清笑得前仰后合，赶紧下来绕到另一侧，给大美人打开车门，一边看着他上车，一遍贼兮兮地问："爱妃今天怎么样啊？上班累吗？"

爱妃懒懒抬眼，坐在了她的副驾驶座，松了松领口："工作不累，嗓子累。"

颜路清又像是得逞了一样笑了好久。

等她笑够了，转过脸，对上了一双含笑的眼睛。

颜路清像是受到蛊惑般对着他伸出手："抱抱。"

几秒后，颜路清如愿以偿地靠在他肩头，闻着他身上和自己相似的味道，贴着他的耳郭，开始说悄悄话："我知道你不会生气的。"

虽然大黑小黑吓成那样，虽然这件事和顾词的作风可以说是毫不相干，但她从来没觉得他会生气。

不知道为什么，就是十分肯定。

颜路清的初衷，也不是想要看他被整蛊之后的反应。

她今天的情绪格外丰沛，或许是因为这个特殊的日子，也或许是因为，早上那个她没对顾词和盘托出的梦境。

她把他又搂紧了一点，一字一顿地说："我想让你在生日这天，收获很多很多的祝福和爱。"

你那么聪明，你都知道的吧？

像是听到了她心里的声音，顾词摸了摸她的头发，学着她的样子，也贴着她的耳郭道："知道。"

静静抱了一会儿，颜路清觉得浑身都暖洋洋的。她松开怀抱，发动车子，对顾词扬眉："出发去下一站吧。

"员工的爱收完了，现在，朕要带你去收获朕的爱啦。"

颜路清大学附近开的那家极有个性的奶茶店，名字叫"罚"，因为口味和包装都出彩，还有店里独特的贴满便利贴的"惩罚墙"，这家店自开业来生意就如火如荼，现在已经发展到要提前和店主打招呼，才能留个约会的座位了。

颜路清是这儿的常客。不过毕竟顾词不爱喝奶茶，这家店又开在她的学校附近，颜路清平时都和小麻花或者美术系好友一起来。

这还是她第一次带顾词来。

店长见了她，熟络地和她招招手，紧接着便看到她身后牵着的人。

店长眼睛噌地亮了："这就是传说中的大——"店长说习惯了，意识到现在对着本尊，硬生生吞下"美人"俩字，改口道，"大学霸，顾词同学？"

颜路清扑哧一笑，挤眉弄眼道："是的是的，怎么样，好不好看？"

顾词恰好淡淡笑着对店长点了点头，店长捂心口："一个好看怎么形容啊！救命，这本人比你学校论坛上放的照片帅太多了。"

店里除了留出来的位子，都坐满了，两人实在是太过吸引眼球，颜路清在本校也算是名人，进来点完单的工夫，她就收到小麻花的消息。

【小麻花】：你带大美人去"罚"了？有人发帖了。

【小麻花】：哈哈哈哈，正好周五下午，大家闲，论坛全在围观那帖子，还有想立刻赶去"罚"见你们本人的。

颜路清回复。

【公主的仙女教母】：是啊，我在这儿给他写了那么多张便利贴，不得带过来看看啊？

不管周围女孩子们投来的惊喜与好奇的目光，颜路清把顾词拉到了便利贴区，边走边介绍道："这家店有个传统，就是来店里点奶茶的人，可以写一张便利贴贴到墙上。你看这家店的店名不是叫'罚'吗？那张便利贴的内容，就是以'我罚'开头。"

颜路清给他指了指写字台上一摞空白的便利贴。

顾词看到了她所说的，那便利贴的开头便是"我罚 ____"，墙上贴的更是千奇百怪，罚室友叫自己爸爸、罚教授秃头、罚闺密单身换自己及格等。

他扫了一眼，又看向颜路清："你写的在哪儿？"

"在最里面那一列！"颜路清拉着他走到墙边，"不知道为什么，可能同学们也比较想让我写给你的都露出来，都没人盖我的便利贴。"

颜路清来这里留下的第一张便利贴，就是写给顾词的情话。

"我罚顾词同学，事事顺遂，一生平安。"

这话被大家传阅好久，后来的话相较而言就随意了些，但仍然看得大家羡慕不已。

> 3 月 4 日
> 我罚顾词同学吃胖点。
> 太瘦了！
> 给、我、胖！！！

> 5 月 20 日
> 我罚顾词同学每天想我。
> 当然我也会想他的。

> 10 月 20 日
> 我罚顾词再也不要出差了。
> 括号，出差也得带上我，括号完毕。
> ……

顾词一张一张地看过去，每一个字都没漏掉，用他几乎可以算是过目不忘的记忆力，把它们都记了下来。

颜路清带他来看，其实多少还是有点不好意思的。

虽然某些时刻，羞羞的话已经全部说完了，但这样子把以前写的一些蠢话展露给他，她还是会觉得别扭。

"你大概看看就行了啊，你别一直看，一会儿都要背下来了……"

听到她的小声嘟囔，顾词反握住她的手："已经背下来了，怎么办？"

颜路清倏地瞪大眼睛，脸颊粉嫩嫩的，显得格外可爱。

"……天才犯规啊，"她羞得不行，要把他拉回座位，"走了走了，不带你看了。"

她没走两步，便被顾词扯了回来，重新扣住手指。

颜路清抬头，就看到顾词再次望向她写的贴纸，缓声说："从我很小的时候开始，身边的很多人会跟你刚才一样，叫我天才。

"我曾经以为，我绝不会在这种事情上浪费一分一秒。"

与情爱有关，与浪漫有关的事。

颜路清眨巴眨巴眼，看着顾词突然偏过脸，像宝石一样漆黑的眼睛定定地看着自己，那里面像是藏着许多东西，全都是敛起的爱意。

"可认识了一个叫颜路清的姑娘之后，我宁愿生命的每分每秒都用来浪费。"

他说："只要全部，都与她有关。"

收获了这样好听的情话，那个叫颜路清的姑娘，先是惊愕地张了张嘴巴，而后脸颊更加粉嫩，越想越开心，越想越喜欢他。

她着实没想到，自己只是带他来看看自己写过的话，却能收获一段这么……

这么美的、独属于顾词的告白。

颜路清兴奋不已，当下拿起笔，在写字台上扯下一张新的便利贴，唰唰唰写下了一句比之前更加直白，也更加接地气的告白。

"我罚顾词永远喜欢颜路清。"

颜路清很满意地看着便利贴："我文采是不如你好啦，但接地气也是一种美！"

"我写完了。"她睁大眼睛对着顾词复述，"我罚你永远喜欢我。"

颜路清指了指一旁的便利贴，怂恿他："你刚刚那么会说，你现在也给我写一张。"

可顾词没有另外取一张便利贴。

他左手扣住她乱动的手指，右手径直拿起颜路清刚用过的笔，而后在她十分随意的字迹下面，写了三个漂亮的汉字——"我认罚。"

后来，"罚"的风景线就变成了这张便利贴，店长甚至用玻璃框把它裱起来，挂在了墙上，当作装饰品。

"我罚顾词永远喜欢颜路清。"

"我认罚。"

我的公主词，生日快乐，岁岁平安。

——颜路清

【小彩蛋】

顾词过生日的前一晚，颜路清梦到了她的高一下学期。

是那扇门消失之后的事情。

那是个春天，气温回暖的4月，那天她本来和谁约好一起吃饭，可回到家，打开门，她有一瞬的恍惚。

就是那一瞬。

在之后的日子里，颜路清的生活好像和以前没什么区别，可又好像什么都变了。

她会经常走到奶茶店的拐角，然后朝着路灯看去。

好像曾经有个少年总是在那里等她，又高又瘦，眉眼冷淡，长相十足好看。

每次冒出这样的想法，颜路清都会觉得自己是不是脑子坏了。

从4月到11月，是漫长的半年。

颜路清放弃了自己学起来吃力的物理，选了文科，也搬出了那个住了将近一年的房子，住在了学校。

11月12号，按理来说，该是对她来说很平常的一天。

可从睁眼开始，她脑海里就不断冒出荒谬的想法：今天是一个人的生日。

是谁呢？

颜路清有本带到宿舍的日历，日历上，她会把自己好友的生日全部用彩色笔圈出来，在旁边写上好友的名字。

11月12日，没有被圈起来。

颜路清到了教室，问了最熟悉她的闺密："哎，咱们认识的人里面，有今天过生日的吗？"

秋暖林瞪大眼睛："不是吧！楼上那个一直追你的公子哥就是今天过生日啊，上次叫你，你拒绝了，难道你改主意了，想要去？"

颜路清明明不知道是谁的生日，可还是立刻否定："不是他。"

看着闺密带着十万个疑惑的眼神，颜路清默默把话题转开。

这样的思绪围绕着她整整一天。

下午下课后，走读生离开学校，楼上那个过生日的公子哥带着一群兄弟下来找她，再次约她去玩。

颜路清拒绝后，看着一群少年人离开的背影，突然想：那个人在今天，也会这样开心吗？

这一整天过得魂不守舍。

颜路清回到宿舍后，翻来覆去睡不着觉。

她觉得很莫名其妙，可还是趁无人注意的时候，拿起笔，在日历的 11 月 12 日上画了一个圈，而后在旁边该写上寿星名字的地方，慢慢画了一个"？"。

真是奇怪。

颜路清画完问号，放下记号笔，在宿舍的嘈杂中，很轻很轻地说了句："生日快乐。"

生日快乐，不知名的问号同学。

你真的存在吗？

今天真的是你的生日吗？

……

如果是的话，那你一定，对我很重要吧。

不然怎么会像现在这样——

哪怕我不再记得你，也希望你天天开心。

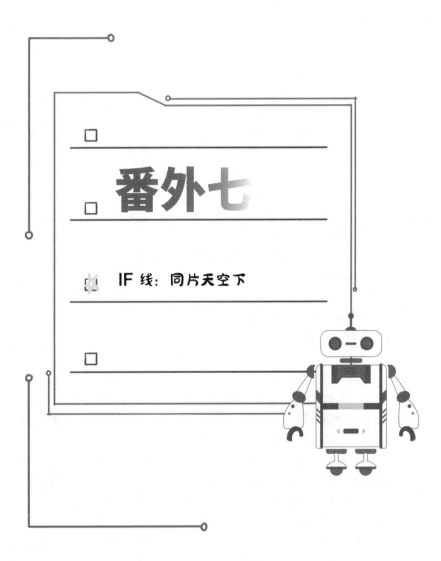

番外七

IF 线：同片天空下

"你说，假如我们两个本来就是一个世界的人，生在同片天空下，这一切会有什么改变呢？"

"……"

"干吗，无聊的问题公主词不回答是吧？"

"你想听什么，我说给你。"

"算了不问你了！我自己想！"

"我觉得呀……"

——假如我们生在同片天空下，我依然、一定会，千万次地奔向你。

暑假过完十五周岁生日后，无比期待高中生活的少女颜路清，怎么也想不到——自己的高中同桌会是一位各种意义上的"传奇人物"。

颜路清不为人知的小秘密：身为货真价实的"颜控"，却一直没遇见过非常符合审美的异性，哪怕当红男艺人里也没有。第一次遇见自己的"取向狙击"，是读高中的第一天。

盛夏刚过，马路边的树叶依旧翠绿，天气却不再闷热，清晨的风送来丝丝凉爽，令人身心舒畅。

今天是 9 月 1 号，颜路清起了个大早，比规定的报道时间提前了半小时到达学校。进校门前，她特地停住脚步，仰头仔仔细细地看了看门口金灿灿的四个大字。

——名德高中。

怀榆市的众多高中里，"名德"两个字就像是金字招牌，不论是一本率、名校率，但凡要算升学率的指标，它都能排在省第一。

颜路清至今记得初中班主任在班会上最常讲的一句话——"你们就是爬也得爬去名德！"

万幸她脑子还不错，不用爬也进来了。

颜路清是个路痴，但在校园里，凭借校服便能分辨出谁是高一新生，跟着大部队走，她顺利找到了高一（7）班。

进了教室，光速选好座位后，颜路清听到有人语气惊喜地喊她小名："清清！"

高中分班结果是开学前一个月通知的，颜路清暑假就知道自己班里有初中同学，喊她名字的这位叫秋暖林，正是她初中最铁的闺密。

看着闺密朝自己走来，颜路清笑眯眯地靠在座位上调侃："从实招来，为了和我一个班下了不少功夫吧？"

秋暖林翻了个白眼："拜托妹妹，你长得再好看姐姐也不好你这口。"

颜路清的座位在最左边靠窗一排的最后一位，秋暖林坐在她前面——两人并没有选择成为同桌，而是默契地成了前后座。

秋暖林回过头冲她眨眼："后排靠窗。"

颜路清笑了，心领神会："王的故乡。"

人越来越多，教室里吵吵嚷嚷。开学时的心情总是兴奋的，好奇、期待、紧张，每个人都在找自己熟悉的人聊天，但眼神又忍不住扫向每一张陌生的面孔。

七点五十分，第一节课的预备铃打响，一位臂弯里夹着书的中年男人敲了敲教室门："同学们，早上好啊。"

男人长得很和蔼，笑眯眯地介绍自己："我叫刘博，是你们的语文老师兼班主任，大家可以尊敬地称呼我'刘老师'，也可以亲切地称呼我为'老刘'。"

一句话把好感拉满，台下顿时有活泼的男生捧哏："好的老刘！"

教室里笑成一片。

在如此和谐的氛围里，老刘展开了以"名德欢迎你"为主题的标准开学演讲。指针指向七点五十六分时，颜路清身子前倾，凑到秋暖林耳后小声道："一般来讲，这时候会进来一个迟到的学生。"

"开什么玩笑，都快打上课铃了。"秋暖林半回过头，狐疑看她一眼，"你暑假里小说看多了吧？"

她话音刚落，一声"报告——"立刻从走廊传进了七班教室，讲台上班主任的话语停住，全班人的视线集中在门口。

秋暖林："牛。"

颜路清又凑近秋暖林的耳边："一般来讲，这就是各种小说动漫里的主角登场。"

秋暖林："我这次信你了！"

她语速极快地补充："早就听说名德不光成绩是省第一，帅哥美女的含量也是省第一，咱们学校是出了名的校花校草神仙打架，还有个外号叫'怀榆后花园'呢。"

颜路清一直都是颜控，闻言更是双眼放光，两人一同望向教室门。

脚步声混杂着喘息声越来越近，颜路清的期待到了最高点时——

门框下方伸进来一只球鞋，跑进来的是一个有点胖的男生，厚唇方鼻，书包松松挎在胳膊肘，校服拉链没拉，满头的汗，笑嘻嘻地对老师鞠躬："老师不好意思，迟到了一小会儿。"

——不带任何歧视地评价，和"主角"二字没半毛钱关系。

秋暖林："我信你个鬼！"

颜路清："……"预测失败。

"叫什么名字？"老刘一点儿也没生气，反而往旁边挪了一步，示意男生走上讲台，"既然迟到了，就顺便来给大家做个自我介绍吧。"

男生也不扭捏，径直走到老刘身边："大家好，我叫方旭。"

老刘带头鼓掌，台下也响起稀稀拉拉的掌声。

"方旭，迟到的就你自己？"

"不不不，老师，还有一个。"说完，男生跑到门口扯着嗓子冲走廊喊："词哥——快点儿！"

颜路清跟着鼓完掌，就低下头开始在本子上画画，耳边听到教室门口传来校服摩擦的声音、有人走上讲台的声音，以及秋暖林突然蹦出的一声脏话。

秋暖林万分激动地用手指叩颜路清桌子："这个是！这个真是！颜路清你快看！"

"是什么啊？"颜路清十分没兴致地抬起头，先是瞄了眼莫名发疯的好闺密，接着目光才飘到前方的讲台。

那瞬间，她的视线像是接触到了什么强力胶水，登时黏在了讲台上。

老刘目测有一米八零，在中年男子里应该算傲视群雄的身高，但他身侧站着的人比他还要高一小截。

和方旭不同，男生校服穿得很板正，布料勾勒出少年人单薄清瘦的肩，线条优美如鹤的颈。他站的地方有束阳光打进来，光照在皮肤上，像是名贵的瓷器。

她脑子里莫名蹦出一个想法：事实证明，这种高饱和度的校服蓝真的很衬白皮。

颜路清先是被这人的周身气质晃了眼，下一刻才去仔细看他的脸。

该怎么形容呢？如果只能用一个词，那她会用"倾国倾城"。如果说名德是"怀榆后花园"，那这个人一定是整个花园里最贵、最漂亮的一株。

这株最漂亮的花对着老刘点了点头，打招呼道："刘老师。"

声音也是最悦耳的那种，清清凉凉的，像泉水，带着点鼻音，声线里透着男高中生独有的清润。

竟然是个清冷款的大美人啊！

——十几岁的人类就能长得这么好看吗！

教室里随着大美人的到来变得鸦雀无声，颜路清在心里哐哐发弹幕。

一片寂静里，还是老刘微笑着推进了一下流程："同学，自我介绍一下吧。"

"顾词。"简洁地说完名字，他又微微笑了一下，"大家好。"

少年面上的笑容温和又礼貌，而那双令人惊艳的眼睛淡淡看着台下，写满了漫不经心。

他话音刚落，指针走到八点整，上课铃声应景响起。

——这才是主角该有的登场嘛！颜路清无不感慨地想。

顾词不为人知的小秘密：从不主动询问别人的名字。

介绍环节完毕，台下掌声再次响起，颜路清隐约听到不少男生起哄喊顾词名字的声音，一副熟稔的样子，大概是初中相熟的人。

老刘看了看台下座位，目光定格在了颜路清这个方位："刚好靠窗那排有两个空位，顾词，方旭，你们坐过去吧。"

"好嘞！"方旭答应得很快，当即小跑到了倒数第二位，把书包放在了秋暖林旁边的桌子上。

颜路清愣了下。

他毫不犹豫选了这个座，那剩下一个空着的座位……岂不就是我同桌？！

颜路清就这么看着那位大美人朝自己走来，把书包放在旁边的桌子上，书包扣碰到桌子发出一声响。

紧接着，她又注意到方旭突然回了下头，目光扫到自己，微妙地笑了笑。

方旭没直接对颜路清说话，而是回过头看着顾词，笑嘻嘻道："哎呀词哥，迟到害得你宝座被占了。"

这是在说倒数第一排的靠窗座位？她屁股底下这个？

大概是她的疑惑展现得太明显，方旭解释道："同学，他初中三年都是在你这个位子上坐的。"

说完，方旭又语气激动地趴在顾词耳边低声感慨："才发现这妹妹真漂亮，没了个宝座多了个宝，不亏啊词哥！"

本来对于拥有一个这等姿色的同桌，颜路清是有一点心理压力在的，但她实在是满意极了自己这个座位，顿时来劲了。

"那没办法，宝座大家都喜欢，先到先得嘛。"她看了看身边刚坐下的顾词，"你说是吧？同桌。"

顾词放书的动作顿了一下。

他原本并没注意自己身边到底坐着谁，方旭说得天花乱坠，他也没什么兴趣看。反正如果太烦，可以调座，只要不太烦，坐着谁也无所谓。

直到听到这声尾音上扬的"同桌"，他第一次偏过头，对上了一双笑盈盈的眼睛。

穿着校服的少女坐在窗边的"宝座"上，歪着脑袋，半张笑脸被阳光一照，像是夏日里甜甜的雪糕，或者冬日里暖暖的汤圆。简言之，大概没有人能拒绝这样的笑。

顾词接下她的话："是。"

颜路清愣了一下。

她原本觉得顾词应该是那种很冷淡的性格，可能不会理自己和方旭之间的谈话，问出那句话只是出于一种逗逗美人的心思。

随后，顾词抽出一个本子，翻开封皮，将崭新的纸推到颜路清面前。

她看着对方白皙细长的手指，听到他用那把清清冷冷的嗓音问："你叫什么？同桌。"

没看他的脸，都觉得莫名耳热。

颜路清想：必须在大美人的本子上写下自己最好看的字迹。于是她全神贯注认真签名，完全没注意到方旭眼珠子都要瞪出来的表情。

写完把本子推回给他，还没等想出什么话题来和新同桌熟悉一下，颜路清就听到自己的名字被点了——"学号 10 的颜路清同学，是哪位？站起来让我看看。"

颜路清有点蒙地从座位上站起来，老实道："刘老师，10 号是我。"

"颜路清同学，成绩很优秀啊。"老刘先夸了一句，紧接着问道，"别紧张，老师叫你起来是想问问你，你觉得自己有什么弱点吗？"

颜路清仔细地想了想，认真回答："我体育差。"

"体育差？"老刘似乎有些好奇，往前走了两步，"有多差？"

"非常非常差，"颜路清诚恳地看着他，"刘老师，您知道 2 月 15 日是什么日子吗？"

老刘确实不知道，很配合地反问："是什么日子？"

"是教育局宣布体育成绩不再计入中考总分的日子！"颜路清答得声情并茂、抑扬顿挫，"知道中考取消计入体育成绩那晚，我匿名给教育局送了一面锦旗，是锦旗店铺里最高规格的豪华旗，花了我一个月的生活费呢！"

全班同学安静了一瞬，紧接着笑得脸痛。

"哈哈哈哈哈，她竟然把我最想干的事干了……"

"一个月生活费，好了她是真讨厌体育哈哈哈哈。"

"她长得好好看啊啊啊，讲话又不太正常的样子，我好喜欢！"

"……"

"好孩子，老师相信你。"一番吵闹后，老刘眯着眼慈祥地笑，眼纹都多了许多条，"人生啊，就是要直面自己的弱点。"

颜路清感到些许疑惑。

等等，不祥的预感在此刻到达顶峰——

"我们班的体育委员就由颜路清同学担任了。希望你能克服弱点，成为更好的自己！"老刘带头拍手，"同学们，掌声！"

全班同学再次爆发笑声，口哨声、鼓掌声、起哄声此起彼伏。

大概是知道了要按照学号安排课代表，也了解了老刘的套路，越来越多的"学霸"开始要宝。

"老师，我五音不全。"

"好，音乐课代表。"

"老师，我妈喜欢说反话，她夸我是当代毕加索。"

"美术课代表。"

"老师，我长这么大还不会算十以内的加法。"

"数学课代表。不过你是怎么考进名德的？"

"老师，I'm fine, thank you, and you？"

"Fine too，英语课代表就交给 you 啦。"

"……"

高中第一节课就这样在欢声笑语中结束了。除了体委，每个人都如愿以偿地选了自己想要的职位。

不过……颜路清回忆了一下，好像还没叫到学号为1的同学，班级职务就被大家抢完了。

那第一名是谁啊？

真好奇在这种学校里还能排第一的会是何方神圣。

颜路清不为人知的小秘密：上了高中才发现自己喜欢男美人款的长相。虽然身边只有那么一位。

接下来的时间，颜路凭借着社交天赋满点的属性，迅速结识了周围的女同学。午休时间，她和舍友们也很顺利地打成一团。

但她几乎没再和身边这位大美人同桌讲过话了。

——直到下午第一节课。

为保证学生休息，名德规定除非特殊情况，走读生也要在学校午休。名德的走读生占比高达将近一半，颜路清就是其中一员，模式是中午留校午休，晚上回家。

颜路清到教室的时候，顾词已经在座位上了，只不过人是趴着的。

大概因为左边有窗户，阳光太刺眼，顾词的脸朝向右边，枕在左胳膊上。他的碎发盖住耳郭和眉眼，从后面看，只露出了一截轮廓清晰的右边侧脸，以及薄薄的唇。

幸亏最后一排坐进里面不需要同桌起身。

颜路清放缓脚步，轻手轻脚地回到座位。

"中午睡得咋样？"

"不错啊，你呢？"

方旭是话匣子，秋暖林也是个能说的，两人到了座位上就开始聊天。

"我是给张床就能睡。"方旭笑嘻嘻地答完，又想到什么，补充道，"哦，不过词哥没睡好，哈哈哈哈名德这个规定可苦了他了。"

坐得近，颜路清听得一清二楚。同桌的名字被提及，她面上不显，偷偷竖起了耳朵。

秋暖林好奇："为什么啊？你词哥对床有什么特殊偏好？"

"哈哈，偏好倒没有，他就是金贵，认床认得厉害。别说学校这种床了，小时候我叫一帮人来我家玩，我那无敌大床都被他嫌弃！我给别人安排客房，特地给他留了个最好的床，他上去躺了会儿，说不行，愣是玩完回家睡的。"方旭哭唧唧，"我的床啊，我那么软的床啊……"

秋暖林笑得浑身发抖，颜路清在后面弯着嘴唇，也憋笑憋得难受。

顾词——现实版豌豆公主？

听完公主的故事没多久，预备铃打响。

今天所有的课都是第一次上，每个老师来班里做的第一件事都是翻看讲台上的花名册，或是点名，或是以提问的方式来认识班级里的人。

顾词每节课都被点了，颜路清也不知道为什么。因为他长得好看？毕竟经她观察，这人的书上几乎不做笔记，看起来听课也漫不经心，再加上这长相，妥妥的"学渣"搭配啊。

正想着，生物老师和大家打完招呼，翻开花名册，首点了顾词的名字。

颜路清本来还在翻生物课本，听到"顾词"两个字，她蹭的一下抬起头来，随后用标准的提醒同桌快醒醒的姿势——右手肘快准狠地捅了一下旁边趴着的人。

颜路清往右凑近，压低声音："同桌！叫你呢！"

"……"

顾词先是从手臂间抬起头，往左偏，看了她一眼。

那眼神带着点初醒的迷茫，头发也有点乱，在阳光下显得毛茸茸，和他身上显露出的清冷感截然相反，看起来手感很好的样子。

这和上午他给颜路清的初印象有点不一样。

她看着同桌很快收回视线，抬手揉揉后颈，没什么表情地站起身。

"顾词？"生物老师问道，"你是那个中考考了怀榆市第一名的学生？"

颜路清看着同桌淡定地点了点头。

"不错不错，以后争取为名德争光。好，坐下吧。"生物老师很满意。

颜路清：啊？什么？

颜路清震惊地看着同桌："你是全市第一？！"

因为惊讶，她没太压声音，被前面的方旭听见了，立刻回头给她讲："是啊是啊，词哥参加初中毕业典礼的时候我们班主任都哭了，说估计这辈子再遇不到词哥这么牛的'活招牌学霸'了。同学，你可得好好珍惜这个宝贝第一同桌啊。"

"……"

"不过你竟然不知道吗？我以为词哥的名字咱们怀榆市初中生都认识呢，"方旭比了个大拇指，"他的成绩一骑绝尘。"

颜路清实话实说："不好意思……我没关注过……"

上课铃打响。

颜路清从一摞书里抽出自己的新本子，翻开第一页推到顾词面前，眨巴眨巴眼睛："同桌，写一下你的名字吧。"

顾词本来在转笔，闻言动作停顿，对着她微微挑眉："刚才不是知道我叫什么了吗？"

颜路清："我不知道怎么写。"

他话语里带了点玩味："同桌为什么要知道我的名字怎么写？"

"因为你上午已经知道我的名字怎么写了！礼尚往来——"

"……"

"哎呀，我想要市第一的大佬给我签个名嘛。"颜路清无意识带了点撒娇的语气。

市第一的大佬轻笑了声，微微侧身，拿刚才转笔时用的那支，落笔在了她的本子上。

颜路清如愿以偿地看到了自己的本子出现了大美人的签名。

顾……词。

原来是这个"词"。

颜路清不为人知的小秘密：喜欢给顾词取奇奇怪怪的外号，越是他知道后可能会生气的，她就越喜欢。比如"豌豆公主词""蛇蝎美人词"。

开学两周后，颜路清在不耽误学习的前提下，找到了顾词和方旭以前初中的论坛遗迹，加上方旭时不时透漏点信息，她几乎了解了顾词的全部历史。

而后发现，同桌这十几年的人生，只能用四个字来形容——天之骄子。

学习方面到顶了，长相天花板了，他家里竟然是怀榆市数一数二的大企业，走出国门也有一战之力的那种。

可谓是前途一片光辉灿烂。

不过，她也把这人的脾气摸了个大概。

比如大休返校的这天早上。

"数学作业借我！"颜路清小跑进教室，一屁股坐在座位上，什么都不干，先对着同桌双手合十，眼睛睁圆扮可怜，"呜呜呜大佬救我！"

"……"

对方显然也是刚到教室，书包都没打开。

顾词看着她几秒，随后点了点她的桌子："卷子和笔给我。"

颜路清立刻照做，殷勤地递上卷子和笔："您请。"

然后她看见大佬对着自己的卷子开始看。

看十秒左右，写一个选项，看十秒写一个选项。有的甚至不到十秒钟。

颜路清想：应该是在回忆自己做过的答案吧。

虽然不知道为什么他不直接拿出卷子给她，但这不就是送佛送到西吗？别人问他借卷子，他竟然直接帮别人写，大佬这服务也太周到了吧！人还怪好的。

这次的作业纸全部都是选择题，正反两面，顾词几分钟就把选项填完递给颜路清。

"谢谢大佬！你真是人美……""心善"两字吞回肚子里，颜路清把话头收住，改口道，"你真是个大善人！"

大佬没说话，回了她一个笑。

那笑容颜路清总在他脸上见到，虽然冷冷淡淡的，但是他长得太好看，便有种莫名的温柔。总之，不能盯太久——这张脸的杀伤力实在够大。

没一会儿的工夫，数学课代表来收作业。

颜路清交完之后，听见顾词对课代表说："抱歉，没带。"

数学课代表愣了一下，随后"哦"了一声，就转头去收隔壁排的作业了。

颜路清火速凑到顾词身边："你没带？"

"嗯。"

"你偷偷告诉我，真没带呀？"

"带了，没写。"

"啊？"颜路清愣了一秒，反应过来，"难道你刚才给我写的选项是胡乱蒙上去的？"

不等顾词回答，她委屈地控诉："你怎么能这么对我！"

刚转了个身的数学课代表：什么？我听到了什么？！顾词给她写作业！

颜路清单方面宣布和顾词绝交四节课。

下午第一节是数学，老师抱着一摞卷子进教室，一边走上讲台一边说："这次数学作业大家做得不错啊，我批了一下，全对的有三位同学，分别是颜路清，郑羲，林永超。其余同学再接再厉。来，课代表郑羲把卷子发一下。"

颜路清木着脸接受表扬，内心早已翻江倒海掀起十八层浪。

搞什么啊！意思是……顾词早上那几分钟是在现场做作业吗？！

那才几分钟啊！她把书本从书包里拿出来的工夫，他做了几十道数学选择题，竟然还是全对！这是人吗？！

不过，顾词是不是人暂且不提，她误会人家了……

数学课代表把卷子发下来，颜路清发现对方投给自己一个十分微妙的眼神，但她无心回应，看着作业纸上明晃晃的"100"，她伸出手，轻轻地揪了揪同桌的袖子。

顾词转过头。

上午宣布绝交的时候，他记得这个女孩子的眼睛睁得很大，腮帮子也鼓起来一点，因为生气，脸颊粉粉嫩嫩，对他一字一顿地说："为了我死掉的数学作业，我们绝交四节课！"

现在，还是那双眼睛，里面却没有了愤怒。看起来湿漉漉的，像是娇气的博美犬受了欺负，可怜又可爱。

颜路清手指揪了一点点他的校服袖子，道歉："对不起，同桌，是我狭隘了。"

顾词弯弯眼睛："没关系，没指望过你能懂。"

颜路清："……"

不管怎么听，这话都包含了嘲讽自己智商的意思。

——嘴毒！恶劣！颜路清摸透的就是这点。

损人像是顾词的天性，或者说天赋技能。这人不开口的时候是漂亮干净的少年，水墨画一样令人赏心悦目，一开口就成了蛇蝎美人。

可当颜路清把这件事在体育课上分享给好朋友的时候，那几个人却像是听到了什么童话故事一样，激动得满眼冒桃心。

秋暖林："我的天，大佬好好啊！"

萧筱："他自己的数学卷子懒得做，你问他要，他就拿过来现场给你做了！并且全对！大佬好牛！"

宋小玛："宝，下次他给你写完能给我也看看吗？"

颜路清：是你们疯了还是我疯了？

两人收拾好东西，没过太久，又进来了一张熟悉面孔。女孩子梳着麻花辫，是十分可爱的小圆脸，"噔噔噔"地跑到颜路清座位旁边："啊啊啊啊好久不见！"

萧筱，一个虽然跟颜路清不同班，但非常喜欢颜路清的长相的姑娘。她是颜路清的初中同学，一直致力于发掘颜路清和初中任何数得上名号的帅哥之间并不存在的火花。由于对麻花辫情有独钟，萧筱被大家亲切地称为"小麻花"。

宋小玛是颜路清现在的舍友，长相十分可爱，却总是口出狂言，热衷于看各种闲书，对她和顾词的同桌生活有无限的好奇心。

"还有没有类似的故事了？再来点再来点。"

"你和大佬同桌也有半月了，必须得给我们讲够一整节体育课！"

"全校的风云人物是你朝夕相处的同桌，做姐妹的听点福利不过分！"

"……"

颜路清把自己观察到的、搜罗到的所有细节和盘托出。包括她翻他们初中论坛时，偶然看到的收集告白墙的帖子。如果告白墙有地位之争，那顾词确实是毫无悬念的"墙主"。

几个女孩子听得津津有味，小麻花感慨万千："说到告白墙……前几天我们班的女生还在讨论名德告白墙，你们听说没？顾词的名字已经霸屏了，但凡是那种拍一张侧影觉得特别帅去找墙墙捞人的，没有一个答案不是顾词。"

宋小玛："没有任何不服。"

秋暖林："这是大佬应得的。"

颜路清也是个视觉动物，哪怕刚刚被损了，也中肯地评价道："世界的审美还是很正常的嘛。"

——看来顾词这个墙主身份还在名德延续下去了。

颜路清不为人知的小秘密：一直觉得自己长发更漂亮。由于初中剪成娃娃头，现在才刚长到肩膀。她内心非常想让头发快点长长，但绝不是想给新同桌看。

颜路清从小就知道自己的性格很容易交到朋友，所以她对于和顾词成为了朋友这件事并没有太大的反应，反而是以顾词发小身份自居的方旭一脸接受不了的样子。

那是九月的第三周。

午休结束，下午第一节课上课前，方旭心血来潮建了个班级群，把能加到微信的人都拉了进去。其间他扫到颜路清的对话框，看到熟悉的冷淡风头像，发现她竟然有顾词的微信。

方旭崩溃："他的微信好友少得离谱，我是他发小，给他当牛做

356

马整整小学六年人家才拿我当兄弟看，你就一个月？凭啥？凭你长得好看？"

当时顾词本尊趴在桌子上补眠，头微微朝向右侧，一点儿反应都没有。

秋暖林插嘴："那清清确实是比你好看太多了。"

方旭："……"

看到他吃瘪，秋暖林哈哈大笑，笑完回过头和颜路清聊天。

聊着聊着，她上下打量了一番自己的闺密。

两人暑假约莫三个月没见，颜路清的头发比初中长长了一截，开学那会儿垂到肩膀，最近这三周又长长了些。少女刘海微乱，露出一块光洁的额头，显得一双圆溜溜的杏眼更加漂亮。

颜路清生了一双偏圆的杏仁眼，不笑时就似带笑意，笑起来甜到人心底。

"啧啧，真好看，你果然更适合长发。"秋暖林伸出胳膊，隔着桌子摸了摸颜路清柔顺的发尾，"可惜啊，初中摊上咱们老班更年期……"

她们初中班主任是出了名的严，校规都没规定学生必须剪什么发型，他们班却施行一刀切——女生必须娃娃头，男生板寸。颜路清从小留的长发就是在初一开学后"一剪没"了。

颜路清笑笑："你倒是一直短发。"

秋暖林是斜刘海挂耳短发，明明是个脾气特别好的人，但长相气质都十分"御姐"。颜路清把这叫作反差美。

"我刚认识你的时候，是初一军训吧？"秋暖林回忆起初中时光，"哎，记得当时还没正式开学，每天晚上在操场坐着玩，咱俩好不容易有时间聊天，总有男生围着你问东问西，可烦死我了。"

"哈哈哈哈哈哈哈。"

初一军训那会儿，颜路清确实收各种小纸条、小礼物收到手软，但她那时候自认为还是个小孩子，刚小学毕业，对这种事避之不及。

两人没聊几句，预备铃响了，秋暖林回过身去坐好。

顾词还趴在桌子上。

他真的很爱睡觉，经常是困倦的样子。

颜路清默默在心里下定义：一个嗜睡的蛇蝎美人。

这样想着，竟然觉得有点可爱，忍不住笑了一下。随后，她正准备像往常一样把顾词叫醒，手还没碰到他校服，对方却不紧不慢地自己直起身来。

他转了转脖子，眼睛看着她，随口说："这么受欢迎啊，同桌。"

顾词的声线特别干净，唯有没睡醒的时候会带点沙哑，每当他用这把嗓子叫自己"同桌"的时候，颜路清都有点耳朵发麻的感觉。

"说到受欢迎，我差点忘了……"颜路清摸了摸自己的上衣口袋，"喏，从女生宿舍走到教室这十分钟，给顾词同学的情书就有两封，跑腿费记得微信转我。"

而后她笑眯眯："论受欢迎，我哪赶得上您呀。"

颜路清不为人知的小秘密：很少服软。初中时有男生恶作剧，抢了她的东西对她说"求我我就给你"，被颜路清记恨了三年。

开学过去一个月，颜路清对顾词的求作业方式发生了点变化，称呼也变得更为亲密，具体表现为——

"词！物理作业！"

"求我。"

"求求求求你了！跪求！"

"……"

"怎么用这种眼神看我？对，我没有骨气，我要那玩意儿干什么？"

"……"

"词！化学！求求你！"

"……"

每个学科的课代表都知道了七班那个全市第一对他同桌不为人知的纵容，只有他同桌自己不知道。

转眼间到了金秋送爽的季节。

10月中旬要开运动会。

虽说运动会那两天全是运动员的活儿，但在运动会之前，全是体委的活儿。

体委颜路清为了运动会项目报名的事愁得很。

根本凑不齐，根本凑不齐！靠同学们自愿报名，哪怕说一万次也就只有那么几个人报。怎么班里这么多人，区区十来个项目就是凑不齐人呢！

周末，颜路清躺在床上，床边放着那张万恶的项目报名表，上面至少空着一半。

她看了天花板一会儿，倏尔翻身找出手机，找到那个几乎与背景融为一体的头像，备注是豌豆公主词——这是颜路清偷取的，她非常满意。

点开对话框，她发消息过去。

【热爱学习】：词！求求！

【豌豆公主词】：？

【热爱学习】：你看！我们班的运动会报不齐了，呜呜呜周一就要交到年级办公室，你威望最高了！救救我！！

她发了一连串跪着号啕大哭的表情。

【豌豆公主词】：……

【豌豆公主词】：好处。

好处？我能给你什么好处啊，你什么都不缺。颜路清郁闷地盯着屏幕。

【豌豆公主词】：欠着。

她精神一振。

【热爱学习】：好！！谢谢词！！

颜路清发去"撒花"和"贴贴"两个表情，顾词看着手机屏幕上最后两个小女孩脸蹭脸的"贴贴"表情，手指微顿，随即划出界面，拨通一个电话。

"词哥？什么事儿？"那边传来方旭笑嘻嘻的声音。

"一会儿发你一张表，里面空着的项目让班里的人填满。"

"啥？名德运动会的项目吗？"方旭疑惑，"这不是体委的活吗？"

"嗯，"顾词一边说话一边走到电脑前，坐下开机，语气淡淡的，"现在是你的了。"

"……"方旭语气里全是不敢置信，"不是，哥，我给你跑腿这些年，咋的，现在还得给你同桌跑腿啊？！"

——满腔激愤。

顾词："双排一学期。"

方旭："得嘞！我给你同桌跑三年！"

——皆大欢喜。

颜路清不为人知的小秘密：对于特别想亲近的人，才会称呼对方名字的最后一个字，用叠字或是单字。

颜路清给顾词发完消息，终于能顺利地度过美好的周日，不再担心报名的事。

"顾词"这两个字好像有魔力，想到他的名字，就好像再烦的事也没什么大不了；想到他这个人，就觉得，不管什么他都能解决。

果然，周一刚到学校，报名表就被男生们抢来抢去，没多久就几乎填得满满当当。

方旭此时刚到教室，看着颜路清手里的表格，说道："我尽力了啊体委，400 米是个技术项目，对身体素质要求高，一般人跑不了，硬跑下来又丢人又累得要死，这个实在没人报。"

颜路清一愣："是你找的他们？"

"嗯哼。"方旭洋洋得意，"词哥给的任务，使命必达。"随后，又压低声音道，"偷偷告诉你，初中我们体育老师偷偷给词哥报过 400 米，他跑了第一，我不敢问，你努力……别说是我给的情报啊！"

被讨论的当事人顾词于五分钟后出现在教室后门。

天气越来越凉，他在校服外面套了一件黑外套，深色的衣服衬得皮肤像玉一样，唇红齿白。后门到靠窗有段距离，但这人生了双逆天比例的长腿，没几步就到了她眼前。

等顾词在位子上坐下，颜路清和他打招呼："早上好呀。"

他回："早。"

颜路清尽量让自己显得不那么殷勤。她从桌洞里掏出一颗糖，放在顾词桌上，小声说："请你吃。"

他视线接触到五颜六色的糖纸，放书包的手微顿，随后抬头看着她，语调淡淡："不吃糖。"

在大部分同学心里，顾词是温柔和冷淡并存的形象。温柔表现在他的教养、有礼貌、挂在脸上的微笑，而冷淡则更像是本性。

一般当他没什么表情地拒绝或者否定什么事的时候，对方会从他的脸色中感受到压力，不再强求。

但颜路清没有丝毫觉悟。

"你尝尝嘛，很好吃的！"她积极劝说，"吃甜的能让人快乐！现在吃糖开心一整天！你不吃一次糖，怎么能知道糖多好吃？你要敢为天下先！"

"……"那句话不是那么用的。

听她叽叽了一通，并且好像没有要闭嘴的意思，顾词权衡了一下，伸手把糖纸剥开。

糖放进嘴里，味蕾感受到绚甜的瞬间——外套袖子被人揪住，顾词听到耳边传来少女每次求他都会用的熟悉调调："词！就差 400 米没人报名！求求了！！"

"……"原来是贿赂。

顾词面无表情："这糖很难吃。"

颜路清心想：我知道。因为这是小卖部找不开五毛钱随便塞给我的一把糖。

"吃都吃了总不好吐出……"颜路清嘴里的"来"字还没说出口，就见他从桌上的纸抽里拿出一张纸巾，放到嘴边，一副马上要把糖吐出来的样子。

"哎哎哎别——"颜路清一着急，一下子伸手去捂他的嘴。

这下，两人的动作都僵住了。

颜路清手心里的触感非常之柔软，虽然没有湿润的感觉，但很嫩。

她一只手捂住他的下半张脸，顾词额发下的眉眼就显得格外深邃，鼻梁秀挺，他眼瞳很黑，看久了像是会被吸进去一样，有种近乎妖冶的漂亮。

对视三秒，顾词似乎是想说什么，嘴唇动了动。

颜路清的手心霎时像是触电般麻掉，她迅速移开手，可那股酥麻却沿着手掌一直蔓延到手臂。

英语课代表来到最后一排的时候，看到的就是这样一幕场面。

他们七班的男女颜值扛把子，分别坐在座位上目视前方。

顾词脸上看不出什么，只是左边脸颊稍微有点鼓起，像是含着糖，和本人平日里的气质不太相符，有种格外鲜明的反差感。

颜路清的脸则是十分精彩，双颊粉嫩，眼神飘忽，手放在桌子上一会儿握成拳一会儿松开……

英语课代表推推眼镜，清清嗓子："那个，我来收一下英语作业。"

这声提醒打破了这一方的沉默。

什么？收英语作业？

颜路清的尴尬一下子消失不见，手也顾不上麻了，对课代表讨好一笑："咱们……能不能先收另一排的？"

下一秒，她装都不装了，迅速扯过顾词的胳膊紧紧抓住："忘写了！词救我！"

顾词："……"

英语课代表：哇哦……

顾词不为人知的小秘密：擅长运动，但讨厌流汗。对篮球还算有兴趣，但夏天一场都不会打。

400米确实是每年运动会报名人数最少的项目。它不像100米和200米考验直道和弯道加速，不像800米和1500米考验耐力和持久度，它属于既要、又要的类型。400米需要运动员在前300米尽量保持匀速，还得在最后50米有体力冲刺，是非常耗费体力、考验身体素质的综合径赛项目。

但方旭所言非虚。

运动会上，顾词延续初中的辉煌，一举拿下了高一年级400米跑的冠军。

400米决赛在运动会第二天的上午举行。

大家看到的，是和平时那个总是眉眼困倦、温柔冷淡的全市第一名截然不同的顾词。

班里男生为了凸显班级团结、鼓舞士气，一人搞了一条运动发带戴在额头前，顾词上场前也被架着戴上了一条白色的。

他穿着随意，一身黑白相间的运动装，跑步的姿势十分标准好看，明明有400米的距离，但只盯着他的动作看，好像没几秒就到了终点。

少年的身体清瘦但有力，皮肤在阳光下像是会发光，额发被秋天的风吹开，第一个冲过终点线后，被七班男生拥在中间起哄。

颜路清也一直等在终点线，和负责班里后勤的几个女孩子一起在男生们的外圈站着，颜路清看他们像猴一样兴奋地围着顾词，别人完全插不进嘴。

她手里拿着一瓶水，但不知道怎么递出去，就想着带回班级，等顾词回来再给他。

刚转身，身后传来道好听的嗓音，语调悠闲地叫她："颜路清。"

"嗯？"

颜路清回过头，看见那个被人群围在中央的少年冲自己微微挑眉："水给我。"

"哦。"

顾词脸上还挂着笑。不知道是不是运动的魅力，让他看起来心情格外好。不知道是不是上午的太阳太大，颜路清觉得周遭的光照得人都有点晕。

她把手里的水对准顾词的方向一扔，水瓶在空中划出一道抛物线，被他稳稳伸手接过。

朝班级所在的看台走过去时，颜路清还能隐约听到几句调侃。

"周围这么多水呢，怎么专门要体委的啊？词哥？"

"快别说了，词哥爱干净得很，夏天热，爱出汗，叫他打篮球难如登天啊！体委不知道有什么法力，能让他答应来参加运动会……"

"这不比打篮球流汗多？"

"……"

七班距离主席台近，400米前三名去主席台领奖的时候，颜路清看到许多结伴去参观的女孩子看顾词的眼睛里都是小星星。

秋暖林也注意到了，她笑笑："你说，你同桌这算不算是一炮而红？"

"不算。"颜路清逻辑严谨，"他本身就很红。"

宋小玛冷静分析："要我说，应该是红上加红，大佬决赛跑了不到一分钟，但能给校园论坛提供接下来两个月的话题。"

大红人回到七班位置，颜路清还在发呆，听见周遭响起的掌声才回过神来。

顾词受了老刘的一通夸赞，接着长腿一迈走上看台，到颜路清身边才停下。

颜路清的座位和顾词挨着，但她是体委，不会总待在看台上，所以俩人压根没能好好说几句话。

她回过头，发现顾词额间的发带还在，他额前偏长的细碎发丝被箍起，漂亮的眉眼显露得更加清晰。和平时的清冷挂大美人不同，这样的他似乎多了点外放的攻击性。

顾词喝了口水，回过头和她对视几秒，伸手拽了拽脖子上刚被颁发的假金牌，忽而一笑："体委，拿了金牌有没有奖励啊？"

颜路清搬出刚才和闺密们聊的理论："你看啊，你现在是学校大红人，我也算促成你走红的一员猛将，这还不算奖励？"

"不算。"谁知，大红人本人竟然十分不在乎，"这些都是麻烦。"

"……"很贱。

看着这张异常勾人的脸，颜路清脑袋里灵光一闪。她问班里同学借了记号笔，然后坐回位子上，对着顾词招招手："你凑近一点。"

他依言凑近。

"头低一点。"

他低了低头。

两人间的距离仅有二三十厘米，颜路清伸手扶住他的脸："你别动哦。"然后她用记号笔，在他的额间发带上认真地写字。

凉爽的季节，青春的操场，周围欢声笑语的同学们……面前刚拿完金牌，意气风发，却愿意低头任自己摆弄的少年。

后来运动会结束，顾词恢复了以往的人设，颜路清一度觉得十分可惜，只能在心里默默把那两天的顾词封为：运动会绝版限定词。

宋小玛的预测终成真，不过……颜路清也没想到这其中还有自己的功劳。

论坛热帖：高一七班的顾词，发带上竟然写了个"帅"字，不知道是谁给他写的，竟然莫名很贴……但凡换一张脸我会觉得他自恋！可他是顾词！家人们谁懂啊！

热门回复：我好像知道是谁给他写的，是那个据说用了半个月时间就和大佬混到十年老友境界的……大佬的美女同桌。

热门回复：只是老友吗？我不信。

顾词不为人知的小秘密：讨厌甜食。

名德对高一学生没有逼得太紧，为了给大家一段缓冲时间，上半学期只有一次月考，安排在期中考试和期末考试之间。也就是10月底期中考，11月底月考，1月初期末考。

期中考试好歹是读高中以来第一次统考，过了运动会，班级里的学习氛围明显浓郁了许多倍，颜路清自然也是把学习氛围搞浓郁的主力军之一。

而她的利器，便是身旁坐着的镇校之宝——

"词别睡了，给臣讲讲题。"

"……"

"明天考物理啊啊啊我还不会这个题型！词你醒醒！！！"

"……"

"皇上！皇上！臣有一题相求！！"

"……"

每次顾词给她讲题的时候，方旭和秋暖林也跟着听，颜路清最后这半个月的冲刺，让他们这一整个小组的成绩都十分理想。

她比学号进步了三名，秋暖林和方旭各进步了十名。

顾词嘛，依旧稳定得可怕——这次没有全市排名，他是遥遥领先的全校第一。

考试期间还发生了段小插曲。当时考完最后一门，第一考场的人传出消息说，顾词在不止一门学科的考场上被监考老师提醒。颜路清听闻这个八卦，立刻找到本人求证："大佬，你在考场干吗了呀？"

本尊回答："做题，补觉。"

颜路清以为自己听错了："补……什么？"

"补觉。"

"因为做题快，监考老师担心我没写完卷子。"顾词弯唇笑了笑，看起来很好心地为她解答，"我也没办法啊，托同桌的福，回了教室我一秒钟都不可能休息。"

这话把颜路清说得十分愧疚，于是第二天，她在顾词桌洞塞了一大把糖，成功收到对方的冷嘲热讽。

　　顾词不为人知的小秘密：从小太受欢迎，所以练就一身本领，不会让任何异性收到错误信号，从来没有邀请过任何亲戚之外的女性到自己家里。

　　颜路清怎么也想不到，运动会顾词"走红"，他嘴里说的"都是麻烦"，竟然应验了——

　　期中考结束，名德迎来了继运动会之后最受学生期待的一项活动——篮球比赛。

　　在和隔壁班打八进四的时候，颜路清被化学老师临时抓去跑腿送文件，等她往体育馆走的时候，迎面遇到了正在奔跑的两个七班同学，明显一脸焦急。

　　她心里"咯噔"了一下，连忙拦住其中一个问："怎么了？"

　　男生恨恨骂道："八班几个不当人，搞小动作。词哥腕骨错位，不知道哪里好像脱臼了。"

　　旁边男生补充道："体委，你记不记得隔壁班班花运动会给词哥加油，我们班还起哄来着？八班这浑蛋绝对喜欢他们班花，不敢光明正大，只敢搞这些小人行径。"

　　颜路清怔住。

　　——腕骨错位，不知道哪里好像脱臼了。

　　这样简短的一句话，让她的整条胳膊都好像切实地疼了一瞬。

　　颜路清到体育馆的时候，没见到顾词，听裁判说，顾词已经去医务室做简单固定了。她去医务室，又得知顾词已经回教室，准备收拾东西去市医院。

　　"你们同学的家长好像已经在校门口了。"医务室的护士说。

　　颜路清身为一个体育废材，竟然一口气从医务室跑到了教学楼。

　　她看到七班的教室牌时，不忘在心里调侃自己：颜路清，你跑800米的时候有现在一半的精神动力，也不至于次次倒数第一。

　　教室里正在七嘴八舌地讨论，围绕着"八班""技不如人""玩得脏"等词展开。

　　顾词正坐在座位上，单手翻看卷子，长腿懒懒地朝前伸直。不像是在收拾东西，倒更像是闲的没事干，在消磨时间，在等人。

颜路清走回座位。

她想问他很多事，却发现自己喘得根本说不出话。

顾词没问她去干什么了，为什么喘得这么厉害，也没说刚才和八班比赛发生了什么，只是像平常一样懒懒地笑了笑："体委，班里比赛都不来看。"

颜路清不知道自己是怎么了，听到他这句稀松平常的话，竟然鼻子有点酸。

她小声答："我在去的路上被化学老师叫走了。"

随后脑子里闪过班里男生讲的来龙去脉，顾词这纯粹是被人嫉妒才受的伤，而如果追溯他为什么会被人嫉妒……

颜路清说："我觉得我也和这事有点关系。"

顾词用眼神朝她发送了一个问号。

颜路清讲了自己听到的八卦，感慨："当时是我硬要你报的运动会嘛，你说得对，红了之后真的都是麻烦……"

还没说完，顾词打断她的话，问了一个风马牛不相及的问题："你知道榆江在哪儿吗？"

颜路清一愣，觉得耳熟："这附近的榆江新城？"

"嗯。"

"榆江新城怎么了？"颜路清仍一头雾水。

顾词伤的是左手，他用右手把桌侧挂着的书包拎起来，人也从座位上站起来。

少年头发有一点儿湿，脸色也有点儿苍白，显得眼瞳更加深黑。

颜路清看着他对自己莞尔。

这人哪怕手臂受伤，听起来痛得不行，还依然能笑得这么好看："好好听课，记得来给我送卷子。"

顾词不为人知的小秘密：讨厌写作业。卷子拿回家也是放着，因为讨厌无意义地花费时间。

七班的镇班之宝已经三天没来上课了。

顾词受伤是 11 月 2 日，今天是 11 月 6 日，颜路清上课的时候能做到认真听讲，课间却总是发呆。

其实顾词是个话很少的人。他可能奉行节能主义，虽然有礼貌，会回复，但说话要多精简有多精简，能不浪费一滴唾液就绝不会多说一个字，所以颜路清平时和顾词说话的字数比可能是九比一。

她和秋暖林、方旭也能聊天呀，这俩人不比顾词能叭叭？为什么会觉得……他不在的这几天，这么无聊呢？

午休的时候，颜路清三天来第一次给顾词发消息。

【热爱学习】：老刘让我给你送卷子，你方便吗？

接着发了一个探头的表情。

过了十分钟，顾词分享了一个位置。

名德所处地段算得上是怀榆市的热门学区，以名德为中心，房价年年涨，房子年年抢。而顾词分享的地理位置——榆江新城别墅区，房价更贵。

颜路清顺着导航到了写着"榆江新城"的指示牌附近。周围的墙壁、建筑建造得像欧洲城堡一样，周遭的树和植被没了春夏的绿，仍然被修剪得极富美感。

她虽然知道这里，但没来过，毕竟以前没有住这儿的朋友。颜路清看到美景，忍不住打开手机照相机，对准整个榆江新城的入口——"咔嚓"。

颜路清翻看刚照的照片，欣赏了几秒钟，却骤然发现哪里不对。

她的屏幕里，除了风景，还入镜了其他人。

五点的夕阳从古堡一样的墙上打下，路旁的树边停了一辆山地车，靠在车座上的少年两条长腿松松交叠，正看向镜头。

少年一身黑色运动装，白色的羊毛围巾，下巴有一小截藏在围巾里，脸上的皮肤快和白色围巾融成一体了。

哪怕逆光模糊了五官，他在这景色里，依然美得像是一幅油画。

"顾词？"颜路清愣了几秒，反应过来，朝着他的方向小跑过去，"喂！你怎么来啦！"

她的语气里全是兴奋，是十六岁的女孩子最真实的情绪，仰头看他的眼睛里都是小星星，写满了开心。

顾词从车子上直起身，说："遛弯。"

"哦，"颜路清没有在意太多，笑嘻嘻，"以为你是来接我呢。"随后她又想起最重要的一点，连忙去看顾词的左手，"你怎么能骑车子出来遛弯啦？你手腕没事了吗？不疼吗？"

"带着夹板，可以活动。"

一连串的问题，只挑重点回复。

颜路清还想关心一下他的伤情，却看到这人转过身，干脆利落地抬起长腿跨坐上车，左手垂在身边，右手扶着车把，对着她歪头示意："走了。"

颜路清观察了一下他的车子：通体磨砂的黑色，印着银色标志，非常帅气拉风，妥妥的男高梦中情车。但……

"顾词，你这车子也没后座呀。"

"要后座干什么？"

"当然是载人啊。"

"没想过。"

"为什么没想过？"

"……"

这个问题到此为止了，因为颜路清发现顾词一脸"你再多说一句废话我立刻走人"的表情。

他的姿势很明显，给她空出了前面横梁的位置。

"我长这么大，还没坐过……横梁。"

"你可以选择走过去。"顾词声音温柔，"以你的腿长和步幅来估算，大概半小时。"

"……"你到底是怎么做到用这么温柔好听的声音说这么阴毒的话啊！

于是颜路清就这样体验了一把人生第一次。

榆江新城里面的世界比外面看起来还要漂亮 100 倍，颜路清一边欣赏一边想：豌豆公主词这个外号真是取得太贴切了……这不是公主住的城堡还有哪里是？

顾词一直没用左手，但是他单手骑车也非常稳。

颜路清稍微一偏头，就能看到顾词的下巴。

他刚刚说，没给自行车安后座是因为没想过载人。

"顾词，所以你从来没有骑车子载人吗？"

"嗯。"

"那，我是第一个？"

"嗯。"

初冬的风吹到脸上，却一点也不觉得冷。颜路清看着正前方的路，努力控制住嘴角上扬的趋势，却控制不住因为开心而快速跳动的心脏。

顾词不为人知的小秘密：没有和外人说过，但其实很喜欢自己的山地车，有点类似于一般人养宠物的心理。熟悉的朋友都知道顾词的车不让摸不让碰，世界第一金贵。

"你家里有人吗？"感觉到顾词的车速放缓，颜路清后知后觉地想到这个很严肃的问题。

"父母健在。"顾词的声音从头顶传来。

"……"懒得理他这个讲话方式。

这意思就是他家人都在，颜路清本来十分放松的心情一下子紧张起来。

顾词视线下移，看到坐在身前的女孩子莫名严肃的小半侧脸，白皙的皮肤有一点鼓起的弧度，看起来十分苦恼。

他笑了笑，又淡淡地补充："我爸今天不在，我妈很好说话。"

颜路清满脑子都是电视剧里那些复杂的家庭，脑内小剧场一茬接一茬。直到真的来到顾词家里见到他妈妈，她才发现，他说的确实是大实话。

柔顺到腰的长发，如雕刻家精心设计过比例的五官，小巧的脸，岁月带给她的是别样的风韵。从顾词脸上，能找到许多他妈妈的影子。

"你就是顾词的同桌吧？颜路清？"

当她温柔地对自己笑的时候，颜路清还愣愣的，几乎没注意她说了些什么，条件反射般地对她点点头："阿姨好，是我。"

这应该是颜路清长这么大以来，在现实生活中见到的最美丽的女人。

顾词去放车子的工夫，颜路清已经被美人妈妈拉进客厅。

偌大的空间里充满了有格调的装潢，茶几上摆满了水果，被美人妈扶着胳膊，颜路清感觉自己就像是公主的朋友被邀请进城堡里，享受着最高级别的待遇。

"他的手没关系的，不用管啦。

"和顾词同桌很不容易吧？辛苦你了……

"平时不要忘记，有不会的题就问他，他除了脑子好一无是处。

"顾词这个性格，在学校没什么朋友吧？难为你这么可爱还愿意和他玩……"

美人妈简直就是天使。

短短的五分钟交谈后，顾词打断了她和美人妈的二人世界，把颜路清带到二楼。

没注意到进了什么房间，颜路清在顾词关上门的那一刻，终于抑制不住兴奋地和他分享自己的激动之情："词！你妈妈真的太漂亮了！"

顾词挑眉。

没意识到已经彻底暴露颜控属性的颜路清还在继续感慨："我要被美晕了！"

顾词不咸不淡地看她一眼。

他摘下围巾，脱掉黑色运动服外套，里面只穿一件白 T 恤。宽松纯白的 T 恤隐约勾勒出少年的骨骼，清瘦但十足美观。

外套脱掉后，顾词左手的夹板完全显露出来。连这种东西放在他身上，都好像是什么装饰品。

他完美继承了妈妈的美貌，却又因为过于高挺秀气的鼻梁，不笑时显得十分淡漠的眉眼，有种格外独特的清冷气质。

颜路清再次恍惚：怎么办？来这个家才十分钟不到，好像又被美晕了一次。

回过神来，她发现顾词看自己的眼神有点奇怪："怎么了？"

顾词朝她走近一步，像是发现了什么好玩的事，微微低头："你脸怎么这么红？"

美色误人美色误人！

颜路清后退一步，一边举起手在脸旁边扇风，一边脱外套，手忙脚乱地解释："你家的恒温空调太热了……"

把外套和校服外套一起脱掉，她穿着薄毛衣，虽然还是有点热，但比起刚才好了太多。

颜路清从书包里拿出卷子递给顾词。与此同时，脑袋里浮现的却是他这两个月都交不上几次作业的场面。

颜路清：突然不知道来这趟的意义何在……

"谢谢。"顾词右手接过试卷，看都没看就放在一旁的桌子上，"除了送卷子，没别的事了？"

颜路清："其实……还有一件小事。"

"什么事？"

"咱俩能坐下说吗？"

顾词房间很大，一张放电脑的桌子靠南，一张没摆东西的桌子靠窗，桌面十分干净。

两张桌子前各有一把电竞椅，顾词把电脑桌前的椅子拉到靠窗这边，推到颜路清身后，示意她坐下。

这大概就是他的学习桌？

颜路清看着一尘不染的桌面，非常怀疑他究竟是否用过这张桌子。

顾词坐下，直截了当："说吧。"

颜路清从书包里掏出一个本子。这是她决定来找顾词之后，把自己最近不会的题全部剪下来贴到一起，临时做的"错题本"。

她翻开错题本第一页，小心翼翼地推到顾词面前，轻车熟路地双手合十："词，求求你。"

"……"

顾词不为人知的小秘密：男生缘好得离谱，他虽然不知道为什么，但觉得很正常。

"你去探病，去给一个因伤休息而没来学校的学生送试卷，结果竟然去问人家不会的题？"次日，得知好闺密昨天的行径后，秋暖林震惊地问道。

颜路清："可是他讲得好嘛……"

秋暖林："……"大佬你就宠她吧。

昨天去了顾词家以后，颜路清今天一天都觉得精力充沛。非要形容这个状态的话，有点像是手机三天没充电，可在顾词家的那一小时就充到了百分百。

题都问会了不说，她到现在都还清晰地记得，顾词在夕阳下给自己讲题的侧脸。

当时的光影分割着落在他脸上，本就出色的五官像是会发光。

颜路清从来没在现实中这样多次又仔细地观察一个异性——她对于美女的包容度很强，但对于异性颜值的要求就过于高了，但凡有一点不符合她审美的地方，直接开除"帅哥籍"。

初中快毕业的某天，颜路清被好友问："清清，我最近听说校草兄弟爆了个猛料，说校草暗恋你三年，真的假的？"

颜路清关注的重点歪了180度："什么？我们学校有校草吗？"

好友无语地看着她，报出了一个名字："就是我们隔壁班的呀！"

颜路清眼珠子差点瞪出来："什么？是他？难道我们学校就他一棵草？"

好友："你真是'笋'到家了，不爱也请别伤害好吗？"

可她从见到顾词的第一天起，就从没觉得这个人有过哪怕一秒钟的不好看。相反，很多个瞬间里，还体验到了以前从未有过的少女心。

就连他对自己毒舌的时候，都忍不住因为他的脸为他减轻一些罪责。

颜路清开心地想：颜控遇到取向狙击，我可真幸运。

昨天问完题后，颜路清被美人妈妈邀请留下吃饭，她满心遗憾地拒绝了："谢谢阿姨，不过不用忙啦，我刚打过电话了，一会儿我叔叔在榆江新城门口接我回家。"

"但是我们家到榆江门口也有段距离，"美人妈妈一锤定音，"顾词去送她。"

顾词没讲话，转身走出门，美人妈妈像是察觉到了什么，带着颜路清也来到院子，对着顾词的背影抬高声音道："阿词，不准骑车子，晚上太危险了。"

顾词脚步没停。

"你摔跤了大不了再休息一个月，人家小颜怎么办？"

颜路清："……"

顾词闻言，竟然真的停下了脚步。他转过身，对着两人指了指庭院一角："那儿有车。"

颜路清随着他指的方向粗粗扫了一眼，可就这一眼却把她吓得不轻。

她就是再有眼不识泰山也认识这个！那是豪车！！！

顾词："你开车送她。"

美人妈妈："我驾照丢了。"

顾词："……"

妈妈："你走着送她哦，你们年轻人多走两步怎么啦？真是的，快去吧快去吧别在这儿戳着。"

如此这般，接下来的十天，颜路清每隔三天就会来一遍这样"词接词送"的探病日常。

11月12日。

又到了颜路清探病的日子，最后一节课结束后，她心情极好地哼着小曲收拾书包，却听到方旭冲着另一排后面几个男生喊："走走走！去词哥家！"喊完就要往外蹿。

颜路清猛地抬起头，眼疾手快地揪住他的书包带子："你说……去顾词家？"

"是啊，今天他生日，我们几个初中玩得好的去给他庆祝。"方旭顿了顿，像是想起什么一样一拍脑袋，"哦对！词哥说你今天要去给他送卷子，让我叫着你一起，差点儿给忘了。"

说完还在嘀咕："不过他什么时候写过作业啊……"

于是颜路清给家里打了个电话，便和他们一起前往顾词家。

路上路过礼品店，颜路清想买个小礼物，却被顾词的好兄弟齐齐拦住。

"以前我们也总想着给礼物，后来词哥说——"方旭清了清嗓子，故意把声音搞得低低的，"'别浪费钱了，你们觉得我缺什么？'"

颜路清："……"还真是。

事实证明，男高中生里真的鲜少有像顾词这样性格的——在和班里的男生们同行一路之后，颜路清由衷生出了这样的感慨。他们的嘴一路上就没停过，吵得和一群猴子开大会一样，颜路清连听都有点听不过来，更别提插嘴了。

"其实我知道词哥缺什么，女朋友啊！"

"你可得了，初中三年我就没看他对哪个妹子有那么一丁点儿特别关注。"

"啊，词哥没喜欢过女生，那该不会……"

"不是我说，我要是个女的，得被词哥迷死。"

"你真恶心。"

"你才恶心！"

颜路清："……"叹为观止。

在顾词家吃晚饭的时候，颜路清被美人妈妈安排在了寿星旁边，美其名曰："他俩在学校也是同桌嘛！"

这群猴子在进了顾词家之后，收敛了不止一星半点。

一顿饭吃得异常快乐，很快到了生日蛋糕环节。

"词哥许愿！"

"许愿把初恋交代出去！"

"哈哈哈哈哈哈。"

"你小子，小心挨揍啊哈哈哈哈！"

男生们一边帮忙点蜡烛，一边七嘴八舌地开玩笑，等16根点完，顾词手臂撑在桌沿，闭眼，微微低头，火苗的光在他脸上跳来跳去。

大概过了三秒，火光熄灭。

吹完蜡烛，少年在一众掌声和欢呼声里抬头睁开眼，颜路清的视线没有离开过，甚至能看得见他眼皮上抬的过程，一直到她和那双点漆似的眼瞳对上。

周围的同学们唱起了生日歌。

她发现，他在所有人的祝福声里，看向自己。

论嗓门，颜路清肯定比不过那群上蹿下跳的猴子，于是她用口型，一字一顿地对他隔空说：生、日、快、乐。

顾词垂下眼睛，弯了弯唇。

无声的祝福，他"听"到了。

顾词不为人知的小秘密：觉得过生日麻烦，但会因为家人朋友的盛情难却而配合出演。这种现象在高一那年消失。

顾词在生日过去后，并没有立刻回学校。夹板拆掉后还要换其他固定手臂的器具，以防留下隐患。总之还需要再养半个月。

而颜路清也继续着三天一次的探病日常。

离 11 月底的月考越来越近，她探病的次数也越来越频繁。

颜路清从一开始的去城堡探望公主，变成了现在的去城堡求学。每次从求学的城堡回到学校，颜路清还会在体育课上给几个好姐妹恶补一番。

月考前一天的体育课上，颜路清把顾词亲自圈的提纲分给她们："家人们，把大佬标的全背，必得高分。"

月考当天，某传奇大佬终于回了学校，引起轰动的却不仅仅是他回校的消息，而是顾词在家休养了整整一个月，没听一堂课，专挑了考试当天回校，竟然再度拿下了年级第一的宝座。

实乃神人。

顾词也不是完全不偏科，颜路清早就发现这人背书只喜欢默背，懒得看第二遍，所以政史地里面除了地理以外，他的成绩并不算特别出彩。只是他的语数英物化生分数太过恐怖，强行把总分拉到了凡人碰不到的高度。

大家正热烈讨论成绩时，方旭回过头问他："词哥，你以后肯定选物化生吧？"

"嗯，"顾词随口答，"比较简单。"

颜路清："……"请你重新定义简单。

月考结束后，放松了不到半个月，又要开始备战期末考试。想当初顾词在家休养的时候尚且无法阻挡颜路清求学的脚步，他回学校后就更无法阻挡了。

顾词这十六年里，大概从来没有像高中这样在每次考试前如此用功地"复习"过。

正因如此，颜路清的期末考发挥得非常好也是在预料之中的事情。

期末考试最后一门考完后，马上就要放寒假。颜路清趁着老刘讲寒假注意事项时，按捺不住即将放假的兴奋，悄悄给顾词传字条。

她写道：词，下学期好像要重排座位，要不要继续当同桌？后面附了个笑脸。

等了大概五秒钟，字条传回自己手里，颜路清迅速展开。

他并没有写字回复，但是在她的"要"字上画了个圈。

她看着那个圈，觉得心跳加速，忍不住又写了一句，把字条团成一团丢到他桌子上，然后转过头，紧张地看向窗外。

片刻，耳边传来少年好听的轻笑声。

——词，下学期好像要重排座位，要不要继续当同桌？

——要。

——嘻嘻，那能不能一直当同桌？

——能。

顾词不为人知的小秘密：讨厌同桌这种生物。初中三年都没有同桌，因为不喜欢被打扰。这种现象在高一那年消失。

度过新年，冬去春来，等到天气再次转热的时候，高一学生要开始递交分科意向表了。

发下来意向表的这天，上完一节物理课，颜路清没理解最后一道例题，依照惯例请教同桌。

顾词一边转笔一边扫了眼题目，两句话把她的疑点解开，却发现颜路清没了声。她直勾勾盯着课本，表情像是愣住了。

"没懂？"

"懂是懂了。"颜路清皱着眉，缓缓地说，"但我突然意识到……我学物理干吗呀？我高二也不选。"

"……"顾词转笔的手顿住，"什么？"

"我说，我一直都没打算选物理，直到今天老刘发分科意向表我才想起这点——高二就不计入成绩了！"颜路清越说越兴奋，"那我还学它做什么！"

颜路清初中时物理没学明白，还因为老师对自己的打压出现了抵触心理，她从初三到现在，一直默认自己在高中分科的时候绝对要第一个抛弃物理。

反正现在可以随意组合，物理和历史必选一门，其余任选两门，怎么都能凑出最合适的。

颜路清刚想和顾词讨论该怎么组合，对方却突然起身，从后门走出了教室，一直到上课铃响前几秒才回到座位。

第一次，她想，顾词可能有事。

可接下来的每一节课间，老师前脚刚走，他后脚就从后门跟上。

整整一天都是这样。

高一下学期，名德给高一的走读生们加了一节自习课，放在下午放学前最后一节课。

今天老刘不在，班级里时不时冒出窸窸窣窣的声音，有小声谈话的，有吃小零食的。

颜路清本来想写作业，但一想到近在咫尺的人今天的反常，她就完全静不下心来。

她的胳膊肘缓慢地移到顾词桌子上，和他的手肘来了个对对碰，轻声问：“哎，你今天怎么一下课就出去啊？”

以前不都是任她拉着聊天的吗……

顾词把手臂从桌子上收走，整个人往座椅靠背上靠，声音淡淡：“有事。”

颜路清一愣。

他说话一直这样简短。但这一年里不管发生什么事，他的语气从来没有这样淡漠过，明明那么毒舌的人，却也从来没有真的和她生气过。

很不容易生气的大佬莫名生气了，怎么哄？

颜路清看着眼前摆放的卷子，更加读不进题目了。她咬咬牙，随便找一道递到他桌子上：“这道不……”“会”还没说出口——

“颜路清。”顾词突然叫她的名字，打断了她要问出的话。

颜路清讷讷：“嗯？”

顾词是微微笑着的表情，可眼睛里没有一丁点笑意。他看着她，一字一顿地说：“为什么学物理？反正你也不选。”

颜路清不为人知的小秘密：天然直女，迟钝得可怕，很少依赖别人。虽然天天把“词救我”挂在嘴边，虽然对方不和自己聊天会难过，但并没意识到自己在依赖对方。

颜路清接下来的三天都十分郁闷。

当时顾词说完那句话后就拎起书包离开了教室。从那往后，他们两个再也没有过任何交谈。

原来哪怕坐得这么近也不一定会讲话，原来同桌可以亲密无间，也可以形同陌路。

第四天。

颜路清写着写着作业，没忍住，掏出手机，在微信上主动问了顾词。

【热爱学习】：我说我不选物理，你为什么生我气？

这个问题直接、幼稚，可确实是颜路清最想问的话。

这几个字打出去，看着两人冷冷清清的对话框，独自一人坐在书桌前，颜路清竟然莫名有股想哭的冲动。

顾词很快就回了消息。

【豌豆公主词】：没有生气。

【豌豆公主词】：只是很快就不在一个班级了，提前适应一下。

颜路清看着他打过来的最后一行字。

很快……就不在一个班级了。

是啊，分科意味着分班。分班意味着，再也没法在课间逗大美人讲话，再也听不到他语气温柔地损人，再也见不到那张一看到就让人心情愉悦的脸。

他们的教室甚至不会在一栋楼里，再也没有了抬头不见低头见的日子。

颜路清把书本合上，走出房间，和在客厅的叔叔婶婶第一次聊起分科的问题。

她说了自己原本从初三就有的想法后，叔叔沉默了会儿，告诉她："可是清清，我打电话给你们班主任咨询过，你高一一整年，物化生的成绩都是比政史地要优秀的。"

颜路清一愣，好像……每次考试，确实都是那几个不被自己看好的小科在给自己提分。

"你们班主任会继续带选择物化生的学生，其余的会分走。你是不是还挺喜欢这个刘老师的？当然，叔叔不想左右你的决定，只是希望你以后不后悔。"

婶婶在一旁叹气："哎，我们知道你从初中就不喜欢物理，高一咱们幸运，分到了全市第一当同桌，据说那孩子大考理科就没扣过分。我还寻思呢，有这么一个天才耳濡目染，说不定你的物理能提上来，也能有兴趣了……

"如果你依然不喜欢，那就自己认真想想你喜欢这六门里面的哪几门，我和你叔叔都支持你。"

颜路清没心没肺惯了，基本到了生物钟，沾上枕头就能开始做梦，这一晚却罕见地失眠了。

她想到叔叔提到老刘讲的成绩，想到婶婶说的要认认真真想自己到底喜欢什么。

其实婶婶猜的没错，她高一的物理学得很好，这大半和顾词格外擅长物理有关，那还有什么必要避开它呢？

她初三的时候想，高中一定要选偏文的组合。但她是真心喜欢政治历史吗？明明每次背书都困得不行，背到想吐。

既然没有真心喜欢的学科，那应该选择的，便是目前为止学得好的。

颜路清眼前一帧一帧地过画面：每次问顾词题目时他的耐心，每次考试前恶补物化生例题，每次看到自己理科成绩考得好、发现自己的弱项似乎变成强项时的那种难以言说的成就感……

颜路清不知道自己是什么时候睡着的，只知道她做了一个梦。

梦里是高一放寒假前的班会课。当时刚考完期末考试，颜路清听见梦里的方旭问顾词："词哥，你以后肯定选物化生吧？"

顾词说"嗯"。

颜路清又看见自己写字条问顾词：以后能一直做同桌吗？

顾词在她这句话里的"能"字上画了个圈。

——原来如此。

顾词不为人知的小秘密：很少生气，生气很难被哄好，不存在立刻消气的情况。

第二天一早，颜路清在家里把选科意向表填好，装进书包，神清气爽地出门上学。

到教室的时候，班里一半的人还没来齐。颜路清单手托着右边脸，看向窗外发呆。

七班虽然在二楼，但距离校门口的直线距离很近，从颜路清的这个角度，能看到一拨又一拨的人源源不断地拥进校园。

她等了一波，又等一波，等到班级里开始闹哄哄，等到预备铃打响，终于看到熟悉的身影出现在视线里。

白皙、清俊、高瘦的少年，永远不会被淹没在人群。从他出现在校门口到出现在七班，大概需要三分钟。

颜路清默默在心里数着时间。

一直到身边传来凳子被拉开的声音，不多不少，刚好三分钟。

她从桌洞里拿出分科意向表，"啪"的一声放在自己和顾词的桌子中间。

"你昨晚说的不成立，"颜路清指着那张薄薄的纸，"顾词，我也选的物化生，所以，我们都会留在老刘带的七班。"

这话说完，颜路清死死地盯着顾词的脸。

他的目光正落在那张纸上，脸微微侧着，因为视线下垂，睫毛覆盖下来，鸦羽一般浓长。

顾词的表情并没有变化，连脸色也没有，可颜路清总觉得自己读到了他的微表情——他的睫毛颤了两下，嘴唇微微抿了一下，眉心舒展。

就像是肉眼看到一座冰山在融化。

顾词视线从那张纸上收回，转而抬眼落在了她身上："为什么变了？"

要是问这个，那她可就来劲了。

"咳咳，你听我给你讲。"颜路清清清嗓子，一本正经道，"让我改变想法的原因有七个。"

顾词："我已经不想听了。"

他想不想听都得听。

颜路清开始数道："第一个原因，是你。除了九门课的老师，你是我这一整年的第十位恩师，我怎么能丢下恩师去别的班级呢？！"

顾词："……"

颜路清："第二个原因，是我自身的天赋。"

顾词："？"

颜路清："不到一年的时间，物化生从入学时的 70 分到现在平均 90 分，除了我谁行啊？

"第三个原因，秋暖林、宋小玛都会留在我们班，隔壁的萧筱也可能会被分来。我要和姐妹团聚啦!

"第四个,很难遇到老刘脾气这么好的班主任……"

和大美人重归于好,让颜路清切实体会到了失而复得的喜悦,像是要把这些天冷战时缺失的时间全都补回来,她一整天下来说得口干舌燥。

意向表在下午放学前统一由老刘收走。

颜路清刚收拾完书包,一抬头,顾词单肩背着包,倚靠在桌子边,见她拉上书包拉链,他说:"走了。"随后他站直,率先转身走向后门。

颜路清愣了一瞬,迅速小跑跟上。

去校门口的路上,颜路清一路叽叽喳喳地和他说话,没有一秒钟的冷场。周遭许多人投来各式各样的目光,好奇的,艳羡的,颜路清却丝毫没注意到。

"词,以后高二只学理科了,我会有很多题问你哎。"

"你高一问得很少?"

"那反正你不能嫌我烦。"

"嗯。"

"我要是天天问你物理题呢?"

"最多三天一次。"

说是这么说,每次去问不都还是乖乖给讲?

"词,又要当同桌啦!"

"嗯。"

"明天见!"

"明天见。"

顾词不为人知的小秘密:是天才,但没有耐心教别人题。

升入高二后,颜路清如愿以偿和自己的三个小姐妹聚在了一起。

因为颜路清和顾词绑定,秋暖林想和颜路清绑定,方旭想和顾词绑定,所以他们四人小组的座位完全没变。

秋暖林和方旭前面,是萧筱和宋小玛坐同桌。每次下课,方旭把顾词叫出去的时候,萧筱和宋小玛就会跑过来占住他们俩的位置。

382

"大佬给了你什么生日礼物？"

颜路清："一款 ××× 牌的耳机。"

颜路清的生日是在暑假，她很清楚地记得自己没告诉顾词，却在零点接到了他的电话。

不知道大佬为什么这么神通广大。

当时颜路清本来在和游戏队友进行口水战，刚接到电话语气还有点冲，但听到顾词经过电流传过来的嗓音，她大脑宕机，手里的操作都停了好几秒。

"同桌，生日快乐。"他说，"给我地址，礼物白天寄到你家。"

这几句里面，也没有很特别的话。可能是夜深人静，可能因为对方是顾词，她挂了电话后兴奋地在床上打了几十个滚。

宋小玛："哦我记得！清清刚放假的时候发过一张图片，好像是说你的耳机坏了，大佬好细心啊……"

萧筱比较了解电子产品，十分震惊："这款耳机真的很贵。"

颜路清点点头，沉痛道："我也是听了一个月才好奇搜了下品牌……那耳机真的是仙品啊！听着写作业效率提升不是一两倍啊！

"姐妹们，我本来是想回礼一个同等价位的，但是他家开豪车……"

姐妹团："……"

"讲道理，大佬送你的礼物都是只有搞电竞或者职业相关的专业人士才会买的牌子。你再算算他每次考试前教你的时间……这是全市第一哎，他和一个倒贴做慈善的有区别？"

"没区别……"

升上高二后，颜路清和顾词的相处模式又有了点变化。

"词，这题不会。"

"哪里不会？"

"哪里都不会呢。"

"想不到这道题有哪一个点能难住智商正常的人类。"

"可是就是不会嘛。"

颜路清一开始仅仅是对求顾词这件事十分习惯，她完全没有心理压力，张口就来，说多了"求求你"甚至更像一种讲题前的仪式感。到了现在，随着两人越来越熟悉，颜路清连撒娇都顺手了。

秋暖林评价："我有时候听到你的声音都觉得耳朵麻，大佬接受能力真强。"

颜路清：不信，我哪有那么嗲？

由于颜路清高一的时候800米跑倒数第一，高二和高三毫无悬念地连任体育委员。

每年运动会，都会进行一番如法炮制的对话。

"词，今年分班换了一批同学，但是并没有换来想报运动会的同学。"

"……"

"词，还剩800米没人报呜呜呜！"

"……"

"词你人真好！"

"明年不准当体委。"

"嗯嗯！"

到了高三，无法拒绝老师的颜路清又来了——

"词，今年只剩下一个200米！最后一年你可以省点力气了！"

"……谢谢你。"

"呜呜呜，不客气。"

颜路清从小就不用别人催学习，她对考试有着不可避免的紧张感，每次考前一定会认真对待，这样的心理状态让她在前面十七年里几乎能拿捏任何考试。

随着时间推移，却逐渐显露出弊端——过度重视考试与心理紧张并不适合高三的学习强度。

开始意识到这点，是因为高三的第一次期中考试，颜路清发挥失常。

高三开始，所有同学都要留校上晚自习，这次期中考的成绩就是在晚自习前出的。出成绩之后的两节自习课，颜路清接连被四个老师叫出去谈话。

她没有受到批评，全都是老师们关切的询问，可她却觉得还不如挨一顿骂来得舒服。谈话完之后心里像压了块石头，特别沉。

最后一节晚自习，颜路清写不进去试卷，给顾词传字条：词，我想出去走走。

五秒钟后，顾词把字条传回来。他没写字，但在她写的"走"字上圈了个圈。

颜路清和顾词前后脚离开教室，从教学楼后方穿过食堂，来到操场。

颜路清一路上都没说话。顾词也没问她。

可是到了空旷的操场，她很突然地哭了。

颜路清的泪意来得突然，泪水无声无息地淌在脸上。快11月的天气，晚上很冷，她迅速擦掉脸上的水，转头看向顾词，喊他的名字。

顾词第一次见到颜路清的眼泪。

他见过最多的，是她的笑，那双偏圆的杏眼弯成月牙，洁白的牙齿，红润的嘴唇，毫不矜持的笑容弧度。或者是故意扮可怜时，她眼睛睁得大大的，和淋了雨的小奶狗一样，每次眨眨眼，就像在无声地摇尾巴。

她应该是永远笑着的。

"顾词，"颜路清眼眶和鼻尖都红，眼睛里盛着两汪水，鼻音很重，嘴角向下撇，"借我抱抱吧。"

话音刚落，就被揽进了一个凉凉的怀抱里。

颜路清这两年长高了一点，顾词也长高了，两人之间的高度差一直稳定在二十厘米左右，她的脑袋能刚好靠在他肩膀上。

颜路清鼻端萦绕着他身上好闻的味道，她摸了摸他身上的外套："这件外套贵，还是你送我的耳机贵？"

"耳机。"顾词答完，声音低了低，"哭吧。"

颜路清：呜呜呜他好懂我……

在这个夜晚，在顾词怀里，颜路清把从转到理科班到升入高三以来的压抑情绪全都发泄了出来，哭得筋疲力尽。

最后她吸吸鼻子，抬头看天，下巴搭在他肩膀上："词，你会去 T 大吗？"

顾词没直接回答："怎么了，问这个做什么？"

"我也想去。"

T 大，全国排名第一的大学，所有理科生的梦。根据往年数据，大概要考到怀榆市前二十的成绩。

颜路清看着星星，想到什么就说什么："想和你做大学同学。"

顾词不为人知的小秘密：讨厌别人弄脏自己的衣服。高三期中考试出成绩那天，碰巧身上穿了他最喜欢的一件外套。

高三七班的同学们发现，自从期中考试出了成绩后，靠窗那排的学习氛围就好浓。

每次视线扫到最后一排的颜路清和顾词，两人看上去有说有笑，但凑近去看，竟然都是在讨论学习！

颜路清对此也不太理解。

以前她问顾词题，几乎都是她问什么他答什么，但是从上次夜哭事件之后——顾词给她加量了！他开始要求她举一反三了！

颜路清看着难题哭唧唧："你以前不是这样的，你怎么变成严师了？"

"不是说想和我做大学同学？"

"是啊，我这不天天倍感压力吗？"

"这哪是你的压力，明明是我的。"顾词笑笑，"继续想。"

"……"

颜路清埋头加训的时候，不知道班里早已悄悄出现了一个新的小群，每日休闲时间放送新八卦。

"家人们，咱能分到顾词所在的班真是祖上积德。"

"不如说是有颜路清他才愿意给我们祖上积德的机会。"

"呜呜呜，我记得唯一一次鼓起勇气去问大佬题目，大佬很温和很有礼貌地给我讲了。但是讲到中途我抬头看了眼他的表情，大佬满脸写着：我同桌讲到这步早就会了，为什么你还没听懂？蠢蛋。"

"'蠢蛋'笑死我了。"

"你要是怕大佬，就去问他同桌啊。我的物理就是被大佬的同桌给指导开窍了，终于理解了武侠小说里的打通任督二脉是什么意思。"

颜路清的人缘一直好，成绩越来越稳定后，便总有小姐妹在午休打铃前的那段时间向她请教问题。

有一次时间紧张，颜路清在宿舍给人讲了一点，路上也没讲完，小姐妹一直跟到了教室，站在她的座位旁边继续听讲。

颜路清全神贯注地讲了个七七八八，就差最后一步，余光突然扫到一个轮廓。

顾词不知道什么时候来的教室，此时正懒懒靠在椅子上，看着她笑。

她觉得自己一下子就懂了那笑容的含义——我的蠢学生也能给人讲物理了。

颜路清觉得一股热度"噌"地从耳朵根往上冒。她把笔拍在桌子上："你干什么？！你不许别人发光了是吧！"

"哈哈……"少年笑出声来，随后弯着眼睛指了指卷子，"我不打扰，你继续发。"

颜路清的小姐妹捂着嘴，一脸"我听到了两位什么秘密"的表情，迅速表示自己已经听懂了，最后一步不用讲也会解，识时务地拿起卷子退下。

颜路清："……"

谁看都无所谓，可被顾词看到自己给人讲题怎么就这么别扭呢？

"你不许笑！以后你不许看我给别人讲题啊啊啊啊啊！"

"我没笑。"

"那你嘴角往上翘？"

"生下来就这样。"

"顾词你真讨厌！！！"

冬去春来，小群里持续更新大佬与大佬同桌的近况。

"话说顾词不是已经过了自招吗？为什么还天天来学校啊？"

"众所周知，现在是高考冲刺阶段。"

"本来顾词是不用冲刺的，但托他同桌的福……"

"我想问两年了，这是可以嗑的吗？"

颜路清后来每每回忆名德的这三年，发现和别人比起来，她的高三生活好像太过惬意了。

考好了，全市第一带她吃香的喝辣的，看好的玩刺激的。考不好，也有全市第一的怀抱以及限定温柔人设等着她。

她的应试心理素质在一年里锻炼得十分强大。高考那天，颜路清抽到外校考场，需要提前半小时乘坐大巴车，而顾词在本校。

分别前，颜路清背着书包和顾词面对面站着，此时班里的同学们都在互相加油鼓劲，或者拍拍彼此肩膀，一切尽在不言中。

只有他们这个角落十分奇特。

"你用右手摸一下我的这里。"颜路清指着自己的脑门。

顾词依言碰了她的额头。

"然后把右手借给我。"

顾词把右手伸到她面前，颜路清用双手合十的姿势把他的手夹在自己两手中间，像许愿一样闭眼三秒，而后松开他的手，愉快道："好啦！我走啦！"

"……"基于对她的了解，顾词有了一个荒谬的猜想，"你在开光？"

颜路清回头震惊："你怎么知道！你会读心术？"

顾词："……"

名德今年格外重视高考，为了不让高三学生被影响，把象征着成年礼的毕业典礼设在了高考结束后一天。

没出成绩，肩膀上最大的枷锁卸下，所有人都是最放松的状态，不管谁上去发言都给予了最大的热情。最爱在监控室抓学生、备受讨厌的年级主任，也在收到了学生的鲜花后，忍不住红了眼眶。

好像在今天，曾经的恩怨情仇都无所谓，在毕业成年这天，什么都能被原谅。

到了典礼上万众瞩目的学生代表发言环节，学生代表迈开长腿走上台的时候，台下毕业生的欢呼声达到了顶峰。

颜路清遥遥与舞台上的发言人对视，对他露出一个标准的灿烂微笑。

——学生代表啊，是我那当了三年风云人物的大佬同桌。

颜路清不为人知的小秘密：坚信自己这辈子不会和人告白。

顾词在名德毕业成年典礼上发表的讲话，被校内摄像记录下来发到了校园网上，又被许多媒体争相报道。

——天之骄子、没掉出过全校第一、外在条件还如此惊人，出名要素集齐了。

等成绩的那段时间，颜路清不管打开什么软件，都有可能刷到自己高中同桌那张逆天的脸。

少年穿着印着名德校徽的白衬衫，轮廓清俊，眉目惊艳。

那是最后两句话了，他松松握着话筒，微微弯了一下嘴唇，原本淡漠的表情里染上一点温柔，清清冷冷的嗓音传遍礼堂——

"名德三年，承蒙相识。

"愿你我，在更高更远处相见。"

颜路清趴在床上看着屏幕里的顾词，也忍不住感慨："真帅啊……"不然她也不至于每刷到一次都会再看一遍。

颜路清高考发挥得非常好，怀榆市的全市第七名。

和顾词同桌的三年里，颜路清见过不少学霸崩溃，因为接受不了人与人生来就有的差距。很多本身厉害的人，永远要追求更厉害，永远把自己和第一名比，像被架在火上烤。

但颜路清不会，她只看自己。她看到的是，从高中初入学的那个稳在100名就很快乐的小姑娘，长成了现在坐等T大录取通知书的自己。

……

8月盛夏，迎来了颜路清的18岁生日。

七班的同学们相处得都很融洽，她努力聚齐了班里所有愿意来的男生女生，在怀榆市一家十分漂亮的餐厅订了最大包厢。

"清清，大佬什么时候到？"

"他说飞机晚点，可能要11点了。"

"呜呜呜，那我们岂不是看不到了……"

顾词七月初就随父母到了国外，颜路清一直在网上和他联系。哪怕有十小时的时差，也没耽误两人连麦打游戏，或者什么都不做，只是单纯地聊天。

在昨晚的电话里，顾词说今天晚上会回来参加她的生日聚会。

颜路清和最要好的三个小姐妹喝了点酒，几人凑在一起聊天。

"什么时候给大佬一个名分？"

颜路清喝得小脸通红，悄悄说："我想……今晚他来这里找我的时候，和他告白。"

"啊啊啊啊！"小麻花揪着自己的麻花辫尖叫，"能不能开直播啊？！我要晕倒了！"

宋小玛："支持！支持！"

只有秋暖林好奇："你是怎么突然开窍的？你这三年跟个木头墩子一样，还不承认是喜欢人家，一毕业就转性啦？"

颜路清恼羞成怒："你真搞笑，神仙和顾词同桌也顶不住吧！我害羞还不行啊！"

几人笑闹了会儿，颜路清正儿八经地回忆起了根本原因："我上个月有一天因为学籍的事情，被老刘叫回了学校。"

那天颜路清和老刘确认完学籍，一起从档案室往校门口走，其间老刘和她提起了高二分班前的一件事："对了，你知不知道顾词在高二分班那会儿问我要了第二张分科意向表？"

颜路清一愣："老师，我不知道这事啊。"

但她至今记得，分班前的一星期，是她和顾词三年里关系最僵的几天。

老刘说："他第一次填表的时候我看到了，选的是物化生，也没写错字。我就奇怪，这孩子怎么会来再要一张表。

"当时我问他：'你不打算选全理啦，难道还想改文？'他对我笑了笑说：'谁知道呢，老师。'"

老刘说到这儿，好像还有点儿生气，一脸心有余悸地摸摸胸口："理科状元的苗子，对待这事就这么随便！那一脸无所谓的表情，我现在都还记得，喔哟，我算是怕了这种天才学生了，心脏受不了啊……"

颜路清一直到回家，都还在回味老刘说的每一句话。

高二分班前，顾词和她冷战，他说不讲话是为以后分开提前适应，他早早填好了物化生，可又私下问老刘要了第二张表。

顾词从来没提过。

如果不是老刘偶然想起来和她吐槽，颜路清一辈子都不会知道。

……

颜路清的生日宴在 10 点半散场，她一个人坐在包厢里无聊，喝了点小酒壮胆。等了十几分钟，有人推门进来，她唰地转头看去。

包厢里的灯光很柔和，均匀地打在来人的身上。

不知道是因为刚坐了十小时的飞机太累，还是因为穿了一身黑，顾词的脸色看起来有点白，没什么表情的时候显得尤为冷漠，简直是拒人于万里之外。

颜路清站起身，看着他缓缓走近，一时间不知道说什么，先摆出一个傻笑："好久不见呀词。"

顾词好像被她这副模样逗笑，眉眼微弯，阳光晒融初雪，整个人都变得柔和起来。

颜路清眼睛都看直了。他头发长长了点，比以前更符合"大美人"这个外号了……等等，他怎么变得更好看了！

颜路清听见大美人对自己说："生日快乐。"

不等颜路清说谢谢，他脸上笑意加深，又说："我喜欢你。"

这四个字，他说得很好听，语调稀松平常，比前面那声祝福还要轻一点。

如果不是周遭太安静，如果不是包厢里只有他们两个人，颜路清一定会怀疑自己幻听。

她看着顾词眼下明显没休息好的淡青色，有点蒙地发问："你现在……脑子清醒吗？"

"劝你别和高考状元讨论大脑清醒程度的问题。"

"……"

毕竟今天是成年人了，晚上大家一起喝了酒，颜路清等顾词的时候又独自小酌了几杯，到现在脑袋还有点晕。

她直勾勾地盯着顾词的脸，越盯着脑袋越糨糊。

脸蛋真白啊，真嫩啊。

好像还没碰过呢。

于是她当即踮脚抬手勾住顾词的后颈，"啪唧"在他脸颊上亲了一口，全部动作都在三秒内结束，一气呵成。

顾词还维持着被她拉下来的高度，两人离得很近。颜路清分辨得出来，他眼里划过的情绪是明显的惊讶。

颜路清：看看吧看看吧，淡定的大佬都被亲蒙了。

下一秒，顾词抬手触了一下脸，是刚才被她盖章的地方。他略带玩味地问："你没什么想说的？"

颜路清激动得小脸通红："终于亲到了！好软！"这是嘴巴自己蹦出来的大实话。

两人本就离得近，顾词借着这个距离，又朝她贴近了一步，鼻尖和鼻尖就差几厘米。他一手随意撑在旁边的桌子上，另一只手轻轻放在她的后颈上。

一个和平时不一样的、富有侵略性的顾词。

"为什么亲我？"像是教她做题那样，他语速很慢、很有耐心地问，"喜欢我？"

颜路清眨眨眼睛："喜欢呀。"

颜路清努力回忆自己提前想好的小作文，却发现怎么都想不起来，于是她看着顾词的眼睛，想着文采算个屁，真诚才是必杀技。

她清清嗓子，一字一顿："顾词，我很早很早就喜欢你了。"

顾词愣住。

少女喝了酒的声音像在撒娇，听得人心里发痒。

"我本来也准备今天和你讲。"颜路清愤愤，"如果不是你搞偷袭一见面就告白，那肯定是我先说！"

"……"

"如果你问我什么时候，我不知道。"

颜路清记得每次叫他单字"词"时他好玩的反应，每次求他时他露出的无奈表情。她在某天发现好像不管自己遇到什么难题，永远第一个想到"顾词"两个字。

颜路清喜欢顾词。

只因为他是顾词。

但如果要问什么时候，谁知道呢？

给她讲题的时候，为了她参加运动会的时候，低头任由她在他额前发带上写字的时候，手戴着夹板也能骑单车载她的时候，抱着她让她尽情哭的时候，明明生气她不记得一直当同桌的约定、却仍然去要了第二张分科意向表的时候——

那么多瞬间，组成了我对你的喜欢。

可这些喜欢，不及我见到你时万分之一的开心。

顾词的脸近在咫尺，颜路清琢磨着，他这个表情……可能叫作感动。

她顺势往前一靠，环住少年劲瘦的腰，整个人趴在了他怀里，在他耳边继续说悄悄话。

"我去年说，想和你做大学同学。

"可我本来的梦想哪有那么远？"

——谁让我喜欢了一个天才少年。

颜路清不为人知的小秘密：曾在闺密面前口出狂言，对怀榆市的男性质量很失望，要专心搞事业，大学毕业之前不可能谈恋爱。

顾词不为人知的小秘密：从十岁开始，便坚定地认为自己一辈子都不会喜欢任何人。不会恋爱，更不会结婚。

18岁的第一天，颜路清脱单啦！

她在朋友圈发了一张牵手照，底下七班的同学都疯了。

"认出来了，是咱们班神雕侠侣的手！"

颜路清：……谁是杨过你说清楚。

"什么什么？大佬陪读三年终于有名分了！恭喜大佬啊！"

颜路清：什么叫陪读啊喂！

"嫁出去的词哥泼出去的水，这个道理我高一就看透了。"

颜路清：方旭你完了，我截图给你词哥。

看着大家的各种搞怪留言，颜路清突然想起昨天晚上从餐厅出去之后的事情。

顾词送她回家的路上，颜路清突然问他为什么。

"什么为什么？"

"为什么会喜欢我？"颜路清比画，"你想啊，如果高一开学那天，我去教室晚了，或者我身边有别人坐了，我们不是同桌，你和别人坐同桌的话……你还会喜欢我吗？"

顾词陪她散步回家，听了这种最难回答的送命题，也显得十分淡定。他说："只要你是你。"

颜路清晕乎乎，没听懂："什么……？"

"如果我们不是同桌，你还是我认识的颜路清吗？"

"是啊。"

"那就会。"

颜路清记得自己怦怦跳的心脏，记得那双漂亮的眼睛里温柔的光，记得他哪怕对着有点不清醒的自己，也依然认真地回答："不管哪种可能，我都会喜欢你，只要你永远是你。"

这是顾词唯一一次没有给颜路清准备礼物的生日。

因为他送了她比任何礼物都要珍贵的东西。

大学开学前一天。

明天就要出发去别的城市，颜路清和顾词开始了他们在怀榆的最后一次约会，地点是名德高中。

明明也才离开高中不到三个月，再回来的时候心境却截然不同。

绿意盎然的夏末，两人牵着手，慢悠悠地晃到了操场。

颜路清前段时间看了一部电影，男女主角是不同世界的人，阴差阳错世界交织，让他们相遇，又把他们强制分开，经历了九九八十一难才打出好结局。

她的话题总是天马行空，上一秒在问顾词明天到了北城要吃什么，这一秒想到这部电影，又好奇道："顾词，你觉得真的会有平行时空吗？"

"关于这个概念，还没有被科学证实或否定。"

"那就是有希望咯！"颜路清兴奋起来，仔细叮嘱，"词，那你大学研究物理的时候，记得好好用量子力学论证一下这个问题。"

怀榆理科高考状元兼全国物理竞赛第一名："我尽力。"

顾词今天穿着颜路清送的情侣装，白色的T恤上有个简单的标志，其实是非常普通的款式，也不是什么名牌，但穿在他身上就显得特别贵气。

颜路清停下脚步，两只手抬起放在顾词的脸两边，摸他窄窄的颌骨和触感柔软的皮肤。一会儿揉揉，一会儿捏捏。

真是长得太帅了。

颜路清本来在端详他的脸，发现他在盯着自己看，两人眼神一对，就跟磁铁吸住一样拔不下来。

顾词是双眼皮，开端窄俏，尾部又像开扇似的，眼瞳黑得纯粹，倒映着一个缩小的她。

被他用这样温柔的眼神注视，没有人会不沦陷。

沦陷了五分钟，颜路清放开顾词的脸，思维又跳跃到其他地方。

"顾词同学，我现在诚邀你为我的大学生活说句导语，"颜路清右手握成拳，当成话筒放到他嘴边，"请讲！"

顾词十分配合地低下头凑到她手边，语声温柔，缓缓吐出五个字："不准当体委。"

颜路清笑得蹲在地上直不起身。她抬眼去看——

鲜红的跑道，无人的看台。

她想起高中三年，每一次的运动会他都在这条跑道上拿了奖，面前仿佛闪过几帧曾为她奔跑的身影，不知道惊艳了多少人的青春。

少年光芒万丈。

离开学校时，颜路清轻车熟路地坐上顾词的山地车横梁，往后一倚，舒舒服服地靠在他怀里。

听见单车车轮碾过地面的声音，她想起高一那年的趣事，回过头问："我第一次去你家的时候——"

"是专程去接你。"

一只手上了夹板的人，却提前了一小时骑车到榆江新城的门口，因为他同桌要来给他送他根本不可能写的卷子。

坐在横梁的少女偷偷笑弯了眼。

今日万里无云，颜路清晃了晃小腿，仰头感慨："天好蓝啊……"

怀榆的天永远这么好看，不论晴空万里、暮色四合。

而我最幸运的事，就是和你生在同片天空下。

顾词在毕业典礼上的发言视频热度极高，现在已经成为了名德活招牌。得知他的怀榆状元身份后，呼喊他进娱乐圈造福大众的路人比比皆是，并且真的有几家娱乐公司上门找到了顾词家里。

在一起后的某天，颜路清随口开玩笑，问顾词想不想去当艺人。

那一直以来满身荣光、不负盛名的少年，眼神温和地看着她，郑重认真地说："没兴趣当艺人，也不会以任何形式出道。"

他说："颜路清，我完全属于你。"

——那个全校追捧的风云人物，变成了我一个人的星星。

学生时代总会结束，青春也终将散场，但那些因你而闪耀的瞬间，因为我们才有意义的记忆，永不褪色。

有你，不畏岁月，无惧时光。

后记

　　非常清晰地记得，第一次打开电脑文档，写出颜路清和顾词这两个主角时，我是非常开心的。

　　因为他们很"活跃"。

　　我卡文可能会卡其他任何情节，却永远不会卡在颜路清和顾词的互动上——他们在我的脑海里发生的趣事，可能比我表达出来的还要多百倍。

　　不过，好像该和他们说再见啦。

　　每写一个故事，就像走完一段旅程。合上书页，那些我们无从了解的五彩缤纷就留给了书里的他们。

　　那时我不再是作者，他们有自己的人生。

　　从写出第一章，到连载《他怎么还不逃》的网络版小说，再到实体书的完结篇出版，刚好三年。

　　如果我的书曾给你带来过一点点快乐，那我深感荣幸。

　　这三年，承蒙相识。

　　愿你我未来，在更高更远处相见。

车厘酒

图书在版编目（CIP）数据

他怎么还不逃 . 完结篇 / 车厘酒著 . -- 成都：四川文艺出版社，2023.11
ISBN 978-7-5411-6497-2

Ⅰ.①他… Ⅱ.①车… Ⅲ.①言情小说－中国－当代
Ⅳ.① I247.5

中国国家版本馆 CIP 数据核字 (2023) 第 191754 号

TA ZENME HAI BU TAO . WANJIE PIAN

他怎么还不逃 . 完结篇

车厘酒　著

出 品 人　谭清洁
责任编辑　邓　敏
责任校对　段　敏

出版发行　四川文艺出版社（成都市锦江区三色路 238 号）
网　　址　www.scwys.com
电　　话　028-86361781（编辑部）

印　　刷　河北鹏润印刷有限公司
成品尺寸　146mm×210mm　　开　本　32 开
印　　张　12.375　插页 4　　字　数　400 千
版　　次　2023 年 11 月第一版　印　次　2023 年 11 月第一次印刷
书　　号　ISBN 978-7-5411-6497-2
定　　价　49.80 元